Zum Buch:

Als Anna ihren neuen Job als PR-Managerin in einem Schweizer Alpenhotel antritt, rechnet sie mit einem vollen Terminkalender und langen Arbeitstagen, aber nicht mit Schmetterlingen im Bauch. Zwei charmante Gäste wirbeln ihre Gefühle durcheinander, doch einer von ihnen ist mehr, als er vorgibt zu sein: ein inkognito reisender Hoteltester. Zwischen winterlichen Ausritten und romantischen Unternehmungen muss Anna entscheiden, ob sie dem Ruf ihres Herzens folgt – auch wenn das ihr ganzes Leben auf den Kopf stellt.

Zur Autorin:

Vivien Gilland schreibt am liebsten Geschichten über lebensnahe Figuren, die einen Weg suchen, um ihre Träume zu verwirklichen. Im Mittelpunkt stehen dabei tiefe romantische Gefühle, mit denen sie ihre Charaktere für den Mut belohnt, sich den eigenen Ängsten zu stellen. Wenn sie nicht gerade am Schreibtisch sitzt, streift sie mit ihrer Hündin Malia durch die Wälder oder quält ihre Schülerinnen und Schüler mit Tonleitern und italienischen Verben.

Lieferbare Titel der Autorin:

Winterzauber im Château

Vivien Gilland

Winterträume im Château

Roman

HarperCollins

1. Auflage 2025
Originalausgabe

Valentinskamp 24 · 20354 Hamburg
info@harpercollins.de
Umschlaggestaltung von bürosüd, München
unter Verwendung von Shutterstock
Gesetzt aus der Stempel Garamond
von GGP Media GmbH, Pößneck
Druck und Bindung von GGP Media GmbH, Pößneck
Printed in Germany
ISBN 978-3-365-01180-5
www.harpercollins.de

Druckprodukt mit finanziellem
Klimabeitrag
ClimatePartner.com/15109-2009-1001

MIX
Papier
FSC FSC® C014496

Für alle, die sich an Weihnachten verloren fühlen.
Du bist nicht allein. ♥

»The truth is rarely pure and never simple.«

(OSCAR WILDE)

Personenverzeichnis

Rosie und Hannes Stadler – besitzen das *Château Romantique*
Anna Seidel – PR-Managerin
Florence – Rosies Souschefin
Roane – Rezeptionistin
Milan – Stallbursche
Leni – Fitnesstrainerin und Masseurin
Tim – Page
Heidrun – Leiterin des Housekeeping
Michelle und Britta – Angestellte im Housekeeping
Sergio und Paul – Angestellte in der Wäscherei
Inga – Angestellte im Service
Max und Florian – Auszubildende im Service
Julian Morgner – Gast im *Château Romantique*
Finn Berger – Gast im *Château Romantique*
Marianne und Rolf Gruber – Gäste im *Château Romantique*
Francesca – Inhaberin einer Glasbläserei
Anja – Ballonpilotin
Sophie, Ben und Pia – Annas Geschwister
Richard Hohensee – Annas ehemaliger Vorgesetzter
Maxim Hohensee – Erbe des Hohensee-Hotelimperiums und Annas Ex-Freund
Klara Hohensee – Richards Frau

Marco – ein enger Vertrauter der Stadlers
und ein guter Freund von Annas Bruder Ben
Livia – Marcos Partnerin
Nane – Marcos Schwester
Cleo – Nanes Partnerin
Maja – Nanes und Cleos Adoptivtochter
Minnie – Rosies und Hannes' Berner Sennenhündin
Don Juan und Zorro – Hannes' Pferde

1

Die triumphierende Fanfare meines Weckers kam mir nach der schlaflosen Nacht wie eine Erlösung vor. Seit Stunden lag ich reglos da und starrte an die Decke. Die Aussicht auf einen neuen Tag voller unbekannter Herausforderungen löste ein nervöses Kribbeln in meinem Magen aus.

»Aufgeben ist keine Option!«, wiederholte ich die Worte, die während der letzten Wochen zu meinem Mantra geworden waren. Sie hatten mich davon abgehalten, meine bis dahin recht vielversprechende Karriere in den Wind zu schießen und mir einen Aushilfsjob als Kellnerin, Briefträgerin oder Hundesitterin zu suchen. Niemals hätte ich damit gerechnet, dass mein Leben sich innerhalb kürzester Zeit auf solch drastische Weise verändern würde. Dass ein einziger, noch dazu im Scherz geäußerter Satz ausreichte, mich alles infrage stellen zu lassen, was bis dahin als vermeintlich sichere Zukunft vor mir gelegen hatte.

Widerwillig schälte ich mich aus dem Bett, zog mir eine Strickjacke an und tapste über die warmen Holzdielen zum Fenster, um es weit aufzureißen. Die eisige Luft war im ersten Moment ein Schock und bescherte mir eine Gänsehaut. Der Wind wirbelte dicke Schneeflocken umher, die die umstehenden Tannen in unschuldiges Weiß hüllten. In der Ferne konnte ich die majestätische Bergkette erahnen, deren Umriss nahtlos mit dem nachtschwarzen Himmel verschmolz. Ich breitete die Arme aus und nahm einen tiefen

Atemzug. An manchen Tagen fiel es mir immer noch schwer, zu glauben, dass ich dem Albtraum, in den ich mich selbst hineinmanövriert hatte, entkommen war. Statt in einem winzigen Apartment im Düsseldorfer Stadtteil Wersten lebte ich nun in einem Schloss an einem der abgelegensten und malerischsten Orte der Schweiz.

Das Klingeln meines Handys durchdrang die morgendliche Stille. Wer um alles in der Welt rief mich um diese Uhrzeit an? Mein Herzschlag beschleunigte sich bei dem Gedanken, dass meinen Eltern oder einem meiner Geschwister etwas passiert sein könnte. Eilig lief ich zum Nachttisch und griff nach meinem Smartphone. Der Name auf dem Display ließ mich aufatmen. Offenbar startete Marco, der Gründer und CEO des Unternehmens *Visions and Dreams*, noch früher in den Tag als ich.

»Guten Morgen, Marco. Ist das ein Kontrollanruf, um sicherzustellen, dass ich meinen neuen Job als PR-Managerin im *Château Romantique* auch ernst nehme?«, scherzte ich, wobei ein Hauch von Sorge in meiner Stimme mitschwang. Entschlossen drängte ich meine Paranoia zurück und erinnerte mich an meinen Vorsatz, nicht gleich vom Schlimmsten auszugehen. Sein unbeschwertes Lachen sorgte dafür, dass ich mich ein wenig entspannte.

»Das würde mir nicht im Traum einfallen, Anna.« Im Hintergrund hörte ich das Hupen mehrerer Autos. Anscheinend war Marco bereits auf dem Weg ins Büro. »Entschuldige bitte die frühe Störung. Ich wollte mich schon letzte Woche erkundigen, wie du zurechtkommst, doch sobald der Tag einmal angefangen hat, habe ich keine freie Minute mehr.«

»Ich bin noch dabei, mich einzuarbeiten und mir eine Strategie zurechtzulegen. Als Erstes werde ich eine Community aufbauen, um so viele Menschen wie möglich auf die Besonderheiten des Hotels aufmerksam zu machen.«

»Das klingt nach einem guten Ansatz.«

Trotz seines Lobs regten sich leise Zweifel in mir. Vertraute Marco mir wirklich? Oder hatte er mich nur empfohlen, weil mein Bruder ihn um einen Gefallen unter Freunden gebeten hatte?

»Ich kann mir vorstellen, dass dich die Sache mit den Hohensees noch beschäftigt.«

Dass ich wochenlang von einem Gefühl der Ausweglosigkeit beherrscht worden war und seitdem nachts keinen Schlaf fand, wäre die passendere Beschreibung für meine aktuelle Situation gewesen. Es war allgemein bekannt, dass Richard Hohensee, mein ehemaliger Chef und der Kopf eines weltweit agierenden Hotelunternehmens, skrupellos und manipulativ war. Dass er jedoch aus puren Rachegelüsten dafür sorgen würde, dass ich nirgendwo in der Hotelbranche mehr eine Anstellung fand, hatte ich nicht vorhersehen können.

»Jeder, der über ein gewisses Maß an Verstand verfügt, erkennt, dass seine Anschuldigungen und Verleumdungen haltlos sind. Allein die Projekte, an denen du beteiligt warst, bezeugen, dass du hervorragende Arbeit geleistet hast.«

»Und dennoch haben alle auf ihn gehört«, murmelte ich.

Als ich die Hohensees mit meinem Entschluss konfrontiert hatte, das Unternehmen zu verlassen, war mir nicht bewusst gewesen, welch weitreichende Folgen meine Entscheidung mit sich brachte. Hätte Marco sich nicht für mich eingesetzt, wäre meine Zukunft ruiniert gewesen.

Andererseits hätte es mich nicht überraschen dürfen, dass ein Narzisst wie Richard Hohensee es nicht so einfach hinnahm, dass eine kleine Angestellte seinen heiß geliebten Sohn und Erben des Hohensee-Hotelimperiums abservierte. Wie hätte ich auch ahnen sollen, dass er von unserer Beziehung wusste? Immerhin hatte Maxim alles getan, um unsere Verbindung vor seiner Familie und der feinen Düsseldorfer Gesellschaft geheim zu halten. Im Nachhinein fragte ich mich, wie ich so blind hatte sein können. Sein Verhalten mir gegenüber hatte mehr als deutlich gemacht, dass er niemals jemanden mit meinen bescheidenen familiären Wurzeln an seiner Seite akzeptieren würde.

»Wir können davon ausgehen, dass dein vorheriger Boss jedem gedroht hat, der dir einen Job anbieten wollte.«

»Man sollte eben Berufliches und Privates voneinander trennen. Glaub mir, diese Lektion habe ich auf bittere Weise gelernt.«

»Sei nicht so streng mit dir. Du hast dich in den Falschen verliebt. Das kann passieren.«

Laut der Klatschpresse zählte Maxim zu den begehrtesten Junggesellen Europas. Er war nicht nur gefährlich gut aussehend, sondern auch äußerst charmant, hochintelligent, aufmerksam und auf seine Art humorvoll. Erst wenn man ihn besser kennenlernte, offenbarte sich, dass er sein Ego damit puschte, andere kleinzuhalten und zu erniedrigen.

»Vielleicht wäre es schlauer gewesen, zuerst zu kündigen und mich dann von Maxim zu trennen«, sinnierte ich.

»Glaubst du wirklich, das hätte etwas geändert? Schlimmstenfalls hätte er dir das Leben noch länger zur Hölle gemacht, indem er dich dafür bestraft, dass du eigene Entscheidungen triffst und dich dadurch seinem Einfluss entziehst. Wenn du mich fragst, war ein klarer Cut genau das Richtige. Wie sagt man? Lieber ein Ende mit Schrecken …«

»Als ein Schrecken ohne Ende.« Ich seufzte. »Vermutlich hast du recht. Nachdem mir bewusst geworden war, dass er mich weder liebt noch als ebenbürtige Partnerin betrachtet, hätte ich es keinen Tag länger mit ihm ausgehalten.«

»Wer nicht sieht, was für ein wundervoller Mensch du bist, hat dich auch nicht verdient.«

Marcos Worte trieben mir Tränen in die Augen. Gerührt wischte ich mir mit dem Handrücken über die Wange. »Lieb von dir. Ich bin so dankbar, dass du die Stadlers überredet hast, mir einen Job zu geben.« Rosie und Hannes Stadler waren die Inhaber des *Château Romantique* und ehemalige Klienten von Marco, die seine Meinung sehr schätzten.

»Ich mag dich empfohlen haben, aber sie hätten dich nicht eingestellt, wenn sie nicht von dir und deinem Talent überzeugt gewesen wären.« Er hielt kurz inne, ehe er das Thema wechselte. »Es gibt noch einen weiteren Grund für meinen Anruf. Eigentlich nur eine Lappalie, doch ich dachte, du solltest Bescheid wissen.« Obwohl er sich um einen lockeren Tonfall bemühte, war ich sofort in Alarmbereitschaft. »Mir sind Gerüchte zu Ohren gekommen, dass ein Mitarbeiter von *Adventure World* bei euch einchecken wird, um die Location und das Angebot zu bewerten.«

Mein Puls schoss in die Höhe. »Soll das heißen, sie schicken einen Hoteltester zu uns?«

Adventure World war ein internationaler Reiseveranstalter, dessen Entscheidungen für oder gegen ein Hotel immensen Einfluss in der Branche hatten. Ein Zittern durchfuhr meinen Körper, das entweder von der arktischen Temperatur herrührte, die mittlerweile in meinem Zimmer herrschte, oder von der Schreckensnachricht, die Marco mir soeben mitgeteilt hatte.

Ich schloss das Fenster und begann, unruhig auf und ab zu laufen. Dann kam mir ein Gedanke, der mich abrupt stoppen ließ. »Glaubst du, die Hohensees stecken dahinter?«

»Das wäre möglich. Sollten sie diejenigen sein, die *Adventure World* auf das Château aufmerksam gemacht haben, hätten sie dir einen Gefallen getan. Denn wenn du es schaffst, diesen speziellen Gast von Rosies und Hannes' Konzept zu überzeugen, ist das die beste Marketingkampagne, die du dir wünschen kannst.«

Es fiel mir schwer, seinen Optimismus zu teilen. Vielmehr kostete es mich einiges an Willensstärke, die Worst-Case-Szenarien zu vertreiben, die ich mir ausmalte, sollte das Urteil nicht positiv ausfallen. »Hast du eine Ahnung, wann er kommt?«

»Ich schätze, vor Weihnachten. Es wäre denkbar, dass der Ball als Höhepunkt des Jahres mit in die Bewertung einfließt. Sieh es als Chance, und mach dich nicht verrückt. Das Hotel läuft sehr gut, und ich kann mir beim besten Willen nicht vorstellen, dass jemand Rosies und Hannes' herzlicher Gastfreundlichkeit etwas entgegenzusetzen hat. Die beiden haben sogar Livia davon überzeugt, dass Romantik und das Fest der Liebe ein Grund zur Freude und nicht zur Flucht sind.«

»Wie man hört, hast du auch deinen Teil dazu beigetragen.«

»Irgendjemand musste ihr doch beweisen, dass nicht alle Männer verlogene Egoisten sind.«

Ich schluckte und verbot mir, an meine gescheiterte Beziehung mit Maxim zu denken. Der Umzug in die Schweiz diente nicht nur dazu, mich wieder in die Lage zu versetzen, meinen Lebensunterhalt zu bestreiten, sondern sollte auch ein Neuanfang sein. Aber dafür musste ich die Vergangenheit ein für alle Mal hinter mir lassen.

Nachdem wir das Telefonat beendet hatten, machte ich mich kurz frisch, band mir das blonde Haar zu einem hohen Zopf zusammen und legte dezentes Make-up auf in dem Versuch, meine Augenringe zu kaschieren. Dann zog ich meine roséfarbene Seidenbluse und den hellgrauen Hosenanzug mit den dazu passenden Pumps an. Rosie hatte mir angeboten, mich leger zu kleiden, doch ich fühlte mich in meinem gewohnten Business-Outfit selbstsicherer. Ich warf einen letzten Blick in den Spiegel, bevor ich mir mein Handy schnappte und die Hintertreppe ins Erdgeschoss nahm. Der köstliche Duft von gemahlenen Kaffeebohnen und frisch gebackenem Brot wehte mir entgegen, vermochte jedoch den festen Knoten in meiner Magengegend nicht zu lockern.

In der Küche herrschte bereits fleißige Betriebsamkeit. Rosie, die nicht nur Hotelière war, sondern auch die Leitung des Restaurants innehatte, rollte mit Schokolade belegte Teigstücke zu kleinen Gipfeli, wie die Hörnchen in der Schweiz genannt wurden. Florence, ihre Souschefin, die aus Paris stammte und mit ihren kreativen Ideen eine große Bereicherung darstellte, warf mit einer lockeren Bewegung aus dem Handgelenk einen Pfannkuchen in die Höhe. Ich hielt den Atem an, während er durch die Luft segelte, und rührte mich erst, als er mit einem satten Klatschen wieder in der Pfanne landete.

»Bonjour, Anna«, begrüßte sie mich. »Mon dieu! Du siehst noch blasser aus als sonst. Hast du schlecht geschlafen?«

Besorgt sah Rosie von ihrem Blech auf und unterzog mich ebenfalls einer kritischen Musterung.

»Bestimmt ist ihr ein Geist begegnet. Jedes Hotel, das etwas auf sich hält, braucht mindestens eine herumirrende Seele, die keine Ruhe findet.«

»So ein Unsinn!«, tadelte Rosie ihre Mitarbeiterin mit gespielter Strenge, deren Wirkung vom leichten Zucken ihrer Mundwinkel abgeschwächt wurde. »Setz dich erst mal, Liebes. Ich koche dir einen Tee aus meiner speziellen Kräutermischung, der wird dir guttun.«

Während Rosie Wasser erhitzte, nahm ich auf der gepolsterten Eckbank Platz und überlegte, wie ich das Thema am besten zur Sprache brachte. Es war erst ein Jahr her, dass die Stadlers kurz vor dem Konkurs gestanden hatten. Dank Marco, dessen Idee es gewesen war, die familienfreundliche Pension in ein exklusives Romantikhotel umzuwandeln, schrieb das Château seit Januar wieder schwarze Zahlen. Gemeinsam mit Livia, der besten Freundin seiner Schwester, hatte er verschiedene Eventpakete zusammengestellt, die speziell auf verliebte Paare zugeschnitten waren und je nach Anlass und Saison wechselten. Der Weihnachtsball stellte den Höhepunkt dar und wurde von Gästen aus der ganzen Welt besucht. Wenn man den Gerüchten Glauben schenkte, war jener Ball dafür verantwortlich, dass Livia und Marco, die sich zu Beginn nicht ausstehen konnten, letztendlich zusammengefunden hatten. Doch das war eine andere Geschichte.

Ich legte meine Hände um den dampfenden Becher, den Rosie vor mich auf den Tisch gestellt hatte, und war erstaunt, dass sie sich nicht wieder den Gipfeli zuwandte, sondern sich zu mir setzte. Offenbar gelang es ihr, die Tatsache, dass sie ein Haus voller Gäste hatte, die in einer knappen Stunde ein reichhaltiges Frühstücksbuffet erwarteten, für den Moment auszublenden. Ihre warmherzige Art war einer der Gründe, warum ich mich im Château so schnell eingelebt hatte. Auch Florence, die wie ich Ende zwanzig war, hatte mit ihrer Direktheit und ihrem lebhaften Temperament dafür gesorgt, dass ich mich willkommen fühlte.

»Willst du uns erzählen, was dich bedrückt?«, ermutigte Rosie mich.

»Bestimmt nichts, was ein leckeres Bircher Müsli oder ein fluffiger Pfannkuchen mit Himbeeren und einem Hauch Vanille nicht aus der Welt schaffen kann«, mischte Florence sich ein. Sie war ebenso wie Rosie eine ausgezeichnete Köchin, die für ihre Passion brannte und sich ständig neue Rezepte ausdachte, mit denen sie die Gäste in Entzücken versetzte.

»Marco hat mich eben angerufen und mir erzählt …«, ich hielt inne und atmete tief ein, um mich für den Sturm zu wappnen, der sicher gleich über mich hereinbrechen würde, »dass *Adventure World* uns einen Hoteltester schickt.« Am liebsten hätte ich die Augen geschlossen, um nicht mit ansehen zu müssen, wie das freundliche Lächeln auf Rosies Lippen erstarb. Doch anstatt in Panik zu verfallen, legte sie mir eine Hand auf die Schulter und bedachte mich mit einem mitfühlenden Blick.

»Und deswegen machst du dir Sorgen?«

»Sollte ich etwa nicht?« Ich hörte selbst den hysterischen Klang in meiner Stimme. Rosie arbeitete lange genug in der Hotelbranche, um sich des Einflusses von besagtem Reiseveranstalter bewusst zu sein.

»Natürlich nicht. Er muss nur einen Bissen von meinem *Bœuf Bourguignon* probieren, um alle Hotels, die er in seinem bisherigen Leben bewertet hat, zu vergessen.«

Perplex starrte ich Florence an und wünschte mir, einen Bruchteil ihres Selbstbewusstseins zu haben. »Deine Kochkünste in allen Ehren, aber ich würde mich wohler fühlen, wenn wir einen konkreten Plan hätten. Wir könnten zusätzliche Events organisieren oder eine bekanntere Band für den Ball buchen. Hat das Streichquartett eigentlich zugesagt, das während des Begrüßungscocktails spielen soll? Und habt ihr euch schon entschieden, ob ihr dieses Jahr das Weihnachtsmenü selbst übernehmen wollt? Marco meinte, er hätte letztes Mal einen Cateringservice engagiert.«

»Anna«, unterbrach Rosie mich in ungewohnt ernstem Tonfall. »Wir werden nichts dergleichen tun, sondern darauf vertrauen, dass unser Konzept funktioniert.«

»Aber ...«

»Livia und Marco haben sich die einzelnen Angebote nicht nur sehr gut überlegt, sie haben sie auch selbst getestet, und die positiven Reaktionen unserer Gäste sprechen für sich. Natürlich steht es dir als PR-Managerin frei, das Programm in deinem Ermessen anzupassen oder zu erweitern, doch wenn du das tust, dann bitte aus den richtigen Gründen und nicht aus einer irrationalen Angst heraus.«

Ich schluckte, da ich wusste, dass sie recht hatte. Als ich die Stelle vor wenigen Wochen angetreten hatte, war ich überrascht gewesen von der Vielfalt der verschiedenen Ausflüge und Events, die man buchen konnte. Alles war genau durchdacht, trotzdem fiel es mir schwer, mich zurückzulehnen und einfach abzuwarten.

»Es könnte sein, dass die Hohensees das Ganze initiiert haben«, gab ich kleinlaut zu und wagte nicht, Rosie in die Augen zu sehen.

Florence stieß einen französischen Fluch aus, von denen sie ein unbegrenztes Repertoire hatte, um ihrer Empörung Luft zu machen.

»Wenn wir uns von ihrem Machtgehabe beeindrucken ließen, hätten wir dich gar nicht erst eingestellt«, erklärte Rosie ungerührt und machte sich wieder an die Zubereitung der Gipfeli.

»Ich wäre zu gern dabei gewesen, als du sie vor vollendete Tatsachen gestellt hast.« Florence stapelte die Pfannkuchen auf einem Teller und stellte sie zum Warmhalten in den Ofen.

»Den Wutanfall meines Chefs hat wahrscheinlich das ganze Hotel mitbekommen.«

»Du musst mir unbedingt erzählen, warum du den heiß begehrten Hotelerben verlassen hast.« Anstatt sich weiter um das Frühstück zu kümmern, lehnte sich Florence gegen die Arbeitsplatte und blickte mich erwartungsvoll an.

Kurz bereute ich, ihr in einer schwachen Minute von meiner Affäre mit Maxim erzählt zu haben. Als Rosie mir aufmunternd zunickte, stieß ich ein Seufzen aus und rief mir jenen schicksalhaften Abend in Erinnerung.

»Wir hatten an dem Tag ein Meeting, bei dem die gesamte Chefetage anwesend war, weil über das Budget für eine weltweite Werbekampagne in Kooperation mit einer bekannten Bademodendesignerin entschieden wurde. Ich weiß noch, wie aufgeregt ich war, als seine Eltern einen Vorschlag von mir zum ersten Mal nicht direkt abgelehnt haben. Maxim meinte daraufhin, dass ich gute Aufstiegschancen hätte, solange ich bei ihm bliebe und mich von ihm leiten ließe. Zuerst war ich sprachlos, da ich mir meine Stellung im Unternehmen aus eigener Kraft erarbeitet hatte. Als ich ihn darauf hingewiesen habe, hat er mich auf diese spezielle Art angesehen, als wäre ich ein Kind, das noch nicht verstanden hat, wie die Welt funktioniert. Er hat mir einen Arm um die Schulter gelegt und gesagt, dass wir beide wüssten, dass ich ohne ihn gnadenlos untergehen würde. Es sollte ein Scherz sein, trotzdem hat es mich unfassbar geärgert, dass er so wenig von mir hielt und nicht gemerkt hat, wie sehr mich seine Sprüche verletzen.« Ich nahm einen Schluck von meinem Tee und spürte der wohltuenden Wärme nach, die ein bisschen half, die Enge in meiner Brust zu lösen. »Da begriff ich, dass ich nicht länger mit jemandem zusammen sein wollte, der mir immer wieder das Gefühl gibt, nicht gut genug zu sein. Also habe ich ihm gesagt, dass er sich irrt und ich ihm beweisen werde, dass ich es auch ohne ihn schaffe – beruflich und privat. Er hat mir nicht geglaubt. Erst als ich seinem Vater am nächsten Tag meine Kündigung vorgelegt habe, hat er verstanden, dass ich es ernst meine und es mit uns endgültig vorbei ist.«

»So ein aufgeblasener Gockel!«, echauffierte sich Florence. »An deiner Stelle hätte ich auch meine Koffer gepackt.«

»Du hättest dich gar nicht erst auf ihn eingelassen.«

»Sag das nicht. Er ist reich und attraktiv. Da kann man schon in Versuchung geraten. Wenn er dann auch noch gut im Bett ist …«

Verlegen hüllte ich mich in Schweigen. Es war eine Sache, ihr in Gegenwart meiner neuen Chefin zu erzählen, wie es zu der Trennung gekommen war, zumal wir davon ausgehen mussten, dass die neusten Entwicklungen auf dieses Ereignis zurückzuführen waren. Aber das bedeutete nicht, dass ich bereit war, auch mein Intimleben zu offenbaren.

»Apropos attraktive Männer«, fuhr Florence fort, »vielleicht ist der Hoteltester ebenfalls jung und gut aussehend.

Dann könnte ich ihn nicht nur mit meinem unwiderstehlichen Essen von den Vorzügen des Châteaus überzeugen …«

»Das wirst du schön bleiben lassen«, ermahnte Rosie sie und hatte erneut Mühe, streng zu klingen. »Du würdest dem armen Kerl derart den Kopf verdrehen, dass er am Ende nicht mehr in der Lage wäre, seinen Bericht zu schreiben.«

»Dann muss sich eben Anna um ihn kümmern.« Sie zwinkerte mir verschwörerisch zu.

»Oh nein! Ich brauche erst einmal etwas Abstand von der Männerwelt.«

»Berühmte letzte Worte.«

Rosie schob das Blech in den Ofen, ehe sie sich uns zuwandte. »Ich bin überzeugt, dass Marco es mit seiner Warnung gut gemeint hat, aber in diesem Haus werden alle Gäste gleich behandelt. Egal, ob sie die teuerste Suite oder das einfachste Zimmer gebucht haben. Und daran wird auch die Ankunft eines potenziellen Hoteltesters nichts ändern. Haben wir uns verstanden?«

Ich nickte, obwohl es mich in den Fingern juckte, etwas zu unternehmen, um die nahende Bedrohung einzudämmen.

2

Um meine Social-Media-Kampagne ins Rollen zu bringen, besuchte ich die einzelnen Abteilungen im Hotel. Ich wollte unserer Community zeigen, wer hinter den Kulissen für einen reibungslosen Ablauf und das Wohlbefinden unserer Gäste sorgte.

Sergio, ein junger Italiener, der in der Wäscherei beschäftigt war, begeisterte sich direkt für mein Vorhaben und erzählte mir, dass er für sein Leben gern tanzte. Zusammen mit Paul, seinem Schweizer Kollegen, der schon längst im Ruhestand sein müsste, sich aber weigerte, seine geliebte Arbeit aufzugeben, hatte er kleine Choreografien zu aktuellen Charthits eingeübt, während sich die Wäsche in der Trommel drehte. Obwohl Pauls Beweglichkeit etwas eingeschränkt war, machte sein leidenschaftlicher Einsatz das mehr als wett. Die beiden waren ein absolutes Dreamteam. Ich war mir sicher, dass nicht nur Sergios unwiderstehliches Lächeln, sondern auch Pauls Hüftschwung für einigen Wirbel auf Social Media sorgen würden.

Leni, die als Trainerin im Fitnessbereich arbeitete, erklärte sich ebenfalls bereit, verschiedene Übungen zu zeigen und hilfreiche Tipps zu geben, wie man den Urlaub dafür nutzen konnte, seine körperliche Konstitution zu verbessern.

Als ich das Foyer betrat, traf ich auf Roane, die gerade herzlich ein Paar verabschiedete, das offenbar schon häufiger im Château Urlaub gemacht hatte. Ich wartete, bis wir allein waren, ehe ich mein Anliegen vorbrachte.

»Ich weiß nicht, Anna. Eigentlich bin ich nicht der Typ, der sich vor die Kamera stellt und locker drauflosplaudert. Das wäre eher was für Michelle aus dem Housekeeping. Sie liebt es, im Mittelpunkt zu stehen, und schwingt bestimmt gern den Staubwedel – solange ein Scheinwerfer auf sie gerichtet ist.«

»Und wenn ich dich bei deiner Arbeit filme und selbst das Reden übernehme? Es geht mir darum, dass potenzielle Gäste die Möglichkeit haben, dich bereits vor ihrer Anreise kennenzulernen. Schließlich bist du diejenige, die sie beim Einchecken in Empfang nimmt. Solltest du dich damit nicht wohlfühlen, kann ich auch Rosie fragen. Den Videos auf der Homepage nach zu urteilen, scheint sie keine Berührungsängste mit der Kamera zu haben.«

»Ich werde es mir überlegen.«

Zufrieden wollte ich mich auf die Suche nach Michelle machen, als mir ein Gedanke kam. »Sag mal, Roane, wie sehen die Buchungen für die nächsten Wochen aus? Erwarten wir viele neue Gäste?«

»Dein Interesse hat nicht zufällig etwas mit dem Hoteltester zu tun, der das Château beurteilen soll?«

Ich unterdrückte einen Fluch, denn Roanes Frage machte deutlich, dass es in einem Hotel keine Geheimnisse gab. »Woher weißt du davon?«, erkundigte ich mich möglichst beiläufig.

»Florence hat mir vorhin eines ihrer köstlichen Eclairs vorbeigebracht und bei der Gelegenheit erzählt, dass jemand von *Adventure World* zu uns kommt.«

»Hat sie dabei eventuell auch erwähnt, dass es von Vorteil

wäre, wenn nicht das ganze Personal darüber Bescheid wüsste?«

Irritiert schob Roane die Brauen zusammen. »Nein, sonst hätte ich es nicht Heidrun weitergesagt.«

Mir entwich ein Stöhnen. Heidrun hatte die Leitung des Housekeepings inne und sorgte innerhalb von Minuten dafür, dass sich Neuigkeiten im ganzen Team herumsprachen. Andererseits konnte es nicht schaden, wenn alle gewarnt waren.

»Ich habe mir die Reservierungen direkt angesehen. Es gibt einige Paare, die noch vor Weihnachten eintreffen, und zwei allein reisende Herren, die sich fürs Wochenende angekündigt haben. Eine Buchung ist besonders auffällig.« Sie drehte den Bildschirm in meine Richtung. »Ein gewisser Julian Morgner hat die Flitterwochensuite für zwei Personen gebucht. Vor drei Tagen hat er uns mitgeteilt, dass seine Begleitung abgesprungen ist. Ziemlich verdächtig, findest du nicht?«

»Vielleicht ist sie krank geworden.«

»Hätte er dann nicht eher versucht, umzubuchen?«

»Stimmt. Aber gleich die teuerste Suite? Meinst du, ein Hoteltester hat ein so großzügiges Budget?«

»Wir reden hier von *Adventure World* und nicht von irgendeinem kleinen Reiseveranstalter.« Roane strich sich mit einer Hand die überlangen Ponyfransen aus der Stirn. »Für ihn spricht ebenfalls, dass er das *Forever-in-Love-Paket* gebucht hat, das zwölf flexibel kombinierbare Events beinhaltet. Wer außer einem Hoteltester macht freiwillig alleine romantische Ausflüge, die für zwei Personen gedacht sind?«

»Das ist in der Tat merkwürdig«, stimmte ich zu. »Was ist mit dem anderen Gast?«

»Finn Berger, er hat vor zehn Tagen eins der schlichteren Zimmer im dritten Stock reserviert.«

»Was darauf hindeuten könnte, dass er herausfinden will, wie wir Gäste behandeln, die sich für die günstigste Zimmerkategorie entscheiden. Hat er sich schon für Events angemeldet?«

Roane rief die Buchung auf und schüttelte den Kopf.

»Es könnte auch sein, dass er wegen der Wintersportmöglichkeiten ins Wallis kommt und nur bei uns gelandet ist, weil in Zermatt nichts mehr frei war«, überlegte ich.

»Oder er wählt spontan eines unserer Angebote aus und überprüft dabei, wie flexibel wir sind. Allerdings reist er im Gegensatz zu Julian Morgner bereits vor dem Weihnachtsball wieder ab.«

»Die ganze Aktion muss recht kurzfristig entschieden worden sein, und wir sind seit Monaten über die Feiertage ausgebucht. Im Falle von Julian Morgner würde das bedeuten, dass er vier Wochen eingeplant hat, um sich ein Urteil zu bilden. Das kommt mir extrem lang vor«, gab ich zu bedenken.

»Vielleicht hat er noch Resturlaub. Oder er muss die Zeit bis zu seinem nächsten Auftrag überbrücken.«

»Würde er dann nicht zu seiner Familie fahren?« Ich konnte mir nur schwer vorstellen, dass jemand es vorzog, Weihnachten allein in einem Hotel zu verbringen.

»Wenn sie so anstrengend ist wie meine, ganz sicher nicht.«

Unschlüssig kaute ich auf meiner Unterlippe herum, musste jedoch zugeben, dass Roanes Argumentation plausibel war. »Kannst du mir sagen, wann er reserviert hat?«

»Einen Moment.« Ihre Finger flogen über die Tastatur. »Vor drei Wochen. Er hatte Glück, dass ein anderes Paar kurzfristig storniert hat.«

»Das könnte zeitlich ebenfalls passen.« Ich seufzte und musste einsehen, dass wir auf diese Weise nicht weiterkamen. »Am besten behalten wir beide im Auge und sorgen dafür, dass es ihnen an nichts fehlt.«

»Und was ist mit Rosies und Hannes' Leitsatz, dass wir alle Gäste gleich behandeln sollen?«

Ich setzte mein überzeugendstes Lächeln auf. »Das tun wir doch. Nur bei den beiden wachsen wir eben noch ein kleines bisschen über uns hinaus, was Freundlichkeit und Entgegenkommen angeht. Es soll schließlich niemand seinen Job verlieren.«

Roane nickte eifrig, woraufhin mich ein Anflug von schlechtem Gewissen beschlich. Es war nicht fair, sie mit meinen Sorgen zu belasten. Denn wenn man die Sache ehrlich betrachtete, war es vor allem mein Hals, der in der Schlinge steckte. Sollte das Hotel vor Ablauf meiner Probezeit negativ beurteilt werden, konnte ich davon ausgehen, dass meine Tage gezählt waren.

»Noch ein Stück nach rechts. So ist es gut«, rief ich Michelle und Britta zu, die eine weitere Tannengirlande im Foyer aufhängten, während ich rot blühende Weihnachtssterne, deren Blätter mit Goldspray verziert waren, auf den Beistelltischen verteilte. Cremefarbene LED-Kerzen, die täuschend echt aussahen, sorgten zusätzlich zum flackernden Kaminfeuer für eine festliche Stimmung.

Trotz Rosies Anweisung, alles beim Alten zu belassen, hatte ich vorgeschlagen, die täglich wechselnden Menüs auf Büttenpapier zu drucken und das Team statt der üblichen weiß-grauen Uniform elegantes Schwarz tragen zu lassen.

Ich wollte gerade den Trockenblumenstrauß durch ein

üppiges Rosenbouquet ersetzen, als Florence sich mit in die Hüfte gestemmten Händen vor mir aufbaute.

»Würdest du mir bitte erklären, warum du unser schönes Hotel in eine überladene Weihnachtshöhle verwandelst?«

»Findest du es übertrieben?« Ich sah mich um und versuchte, mein Werk möglichst objektiv zu betrachten.

»Noch eine Lichterkette mehr und du bringst das Stromnetz im gesamten Wallis zum Erliegen.«

Stöhnend ließ ich mich in einen der Sessel sinken, die so bequem waren, dass ich fürchtete, nie wieder freiwillig aufzustehen. Florence ging vor mir in die Hocke und legte ihre Hände auf meine Knie.

»Was ist denn los mit dir?«

»Ich will doch nur, dass der Hoteltester einen guten ersten Eindruck bekommt.«

»Indem du dafür sorgst, dass der Duft der Blumengestecke ihn in eine Ohnmacht treibt?«

Ich schnupperte und musste mir wider Willen eingestehen, dass der Geruch nach Rosen, Tannenzweigen und frisch gebackenen Vanillekipferln zusammen mit dem weihnachtlichen Raumspray, den ich unter Heidruns geheimen Vorräten entdeckt hatte, vielleicht eine Spur zu intensiv war.

Roane, die an der Rezeption Dienst hatte, räusperte sich und deutete mit einer dezenten Kopfbewegung zum Vorplatz, wo gerade der hoteleigene SUV vorfuhr. Hannes saß selbst am Steuer, da er es sich nicht nehmen ließ, die Gäste persönlich vom Bahnhof abzuholen. Er schaltete den Motor aus und beeilte sich, den Wagen zu umrunden, um die hintere Tür zu öffnen. Ein junger Mann stieg aus und schaute sich interessiert um. Mein Puls schoss in die Höhe. Ich begutachtete ein letztes Mal die Dekoration, bevor ich Michelle und Britta ein Zeichen gab, dass ich ihre Hilfe nicht länger benötigte. Dann griff ich nach Florence' Arm und zog sie zum Sessel neben mir.

»He, was soll das?«

»Er kommt!«, zischte ich zwischen zusammengebissenen Zähnen hervor, drückte ihr meinen Teebecher in die Hand und schnappte mir ein Buch von einem der Beistelltische.

»Wer?« Sie machte Anstalten, sich umzudrehen, was ich durch einen ermahnenden Blick in ihre Richtung gerade noch verhindern konnte.

In diesem Moment öffnete Tim, unser Page, die doppelflügelige Eingangstür, wo Roane bereitstand, um den Neuankömmling zu empfangen. Er trug eine schwarze Hornbrille, die beim Hereinkommen beschlug, sodass er sie abnahm. Nach einer herzlichen Begrüßung erkundigte sie sich nach seiner Anreise und geleitete ihn zur Rezeption, um die Formalitäten zu erledigen. Er war groß gewachsen und hatte dunkelblondes Haar, in dem sich auf dem kurzen Weg vom Auto zum Hotel einzelne Schneeflocken verfangen hatten. Der klassisch geschnittene Mantel aus schwarzer Wolle sah teuer aus, ebenso wie die gefütterten Wildlederboots, die unter seiner dunkelgrauen Hose hervorlugten. Als er Florence und mich in den hohen Ohrensesseln entdeckte, setzte er seine Brille wieder auf und nickte uns freundlich zu. Atemlos beobachtete ich, wie sein Blick durch den großzügig geschnittenen Raum schweifte, wobei sich zwischen seinen ausdrucksstarken Augenbrauen eine kleine Falte bildete. Oh nein! Erstellte er im Geiste bereits eine Liste mit Mängeln, die ihm ins Auge stachen?

Du musst dir keine Sorgen machen. Es ist alles perfekt vorbereitet, redete ich mir gut zu. Das Feuer im Kamin prasselte munter vor sich hin, das Licht war gedimmt, jedoch hell genug, um einladend zu wirken, und die Musik erfüllte in einer angenehmen Lautstärke den Raum, sodass man sich mühelos unterhalten konnte.

Nachdem Roane ihm den Zimmerschlüssel überreicht und Tim das Gepäck übernommen hatte, ging er auf den Fahrstuhl zu. Hektisch schlug ich das Buch auf und bemerkte gerade noch rechtzeitig, dass der Text auf dem Kopf stand. Schnell drehte ich es um und überflog den unteren Absatz, als Florence' Schuhspitze gegen mein Bein tippte. Erschrocken hob ich den Blick und begegnete einem Paar grüngrauer Augen.

»Interessante Lektüre?«, fragte er und betrachtete mich neugierig.

Ich nickte, da ich meiner Stimme nicht traute.

»Es geht doch nichts über ein spannendes Buch. Das Château soll über eine gut ausgestattete Bibliothek verfügen.«

»Das stimmt«, sprang Florence für mich ein. »Sie befindet sich gleich im ersten Stock und bietet nicht nur eine breit gefächerte Auswahl an Literatur, sondern auch eine atemberaubende Aussicht auf die umliegenden Berge, falls man einen ruhigen Ort sucht, um seinen Gedanken nachzuhängen.«

Ein leises *Pling* kündigte die Ankunft des Fahrstuhls an. Tim lief voran und schob den Gepäckwagen in die Kabine. Unser Gast folgte ihm, wandte sich dann jedoch noch einmal zu mir um.

»Darf ich fragen, was Sie lesen?«

Da ich keine Ahnung hatte, wie der Titel des Buchs lautete, nach dem ich spontan gegriffen hatte, musste ich improvisieren. »*Stolz und Vorurteil.*«

Ein amüsiertes Funkeln trat in seine Augen, das ich mir nicht erklären konnte. Erst nachdem ich hundertprozentig sicher war, dass sich die Türen geschlossen hatten, sprang ich auf. Ich wollte das Buch gerade zurücklegen, als mir die fettgedruckte Kapitelüberschrift auffiel: *Wem die düstere Stunde schlägt*. Na großartig! Er hatte bestimmt genau gesehen, dass es sich keineswegs um den Klassiker von Jane Austen handelte, was seine Belustigung erklären würde. Sei's drum. Dann hielt er mich eben für eine überspannte Gästin, die vorgab, eine Vorliebe für gehobene Literatur zu haben.

»Lief doch ganz gut, oder?«, fragte Roane von der Rezeption aus und schien sichtlich erleichtert zu sein.

»Würdet ihr mir liebenswürdigerweise verraten, warum ihr euch so seltsam benehmt?«, forderte Florence ungeduldig.

Roane und ich wechselten einen stummen Blick.

»Wir haben die Reservierungen gecheckt und sind zu dem Schluss gekommen, dass nur Julian Morgner, der Typ, der eben eingecheckt hat und nebenbei bemerkt aussieht wie der junge Brad Pitt, oder Finn Berger der Hoteltester sein können«, erklärte Roane.

»Und das glaubt ihr, weil …?«

»Weil sie die einzigen allein reisenden Gäste sind, die vor Weihnachten eintreffen«, weihte ich Florence in unsere Überlegungen ein.

»Habt ihr schon mal daran gedacht, dass *der Hoteltester* auch eine Frau sein könnte? Oder jemand, der in Begleitung anreist, um weniger aufzufallen?«

Erschrocken zuckte ich zusammen, da mir diese Möglichkeit nicht in den Sinn gekommen war.

»Wer auch immer es sein mag«, fuhr Florence fort, »ich

glaube, es ist besser, wenn wir uns bedeckt halten, so wie Rosie es uns geraten hat. Sollte die betreffende Person merken, dass wir vorgewarnt waren, könnte sich das am Ende ungünstig auf die Beurteilung auswirken.« Sie schnappte sich einen der Weihnachtssterne und drückte ihn mir in die Hand. »Schaff den hier weg, bevor Rosie kommt und sich fragt, wieso der Eingangsbereich aussieht, als wäre man in einem Blumenladen gelandet.«

Zerknirscht verzog ich mich in mein Büro und stellte die Pflanze auf die vielen losen Zettel, die meinen Schreibtisch bedeckten. Ich hatte mir einige Ideen notiert, die darauf warteten, nach Dringlichkeit sortiert in eine Tabelle eingetragen und anschließend umgesetzt zu werden. Am besten machte ich mich direkt an die Arbeit.

Während der Rechner hochfuhr, war ich meinen Gedanken hilflos ausgeliefert. Hatte ich es mit der Dekoration übertrieben? Hätte ich mich Julian Morgner gegenüber begeisterter zeigen müssen, als er sich nach der Bibliothek erkundigte? War ihm aufgefallen, dass ich ihn angeschwindelt hatte? Zum Glück hatte Florence die Situation gerettet. Vermutlich war es tatsächlich das Beste, wenn ich die Füße stillhielt und mich nicht weiter einmischte, sondern darauf vertraute, dass unser Team, das hervorragend eingespielt war, sich um die Gäste kümmerte. Dank Heidrun wussten zumindest alle, dass wir einen Hoteltester erwarteten, sodass das Personal den Gästen noch mehr Aufmerksamkeit entgegenbringen würde als sonst. Bestimmt machte ich mir vollkommen unnötig Sorgen. Ich beschloss, meinen Vorsatz, optimistisch in die Zukunft zu blicken, endlich in die Tat umzusetzen, und klickte mit neuer Motivation auf den Ordner mit den Excel-Tabellen.

Beim Abendessen, das ich mit einigen der anderen Angestellten im weihnachtlich geschmückten Aufenthaltsraum einnahm, gab es nur ein Thema: die Ankunft des potenziellen Hoteltesters. Es schien sich wie ein Lauffeuer herumgesprochen zu haben, dass Roane und ich Julian Morgner und Finn Berger im Verdacht hatten. Es wurde wild spekuliert, und ich war froh, als Inga, die im Service arbeitete, das Thema wechselte.

»Das Ehepaar Gruber hat heute Mittag im Restaurant an einem meiner Tische gesessen. Fünf Gänge in absolutem Schweigen. Offenbar haben sie sich nichts mehr zu sagen, und so wie sie sich ansehen oder vielmehr aneinander vorbeischauen, scheint ihre Ehe am Ende zu sein.«

Die romantischen Erlebnisse, die man bei uns buchen konnte, richteten sich an Menschen aller Altersgruppen. Wie Marco mir erklärt hatte, ging es bei seinem Konzept nicht nur darum, den Frischverliebten eine unvergessliche Zeit zu ermöglichen, sondern auch Paare zu unterstützen, die in einer Krise steckten.

Nachdem wir eine Weile zusammen überlegt hatten, wie man den Grubers helfen konnte, zog ich mich in mein Büro zurück, um noch ein bisschen zu arbeiten.

Um kurz vor neun fuhr ich den Laptop herunter und beschloss spontan, eine Runde schwimmen zu gehen. Ich schnappte mir die Tasche mit meinen Badesachen, die immer griffbereit neben dem Schreibtisch stand. Denn auch wenn der Wellnessbereich lediglich eine Aufzugfahrt entfernt war, wusste ich, wie schwer es mir fiel, mich zu motivieren, wenn ich erst einmal in meinem Zimmer war und dem Verlangen nachgab, mich *nur ganz kurz* auf die Couch zu setzen. Sobald ich es mir erst einmal bequem gemacht hatte, tippte mein Finger aus Versehen auf die Fernbedienung, sodass der Abend schließlich mit Netflix und einer Tüte Chips anstatt mit einer Sporteinheit ausklang. Zum Glück hatte ich die schlanke Statur meines Vaters geerbt, doch in Kombination mit den süßen Backwaren und köstlichen Desserts, mit denen Rosie und Florence uns verwöhnten, sollte ich es dennoch nicht übertreiben.

Da der Pool um diese Zeit für die Gäste bereits geschlossen war, musste ich an der Tür einen Code eingeben. Ich machte mir nicht die Mühe, die Umkleideräume aufzusuchen. Stattdessen ging ich hinter einer großblättrigen Pflanze in Deckung, damit ich von der Panoramaterrasse aus nicht gesehen werden konnte, und zog meinen Bikini an. Der Geruch von Chlor kitzelte in meiner Nase und erfüllte mich mit Vorfreude. Barfuß tapste ich zum Becken. Die Wasseroberfläche lag ruhig vor mir. Mit einem beherzten Kopfsprung tauchte ich hinein. Ich spürte, wie sich meine Muskeln entspannten, als ich schwerelos durchs Wasser glitt. Bevor ich das gegenüberliegende Ende erreichte, öffnete ich die Augen und zuckte erschrocken zusammen. Direkt unter mir schwamm ein Mann in Rückenlage, der auch noch die Frechheit besaß, mir fröhlich zu winken. Prustend hob ich den Kopf aus dem Wasser und suchte mit einer Hand am Beckenrand Halt. Mein Herz hämmerte wild gegen meine Rippen. Kurz darauf durchbrach ein dunkler Haarschopf die Wasseroberfläche. Der Typ öffnete den Mund und schnappte gierig nach Luft.

»Was zur Hölle?«, entfuhr es mir.

Statt mir zu antworten, warf er einen Blick auf die Uhr an seinem Handgelenk. »Vier Minuten siebenunddreißig – gar nicht übel.«

»Könnten Sie bitte die Freundlichkeit haben, mir zu verraten, was Sie hier tun?« Immer noch vollkommen perplex, beobachtete ich, wie er eine große schwarze Flosse aus dem Wasser zog und am Beckenrand ablegte.

»Wonach sieht es denn aus?«, hielt er dagegen und strich sich das schulterlange Haar zurück. Wenn die Situation nicht so bizarr gewesen wäre, hätte ich ihn für seine lässige Art bewundern können.

»Sie waren in Ihrem früheren Leben ein Fisch und geben nun Ihr Bestes, um bald wieder ins Meer zurückzukehren?«

Sein Lachen war tief und warm und sorgte dafür, dass ich mich ein wenig entspannte.

»Das kommt der Wahrheit ziemlich nahe.«

»Es erklärt jedoch nicht, wie Sie hereingekommen sind. Der Pool ist ab 21 Uhr für Gäste geschlossen.«

»Eine zuvorkommende junge Dame hat mir die Tür geöffnet, nachdem ich ihr gesagt habe, dass der Ruf des Ozeans mich hergelockt hat.« Das jungenhafte Lächeln, das seine Lippen umspielte, ließ keinen Zweifel daran, dass er Regeln nicht allzu ernst nahm. »Und was ist Ihre Ausrede? Lassen Sie mich raten! Sie sind in Wirklichkeit eine Meerjungfrau, die die Neugier unter die Menschen getrieben hat.« Passend zu seiner Bemerkung kam der Mond hinter einer Wolke hervor und tauchte das Becken in silbriges Licht.

»Das klingt auf jeden Fall spannender als eine überarbeitete PR-Managerin, die ihren Feierabend nutzt, um ihrem Rücken etwas Gutes zu tun.« Obwohl ich es normalerweise vermied, mit Gästen zu flirten, löste seine neckende Art ein wohliges Kribbeln in mir aus, das ich schon viel zu lange nicht mehr gespürt hatte.

»Die Nachteile eines Bürojobs.«

Fasziniert sah ich ihm dabei zu, wie er seine Hände auf dem Beckenrand abstützte und sich in einer einzigen fließenden Bewegung aus dem Wasser stemmte. Mein Blick wanderte über seine breiten Schultern, folgte der ausgeprägten Rückenmuskulatur, glitt tiefer zu der schwarzen Badehose, die seinen wohldefinierten Hintern umhüllte, bis zu seinen durchtrainierten Beinen. Seine gebräunte Haut wurde von kunstvollen Tattoos geschmückt, deren Motive ich in der gedimmten Beleuchtung des Pools nur erahnen konnte.

Er schien zu spüren, dass ich ihn ungeniert anstarrte, denn als er die Flosse aufhob, zuckten seine Mundwinkel, als würde er gegen ein Schmunzeln ankämpfen.

»Gute Nacht, Arielle. Ich bin überzeugt, dass wir uns bald wiedersehen.«

3

»Du hast Augenringe so tief wie die Trientschlucht. Hast du schlecht geschlafen?«, begrüßte Leni mich, als ich den Aufenthaltsraum betrat und zielstrebig auf Rosies köstliche Gipfeli zusteuerte.

»Vielleicht hat Florence recht, und wir haben doch einen Hotelgeist, der nachts umgeht«, mutmaßte Britta, ehe ein ungeduldiges Winken von Heidrun sie dazu veranlasste, vom Tisch aufzustehen und ihren Dienst anzutreten.

»Sag mal, Leni«, begann ich in der Hoffnung, meine Kollegin von meinem desolaten Äußeren abzulenken, »hast du gestern Abend zufällig einem der Gäste Zutritt zum Wellnessbereich gewährt?«

Ich sah, wie sich ihre Schultern bei meiner Frage leicht anspannten. »Warum willst du das wissen?«

»Weil ich noch schwimmen war und unerwartet auf einen Gast getroffen bin.«

»Ja, also, weißt du …«, suchte sie nach einer Erklärung, »mir ist schon klar, dass wir diesbezüglich eigentlich keine Ausnahmen machen, aber er hat mich so nett gefragt. Er ist Apnoetaucher und hat mir erzählt, dass ein ausgiebiges Training das Einzige ist, was ihm gegen den Stress einer anstrengenden Reise hilft.«

»Und das hast du ihm geglaubt?«

»Wusstest du, dass der Weltrekord im Apnoetauchen bei über elf Minuten liegt?«

»Ihr scheint euch ja angeregt unterhalten zu haben.« Offenbar hatte der Typ nicht nur bei mir einen bleibenden Eindruck hinterlassen, wenn ich das Strahlen in ihren Augen richtig deutete.

»Ich habe gestern Abend noch ein wenig recherchiert für den Fall, dass er mich als Trainerin um Rat bittet.« Ich hob skeptisch die Brauen, sodass Leni sich zu einer Rechtfertigung genötigt sah. »Du wolltest doch, dass wir in der nächsten Zeit besonders zuvorkommend zu allen sind. Stell dir vor, er arbeitet für *Adventure World* und das Ganze war ein Test.«

»Da kann ich dich beruhigen. Julian Morgner war es nicht. Ihn habe ich bereits kennengelernt. Und der andere, der infrage kommt, ein gewisser Finn Berger, reist erst im Laufe des Tages an.« Sie wollte etwas erwidern, doch ich ließ sie nicht zu Wort kommen. »Du hast alles richtig gemacht, Leni, aber warne mich das nächste Mal bitte vor. Ich habe fast einen Herzinfarkt bekommen, als er plötzlich unter mir aufgetaucht ist.«

Ihr Kichern lenkte die Aufmerksamkeit der anderen auf uns, sodass ich schnell in mein gefülltes Hörnchen biss und die Vorstellung verdrängte, was passiert wäre, wenn wir uns nur fünf Minuten früher begegnet wären.

»Das kann ich gern tun, aber was die potenziellen Hoteltester angeht, irrst du dich. Soweit ich weiß, haben beide gestern eingecheckt. Am besten fragst du Roane.«

»Was?!«, stieß ich hervor, bevor mir einfiel, dass ich den Mund voller Schokolade hatte. Doch nachdem ich endlich heruntergeschluckt hatte, war Leni bereits verschwunden. Ich versuchte, die dunkle Ahnung zu verdrängen, die mich befiel, und beendete hastig mein Frühstück.

Im Foyer traf ich auf Rosie, die zusammen mit Roane die Organisation für den Weihnachtsball besprach. Als sie mich erblickte, kam sie lächelnd auf mich zu.

»Anna, wie gut, dass ich dich treffe.« Sie hielt inne und musterte mich. »Alles in Ordnung? Du wirkst ein bisschen blass um die Nase.«

Ich murmelte etwas von einem spannenden Krimi, der mich angeblich bis in die frühen Morgenstunden wach gehalten hatte, da ich ihr schlecht erzählen konnte, dass ein Gast mit einem Talent für denkwürdige erste Begegnungen für meine schlaflose Nacht verantwortlich war.

»Was ich dich fragen wollte: Hast du noch einmal darüber nachgedacht, unser Angebot auszuprobieren? Hannes und ich sind der Meinung, dass du dir ein besseres Bild machen könntest, wenn du die romantischen Events selbst erlebt hast. Das war übrigens auch der Grund, warum Marco damals Livia zu uns eingeladen hat. Man sieht ja, wohin das geführt hat.« Sie seufzte verzückt. »Andererseits könnte ich es verstehen, wenn du nach deiner Trennung erst mal ein bisschen Abstand von Paaraktivitäten brauchst.«

Obwohl es mir widerstrebte, meine gescheiterte Beziehung als Ausrede zu benutzen, nickte ich. Ich mochte Rosie sehr und hatte höchste Achtung vor ihr, aber sie konnte nicht wirklich erwarten, dass ich mitten im vorweihnachtlichen Trubel meiner Arbeit den Rücken kehrte, um in einen Heißluftballon zu steigen. Hatte sie vergessen, dass wir einen Hoteltester zu Gast hatten, der vermutlich auch die Social-Media-Profile des Châteaus checkte? Was mich daran erinnerte, dass ich dringend Material für neuen Content brauchte.

»Ich denke darüber nach.«

»Wunderbar. Und solltest du nach einer Möglichkeit suchen, schnell wieder munter zu werden, mir hilft ein strammer Spaziergang durch den Wald. Oder du reitest eine Runde aus. Don Juan freut sich bestimmt über eine Abwechslung zum Schlittenziehen. Falls du rausgehst, nimm Minnie mit. Sie lungert schon den ganzen Morgen in der Küche herum in der Hoffnung, dass Florence ihr etwas von dem Lachs abgibt, den sie für das Abendessen mariniert.«

Sie war im Begriff, zu gehen, doch ihr Blick blieb am üppig geschmückten Treppengeländer hängen. »Findest du nicht auch, dass Heidrun es in diesem Jahr mit der Dekoration etwas übertrieben hat?«

Ich wollte gerade gestehen, dass ich für das Übermaß an Weihnachtsflair verantwortlich war, als sie entschlossenen Schrittes zu einem der Beistelltische hinüberging und mir einen Weihnachtsstern in die Hand drückte. »Der macht sich sicherlich ganz wunderbar in deinem Büro.«

Damit ließ sie mich stehen und verschwand in Richtung Küche. Roane, die alles von der Rezeption aus verfolgt hatte, konnte sich ein Grinsen nicht verkneifen.

»Leni meinte, Finn Berger sei bereits eingetroffen. Stimmt das?«

Sie nickte. »Ein überaus charmanter junger Mann und noch dazu völlig unkompliziert. Er hat darauf bestanden, sein Gepäck selbst zu tragen, und hat Tim trotzdem ein großzügiges Trinkgeld gegeben. Solche Gäste sind mir die liebsten.« Der verträumte Ausdruck in ihrem Gesicht verstärkte das flaue Gefühl in meinem Magen.

»Ist er zufällig ein sportlicher Typ mit schulterlangen dunklen Haaren und einem ausgeprägten Selbstbewusstsein?«

Sie sah mich überrascht an. »Dann hast du ihn schon kennengelernt?«

Ich unterdrückte den Impuls, mir die Hände vors Gesicht zu schlagen, und zwang mich stattdessen, Ruhe zu bewahren. In Gedanken ging ich unser Gespräch noch einmal durch. Auch wenn ich zu Beginn nicht besonders höflich gewesen war, schien ihn unsere Begegnung eher amüsiert zu haben. Ich beschloss, meinen Fauxpas bei nächster Gelegenheit wiedergutzumachen.

»Flüchtig. Hast du sonst noch etwas über ihn herausfinden können?«

»Außer dass er höflich und zuvorkommend ist und verdammt heiß aussieht? Nein. Doch, warte, er scheint Frühaufsteher zu sein. Jedenfalls ist er vor Morgengrauen los, weil er den Sonnenaufgang vom Gipfel eines Berges aus bewundern wollte.« Sie warf einen Blick auf den Bildschirm. »Für heute Nachmittag hat er eine Massage gebucht. Wenn du mich fragst, will er das tolle Winterwetter nutzen, um Sport zu treiben, und sich nebenbei ein wenig entspannen.«

»Dann wird es das Beste sein, wenn ich meine Bemühungen zukünftig auf Julian Morgner konzentriere.«

»Mach das. Ich werde weiterhin ein Auge auf Finn Berger haben«, entgegnete sie mit einem vielsagenden Grinsen. »Nur für den Fall, dass wir uns irren und er doch der Hoteltester ist.«

Ich beschloss, Rosies Rat zu befolgen und ein wenig spazieren zu gehen. Dabei konnte ich gleich ein paar winterliche Impressionen vom Hotel und der Umgebung für kommende Beiträge und tägliche Story-Updates festhalten. Nachdem ich mir meine Kamera geschnappt und Minnie in der Küche abgeholt hatte, gingen wir nach draußen. Tim war damit beschäftigt, einem Paar beim Einladen seines Gepäcks behilflich zu sein. Ich konnte Minnie gerade noch davon abhalten, auf ihn loszustürmen, als ein spannenderes Objekt ihre Aufmerksamkeit fesselte. Einer der Gäste stand am Rande des Parkplatzes und war in den Anblick der Berge vertieft. Es war wie in einer RomCom, wenn die Szene vor dem inneren Auge ablief, noch bevor sie passierte. Minnie schoss los, ich rannte laut rufend und wild gestikulierend hinterher, woraufhin sich der Mann umdrehte, um einer sechzig Kilogramm schweren Berner Sennenhündin gegenüberzustehen, die ihn aufgeregt beschnüffelte. Vor Schreck taumelte er rückwärts, stolperte und landete in einem Schneehaufen.

»Minnie, zu mir!«, befahl ich und griff nach ihrem Halsband, als mein Blick auf den Gast fiel und mir das Herz in die Hose rutschte. Vor mir lag Julian Morgner. Sein teurer Mantel war über und über mit Schnee bedeckt. Mein Herz pochte wie wild, und ich hätte nicht sagen können, ob es an seiner attraktiven Erscheinung oder der Möglichkeit lag, dass Minnie uns gerade in ernsthafte Schwierigkeiten gebracht hatte. Falls er der Hoteltester war, würde er jetzt vermutlich in seinem Bericht schreiben, dass das Château von einer unzähmbaren Bestie bewacht wurde.

»Oh mein Gott! Das tut mir so leid«, stammelte ich und versuchte, ihm mit einer Hand aufzuhelfen und mit der anderen Minnie im Zaun zu halten. »Ich kann mir nicht erklären, wie das passieren konnte. Sie weiß eigentlich, dass sie sich Fremden langsam und vorsichtig nähern soll.«

Julian, der zum Glück eher belustigt als wütend aussah, klopfte sich den Schnee vom Mantel. »Ich glaube, das liegt an der geräucherten Landjägerwurst, die ich vom Buffet mitgenommen habe.« Er deutete auf seine Manteltasche.

»Damit könnten Sie recht haben. Minnie liebt Landjäger. Trotzdem möchte ich mich in aller Form entschuldigen. Ich hätte sie an die Leine nehmen sollen.«

»Machen Sie sich keine Sorgen. Ich bin mit Hunden vertraut und weiß, dass sie bei der Aussicht auf einen kleinen Snack gern mal ihre Erziehung vergessen.«

Am liebsten hätte ich ihn vor Erleichterung umarmt. Stattdessen befahl ich Minnie, an meiner Seite zu bleiben, und bemühte mich, meine professionelle Haltung wiederzufinden.

»Ich hoffe, Sie hatten eine angenehme Nacht?« Die Frage schien ihn zu irritieren, was mich verwunderte, bis mir einfiel, dass er aufgrund unserer gestrigen Begegnung wahrscheinlich dachte, ich würde ebenfalls im Château Urlaub machen. Für einen Moment spielte ich mit dem Gedanken, ihn in dem Glauben zu lassen, da er mit einer Gästin vermutlich offener sprechen würde als mit einer Angestellten. Doch meine Eltern hatten mir beigebracht, dass Lügen kurze Beine hatten und jegliche Unwahrheit einen früher oder später einholte.

»Verzeihen Sie, ich habe mich noch gar nicht vorgestellt. Mein Name ist Anna Seidel. Ich bin die PR-Managerin des Hotels.« Eilig zog ich meinen Handschuh aus und streckte ihm meine Hand entgegen. Sein Händedruck war angenehm fest, was ihn mir gleich noch sympathischer machte.

»Julian Morgner, sehr erfreut. Ich hatte in der Tat eine entspannte Nacht. Die Ruhe hier wirkt besser als jede Einschlafmeditation.«

»Dann sind Sie zur Erholung hier?«

Er überlegte, bevor er erwiderte: »Das könnte man so sagen. Ich wollte gerade zu einem Spaziergang aufbrechen, um mir ein wenig die Gegend anzuschauen. Hätten Sie Lust, mich zu begleiten?« Sein schüchternes Lächeln rief ein warmes Gefühl in meiner Brust hervor.

»Wenn es Sie nicht stört, dass ich hin und wieder stehen bleibe, um ein paar Bilder zu machen?« Ich deutete auf die Kamera, die um meinen Hals hing.

»Überhaupt nicht.«

»Dann wäre es mir eine Freude, Herr Morgner.«

»Ich hätte allerdings eine Bedingung.« Erwartungsvoll sah ich ihn an. »Sie müssen mich Julian nennen.«

»Nur wenn Sie Anna zu mir sagen.«

»Einverstanden.«

Wir schauten im Lagerraum neben dem Stall vorbei und zogen uns Schneeschuhe über, weil Minnie es liebte, querfeldein über die verschneiten Wiesen zu toben. Da ich keine Lust hatte, den Berg hinaufzustapfen, wählte ich den Weg, der zum See führte.

Julian schien von der winterlichen Idylle ganz verzaubert zu sein. Als der zugefrorene See vor uns auftauchte, blieb er verzückt stehen.

»Was für ein wundervoller Ort!«

»Nicht wahr?« Ich schwenkte meine Kamera in seine Richtung und drückte auf den Auslöser.

»Bitte nicht. Ich bin nicht sehr fotogen.« Die zarte Röte, die ihm in die Wangen stieg, ließ mich schmunzeln. Offenbar war ihm nicht bewusst, wie attraktiv er war. Das lebhafte Graugrün seiner Augen, die ausdrucksstarken Brauen, der intellektuelle Touch, den seine Brille ihm verlieh. Aber vor allem der leichte Bartschatten, der sich über seiner Oberlippe bis hin zu seinem Kinn abzeichnete und seiner zurückhaltenden Art genau die richtige Prise Männlichkeit entgegensetzte.

Um mich abzulenken, richtete ich meine Aufmerksamkeit auf die wenigen Paare, die Händchen haltend über den See glitten oder sich einen Spaß daraus machten, Fangen zu spielen. Der Wind trug ihre vergnügten Stimmen zu uns und erfüllte mich mit einem Hauch von Wehmut.

»Laufen Sie gern Schlittschuh?«, wandte ich mich an Julian, der einen Stock aufgehoben hatte und ihn in hohem Bogen für Minnie warf, die allerdings damit beschäftigt war, einer Geruchsspur in den Wald zu folgen.

»Ich kann mich an einen Schulausflug in die örtliche Eishalle erinnern, mit dem ich hauptsächlich ein schmerzendes Steißbein verbinde. Was ist mit Ihnen?«

»Ich habe das Eislaufen erst vor Kurzem wieder für mich entdeckt. Meine Kollegin Florence ist ein ausgesprochenes Energiebündel. Obwohl sie den ganzen Tag in der Küche steht, liebt sie es, sich zwischendurch auszupowern. Und wenn ich nicht schnell genug eine Ausrede parat habe, überredet sie mich, mit ihr zu trainieren – manchmal auch auf dem Eis.« Ich ging einen Schritt näher und beugte mich verschwörerisch zu ihm. »Eigentlich tut sie mir damit einen großen Gefallen, weil ich dann mehr von ihren himmlischen Eclairs essen kann, aber das dürfen Sie ihr unter keinen Umständen verraten.«

»Das Essen ist wirklich ausgezeichnet.«

Mein Herz machte vor Freude einen Satz. Angenommen, er arbeitete tatsächlich für *Adventure World* und es würde uns gelingen, dass er sich nicht nur für die Landschaft und das Essen begeisterte, sondern auch die anderen Annehmlichkeiten des Hotels als empfehlenswert einstufte, dann hätten wir gewonnen.

Sosehr ich das lockere Gespräch genoss, durfte ich nicht den eigentlichen Grund dieses Ausflugs aus den Augen verlieren. Ich hob meine Kamera und drehte mich zum Château um, in dessen Hintergrund sich die eindrucksvolle Bergkette vor dem strahlend blauen Himmel abhob. Auch die hohen Tannen mit den schneebeladenen Ästen gaben ein gutes Motiv ab.

»Darf ich fragen, was Sie beruflich machen?«, nahm ich die Unterhaltung wieder auf, nachdem ich kontrolliert hatte, ob die Perspektive und der Lichteinfall stimmten. Ich gab mir große Mühe, mein brennendes Interesse an seiner Antwort zu verbergen, konnte es mir jedoch nicht verkneifen, Julian genau zu beobachten. Das leichte Zucken seines rechten Augenlids und die feinen Linien, die sich auf seiner Stirn bildeten, verrieten mir, dass ihm die Frage missfiel. Durfte ich daraus schließen, dass wir mit unserer Vermutung richtiglagen, oder irrten wir uns und er hatte nur keine Lust, während seines Urlaubs über seinen Job zu sprechen? Doch in diesem Fall wäre Finn Berger der Hoteltester, und an diese Option wollte ich lieber nicht denken. Schließlich war mein Verhalten bei unserer ersten Begegnung nicht gerade professionell gewesen.

Oder hatte Florence recht, und der Mitarbeiter oder die Mitarbeiterin von *Adventure World* tarnte sich als Teil eines Paars, das entweder bereits angereist war oder vielleicht auch erst kurz vor dem Weihnachtsball eintreffen würde?

Ich unterdrückte ein Seufzen. Es war müßig, sich den Kopf darüber zu zerbrechen. Viel wichtiger war, dass ich hier und jetzt dafür sorgte, dass Julian eine gute Zeit hatte.

»Ich bin seit einigen Jahren bei einem mittelgroßen Unternehmen beschäftigt, spiele aber mit dem Gedanken, mich beruflich zu verändern.«

Die Aussage war so vage, dass ich nichts daraus ableiten konnte. »Schwebt Ihnen dabei etwas Konkretes vor?«

»Um das herauszufinden, bin ich hier.« Sein knapper Tonfall machte deutlich, dass er kein Interesse daran hatte, das Thema zu vertiefen, und auch wenn ich ihm am liebsten noch unzählige weitere Fragen gestellt hätte, ließ ich es fürs Erste darauf beruhen.

Wir folgten Minnie in den Wald. Im Schutz der Bäume wurden die Stimmen vom See her leiser. Ich hörte das Klopfen eines Spechts und das satte Geräusch des Schnees, der von einem der schwer beladenen Äste zu Boden fiel.

Julian hatte ein forsches Tempo angeschlagen, wartete jedoch geduldig, wenn ich stehen blieb, um einen Schnappschuss von Minnie zu machen, die ausgelassen zwischen den Bäumen herumtobte. Obwohl er seinen Gedanken nachzuhängen schien, wollte ich den Spaziergang nutzen, um möglichst viel über ihn herauszufinden.

»Wie vertreiben Sie sich die Zeit, wenn Sie nicht arbeiten?«

Er warf mir einen amüsierten Blick zu. »Sie sind ganz schön neugierig.«

Ertappt biss ich mir auf die Unterlippe. »Ich interessiere mich einfach für Menschen. Das ist auch der Grund, warum ich in der Hotelbranche gelandet bin.«

»Meine Liebe gilt der Literatur.« Seine Antwort überraschte mich, da ich nur wenige Freunde und Bekannte hatte, die ihre kostbare Freizeit mit Lesen verbrachten. »Tatsächlich träume ich davon, eines Tages selbst ein Buch zu schreiben.«

»Was hindert Sie daran?«

Er seufzte tief. »Die großartigen Werke, die bereits veröffentlicht sind. Wen sollte interessieren, was ich zu sagen habe, wenn man auch einen Roman von Juli Zeh, ein Fantasy-Epos von George R. R. Martin oder einen Thriller von Sebastian Fitzek lesen kann?«

»Sie sollten sich vom Erfolg anderer inspirieren lassen, nicht entmutigen. Das Schreiben kann man meines Wissens nur erlernen, indem man sich darin übt. Am besten schnappen Sie sich Ihr Notizbuch oder Ihren Laptop, setzen sich in die Bibliothek und lassen Ihren Gedanken freien Lauf.«

Er war stehen geblieben, sodass ich die Gelegenheit nutzte, um ein paar Fotos von einer verschneiten Lichtung zu machen, die im einfallenden Licht der Sonne funkelte.

»Wie kommt es, dass Sie so weise sind?«

Ich lachte. »Das könnte daran liegen, dass ich in einer sehr kreativen Familie aufgewachsen bin. Unsere Eltern haben mich und meine drei Geschwister stets ermuntert, uns auszuprobieren. So etwas wie Scheitern existiert in ihrem Wortschatz nicht.«

»Das stelle ich mir sehr befreiend vor.«

»Ist es. Und bei meinen Geschwistern hat diese Art von Erziehung auch Früchte getragen, nur ich schlage ein wenig aus der Reihe.« An seinem verständnislosen Blick sah ich, dass er mir nicht folgen konnte. »Ich wollte immer eine berühmte Fotografin werden. Aber da die Selbstständigkeit unserer Eltern mit finanziellen Risiken verbunden war, schien es mir sicherer, Betriebswirtschaft zu studieren und mir im Anschluss einen gut bezahlten Job zu suchen. Mein Bruder musste seine ganze Überzeugungskraft aufwenden, um mich zu überreden, mit Marketing und Eventmanagement wenigstens einen Kompromiss einzugehen. Als PR-Managerin kann ich meine Leidenschaft fürs Fotografieren und Filmen weiter ausleben, auch wenn es nicht die strahlende Karriere ist, von der ich als junges Mädchen geträumt habe.«

»Das hört sich für mich nach einer zufriedenstellenden Lösung an.«

In einvernehmlichem Schweigen folgten wir dem verschneiten Weg, bis Julian die Stille mit einer weiteren Frage durchbrach. »Stehen Sie Ihren Geschwistern nahe?«

»Vor allem Ben. Man sollte meinen, dass er und seine Zwillingsschwester Sophie wie Pech und Schwefel zusammenhalten, doch Sophie war schon immer sehr selbstständig. Außerdem lässt sie keine Gelegenheit aus, ihn daran zu erinnern, dass sie die Ältere ist, wenn auch nur um sieben Minuten. Ben hingegen hat einen ausgeprägten Beschützerinstinkt, den er gern bei mir und unserer kleinen Schwester Pia auslebt.«

»Auf mich wirken Sie, als wären Sie durchaus in der Lage, Ihr Leben aus eigener Kraft zu meistern.«

»Das muss man auch, wenn man Eltern hat, die permanent damit beschäftigt sind, sich selbst neu zu erfinden.«

»Das wäre dann wohl die Kehrseite der Medaille.«

»Ich bin der Ansicht, dass man keine extremen Reichtümer braucht, um ein erfülltes und glückliches Leben zu führen, aber wenn es ständig am nötigsten fehlt, kann eine Kindheit schon sehr bedrückend sein.« Erschrocken über meine Offenheit, blieb ich stehen. »Oje, jetzt habe ich die Stimmung ruiniert. Das tut mir leid.« Er trat einen Schritt auf mich zu und sah mich derart intensiv an, dass mein Herz für eine Sekunde aus dem Takt kam. Der herbe Duft seines Aftershaves stieg mir in die Nase und vermischte sich mit dem Geruch des Waldes. »Normalerweise erzähle ich Fremden nicht gleich meine ganze Lebensgeschichte. Es muss daran liegen, dass Sie ein guter Zuhörer sind.«

»Beruhigt es Sie, wenn ich Ihnen verrate, dass ich auch noch niemals jemandem erzählt habe, dass ich ein Buch schreiben möchte?« Die Leichtigkeit in seiner Stimme vertrieb meine Angst, zu viel preisgegeben zu haben.

Minnie kam angerannt und umkreiste uns ungeduldig, als wollte sie uns auffordern, endlich weiterzugehen.

»Gibt es etwas, das Sie in Ihrem Leben unbedingt erreichen wollen?« Überrascht sah ich ihn an. »Ich dachte, wenn wir schon bei den wirklich relevanten Themen angekommen sind, können wir auch gleich richtig eintauchen.«

»Im Moment bin ich damit beschäftigt, meinen Job zu behalten«, platzte es aus mir heraus, bevor ich überlegen konnte, ob ich mit diesem Geständnis nicht eine weitere Grenze überschritt. »Ich bin noch in der Probezeit, da ist man immer etwas nervös«, schob ich hastig hinterher, auch wenn ich mich damit um Kopf und Kragen redete.

»Ich bin mir sicher, dass Ihre Sorgen unbegründet sind.« Er warf einen Blick auf seine Uhr. »Macht es Ihnen etwas aus, wenn wir langsam zurückgehen? Ich nehme am späten Vormittag an einer Stadtführung teil und möchte mich vorher noch umziehen.«

Die nächste Abzweigung führte uns aus dem Wald heraus zu einer Wiese. Minnie sauste los, sodass der lockere Schnee hinter ihr aufstob. Während des Rückwegs war Julian ganz in den Anblick der verzuckerten Berge vertieft, die erhaben vor uns aufragten.

Am Château angekommen, befreiten wir uns von den Schneeschuhen und blieben in einigem Abstand zur Eingangstür stehen, wo Tim Posten bezogen hatte und uns interessiert beobachtete.

»Vielen Dank für den schönen Spaziergang«, sagte Julian und lächelte mich an.

»Die Freude war ganz meinerseits.«

Ich schaute ihm nach und versuchte, mir vorzustellen, wie er durch die Welt jettete und Berichte für einen Reiseveranstalter verfasste. Womöglich erging es ihm ähnlich wie mir. Statt alles auf eine Karte zu setzen, um eine gefeierte Fotografin zu werden, hatte ich mich dafür entschieden, mein Talent in den sozialen Medien auszuleben. Vielleicht war das Verfassen von Bewertungen seine Art, das Schreiben in sein Leben zu integrieren, ohne dabei ein unkalkulierbares Risiko eingehen zu müssen. Ich war gespannt, ob er meinen Rat, Zeit in der Bibliothek zu verbringen, beherzigen würde.

4

Den restlichen Tag verbrachte ich an meinem Schreibtisch. Ich überprüfte die Social-Media-Profile und den YouTube-Kanal des Châteaus, beantwortete alle neu eingegangenen Kommentare, schaute mir an, wie die Konkurrenz ihr Angebot bewarb, und verteilte großzügig Likes. Anschließend sortierte und bearbeitete ich die Bilder von unserem Spaziergang, schnitt zwei etwas aufwendigere Videobeiträge und setzte mich mit einigen internationalen Reiseveranstaltern in Verbindung, um ihnen unser Programm vorzustellen.

Vor dem Abendessen ging ich in die Wäscherei, um einen Drehtermin mit Sergio und Paul zu vereinbaren. Ich konnte es kaum erwarten, zu erfahren, wie ihre Tanzperformance bei unserer Community ankommen würde. Dann machte ich einen Rundgang durch den Wellnessbereich und schoss mehrere Fotos vom Wasserfall, der von bunt blühenden tropischen Pflanzen umgeben war, bevor ich durch eine Seitentür die Panoramaterrasse betrat. Die untergehende Sonne tauchte die winterliche Landschaft in goldenes Licht. Am Rand des Infinity-Pools ging ich in die Hocke. Durch die Linse betrachtete ich die glatte Wasseroberfläche, in der sich das rot glühende Bergrelief spiegelte. Beim Aufstehen warf ich einen prüfenden Blick auf den Grund des Pools.

»Suchen Sie etwas Bestimmtes?« Die markante Stimme hinter mir ließ mich zusammenzucken. Ich atmete einmal tief durch, ehe ich mich umdrehte. Mein Puls, der durch den kurzen Schockmoment bereits erhöht war, verdoppelte seine Frequenz, als ich Finn Berger auf einem der Liegestühle entdeckte. Er trug einen Bademantel, der locker an der Taille gebunden war und nicht nur seine kräftige Brust, sondern auch den Ansatz seiner Bauchmuskeln enthüllte. Ich hätte nicht gedacht, dass ein Kleidungsstück aus weißem Frottee derart sexy sein konnte – vor allem im Kontrast zu seiner braun gebrannten Haut und den dunklen Augen, aus denen er mich unter halb geöffneten Lidern betrachtete.

Reiß dich zusammen, Anna! Vergiss nicht, dass du dir fest vorgenommen hast, nie wieder Privates mit Beruflichem zu vermischen. Du hast ja gesehen, wohin das führt. Er ist ein Gast, wenn nicht sogar der Hoteltester, und damit absolut tabu!

Sein amüsiertes Lächeln ließ mich vermuten, dass er genau wusste, in welche Richtung meine Gedanken geschweift waren.

»Herr Berger, wie schön, Sie wiederzusehen«, entgegnete ich und bemühte mich um einen gelassenen Tonfall.

»Sie haben sich über mich erkundigt …«

»Wir legen großen Wert auf einen persönlichen Umgang mit unseren Gästen, da es uns sehr wichtig ist, dass sich alle wohlfühlen.« *Außerdem weiß ich gern, mit wem ich es zu tun habe*, fügte ich in Gedanken hinzu. »Hatten Sie einen erholsamen ersten Urlaubstag?«

»Die Ski-Pisten in der Gegend sind perfekt, um sich ordentlich auszupowern, wodurch ich die anschließende Massage umso mehr genossen habe.«

Zum Glück war Leni Profi genug, um sich von einem Charmeur wie Finn Berger nicht aus der Ruhe bringen zu lassen – im Gegensatz zu mir. Obwohl er nur dalag und mich ansah, kribbelte meine Haut, als wäre ich einem eisigen Tauchbecken entstiegen. Er übte eine unwiderstehliche Anziehungskraft auf mich aus, die mich ernsthaft beunruhigen sollte. Vermutlich war es das Beste, wenn ich weitere Begegnungen vermied und es Roane überließ, ihm auf den Zahn zu fühlen. Ich straffte die Schultern und lächelte ihn freundlich an. »Dann wünsche ich Ihnen weiterhin einen angenehmen Aufenthalt.«

»Haben Sie eine Empfehlung, was ich Ihrer Meinung nach unbedingt tun sollte, solange ich hier bin?«, fragte er, als ich gerade im Begriff war, zu gehen.

»Das kommt auf Ihre Vorlieben an.« Ich bemerkte meinen Fehler, noch bevor ich den Satz zu Ende gesprochen hatte. Das verschmitzte Grinsen, das sich auf seinem Gesicht ausbreitete, bestätigte mir, dass ich mich auf sehr dünnem Eis bewegte. »Sie treiben gern Sport und haben keine Probleme, sich allein zu beschäftigen«, rettete ich mich auf sicheres Terrain. »Dennoch würde ich Sie als gesellig einschätzen.« Er nickte leicht, woraufhin ich im Kopf unser Angebot durchging. »Wie wäre es mit einem belebenden Eisbad im See?«, fragte ich mit zuckersüßer Stimme und setzte dabei eine möglichst unschuldige Miene auf. »Die optimale Vorbereitung auf Ihre Rückkehr ins Meer.« Das Funkeln in seinen Augen verriet mir, dass ihm die Anspielung auf unser gestriges Gespräch nicht entgangen war. So viel zu meinem Vorsatz, mich nicht dazu hinreißen zu lassen, mit dem Mann zu flirten, der unter Umständen über unser aller Schicksal entschied. »Als Kontrastprogramm könnten Sie an einem Lyrikabend mit stimmungsvoller Musik teilnehmen.«

»Stillsitzen ist nicht so mein Ding.«

»Hätte ich mir denken können«, murmelte ich mehr vor

mich hin. »Wie wäre es dann mit Bogenschießen? Wir haben eine Anlage in der Nähe des Sees errichtet.«

»Das klingt interessant.«

Erleichtert, einen passenden Vorschlag gefunden zu haben, wünschte ich ihm einen schönen Abend und kehrte in mein Büro zurück.

Der Schnee knirschte unter Don Juans Hufen, als ich am nächsten Morgen in gemächlichem Tempo über eine weite Wiese ritt. Die zarten Sonnenstrahlen ließen die Schneedecke glitzern, die bis auf vereinzelte Tierspuren unberührt vor mir lag. Ich schnalzte zweimal mit der Zunge, woraufhin Don Juan in einen gleichmäßigen Trab verfiel. Doch schon nach wenigen Metern drängte er ungeduldig vorwärts, als könnte er es nicht abwarten, mit fliegender Mähne über die Ebene zu galoppieren. Ich winkelte mein Bein an und beugte mich leicht nach vorne. Der Wallach wechselte in den Galopp und streckte sich unter mir in die Länge. Der lockere Pulverschnee wirbelte um uns herum, und obwohl mir der eiskalte Wind ins Gesicht schnitt und meine Lunge zu vereisen drohte, stieß ich einen lauten Jubelschrei aus. Ich spürte, wie die Anspannung von mir abfiel und einem Gefühl von grenzenloser Freiheit wich, das mich meine Sorgen für den Moment vergessen ließ.

Als das Château in Sichtweite kam, verlangsamte ich das Tempo und gab Don Juan die Zügel hin, was er mit einem zufriedenen Schnauben quittierte.

Vor dem Stall waren Hannes und sein Gehilfe Milan dabei, den Schlitten auf Hochglanz zu polieren. Ich sprang aus dem Sattel und wollte Don Juan hineinführen, als Milan herbeieilte und ihn mir abnahm.

»Scheint, als hätte dir der Ausritt gutgetan«, bemerkte Hannes. Er war wie Rosie Anfang fünfzig und durch die Arbeit mit den Pferden beneidenswert fit. Seine wettergegerbte Haut verriet, dass er den Großteil seiner Zeit im Freien verbrachte, während die Lachfalten um die Augen seinen Sinn für Humor bezeugten.

»Es war herrlich. Danke, dass du mir Don Juan anvertraust. Er ist ein ganz wundervolles Pferd und sehr feinfühlig.«

»Jederzeit. Ist sonst alles in Ordnung? Mir ist aufgefallen, dass du vorhin etwas angespannt gewirkt hast.«

»Ach, das ist nur wegen des Hoteltesters. Es macht mich wahnsinnig, nichts tun zu können und darauf vertrauen zu müssen, dass alles glattläuft«, platzte es ungefiltert aus mir heraus.

Hannes schob seine Mütze zurecht und betrachtete mich nachdenklich. »Weißt du, was mir hilft, wenn ich mir zu viele Sorgen mache?«

»Holz hacken?« Marco hatte mir erzählt, dass Hannes ihm einmal statt des erbetenen Rats eine Axt in die Hand gedrückt hatte.

Ein Lächeln umspielte Hannes' Mundwinkel. »Es wirkt wahre Wunder.«

»Da bleib ich lieber bei den Pferden.«

Nachdem ich Don Juan und Zorro, einem temperamentvollen Rappen, je eine Karotte gefüttert hatte, ging ich auf mein Zimmer. Ich duschte in Windeseile und tauschte meine Reitsachen gegen eine schwarze Marlene-Hose und einen azurblauen Kaschmirpullover, der perfekt mit meiner Augenfarbe harmonierte. Meine Haare fasste ich zu einem lockeren Knoten am Hinterkopf zusammen.

Der Vormittag gestaltete sich äußerst produktiv. Ich schaffte es nicht nur, mehrere Videobeiträge fertigzustellen und zu timen, sondern auch mit der Besitzerin einer Glasbläserei in Kontakt zu treten, die ich seit Tagen erfolglos zu erreichen versucht hatte. Zu meiner Freude schlug sie direkt für den morgigen Tag einen Termin zur Besichtigung vor. Auch wenn das Programm, das Marco und Livia ausgearbeitet hatten, sehr vielfältig war, suchte ich nach neuen Ideen, um unseren Gästen so viele Anreize wie möglich zu bieten.

Gegen Mittag holte ich mir einen Becher Kaffee und schaute anschließend bei Roane vorbei. Sie grinste, als ich mich erkundigte, ob sie zufällig eine Ahnung hätte, wo sich Julian aufhielt.

»Das weiß ich sogar ganz genau.«

Sie genoss es sichtlich, mich zappeln zu lassen. Ich übte mich in Geduld und nahm mir einen der selbst gebackenen Lebkuchen, die auf einem silbernen Teller angerichtet waren und deren verführerischem Duft ich nicht widerstehen konnte. Genussvoll kauend, verschob ich den Vorsatz, mich gesünder zu ernähren, aufs nächste Jahr.

»Er verbringt den Tag im Snow-Tubing-Park. Da er gestern an einer Stadtführung durch Brig teilgenommen hat, stand ihm heute der Sinn nach purem Vergnügen ohne kulturelle Bildung.«

»Wie hat er auf dich gewirkt?«

»Wie ein Mann, der vier Wochen Urlaub in einer Luxussuite verbringt und tun und lassen kann, worauf er gerade Lust hat.«

Erleichtert atmete ich auf. »Hat er gesagt, wann er zurückkommt?«

»Vermutlich erst spät am Abend. Du kannst also aufhören,

dich verrückt zu machen, und stattdessen etwas Sinnvolles tun, zum Beispiel ...«

»Mich zum Bogenschießen begleiten.«

Ich ignorierte den wohligen Schauer, den Finn Bergers Stimme auslöste. Zumindest war ich dieses Mal nicht vor Schreck zusammengezuckt, was ich als eindeutigen Fortschritt wertete.

»Es wird leider zu einer kleinen Verzögerung kommen«, wandte sich Roane an unseren Gast. »Ich habe gerade vom Forstwart erfahren, dass eine Horde Wildschweine in der vergangenen Nacht den kompletten Bereich umgegraben hat. Sobald Milan von der Schlittenfahrt zurück ist, wird er dafür sorgen, dass das Areal wieder begehbar ist.«

»Wenn Sie mir zeigen, wo ich eine Schaufel und einen Rechen finde, kann ich das auch selbst erledigen«, schlug er vor.

»Das ist sehr nett von Ihnen, aber wir kümmern uns gern darum.« Roane bekam allein bei der Vorstellung, dass ein Gast sich den Weg zur Zielscheibe freigraben musste, hektische Flecken. »Wenn Sie vielleicht so lange am Kamin Platz nehmen möchten?«

Mir fiel seine Bemerkung ein, dass Stillsitzen nicht zu seinen Lieblingsbeschäftigungen gehörte, und da ich wusste, dass Hannes Milan nur schwer entbehren konnte, fasste ich einen Entschluss. »Ich komme mit und werde sicherstellen, dass Sie das gebuchte Event wie geplant wahrnehmen können.«

Finns Augen strahlten. »Ich freue mich sehr über Ihre Gesellschaft, hoffe jedoch, dass nicht allein die Wildschweine ausschlaggebend für Ihre Entscheidung sind.«

»Sagen wir, dass die Tiere mir die perfekte Entschuldigung bieten, um eine Pause einzulegen.«

Roane griff sichtlich erleichtert nach einem Schlüssel und drückte ihn mir in die Hand. »Vielen Dank, Anna. Du weißt ja, wo du die Ausrüstung findest.«

Wir wandten uns um, als sich die Tür zum Ballsaal öffnete und Rosie mit einem Stapel Tischdecken über dem Arm auf uns zueilte. Beim Anblick unseres Gastes vertiefte sich das Lächeln auf ihrem Gesicht.

»Einen wunderschönen Tag, Herr Berger. Ich hoffe, Sie genießen Ihren Aufenthalt in unserem Haus?«

»Oh ja, sehr, zumal Ihre reizende PR-Managerin angeboten hat, mir beim Bogenschießen Gesellschaft zu leisten.«

Rosie sah mich fragend an. Offenbar hatte sich das Debakel mit den umtriebigen Waldbewohnern bis zu ihr herumgesprochen. Ich nickte ihr unauffällig zu, um ihr zu verstehen zu geben, dass wir eine Lösung für das Problem gefunden hatten.

»Dann wünsche ich Ihnen viel Spaß!« Beschwingt verschwand sie in Richtung der Personalräume.

»Ich hole schnell meine Jacke«, teilte ich Finn mit und beeilte mich, Rosie zu folgen. »Es tut mir leid«, stieß ich hervor, nachdem ich sie eingeholt hatte. »Ich weiß, dass es sich nicht gehört, sich mit einem Gast zu verabreden, aber ich dachte, dass Herr Berger es nicht gut aufnimmt, wenn er zu lange warten muss. Daher habe ich mich bereit erklärt, ihn zu begleiten.«

»Du musst dich nicht entschuldigen, Anna. Vielmehr bin ich dir dankbar, dass du so spontan einspringst.«

Ich spürte, wie meine Schultern vor Erleichterung herabsanken. »Dann bist du mir nicht böse, dass ich die Regeln breche?«

Sie runzelte irritiert die Stirn. »Weil du dich mit einem Gast verabredet hast? Wie könnte ich?« Als sie meine verwirrte Miene sah, huschte ein wissender Ausdruck über ihr Gesicht. »Offenbar hat dir noch niemand erzählt, wie Hannes und ich uns kennengelernt haben. Ich hatte Dienst an der Rezeption eines vornehmen Hotels am Züricher See, als er an einem verregneten Novemberabend mit seinem Koffer hereinkam und mich um ein Zimmer bat.« Sie stieß ein schwärmerisches Seufzen aus. »Es war Liebe auf den ersten Blick. Hätte ich damals seine Einladung zum Essen nicht angenommen, wäre es vermutlich bei einer flüchtigen Begegnung geblieben. Mir ist bewusst, dass in anderen Häusern erwartet wird, dass das Personal keinen privaten Umgang mit den Gästen pflegt, aber Hannes und ich sehen das locker. Wenn dir jemand sympathisch ist und du gern Zeit mit ihm oder ihr verbringen möchtest, dann tu das. Pass nur auf, dass du keine Interna ausplauderst. Abgesehen davon, freut es mich, dass du auf diese Weise eines unserer Angebote ausprobieren kannst. Ich bin nach wie vor der Meinung, dass es dir bei deiner Arbeit helfen wird, wenn du dir selbst einen Eindruck verschaffst.« Sie tätschelte mir den Arm, bevor sie mich meinem selbst gewählten Schicksal überließ.

Als wir die Anlage erreichten, begutachteten wir die Bescherung. Die Wildschweine hatten ganze Arbeit geleistet. Während ich eine großzügige Fläche vor den drei Zielscheiben abschritt, griff Finn nach der Schaufel und machte sich daran, den Boden zu ebnen. Ich protestierte, aber er weigerte sich, tatenlos danebenzustehen und dabei zuzusehen, wie ich mich allein abmühte. Also schnappte ich mir den Rechen und half ihm, so gut ich konnte. Wenigstens dauerte die ganze Aktion keine zehn Minuten, sodass ich hoffte, er würde die körperliche Anstrengung als willkommenes Warm-up verbuchen.

»Es ist eine Weile her, dass ich einen Bogen in der Hand hatte«, erklärte er mir, nachdem wir uns vor der Scheibe aufgestellt hatten. »Vermutlich brauchen meine Muskeln ein paar Versuche, um sich an die Abläufe zu erinnern.«

»Das macht doch nichts. Möchten Sie anfangen?«

Als er nickte, trat ich einen Schritt zur Seite, um ihm genug Raum zu geben. Interessiert sah ich zu, wie er den Bogen hob und den Pfeil anlegte. Beim Spannen der Sehne atmete er ruhig ein und kontrolliert wieder aus, während er den Pfeil abschoss. Er landete im äußersten Ring, woraufhin Finn die Brauen zusammenzog, ehe er nach einem weiteren Pfeil griff, der sich unmittelbar neben dem ersten in die Scheibe bohrte. Der dritte kam dem Ziel ein wenig näher, was ihm ein zufriedenes Lächeln entlockte.

»Wollen Sie es versuchen? Wenn Sie möchten, können Sie auch ein paar Schritte vorgehen. Das macht die Sache etwas einfacher.«

Ich lehnte sein Angebot dankend ab und hob den Bogen, als mir eine Idee kam. Obwohl ich darauf brannte, den Pfeil fliegen zu lassen, zog ich meine Schultern leicht hoch und hielt die Luft an.

»Darf ich es Ihnen zeigen?«, fragte Finn wie erwartet. Auf mein Nicken hin stellte er sich schräg hinter mich und legte seine Hände über meine. Ein angenehmer Geruch nach Sandelholz und einem Hauch Zitrone stieg mir in die Nase. »Bereit? Jetzt atmen Sie langsam und kontrolliert ein, spannen dabei die Sehne, konzentrieren sich auf die Mitte der Scheibe und lassen mit dem Ausatmen los.«

Ich streckte meine Wirbelsäule, nahm mein Ziel ins Visier und vergaß dieses Mal auch nicht, einzuatmen. Kurz bevor ich den Pfeil losließ, drehte ich meinen Kopf zu Finn. »So?«

»Das war gar nicht schlecht, wobei es helfen könnte, wenn Sie …« Er schaute zum Ziel, woraufhin sich seine Augen überrascht weiteten. »Versuchen Sie es einfach noch mal.«

Er trat einen Schritt zurück und fixierte mich, als würde er sich keine meiner Bewegungen entgehen lassen wollen. Ohne den Blick von ihm abzuwenden, griff ich nach einem Pfeil, legte ihn an, spannte die Sehne, rief mir die genaue Position der Scheibe in Erinnerung und schoss. An seiner konsternierten Miene konnte ich ablesen, dass ich erneut ins Schwarze getroffen hatte. Anstatt sauer oder gar wütend darüber zu sein, dass ich ihn an der Nase herumgeführt hatte, schüttelte er amüsiert den Kopf.

»Sie haben mir etwas vorgespielt. In Wahrheit sind Sie keine Meerjungfrau, sondern die Reinkarnation von Aschenbrödel. Wie um alles in der Welt haben Sie das gemacht?«

Den restlichen Nachmittag verbrachten wir damit, Finns Bogenschießtechnik zu optimieren. Wir waren dazu übergegangen, uns zu duzen, was mir das Erklären erleichterte. Seine Wissbegier und sein sportlicher Ehrgeiz machten ihn zu einem aufmerksamen Schüler. Schon bald hatte er den Dreh raus und forderte mich zu einem erneuten Wettschießen heraus. Obwohl ich ihn jedes Mal besiegte, konnte das seiner guten Laune nichts anhaben.

Erst als die Dämmerung einsetzte, schulterte ich unsere Bögen, während Finn die Schaufel und den Rechen an sich nahm. Gemeinsam begaben wir uns auf den Rückweg zum Hotel.

»Du hast dich nicht schlecht geschlagen«, lobte ich ehrlich begeistert von den Fortschritten, die er innerhalb kurzer Zeit gemacht hatte.

»Ich hatte eine gute Lehrerin«, erwiderte er mit einem Schmunzeln, das mir die Röte in die Wangen trieb. »Wie kommt es, dass du so gut im Bogenschießen bist?«

»Kennst du die Geschichte *Die Tribute von Panem*?«

Er nickte.

»Meine Schwester Pia und ich haben die Buchreihe verschlungen und später unzählige Male die Filme angesehen. Ich war zwölf, Pia neun, als der erste Band auf Deutsch erschienen ist. Wir haben so lange gebettelt, bis unsere Eltern uns erlaubt haben, dem örtlichen Bogenschießverein beizutreten. Pia hatte nach ein paar Wochen genug, doch ich bin drangeblieben. Mir hat gefallen, dass der Pfeil sein Ziel erreicht, wenn ich auf meine Haltung achte, ruhig bleibe und bewusst atme. Das hat mir später im Leben oft geholfen, in schwierigen Situationen nicht die Nerven zu verlieren.«

»Du machst auf mich einen sehr ausgeglichenen Eindruck, wenn du dich nicht gerade vor mir erschrickst. Jedenfalls bin ich dir sehr dankbar, dass du mich heute begleitet hast.«

»Es war mir ein Vergnügen.«

Schweigend setzten wir unseren Weg fort. Am Château angekommen, ließ Finn es sich nicht nehmen, zusammen mit mir die Ausrüstung und die Geräte wegzuräumen, ehe er mir einen schönen Abend wünschte und sich verabschiedete.

Ich schaute ihm nach und spürte ein warmes Prickeln in meiner Brust. Vielleicht sollte ich Rosies Empfehlung, selbst einige der Paaraktivitäten auszuprobieren, noch einmal überdenken.

5

»Ich bin dann mal weg.«

Roane hielt beim Sortieren der Post inne und reichte mir den Autoschlüssel und die Fahrzeugpapiere für den Tiguan, den Rosie und Hannes uns zur Verfügung stellten. »Fahr vorsichtig.«

Als ich mich schwungvoll umdrehte, prallte ich gegen eine breite Männerbrust. In Zeitlupe hob ich den Kopf und sah in Julians graugrüne Augen, die mich amüsiert betrachteten.

»Guten Morgen, Anna.«

»Es tut mir leid! Ich wollte Sie nicht umrennen.«

»Zumindest bin ich dieses Mal nicht im Schnee gelandet.«

Roane warf uns einen fragenden Blick zu, doch ich schüttelte leicht den Kopf, um sie auf später zu vertrösten.

»Bedauerlicherweise muss die Ballonfahrt, die Sie gebucht haben, aufgrund der ungünstigen Wetterbedingungen verschoben werden«, wandte sie sich an Julian.

Es gelang mir nur mit Mühe, ein Stöhnen zu unterdrücken. Erst die Wildschweinspuren, und nun spielte das Wetter nicht mit? Man könnte fast meinen, eine höhere Macht hätte sich gegen uns verschworen.

»Darf ich Ihnen einen entspannten Wellnesstag mit einer Hot-Stone-Massage als Alternative vorschlagen? Vielleicht in Kombination mit einem Kurs aus unserem Sportprogramm? Falls Sie es wünschen, steht Leni Ihnen selbstverständlich auch für ein persönliches Training zur Verfügung.

Am Abend könnte ich ein festliches Dinner mit musikalischer Umrahmung in der Bibliothek für Sie arrangieren.«

Julian schien die Aussicht, den Tag im Hotel zu verbringen, nicht sonderlich zu begeistern.

»Oder Sie begleiten mich in die Glasbläserei«, bot ich ihm spontan an und bereute im selben Moment meine Impulsivität, als sich ein nervöses Flattern in meinem Magen bemerkbar machte. Ich konnte schlecht einen Gast, noch dazu einen so wichtigen, zu einem Arbeitsmeeting mitnehmen. »Sie dürfen allerdings nicht zu viel erwarten. Ich sehe mir nur die Werkstatt an und spreche anschließend mit der Besitzerin über eine mögliche Zusammenarbeit.«

»Das klingt interessant.«

Roane atmete erleichtert auf. »Soll ich für 20 Uhr das Dinner organisieren?«

»Sehr gern. Allerdings werde ich statt der Musik mit dem Prasseln des Kaminfeuers vorliebnehmen und die inspirierende Atmosphäre des Raums auf mich wirken lassen.« Er zwinkerte mir vergnügt zu. »Wollen wir?«

Ich nickte und fragte mich zugleich, ob ich gerade einen Riesenfehler beging.

Francesca, die Inhaberin der Glasbläserei, war schätzungsweise Anfang dreißig. Sie hatte dichtes rotbraunes Haar, in das sie eine Schutzbrille geschoben hatte, und trug eine ausgebeulte Latzhose, die über und über mit Farbe bekleckert war. Nachdem sie uns herzlich begrüßt hatte, führte sie uns in einen großzügig geschnittenen Raum, in dem sie ihre Kunstwerke präsentierte.

Wir schlenderten durch die Ausstellung und bewunderten die Gläser, Pokale und filigranen Figuren in verschiedenen

Größen, Formen und Farben. Ein Pferd mit stolz gewölbtem Hals und wehendem Schweif gefiel mir besonders gut, da es mich an Don Juan erinnerte. Behutsam nahm ich es in die Hand und bestaunte die kunstvoll ausgearbeiteten Details.

»Wunderschön«, sagte Julian. Er stand so nah bei mir, dass mir der Geruch seines Aftershaves in die Nase stieg und meine Sinne benebelte. Vorsichtig stellte ich das Pferd zurück und ging einen Schritt zur Seite, ehe ich mich zu ihm umwandte. Er hatte seine Brille abgenommen, wodurch seine Gesichtszüge sanfter und verletzlicher wirkten.

»Hier geht es zur Werkstatt«, Francesca drückte die Klinke einer massiven Metalltür hinunter, »dem Herzstück meines kleinen Reichs.«

Als wir den Nebenraum betraten, verstand ich, warum sie unter ihrer Latzhose nur ein Top trug. Von den beiden Öfen, die die rückwärtige Wand einnahmen, ging eine ungeheure Hitze aus. Julian nahm mir meine Jacke ab und hängte sie zusammen mit seinem Mantel an die dafür vorgesehenen Haken neben der Tür.

»Glasblasen ist eine Kunst, bei der es auf Präzision und Timing ankommt«, erklärte Francesca und führte uns zu einer Werkbank. »Das sind die verschiedenen Gerätschaften, die ich bei der Verarbeitung des Glases verwende. Am wichtigsten ist die Glasbläserpfeife.« Sie nahm ein etwa anderthalb Meter langes Metallrohr in die Hand, um es uns zu zeigen. »Mit einem gleichmäßigen Atemstrom kann man das geschmolzene Glas nach seinen Vorstellungen formen.«

»Faszinierend.« Es freute mich, dass Julian sich ehrlich für das Thema zu interessieren schien.

»Habt ihr Lust auf eine kleine Demonstration?«

»Unbedingt!« Seine Augen funkelten erwartungsvoll.

Francesca deutete auf die bereitliegenden Schürzen und Schutzbrillen und wartete, bis wir uns ausgestattet hatten, bevor sie ihre Brille nach unten zog. Dann nahm sie die Pfeife und hielt sie in den Ofen. »Das Glas befindet sich in einer feuerfesten Schale. Ich werde nun einen Teil aufnehmen.«

Gespannt beobachteten wir, wie sie das Rohr drehte und sich ein Pfropfen am unteren Ende bildete.

»Das sollte genügen. Wer möchte beginnen?« Sie blickte uns auffordernd an.

»Willst du anfangen?«, fragte Julian, der wie Francesca zum Du übergegangen war. Ich sah ihm die Vorfreude und Ungeduld an, die von ihm ausging, und überließ ihm den Vortritt.

Er setzte das Rohr, das Francesca ihm reichte, an die Lippen. Ein überraschter Laut entwich mir, als das Glas sich langsam auszudehnen begann.

»Sehr gut, Julian«, lobte sie. »Noch ein bisschen mehr.« Ein Schweißtropfen rann an seiner Schläfe hinab. »Das reicht. Jetzt drehst du die Kugel behutsam über diesen Holzblock, um kleine Unebenheiten auszumerzen. Aber sei vorsichtig. Wenn du zu viel Druck aufwendest, kann es leicht passieren, dass das Glas unschöne Dellen bekommt, und dann hättest du mehr ruiniert als gerettet.«

Er rollte das Rohr mit ruhiger Hand und präsentierte mir kurz darauf eine nahezu perfekte Kugel.

»Wow, du bist ein Naturtalent.«

Francesca griff nach einem zweiten Blasrohr und wiederholte die Prozedur. Meine Finger zitterten leicht vor Aufregung, als ich das Rohr entgegennahm. Das Metall fühlte sich erstaunlich kühl an. Ich holte tief Luft und atmete kräftig aus, woraufhin sich der Pfropfen zu einem gurkenähnlichen Gebilde verformte.

»Das war ein bisschen zu viel des Guten.« Sie nahm mir die Pfeife ab, erhitzte das Glas erneut und brachte es anschließend mithilfe eines Löffels und diverser anderer Werkzeuge, die ich auf die Schnelle nicht identifizieren konnte, wieder in Form. »Versuch es noch einmal, aber dieses Mal weniger enthusiastisch.«

Ich atmete erneut aus, ohne dass sich am unteren Ende etwas tat. Bei Julian hatte es so leicht ausgesehen. Ich war kurz davor, frustriert aufzugeben, als ich seinen aufmunternden Blick auffing.

»Du schaffst das!«

Der dritte Versuch klappte ein wenig besser, doch obwohl Francesca im Anschluss meine birnenförmige Kugel mit viel Fingerspitzengefühl bearbeitete, kam sie bei Weitem nicht an Julians Werk heran. Ich machte mich darauf gefasst, seinen Spott über mich ergehen zu lassen, aber er hatte es im Gegensatz zu meinem Ex-Freund nicht nötig, mir seine Überlegenheit unter die Nase zu reiben.

Wir legten die Kugeln unter Francescas Anleitung in den sogenannten Lehrherd, in dem sie mehrere Stunden abkühlen mussten, und folgten ihr dann in die Malstube, in der es angenehm warm war. Neugierig besah ich mir die große Auswahl an Farbtuben, die auf einem Regal angeordnet waren.

»Ich verwende am liebsten Emaillefarben. Der Nachteil ist, dass das Glas nach dem Bemalen ein weiteres Mal gebrannt werden muss. Daher bieten wir unserer Kundschaft Acrylfarben für größere Flächen und Glasmalstifte für

Linien und feinere Details an. Wenn ihr Lust habt, könnt ihr es gern ausprobieren.« Sie reichte uns zwei unbemalte Kugeln mit einer gläsernen Aufhängung.

Wir verteilten verschiedene Farbtöne auf Paletten und machten uns ans Werk. Francesca verschwand in der Zwischenzeit im angrenzenden Café, das von ihrer Schwester geführt wurde, um uns eine Kanne Tee und belegte Brötchen zu holen.

Kritisch musterte Julian seine Kugel, die ein braunes Etwas mit vier Stelzen und einer Art Krone zierte.

»Soll das ein Elch sein?«, fragte ich und hatte Mühe, mir das Lachen zu verkneifen.

»Sieht man doch, oder nicht?« Er beugte sich zu mir und betrachtete das Rautenmuster, das ich mit einem goldenen Glasmalstift aufgetragen und mit verschiedenen Rot- und Grüntönen ausgemalt hatte. Nachdem er dem Elch noch zwei Tannen an die Seite gestellt hatte, die mehr an Außerirdische erinnerten als an Nadelbäume, legte er mit einem ergebenen Seufzen den Pinsel zur Seite. »Weißt du was? Nächstes Mal teilen wir uns die Arbeit. Ich blase die Kugeln, und du bemalst sie. Deal?« Er hob seine Hand zum High five, und ich schlug grinsend ein.

»Vielen Dank, dass du mich mitgenommen hast«, sagte Julian, als ich den Wagen in gemächlichem Tempo durch das dichte Schneetreiben lenkte.

»Ich danke dir, dass du mich begleitet und so lange gewartet hast, während ich mit Francesca die geschäftlichen Details besprochen habe.«

»Ihre Schwester hat mir Gesellschaft geleistet und mir die Geschichte der Glasbläserei erzählt, die ihr Urgroßvater in den Dreißigerjahren mit eigenen Händen erbaut hat. Das war sehr interessant.«

»Kann ich mir vorstellen.« Eine angenehme Wärme breitete sich in meinem Brustkorb aus, als mir bewusst wurde, wie wohl ich mich in Julians Nähe fühlte. Ich hatte den Eindruck, dass man sich nicht nur auf ihn verlassen, sondern auch jede Menge Spaß mit ihm haben konnte. Er hatte recht, wir waren wirklich ein gutes Team.

Wir lauschten dem Klang einer Mundharmonika, der nach wenigen Takten von Dionne Warwicks weicher Soulstimme abgelöst wurde. Der Text des Liedes, in dem es um Freundschaft ging, die nicht nur die guten, sondern auch die schlechten Tage überdauerte, entlockte mir ein Lächeln, da er perfekt zur Stimmung passte.

Ich wunderte mich, wie schnell sich meine anfängliche Nervosität gelegt hatte und einem Gefühl der Vertrautheit gewichen war. Während unseres Besuchs in der Glasbläserei hatte ich nicht einmal darüber nachgedacht, ob Julian der Hoteltester war und dass sein Bericht, sollte er tatsächlich für *Adventure World* arbeiten, über die Zukunft des Châteaus entscheiden würde. Konnte ich meiner Intuition vertrauen, die mir sagte, dass er nichts Böses im Schilde führte? Oder würden wir am Ende alle für meine Naivität bezahlen?

6

Zurück im Château, schlüpfte ich in eine Lounge-Hose und einen bequemen Oversize-Hoodie. Obwohl ich nichts dagegen gehabt hätte, den Abend mit einer Serie ausklingen zu lassen, begab ich mich in mein Büro. Es war besser, die Einzelheiten der Vereinbarung, die ich mit Francesca getroffen hatte, schriftlich festzuhalten, solange ich sie frisch in Erinnerung hatte.

Erst das Knurren meines Magens brachte mich dazu, den Laptop herunterzufahren und die restlichen Aufgaben auf morgen zu verschieben. Ich machte mich auf den Weg in die Küche, als eine Nachricht von Florence auf meinem Handy aufleuchtete. Wahrscheinlich wollte sie mich zu einer ihrer mörderischen Trainingseinheiten überreden. Ich öffnete die Messenger-App und stieß ein Seufzen aus, als ich den Text überflog.

> NOTFALL auf der Panoramaterrasse – kannst du dich darum kümmern?

Ich beeilte mich, meine Jacke zu holen, und spielte kurz mit dem Gedanken, Tim als Verstärkung mitzunehmen. Denn das letzte Mal, als ich zu einem Notfall gerufen worden war, hatte sich ein betrunkenes Paar nackt im Schnee gewälzt und war nur schwer zu überreden gewesen, sich wieder anzuziehen. Aber vielleicht war es besser, mir erst einmal ein Bild von der Situation zu machen, bevor ich ihn um seinen wohlverdienten Feierabend brachte.

Ich ging durch die Lobby, wo eine Dame in den Fünfzigern vor dem Kamin saß und geistesabwesend ins Feuer starrte. Ihre angespannte Miene vermittelte nicht den Eindruck, als würde sie ihren Urlaub genießen. Ob das Frau Gruber war, über die wir uns neulich unterhalten hatten und deren Ehe auf der Kippe stand? Normalerweise wäre ich stehen geblieben und hätte mich erkundigt, ob ich etwas für sie tun konnte, doch der Notfall hatte eindeutig Vorrang.

Als ich auf die Panoramaterrasse hinaustrat, schien auf den ersten Blick alles in Ordnung zu sein. Ein Paar rekelte sich im leise vor sich hin blubbernden Whirlpool, während ein anderes eng aneinandergekuschelt auf einem der Sofas lag und in den Sternenhimmel schaute. Ich griff nach meinem Handy, um Florence zu fragen, worin genau das Problem bestand, als mir ein orangeglühendes Licht am Infinitypool auffiel. Offenbar hatte jemand die Heizpilze eingeschaltet. Das war ungewöhnlich. Obwohl sie solarbetrieben waren, wurden sie eigentlich nur bei besonderen Gelegenheiten wie einem Empfang benutzt.

Beim Näherkommen sah ich, dass am Rande des Beckens ein Tisch für zwei Personen gedeckt war. Sollte ich im Service aushelfen, weil jemand krank geworden war? Ich überprüfte mein Outfit und unterdrückte ein Stöhnen. Warum hatte mich Florence nicht vorgewarnt? Ich konnte schließlich schlecht in Lounge-Hose und gefütterten Boots bedienen. Während ich überlegte, ob ich schnell in mein Zimmer flitzen und mich umziehen sollte, hörte ich, wie jemand die Terrasse betrat, und drehte mich um. Mit einem selbstsicheren Lächeln, das einen orkanartigen Wirbelsturm in mir auslöste, ging Finn auf mich zu.

»Guten Abend. Ich hoffe, du verzeihst mir, dass ich Florence gebeten habe, dich unter einem Vorwand hierherzulocken. Es sollte eine Überraschung sein.«

»Die ist dir gelungen«, stieß ich hervor und versuchte, dahinterzukommen, was Finn geplant hatte.

Er musste mir meine Verwirrung angesehen haben, denn er fügte hinzu: »Wenn du erlaubst, würde ich dich gern zum Essen einladen als kleines Dankeschön für die Lektion im Bogenschießen, die du mir gestern erteilt hast.«

Gerührt und überwältigt zugleich ließ ich die abendliche Szenerie auf mich wirken: der stimmungsvoll beleuchtete Pool, der an einer Seite von weiß gekleideten Tannen beschützt wurde, davor der liebevoll eingedeckte Tisch, der auch ohne die obligatorischen Rosenblätter, auf die meine Kolleginnen und Kollegen dem Anlass entsprechend verzichtet hatten, ziemlich romantisch war. Ich konnte kaum glauben, dass Finn sich so viel Mühe gegeben hatte. Denn auch wenn er nicht selbst dafür verantwortlich war, musste es doch seine Idee gewesen sein, das Setting nach draußen zu verlegen. Und das alles nur, weil ich ihm gezeigt hatte, wie man einen Bogen hielt? Oder ging es ihm darum, in seiner Funktion als Hoteltester zu prüfen, wie flexibel das Personal auf ausgefallene Wünsche der Gäste reagierte?

Während ich überlegte, was ich tun sollte, ging eine weitere Nachricht von Florence ein.

An deiner Stelle würde ich seine Einladung annehmen – allein schon wegen des vorzüglichen Essens, das ich für euch zubereitet habe. 😉

Rosie und Hannes wissen übrigens Bescheid und haben nichts dagegen, dass du mit Finn zu Abend isst. Solltest du dich allerdings unwohl fühlen, genügt ein Wort, und wir blasen die ganze Sache ab.

Obwohl mir klar war, dass die Entscheidung bei mir lag, bedeutete es mir viel, dass Florence hinter mir stand. Ich steckte mein Handy wieder weg und beschloss, die Stimme der Vernunft für heute Abend außen vor zu lassen und stattdessen auf mein Herz zu hören, das sich bei der Aussicht auf einen Abend in Finns Gesellschaft vor lauter Freude beinahe überschlug.

»Du hast Glück, denn zufällig liebe ich Überraschungen.«

Mit einem erleichterten Lächeln trat er an den Tisch heran und zog einen Stuhl hervor, der mit Kissen und Decken ausgepolstert war. Ich nahm Platz und atmete tief ein, als könnte ich so meine Aufregung unter Kontrolle bringen, während Finn sich mir gegenübersetzte. Dank der vier Heizpilze hüllte uns eine wohlige Wärme ein.

Kurz darauf kam Inga, eine freundliche Kollegin, die im Service arbeitete, zu uns. Sie wünschte uns einen schönen Abend und schenkte uns Wasser aus einer Kristallkaraffe ein. Auf ihr dezentes Nicken hin erschienen Florian und Max, zwei weitere Kollegen, die noch in der Ausbildung waren, und stellten in perfekter Synchronisation die Teller vor uns ab. Auch wenn ich den Vorgang schon viele Male beobachtet hatte, war es doch etwas Besonderes, ihn aus der Perspektive des Gastes zu erleben.

»Als ersten Gang servieren wir Älplermagronen mit Bergkäse und Apfelmus, eine Spezialität aus dem Kanton Uri.

Dazu empfehle ich einen Fendant, einen milden Weißwein aus der Region.«

Wir nickten und warteten, bis Inga uns eingeschenkt hatte, ehe wir nach den Gläsern griffen.

»Auf einen unvergesslichen Abend«, sagte Finn, als wir wieder allein waren, und schaute mir in die Augen.

»Vielen Dank für die Einladung.«

Das Essen duftete köstlich, was meinen Magen dazu veranlasste, abermals ein lautes Knurren von sich zu geben, woraufhin Finn amüsiert schmunzelte. Die Mischung aus Nudeln, Kartoffeln und dem aromatischen Bergkäse, dessen würziges Aroma vorzüglich mit der Süße des Apfelmuses harmonierte, schmeckte hervorragend. Obwohl ich das Essen am liebsten heruntergeschlungen hätte, zwang ich mich, langsam zu genießen und jeden einzelnen Bissen voll auszukosten. Dieses Mal hatte Florence sich wahrhaft selbst übertroffen. Sie liebte es, andere mit ihren Gerichten glücklich zu machen. Doch offenbar setzte sie geheime Wunderkräfte frei, wenn es um jemanden ging, der ihr persönlich am Herzen lag.

Als ich die Hälfte meiner Portion verdrückt hatte, kam mir der Gedanke, dass Finn es womöglich als unhöflich empfand, dass ich keine Anstalten machte, mich mit ihm zu unterhalten. Ich sah von meinem Teller auf und suchte seinen Blick. Er wirkte allerdings genauso glücklich und zufrieden wie ich, sodass ich entspannt weiteraß.

Nachdem Florian und Max unsere Teller abgeräumt hatten, lehnte ich mich zurück und wickelte mich in die Decke. Das Dinner war der krönende Abschluss eines rundum gelungenen Tages, und dass ich dabei nicht eines meiner schicken Kleider trug, sondern mich in bequemen Hosen, meinem Lieblingshoodie und einer warmen Jacke einkuscheln durfte, war das Sahnehäubchen.

»Hast du heute etwas Schönes unternommen?«, griff ich die Unterhaltung wieder auf.

»Ich habe trainiert und war danach in der Sauna. Den Nachmittag habe ich in der Bibliothek verbracht.«

Mein Blick schweifte über seine breiten Schultern, den muskulösen Oberkörper zu seinen durchtrainierten Armen, die seine gesteppte Outdoorjacke perfekt ausfüllten. Als meine Fantasie mir Bilder von Finns schweißüberströmtem Körper in der Sauna präsentierte, schloss ich schnell die Augen.

»Was ist?«

»Nichts«, antwortete ich und hoffte, dass die Dunkelheit die Röte verbarg, die mir in die Wangen gestiegen war. »Ich hätte nur nicht gedacht, dass du der Typ bist, der seine Freizeit mit Lesen verbringt.«

»Tatsächlich habe ich mit zwei Herren ein paar Runden Poker gespielt.«

Ich kam nicht gegen das Grinsen an, das die Vorstellung von einem Zigarre rauchenden Finn hervorrief, der seine Mitspieler gnadenlos abzockte. »Hast du gewonnen?«

»Nein. Vielmehr habe ich absichtlich verloren.«

»Wie das?«

»Einer meiner Spielpartner macht gerade eine schwere Zeit durch. Auch wenn er nicht ins Detail gegangen ist, stellt dieser Urlaub wohl einen letzten Versuch dar, seine Ehe zu beleben.«

Ich überlegte, ob es sich bei besagtem Pokerspieler um Herrn Gruber handelte, beschloss dann aber, die Arbeit bis morgen ruhen zu lassen.

»Der Sieg hat ihn zumindest ein klein wenig aufgeheitert.«

Finns Großherzigkeit berührte mich. Er schien ein sehr feines Gespür für seine Mitmenschen zu haben.

»Was machst du eigentlich beruflich?«, erkundigte ich mich so beiläufig wie möglich.

»Ich bin in der Beratung tätig und genieße die Freiheit, von überall aus arbeiten zu können. Die letzten Monate habe ich in Südostasien verbracht.« Das erklärte die intensive Bräune seiner Haut mitten im Winter.

»Dann bist du ein digitaler Nomade?« Oder ein Hoteltester, der sich bestens darauf verstand, seine wahre Identität zu verbergen? Wobei allein die Tatsache, dass er viel Zeit im Ausland verbrachte, ihn verdächtig machte. Würde er sich nicht eine unauffälligere Tarnung aussuchen, falls er für *Adventure World* arbeitete? Oder hoffte er, überzeugender zu sein, wenn er sich möglichst nah an der Wahrheit hielt?

»So könnte man es nennen. Wobei ich darauf achte, mich an die jeweiligen Sitten und Gebräuche der Länder anzupassen und nicht nur unter meinesgleichen zu bleiben. Ich empfinde es als großes Privileg, mir meine Zeit frei einteilen zu können. Morgens gehe ich am liebsten noch vor Sonnenaufgang surfen. Manchmal setze ich mich anschließend direkt an den Laptop oder bin den Tag über unterwegs und arbeite nachts – je nach Lust und Laune.«

»Trainierst du deswegen, möglichst lange unter Wasser bleiben zu können, um ein besserer Surfer zu werden?«

»Ursprünglich habe ich tatsächlich wegen des Surfens mit dem Apnoetauchen begonnen. Wenn dich eine Welle ungünstig erwischt und du von einer Strömung erfasst wirst, kann es über Leben und Tod entscheiden, wie lange du deinen Atem anhalten kannst und ob du in der Lage bist, in einer Notsituation die Ruhe zu bewahren. Doch dann habe ich die Schönheit und den Frieden der Unterwasserwelt zu schätzen gelernt. Wenn sich der Zeitdruck minimiert und du keine sperrigen Sauerstoffflaschen mit dir herumschleppst, kann es passieren, dass die Fische und anderen Meeresbewohner dich nicht als Eindringling oder Bedrohung wahrnehmen, sondern als ihresgleichen akzeptieren. Und dann kommt es zu wirklich außergewöhnlichen Momenten.«

Bevor ich nachhaken konnte, wurde der zweite Gang serviert: knusprige Rösti mit saisonalem Gemüse an einer feinen Kräutersoße. Dazu empfahl Inga uns einen Sauvignon blanc.

»Ich hoffe, es macht dir nichts aus, dass das Menü vegetarisch ist?«, fragte Finn, als ich nach dem Besteck griff.

»Überhaupt nicht. Ich esse nur selten Fisch oder Fleisch. Da sich viele bei uns im Team vegetarisch oder vegan ernähren, gibt es immer eine große Auswahl an pflanzlichen Alternativen.«

Wir aßen eine Weile schweigend, und mir wurde bewusst, wie sehr ich Finns Nähe genoss. In meinem Magen hatte sich dank der hervorragenden Weine eine behagliche Wärme ausgebreitet. Wäre der Abend kein Essen unter Freunden, sondern ein Date, wäre es absolut perfekt, zumal wir die Terrasse mittlerweile für uns allein hatten, da die anderen Gäste in der Zwischenzeit gegangen waren. Die leisen Geräusche des Wassers, das sanft gegen den Rand des Pools schwappte, bildeten eine dezente Untermalung. Im Hintergrund erhoben sich die majestätischen Berge vor dem nachtschwarzen Himmel, an dem unzählige Sterne funkelten und eine magische Stimmung hervorriefen.

Das anschließende Dessert, auf das ich mich schon den ganzen Abend gefreut hatte, bestand aus zwei verführerisch angerichteten Tortenstücken. Finn überließ mir die Wahl. Ich entschied mich für die Nusstorte mit Schlagrahm, während er sich über die Kugel Vanilleeis hermachte, die zu einem mehrschichtigen Schokotraum gereicht wurde.

»Eigentlich bin ich pappsatt«, gab ich zu, »aber bei Kuchen kann ich nur schwer widerstehen.« Ich probierte von der karamellisierten Nussfüllung und konnte ein Stöhnen nicht unterdrücken, woraufhin Finn belustigt eine Augenbraue hob.

»So gut?«

»Probier selbst«, forderte ich ihn auf und hielt ihm meine Gabel hin. Als er den Mund öffnete, machte ich einen kleinen Schlenker und schmierte ihm die Sahne an die Wange. »Ups.« Ein Kichern entstieg meiner Kehle. Ich fragte mich, ob ich es mit dem Wein vielleicht ein wenig übertrieben hatte, als ich etwas Kaltes auf meiner Nase spürte. »Das hast du nicht getan!«, japste ich und wischte mir das Vanilleeis aus dem Gesicht. »Na warte!«

Ehe ich begriff, was geschah, hatten wir die Decken von uns geworfen und befeuerten uns mit Kuchen. Ich sprang auf und drängte Finn immer weiter in Richtung Pool. Als ich meine Munition verschossen hatte, nahm ich Anlauf und beförderte ihn mit Schwung ins Wasser. Dabei hatte ich bedauerlicherweise nicht mit einkalkuliert, dass er sich an mir festhalten könnte und ich so gezwungen war, sein Schicksal zu teilen. Ich stieß einen lauten Schrei aus, dann landeten wir mit einem Platschen im Pool. Lachend durchstießen wir die Wasseroberfläche, als Inga über uns auftauchte und uns mit leicht verstörtem Blick musterte. Bevor sie sich abwandte, verdrehte sie die Augen, wie sie es immer tat, wenn sie sich über *besonders anstrengende Gäste* aufregte.

»Es tut mir leid! Das war …«, ich hatte Schwierigkeiten, die richtigen Worte zu finden, da Finns strahlend braune Augen es mir erschwerten, einen klaren Gedanken zu fassen, »so nicht geplant.«

»Das Risiko muss man eingehen, wenn man eine Meerjungfrau zum Essen einlädt.«

»Dann bist du mir nicht böse?«

»Ehrlich gesagt hatte ich schon lange nicht mehr so viel Spaß.«

»Ich fand es auch lustig«, gestand ich und ruderte auf der Stelle, um mich über Wasser zu halten. Erst jetzt bemerkte ich, wie nahe wir uns waren. So nahe, dass sich unsere Nasen beinahe berührten. Mein Blick fiel auf seine Lippen, woraufhin sich ein Kribbeln in mir ausbreitete, das nichts mit dem Wein zu tun hatte, den wir im Laufe des Abends getrunken hatten.

Das Klappern von Besteck riss mich aus meiner Faszination und rief mir in Erinnerung, dass wir nicht allein waren. Mit wenigen Zügen schwamm ich zur Leiter und kletterte aus dem Pool. Finn folgte mir. Sein Anblick ließ mich erneut in Lachen ausbrechen. Er sah einfach zu komisch aus in seinen triefnassen Klamotten. Als er den Reißverschluss seiner Jacke aufzog, stellte ich mit Erschrecken fest, dass er darunter einen eleganten schwarzen Anzug trug, der ihm nun dank des unfreiwilligen Bades an der Haut klebte.

»Wenn ich gewusst hätte, dass du so schick angezogen bist …«

»Hättest du mir keine Sahne an die Wange geschmiert?«

Ich versuchte, angemessen zerknirscht auszusehen, doch sein offensichtliches Vergnügen über die spontane Kuchenschlacht machte es mir unmöglich. »Dann hätte ich dich zumindest vorher dein Jackett ausziehen lassen.«

»Als ob.«

»Wenigstens sind wir wieder einigermaßen sauber.«

»Nicht ganz.« Er beugte sich zu mir und pflückte ein Stück Torte aus meinen Haaren. Dabei konnte ich seinen Atem auf meinem Gesicht spüren, was mir einen wohligen Schauer den Rücken hinabjagte, der ihm nicht verborgen blieb, den er jedoch glücklicherweise gänzlich falsch interpretierte.

»Du frierst. Lass uns reingehen und die nassen Sachen ausziehen, ehe wir uns erkälten.«

Max und Florian reichten uns mit bemerkenswert ausdruckslosen Mienen zwei Bademäntel, bevor sie sich beeilten, die Kuchenkrümel aus dem Pool zu fischen. Ich brauchte eine Weile, bis ich meine durchweichten Stiefel ausgezogen hatte und in die Badeschuhe geschlüpft war.

Wir betraten das Hotel durch einen Seiteneingang und nahmen den Personalaufzug, um nicht das ganze Foyer zu überschwemmen. In Finns Etage angekommen, blieb er in der Aufzugtür stehen.

»Vielen Dank für den erinnerungswürdigen Abend.«

»Der aufgrund meiner Impulsivität etwas unkonventionell geendet hat.«

»Ich will nicht sagen, dass unser spontanes Bad das Beste daran war, denn das wäre eine Beleidigung gegenüber Florence' hervorragender Küche. Aber es macht unser Dinner ohne Zweifel zu etwas ganz Besonderem.« Er streckte eine Hand aus und strich mir eine Haarsträhne aus dem Gesicht. »Gute Nacht, Arielle. Träum was Schönes.«

Nachdem die Aufzugtüren sich hinter ihm geschlossen hatten, fuhr ich die brennende Spur nach, die die zarte Berührung seiner Fingerspitzen auf meiner Haut hinterlassen hatte.

7

Rosie und Florence sahen auf, als mich das Verlangen nach Koffein in die Küche trieb.

»Morgen«, murmelte ich und huschte mit gesenktem Kopf zur Kaffeemaschine.

»Hattest du einen schönen Tag mit Julian in der Glasbläserei?«, erkundigte sich Rosie.

»Ja, es war sehr informativ. Francesca hat auf mich einen überaus freundlichen und noch dazu äußerst kompetenten Eindruck gemacht. Ich habe dir ihr Angebot per Mail geschickt.«

»Sobald ich Zeit habe, schaue ich es mir an.«

Erleichtert, so glimpflich davongekommen zu sein, löffelte ich das frisch gemahlene Kaffeepulver in den Siebträger, drückte es leicht an und hakte das Sieb ein.

»Wie ich hörte, warst du gestern schwimmen.« Rosies Tonfall war nach wie vor freundlich, was mich in dieser speziellen Situation mehr beunruhigte, als wenn sie laut geworden wäre. »Willst du uns vielleicht erklären, wie es dazu kommen konnte, dass du voll bekleidet mit Finn Berger im Pool gelandet bist?«

»Ja, also, das war so …«, stammelte ich und versuchte mich an einem vorsichtigen Lächeln, das jedoch sofort in sich zusammenfiel, als ich Florence' finsterem Blick begegnete.

»Bei der Gelegenheit kannst du mir auch gleich verraten, wie es passieren konnte, dass meine *Tarte au Chocolat* und meine *Engadiner Nusstorte* auf den Dielen der Panoramaterrasse ihr Ende gefunden haben.« Eine Reihe französischer Flüche brach aus ihr heraus, deren Bedeutung ich lediglich erahnen konnte.

»Man könnte sagen, dass ich ein wenig übermütig geworden bin.«

Sie schnalzte missbilligend mit der Zunge, bevor ihre Züge weicher wurden. »Zumindest scheint ihr euch gut amüsiert zu haben.«

»Ich möchte dich dennoch bitten, dass ihr euch das nächste Mal die Zeit nehmt, eure Badesachen anzuziehen«, wandte Rosie ein. »Es gibt nicht umsonst Vorschriften, an die sich nicht nur die Gäste, sondern auch das Personal halten müssen. Und in Anbetracht der Tatsache, dass sich eventuell ein Hoteltester in unserem Hause aufhält, sollten wir besonders darauf achten.«

»Es tut mir wirklich sehr leid«, sagte ich.

»Das sollte es auch.« Florence verzog ihre Lippen zu einem Schmollmund.

Obwohl ich wusste, dass sie niemandem lange böse sein konnte, verstand ich ihren Unmut. »Gibt es eine Möglichkeit, es wiedergutzumachen?«

Offenbar hatte sie mit der Frage gerechnet, denn sie hatte sofort eine Antwort parat. »Du könntest heute Nachmittag mit mir trainieren. Es wird mir eine große Genugtuung sein, dir beim Schwitzen zuzusehen, sozusagen als kleine Entschädigung, dass du meine Backkünste so wenig wertgeschätzt hast.«

Ich stöhnte, da mir schwante, was auf mich zukam. Immer wenn ich mich zu einer Trainingseinheit mit ihr breitschlagen ließ, tat mir hinterher jeder einzelne Muskel weh, sogar solche, von deren Existenz ich bis dahin noch nicht einmal etwas gewusst hatte.

»Einverstanden. Dein Essen war übrigens unglaublich lecker, himmlisch, geradezu göttlich.«

»Deine Komplimente werden dich auch nicht retten.«

»Einen Versuch war es wert«, murmelte ich und verzog mich mit meinem Kaffee in mein Büro.

Nachdem ich meine Mails gecheckt hatte, machte ich mich auf den Weg zu den Suiten. Ich filmte das Chaos in den einzelnen Räumen, das die Gäste vor dem Auschecken hinterlassen hatten, ehe ich die Kamera in einer Ecke des Wohnraums aufbaute. Dann aktivierte ich den Zeitraffer und gab Heidrun ein Zeichen. Gefolgt von Michelle, betrat sie mit forschen Schritten die Suite und legte direkt los. Ich staunte, wie die einzelnen Handgriffe ohne weitere Absprache ineinander übergingen, noch dazu in einem beachtlichen Tempo. Während Heidrun im Bad klar Schiff machte und Michelle im Schlafzimmer die Betten neu bezog, konnten sie es sich nicht verkneifen, mein Abendessen mit Finn zu kommentieren.

»Wir sind ja von den Gästen einiges gewohnt, aber wenn nun auch noch das Personal die Regeln missachtet, herrscht hier bald Sodom und Gomorra«, hallte Heidruns empörte Stimme aus dem Bad durch die Suite. »Undenkbar – eine Verabredung mit einem Gast! Wenn das mein Hotel wäre …«

»Ist es aber nicht«, unterbrach Michelle sie und wischte sich grinsend eine imaginäre Schweißperle von der Stirn. »Allerdings hätte ich mir an deiner Stelle einen betuchteren Gast ausgesucht und keinen Backpacker, der sich gerade mal ein Zimmer in der günstigsten Kategorie leisten kann.«

»Egal ob Rucksacktourist, Hollywoodschauspieler oder der Sohn eines russischen Oligarchen, Gast bleibt Gast«, belehrte uns Heidrun, während sie die Badkacheln mit einer Wurzelbürste bearbeitete.

»Wenn *mich* ein wohlhabender Mann zu einem Date einladen würde …«

»Würdest du höflich ablehnen und dich daran erinnern, wo dein Platz ist«, beendete ihre Vorgesetzte den Satz für sie.

Michelle verdrehte die Augen. »Von wegen. Eines Tages wird der Richtige kommen. Er wird mich sehen, sich unsterblich in mich verlieben, um meine Hand anhalten und mir ein Leben in Luxus bieten.«

Ich dachte an meine vorherige Beziehung und spürte, wie sich mein Magen zusammenzog. »Weißt du, Michelle, Geld allein ist nicht der Schlüssel zum Glück.«

»Aber es macht das Leben um einiges angenehmer. Außerdem ermuntert Rosie uns immer, groß zu träumen. Wenn ich fest daran glaube, wird es auch passieren.«

Sie schaltete den Staubsauger an, und ich war dankbar, dass dessen Dröhnen jede weitere Unterhaltung unmöglich machte.

Nachdem die Suite auf Hochglanz poliert war, beendete ich die Aufnahme und beschloss, einen Schritt auf die beiden zuzugehen. Vielleicht würden ein Extraauftritt und die damit verbundene mediale Aufmerksamkeit die Wogen ein wenig glätten. Ich fragte Heidrun, ob sie bereit war, unserer Community die fünf besten Putzhacks zu verraten, worum sie sich nicht lange bitten ließ. Sie stellte sich vor die Kamera und erklärte in ihrer resoluten Art, auf welche Reinigungsmittel sie schwor, welche Utensilien ihrer Meinung nach am geeignetsten waren, um hartnäckigen Schmutz zu entfernen, und wie man mit der richtigen Musik und dem passenden Hüftschwung die Laune steigern konnte.

Im Anschluss zeigte mir Michelle das perfekte Make-up für einen Job, bei dem man hin und wieder ins Schwitzen geriet. Während ich Heidrun interviewt hatte, war sie kurz in ihrem Zimmer verschwunden und mit einer beachtlichen Anzahl an Creme- und Make-up-Tuben, Puder- und Rougedöschen, Concealern sowie diversen Lidschatten, Eyeliner, Lipgloss, Schwämmchen und Pinseln zurückgekommen, die sie mir nun stolz präsentierte. Ich baute mein Stativ im Bad auf und wartete, bis Michelle sich vor dem breiten Spiegel positioniert hatte. Ohne mit der Wimper zu zucken, schminkte sie sich ab und schuf innerhalb kürzester Zeit einen Vorher-nachher-Effekt, der mich in Erstaunen versetzte. Dann löste sie ihren Zopf, sodass sich ihre langen roten Haare in leichten Wellen über ihren Rücken ergossen, und führte mir eine raffinierte Flechtfrisur vor.

Den restlichen Vormittag beschäftigte ich mich damit, die einzelnen Videosequenzen zu schneiden, zu bearbeiten und mit der passenden Musik zu unterlegen. Ich schrieb kurze Captions, in denen ich den Inhalt der Videos zusammenfasste, und probierte verschiedene Hashtags aus. Anschließend lud ich die Beiträge auf den Profilen und Kanälen hoch und timte ihre Veröffentlichung. Zum Schluss teilte ich Szenen der heutigen Aufnahmesession in der Story, um die Beiträge anzuteasern, beantwortete Kommentare und checkte die Datenauswertung, damit ich besser einschätzen konnte, was bei unserer Community gut ankam.

Gegen Mittag ging ich in die Küche, um mir einen kleinen Snack zu holen. Da dort allerdings gerade Hochbetrieb herrschte, machte ich auf dem Absatz kehrt und lief dabei Inga in die Arme, deren Gesicht sich bei meinem Anblick verfinsterte.

»Wenn du das nächste Mal keinen Appetit auf Torte hast, sag es einfach. Dann muss ich nicht die halbe Terrasse wegen dir schrubben.«

Bei ihren Worten meldete sich sofort mein schlechtes Gewissen. Anscheinend hatte ich nicht nur Florence verärgert, sondern auch Inga, die immer nett zu mir gewesen war.

»Es tut mir leid! Wenn es etwas gibt, das ich für dich tun kann …«

»War halb so schlimm, ich habe Florian und Max die Sauerei überlassen und kontrolliert, dass sie jeden noch so kleinen Krümel erwischen. Es ist Teil ihrer Ausbildung, zu lernen, auch mit schwierigen Gästen zurechtzukommen.« Sie zwinkerte mir verschwörerisch zu, woraufhin mir ein Stein vom Herzen fiel, da sie offenbar nicht ernsthaft sauer war. »Apropos schwierige Gäste: Einer unserer beiden potenziellen Hoteltester hat anscheinend etwas an seinem Essen zu beanstanden. Jedenfalls wünscht er, die verantwortliche Köchin zu sprechen. Man kann nur hoffen, dass er die Begegnung überlebt.«

Während Inga zu Florence lief, um ihr die Hiobsbotschaft zu überbringen, warf ich einen Blick durch das quadratische Fenster in der Tür, die die Küche vom Restaurant trennte. Julian saß an einem Tisch direkt an der Fensterfront und betrachtete gedankenversunken das winterliche Bergpanorama.

Ich wollte gerade vorschlagen, dass ich mich um die Sache kümmerte, als ein lautes Krachen mich zusammenzucken ließ. Florence hatte die Pfanne auf den Herd geknallt und funkelte Inga an.

»Noch nie hat sich jemand über mein Essen beschwert. Das Steak war auf die Sekunde perfekt gebraten. Es gibt nichts, was er daran auszusetzen haben könnte.« Mit diesen Worten rauschte sie an Rosie vorbei, die ihr in Erinnerung rief, dass der Gast immer König war, wobei ich bezweifelte, dass sie die Ermahnung in ihrer Rage mitbekam.

Ich musste regelrecht aus dem Weg springen, als sie die Tür aufstieß und mit schnellen Schritten auf Julian zumarschierte. Sobald ich mein Gleichgewicht wiedergefunden hatte, wandte ich mich erneut dem Fenster zu. Rosie und Inga drängten sich links und rechts neben mich. Mit klopfendem Herzen beobachtete ich, wie Florence an Julians Tisch trat und ihn ansprach. Rosie entwich ein leises Wimmern, während Inga sich in Erwartung des schlimmstmöglichen Szenarios die Augen zuhielt. Auch ich hatte vor Schreck die Luft angehalten. Doch anstatt der erwarteten Katastrophe hörten wir Florence plötzlich lachen und sahen verblüfft dabei zu, wie Julian sich erhob und ihr formvollendet die Hand küsste, woraufhin sie sich noch eine Weile unterhielten, bevor sie wie auf Wolken zu uns zurückschwebte.

Fröhlich vor sich hin summend, stellte sie die Pfanne wieder auf die Flamme und gab ein Stück Butter hinein.

»Jetzt sag schon, was passiert ist!«, forderte Inga sie auf und sprach mir damit aus der Seele. Auch Rosie sah aus, als würde sie gleich vor Neugier platzen.

»Julian Morgner wollte mir persönlich für dieses vorzügliche Mahl danken. Es sei das beste Steak, das er jemals in seinem Leben gegessen hätte.« Sie überließ die Pfanne sich selbst und wirbelte ausgelassen durch die Küche. »Und wenn er wirklich der Hoteltester sein sollte, ist der Michelin-Stern nicht mehr weit. Ihr werdet sehen. Bald werden wir ein hochgelobtes Sternerestaurant sein, und dann rennen uns die Gäste die Bude ein.«

Rosie liefen vor Erleichterung Tränen über die Wangen, und auch ich konnte mir ein Schmunzeln nicht verkneifen. Florence mochte das Temperament einer Löwin haben, die man besser nicht reizte, aber tief in ihrem Herzen war sie genauso eine Träumerin wie Rosie, auch wenn sie es selten zeigte.

»Ich könnte mir durchaus vorstellen, dass er vom Fach ist«, fuhr sie fort. »Nur jemand mit einem exquisiten Gaumen und dem entsprechenden Erfahrungsschatz kann beurteilen, wie viel es einer Köchin bedeutet, wenn ihr Essen in den höchsten Tönen gelobt wird.«

»Also ich weiß nicht, dein Essen ist gut, keine Frage, aber gleich ein Michelin-Stern? Ist das nicht ein bisschen zu ambitioniert?«, dämpfte Inga Florence' ausgelassene Stimmung.

»Ein Traum kann nicht groß genug sein«, erklärte Rosie. »Man muss nur bereit sein, alles dafür zu tun. Das haben Livia und Marco im vergangenen Jahr eindrucksvoll bewiesen. Und wenn es Florence' Bestimmung ist, eine Sterneköchin zu werden, dann wird es so kommen. Davon bin ich fest überzeugt.«

8

Da wir statt des üblichen Ausdauertrainings, das Florence stets mit den fiesesten Kraftübungen kombinierte, spontan bei Lenis Zumbakurs mitgemacht hatten, plagte mich am nächsten Morgen ausnahmsweise kein Muskelkater. Daher schlüpfte ich in meine Reitkleidung und beschloss, Don Juan einen Besuch abzustatten, um zu schauen, ob er Lust auf einen Ausritt hatte.

Als ich in den Stall kam, war Milan mit Ausmisten beschäftigt, während Hannes Zorro die Hufe auskratzte. Ich grüßte gut gelaunt in die Runde und marschierte zielstrebig auf Don Juan zu, als ich erkannte, dass die Beine, die unter Zorros Bauch hervorschauten, nicht wie erwartet zu Hannes gehörten, sondern zu Finn. Er hatte den Hinterhuf abgesetzt und schenkte mir sein unwiderstehliches Lächeln. Ein Kribbeln breitete sich in mir aus, gegen das ich vollkommen wehrlos war.

»Guten Morgen«, begrüßte ich ihn. »Was machst du denn hier?«

»Ich möchte mit Zorro ausreiten. Es ist das perfekte Wetter dafür, findest du nicht?«

Seine Antwort verschlug mir für einen Moment die Sprache. Im Gegensatz zu Don Juan war Zorro sehr temperamentvoll, sodass Hannes ihn niemandem anvertraute. »Bist du sicher, dass du mit ihm zurechtkommst?«, hakte ich vorsichtig nach.

»Wir haben uns gestern schon kennengelernt und hatten direkt eine Verbindung zueinander. Hannes hat mich ins Gelände begleitet, um zu prüfen, ob meine reiterlichen Fähigkeiten seinen und vor allem auch Zorros Ansprüchen genügen. Und da er selbst momentan keine Zeit findet, Zorro abseits der Schlittenfahrten zu beschäftigen, habe ich angeboten, ein wenig mit ihm zu arbeiten.« Er musste mir meine Skepsis angesehen haben, denn er lehnte sich lässig gegen die Boxenwand, wobei ein wissendes Lächeln seine Mundwinkel umspielte. »Wenn du mir nicht glaubst, komm doch einfach mit und überzeug dich selbst.«

»Das werde ich. Schließlich muss dir jemand wieder in den Sattel helfen, wenn du herunterfällst«, antwortete ich und nahm Don Juans Halfter vom Haken.

»Wie rücksichtsvoll von dir, aber ich kann dir versichern, dass das nicht passieren wird.«

Don Juan tänzelte unruhig umher, während wir darauf warteten, dass Finn aufstieg. In meinem Magen hatte es erneut zu kribbeln begonnen, aber dieses Mal waren es keine Schmetterlinge, sondern Nervosität. Ich machte mir Sorgen um Finn. Zorro war nicht bösartig, sondern nur außerordentlich lebhaft. Wenn ihn der Bewegungsdrang packte, vergaß er gerne mal, dass jemand auf seinem Rücken saß. Ich überlegte, ob ich noch einmal versuchen sollte, Finn von diesem waghalsigen Abenteuer abzubringen, andererseits vertraute ich Hannes' Urteil. Wenn er der Meinung war, dass Finn mit Zorro umgehen konnte, würde ich seine Entscheidung nicht infrage stellen.

Obwohl Finn langsam und behutsam aufgestiegen war, machte Zorro Anstalten, zu bocken. Offenbar missfiel es ihm, einen anderen Reiter als Hannes zu dulden. Zu meiner Überraschung blieb Finn gelassen. Statt Zorro zu zeigen, wer das Sagen hatte, wartete er geduldig, bis sich das Pferd ausgetobt hatte, und redete dabei beruhigend auf ihn ein. Als Zorro einsah, dass er seinen Reiter auf diese Weise nicht loswurde, versuchte er davonzupreschen, doch Finn führte ihn auf eine weite Kreisbahn und nahm so den Großteil des Schwungs raus.

»Reite ruhig schon vor. Wir kommen nach.«

Mit gemischten Gefühlen schlug ich den Weg in den Wald ein. Don Juan schritt kräftig aus, sodass mir bald warm wurde. Ich schaute mich immer wieder um, doch von Finn und Zorro war keine Spur zu sehen. Vielleicht war ihm bewusst geworden, dass der Rappe eine Nummer zu groß für ihn war.

Ich wollte gerade die Gangart wechseln, als ich ein Schnauben hinter mir hörte. Verblüfft drehte ich mich um und sah, wie Finn in versammeltem Trab auf uns zuritt. Zorro wirkte immer noch, als würde er am liebsten davonstürmen, aber auf wundersame Weise schien er Finn zu akzeptieren und war mit seiner Aufmerksamkeit bei ihm, wie mir die Stellung seiner Ohren verriet.

Sobald Finn mit mir auf einer Höhe war, wechselte er in den Schritt, womit Zorro überhaupt nicht einverstanden zu sein schien. Finn lenkte ihn ab, indem er Schlangenlinien und Volten ritt, damit Zorro wach und konzentriert blieb. Dabei waren seine Hilfen so fein, dass ich sie kaum wahrnahm.

Als wir den Wald hinter uns gelassen hatten, wandte er sich mir zu. »Ich würde gern etwas ausprobieren, aber dafür brauche ich deine Hilfe.«

Nachdem Finn mir seinen Plan erläutert hatte, sah ich ihn ungläubig an. »Abgesehen davon, dass es absolut lebensmüde wäre, wüsste ich gern, was du damit erreichen möchtest.«

»Auf diese Weise lernt Zorro, mir zu vertrauen. Es ist wichtig, dass er sich auch entspannen kann, wenn er nicht an erster Stelle läuft.«

Das leuchtete mir ein, dennoch war ich unschlüssig. Obwohl ich mittlerweile erkannt hatte, dass Finn ein sehr versierter und einfühlsamer Reiter war, hatte ich meine Zweifel, ob sein Vorhaben nicht zu riskant war.

»Lass es uns versuchen«, bat er und blickte mich dabei so treuherzig an, dass ich nachgab.

»Na gut, aber beschwer dich nicht bei mir, wenn du kopfüber im Schnee landest oder Zorro erst stehen bleibt, wenn ihr die italienische Grenze überquert habt.«

Don Juan, der meine Aufregung spürte, drängte vorwärts, doch ich hielt ihn zunächst im Trab und atmete mehrmals tief durch. Erst dann gab ich das Kommando zum Galopp. Finn ließ uns einige Pferdelängen Vorsprung, bevor er ebenfalls angaloppierte. Zuerst ritt ich in gemächlichem Tempo, aber als er mir zurief, ob das alles wäre, was ich draufhätte, warf ich meine Bedenken über Bord und überließ Don Juan die Führung. Es schien, als hätte er bloß auf meine Erlaubnis gewartet. Zorro holte auf, wobei Finn darauf achtete, hinter uns zu bleiben. Wir flogen nur so dahin. Der Wind schnitt mir ins Gesicht und trieb mir Tränen in die Augen. Die verschneite Winterlandschaft verschwamm am Rande meines Sichtfelds und schuf die Illusion, als wären wir ganz allein auf der Welt. Zorros Gegenwart trieb Don Juan zusätzlich an. Ich stellte mich in die Steigbügel und beugte meinen Oberkörper nach vorne, um es ihm leichter zu machen. Als ich mich umschaute, sah ich, dass Finn mit Zorro entspannt hinter uns ritt.

Am Ende der Wiese parierte ich durch und lockerte die Zügel. Don Juan senkte den Kopf und schnaubte zufrieden. Finn ritt an meine Seite und lobte Zorro ausgiebig.

»Das war unglaublich!«, stieß ich atemlos hervor. »Wie hast du das hingekriegt?« In meiner Stimme schwang unverhohlene Bewunderung mit.

»Nachdem Zorro verstanden hat, dass wir euch nicht überholen, hat es sich angefühlt, als würde eine große Last von ihm abfallen. Als ob er erleichtert wäre, die Verantwortung abgeben zu dürfen, woraufhin sein Gang viel weicher und runder geworden ist.«

»Wie kommt es, dass du dich so gut mit Pferden auskennst?«

»Nach dem Abitur war ich ein Jahr in Kanada und habe dort auf einer Rinderfarm mitgeholfen. Die jüngste Tochter der Familie hat mit traumatisierten Pferden gearbeitet. In meiner freien Zeit habe ich ihr oft beim Training zugesehen und später auch assistiert. Es hat mich sehr beeindruckt, was man mit Geduld, Liebe und dem nötigen Fachwissen alles erreichen kann.«

»Das war bestimmt eine tolle Erfahrung.« Ich lenkte Don Juan auf einen Waldweg, der uns zurück zum Château brachte. »Was hast du danach gemacht?«

»Ich bin eine Zeit lang gereist und habe die unterschiedlichsten Jobs ausprobiert, bevor ich in die Beratung gegangen bin.«

»Und was genau sind deine Aufgaben?«

»In der Regel geht es darum, Schwachstellen und Prozesse mit Optimierungspotenzial in Unternehmen aufzudecken.«

Die Vorstellung, dass Finn sich in seinem Alltag mit nüchternen Zahlen beschäftigte und Strategien erstellte, die zur Erhöhung der Gewinnspanne beitrugen, passte nicht so richtig in das Bild, das ich von ihm hatte.

Ich wollte eine weitere Frage stellen, als er plötzlich anhielt. Er legte einen Finger auf die Lippen und deutete zu einer Lichtung, auf der ein Rudel Rehe dicht zusammenstand und die wärmenden Strahlen der Morgensonne genoss. Obwohl wir uns nicht gerührt hatten, wandte sich eines der Tiere in unsere Richtung. Es betrachtete uns aus seinen sanften braunen Augen und schien zu der Überzeugung zu kommen, dass wir keine Bedrohung darstellten. Zorro drängte sich näher an Don Juan, als könnte er ihm verraten, warum es nicht weiterging. Finns Wade streifte meine. Er streckte seine Hand aus, und ich ergriff sie, ohne zu zögern. Ich spürte seinen Blick auf mir und schaute zu ihm auf. Die Intensität, mit der er mich ansah, jagte einen heißen Schauer durch meinen Körper. Er beugte sich leicht zur Seite, und ich kam ihm entgegen. Die Anziehungskraft zwischen uns war so stark, dass ich nicht widerstehen konnte. Mein Puls raste, sein Atem strich sanft über meine Wange. Unsere Lippen waren nur noch Millimeter voneinander entfernt. Eine leise Stimme in meinem Kopf warnte mich, dass das eine ganz dumme Idee war, doch ich brachte sie zum Schweigen. Auch wenn ich es mir bislang nicht eingestanden hatte, sehnte ich mich danach, Finn zu küssen, und wollte nicht über mögliche Konsequenzen nachdenken. Dazu war ich viel zu fasziniert von diesem Mann, der in keine Schublade passte und mich jeden Tag aufs Neue überraschte. Ein Seufzen entwich mir, als ich die Augen schloss und dem Prickeln nachspürte, das meinen Körper erfüllte.

In dem Moment, in dem unsere Lippen sich berührten, machte Zorro, der allmählich ungeduldig wurde, einen Satz zur Seite. Finn hielt sich problemlos im Sattel. Ich bemühte mich, mir meine Befangenheit nicht anmerken zu lassen, doch als ich das vergnügte Funkeln in seinen Augen sah, konnte ich das Lachen, das in mir aufstieg, nicht länger zurückhalten und war erleichtert, dass er mit einstimmte.

Die Rehe hatten aufgrund der hektischen Bewegung die Flucht ergriffen. Mit ein wenig Wehmut schaute ich ihnen nach. Wer hätte gedacht, dass ein Rudel Wildtiere und eine verschneite Winterlandschaft ausreichten, um mich meine Prinzipien vergessen zu lassen. Oder lag es an Finn, dass ich jegliche Vernunft in den Wind schrieb?

Schweigend ritten wir weiter. Obwohl ich den Schmetterlingen in meinem Bauch versicherte, dass es keinen Anlass für den irren Freudentanz gab, den sie veranstalteten, wich das glückliche Lächeln auf dem ganzen Weg zum Château nicht von meinem Gesicht.

9

Die nächsten Tage verschanzte ich mich in meinem Büro und beschäftigte mich mit der Kalkulation des Budgets für das kommende Halbjahr in der Hoffnung, dass sich meine verrücktspielenden Hormone wieder beruhigten. Ich redete mir ein, dass der Beinahe-Kuss allein der Magie des Augenblicks geschuldet war und nichts zu bedeuten hatte. Doch die Erinnerung an die kurze Berührung unserer Lippen hielt mich nachts stundenlang wach, raubte mir den Appetit und versetzte mich in einen Zustand von schwereloser Leichtigkeit, obwohl ich aufgrund des Schlafmangels eigentlich todmüde sein müsste. Ich brannte darauf, herauszufinden, wie es sich anfühlte, Finn zu küssen, und ermahnte mich zugleich, mich zurückzuhalten. Immerhin bestand nach wie vor die Möglichkeit, dass er der Hoteltester war.

Als Minnie bei mir im Büro vorbeischaute und mich aus großen Hundeaugen auffordernd ansah, fuhr ich den Laptop herunter und zog meine Jacke an. Vielleicht würde mir die kühle Winterluft dabei helfen, wieder zu mir zu finden.

Vor dem Hotel lief ich Julian in die Arme. Er zog einen Schlitten hinter sich her und freute sich sichtlich, mich zu sehen.

»Hallo, Fremder, wohin des Weges?«, begrüßte ich ihn.

»Ich habe mir deinen Rat zu Herzen genommen und mich mit meinem Notizbuch in die Bibliothek gesetzt. Doch anstatt den nächsten Bestseller zu verfassen, hatte ich die ganze

Zeit diesen Hang vor Augen«, er deutete auf die Wiese, die hinter dem Hotel zum nächstgelegenen Berg führte, »und da dachte ich, dass ein wenig körperliche Bewegung meine Inspiration beflügeln könnte.«

»Eine ausgezeichnete Idee«, lobte ich und verzichtete darauf, ihm zu verraten, dass ich aus ähnlichen Gründen das Hotel verlassen hatte.

»Hast du Lust mitzumachen?«

»Ich bin schon ewig nicht mehr Schlitten gefahren.« Eine Erinnerung ploppte vor meinem inneren Auge auf, wie ich mit meinen Geschwistern und unseren Freunden die Gemeindewiese hinuntergerast war, wobei wir so ziemlich alles genutzt hatten, was uns untergekommen war. Schlitten standen hoch im Kurs, aber auch Frisbeescheiben und einfache Plastiksäcke mussten in der Not herhalten.

»Ein Grund mehr, der dafürspricht.«

Ich zögerte, gelangte dann jedoch zu der Erkenntnis, dass es mir helfen konnte, meine Gedanken davon abzuhalten, unaufhörlich um Finn zu kreisen.

Wir sparten uns den Weg in den Schuppen, um einen zweiten Schlitten zu holen, umrundeten das Hotel und machten uns an den Aufstieg. Oben angekommen, bot sich uns ein weiter Blick auf das Château, den Stall und die umliegenden Wälder und Wiesen. Allein die herrliche Natur sorgte dafür, dass ich freier atmen konnte.

Es war gar nicht so einfach, sich zu zweit auf den Schlitten zu quetschen. Nachdem ich meine Füße auf die Kufen gestellt und Julian seine Arme um meine Taille geschlungen hatte, schaute ich über meine Schulter zu ihm.

»Bereit?«

»Kann losgehen.«

Mit lautem Jubelgeschrei fuhren wir den Hang hinunter, wobei Minnie vergnügt neben uns herjagte. Obwohl sie sich ziemlich anstrengen musste, um mit uns mitzuhalten, schien sie ebenso viel Spaß zu haben wie wir.

Unten angekommen, strahlte ich übers ganze Gesicht. »Noch mal!«

Erneut stapften wir den Hang hinauf. Dieses Mal übernahm ich es, den Schlitten zu ziehen, was Julian nur unter Protest zuließ.

Als ich mich umdrehte, sah ich Finn, der soeben auf den Stall zuritt. Zorro und er gaben ein prachtvolles Paar ab. Mein Herz machte einen unvermittelten Sprung. Offenbar hatte der Abstand nicht dazu geführt, meine Gefühle im Keim zu ersticken, sondern dafür gesorgt, dass sie noch stärker aufflammten. Ich würde einfach so lange diesen Hang hinunterfahren, bis ich ihn endgültig aus meinen Gedanken verbannt hatte. Dass ich mich zu ihm hingezogen fühlte, war bestimmt nur eine vorübergehende Laune und hatte rein gar nichts zu bedeuten.

»Können wir?«, fragte Julian, dem mein Blick nicht entgangen war.

Mit jeder weiteren Abfahrt erfasste mich eine kindliche Unbeschwertheit, die mich meine Erwachsenensorgen vergessen ließ. Julian hatte eine kleine Erhebung entdeckt, die wir als Schanze nutzten. Minnie bellte wie verrückt, wenn wir abhoben und erst einige Meter tiefer wieder aufsetzten. Wir liefen den Hang immer höher hinauf, um noch mehr Schwung zu bekommen. Als wir dieses Mal auf die Bodenwelle zurasten und uns kurz darauf in die Lüfte erhoben, riss ich meine Arme nach oben, wodurch der Schlitten in Schräglage geriet und wir anstatt weiter den Hang hinabzudonnern, im tiefen Schnee landeten. Julian lag halb auf mir, rollte sich jedoch sofort zur Seite und erkundigte sich, ob alles in Ordnung war. Ich wollte ihm antworten, dass mir nichts fehlte, doch ich kriegte mich vor lauter Lachen nicht ein, während Minnie aufgeregt um uns herumsprang. Der klare Winterhimmel erstrahlte in einem bilderbuchreifen Hellblau. Wir wären bestimmt noch länger im Schnee liegen geblieben, wenn nicht plötzlich ein besorgtes Gesicht über uns aufgetaucht wäre.

»Geht es euch gut? Habt ihr euch verletzt?«

»Nein«, japste ich und ergriff Finns ausgestreckte Hand, um mich hochziehen zu lassen.

»Von unten sah euer Stunt ziemlich spektakulär aus.«

»Halb so wild.« Julian rückte seine Mütze zurecht und klopfte sich den Schnee von der Hose.

»Manchmal muss man etwas Verrücktes tun, um sich bewusst zu werden, dass man lebt.« Erst als ich die Erkenntnis laut ausgesprochen hatte, fiel mir auf, wie viel Wahrheit darin steckte. Ich hatte mich so lange mit einem Dasein im Schatten zufriedengegeben, dass ich weder dem Leben noch meinen Gefühlen traute. Und dann tauchte Finn auf und stellte meine Welt auf den Kopf. Indem er mit seiner abenteuerlustigen und zugleich ruhigen Art eine Schutzschicht nach der anderen durchbrach. War es da nicht naheliegend, dass ich mich in die nächste Schneewehe stürzte?

»Ich weiß genau, was du meinst.« Unsere Blicke verschmolzen, bis Finn sich mit einer abrupten Kopfbewegung von mir löste. Er trat einen Schritt zurück und nickte Julian zu, wobei sich seine Kiefermuskulatur verkrampfte, als müsste er sich zu den nächsten Worten zwingen. »Dann wünsche ich euch beiden noch viel Spaß.«

Verwirrt schaute ich ihm nach. War Finn etwa eifersüchtig? Ein Mann wie er, der vor Selbstbewusstsein nur so strotzte? Ich linste zu Julian und versuchte, die Situation mit Finns Augen zu sehen. Julian war ohne Frage ein gut aussehender Mann, jedoch ein grundlegend anderer Typ. Wo Finn draufgängerisch war, war Julian bedacht. Beide waren aufmerksam und intelligent. Julian war ein ausgezeichneter Zuhörer und stellte die richtigen Fragen, während Finn eher ein Macher war. Er zögerte nicht lange, sondern stürzte sich auf die nächste Aufgabe, als könnte er es nicht abwarten, sich immer wieder neu zu beweisen.

»Bleibt es bei unserer Verabredung heute Abend?«, rief Julian ihm nach und riss mich damit aus meinen Gedanken. Verabredung? Ich wusste nicht einmal, dass die beiden sich kannten, geschweige denn, dass sie Zeit miteinander verbrachten.

»Ich habe Hannes versprochen, ihn bei einem Projekt zu unterstützen, aber spätestens gegen fünf bin ich wieder zurück«, erwiderte Finn.

»Arbeitet ihr gemeinsam mit Zorro?«, wollte ich wissen.

»Nein, Hannes plant eine Überraschung für Rosie, die ziemlich ambitioniert ist. Und da ich Herausforderungen liebe, habe ich ihm meine Hilfe zugesagt.«

»Vergiss nicht, dass du hier bist, um Urlaub zu machen.«

Finn zuckte unbeschwert mit den Schultern. »Ich mag Hannes, und es imponiert mir, wie viel Engagement er nach all den Jahren zeigt, um seine Frau glücklich zu machen.«

»Verrätst du uns, was ihr vorhabt?«, fragte Julian, der ebenso neugierig zu sein schien wie ich.

»Ich musste Hannes schwören, absolutes Stillschweigen zu bewahren.«

Am liebsten hätte ich die Fäuste in die Taille gestemmt und Finn so lange angestarrt, bis er mit der Sprache herausrückte. Bei meinen Geschwistern, zumindest bei Pia und Ben, hatte das immer gut funktioniert, während ich bei Sophie auf Granit gebissen hatte. Wenn sie etwas für sich behalten wollte, dann halfen kein Bitten und Betteln, und auf Drohungen reagierte sie schon gar nicht. Da ich Finn eher zur Sophie-Kategorie zählte, bewahrte ich die Fassung und sah zu, wie er zum Hotel zurückging.

»Und was habt ihr beide vor?«, wandte ich mich an Julian, als wir wieder allein waren.

»Wir sind am Frühstücksbuffet ins Gespräch gekommen. Finn hat mir erzählt, dass er viel unterwegs ist, woraufhin ich ihn gebeten habe, mir mehr von seinen Reisen zu berichten. Vielleicht bekomme ich auf diese Weise die nötige Inspiration für mein Buch.«

Ich musste zugeben, dass die Idee gar nicht so übel war. Finn hatte einiges erlebt und bestimmt jede Menge zu erzählen. Leider brachte mich das der Antwort auf die Frage, wer von beiden nun der Hoteltester war, keinen Schritt näher.

Julian schlug eine letzte Abfahrt vor, doch mir wurde allmählich kalt. In stiller Eintracht kehrten wir ins Hotel zurück und setzten uns mit einer Kanne Tee und einem Teller mit Rosies leckeren Zimtsternen ins Foyer. Minnie bekam einen Kauknochen, den sie voller Begeisterung und mit wedelndem Schwanz zu ihrem Lieblingsplatz am Kamin schleppte, um ihn in Ruhe zu vertilgen.

Wir genossen die entspannte Stimmung, bis ein Paar aus dem Fahrstuhl trat, das in einen heftigen Streit verwickelt war. Ich erkannte die in sich gekehrte Dame wieder, der ich vor einigen Tagen begegnet war, und brauchte keine Bestätigung, um zu erraten, dass ich die berüchtigten Grubers vor mir hatte. Schwer vorzustellen, dass die beiden sich einmal so sehr geliebt hatten, um den Bund der Ehe einzugehen. Julian atmete erleichtert auf, als sie durch die Portaltür nach draußen traten und ihre aufgebrachten Stimmen verstummten. Bedauerlicherweise war es nicht allen Paaren vergönnt, eine so glückliche Ehe wie Rosie und Hannes zu führen.

Obwohl Florence mich nach ihrer Schicht im Restaurant noch zu einer Runde Krafttraining überredet hatte, lag ich um Mitternacht hellwach in meinem Bett und starrte genervt an die Decke. Unnötig zu erwähnen, was oder vielmehr wer meine Gedanken beherrschte. Ich versuchte es mit einer Einschlafmeditation, autogenem Training und meiner Dankbarkeitsroutine, doch nichts half. Schließlich stand ich auf, um mir in der Küche einen Becher Kakao zu holen.

Da um diese Uhrzeit nicht mit Gästen zu rechnen war, nahm ich die Vordertreppe. Ich ging an der Rezeption vorbei und bog in den Gang ein, der zur Küche führte. Im Halbdunkel prallte ich gegen eine hochgewachsene Gestalt. Ich wollte mich gerade entschuldigen, als mir ein vertrauter Duft nach Sandelholz und Zitrone in die Nase stieg. Schnell trat ich einen Schritt zur Seite und hob den Kopf, nur um in den Bann eines Paars dunkelbrauner Augen zu geraten, das mich mit einer Mischung aus Belustigung und Neugier betrachtete.

»Hast du dich verlaufen?«, fragte ich Finn und konnte nicht glauben, dass das Schicksal so hinterhältig war. Da gab ich mein Bestes, um ihn aus meinen Gedanken zu verbannen, doch anstatt für meine Bemühungen belohnt zu werden, trafen wir erneut aufeinander.

»Ich konnte nicht schlafen und dachte, dass ein Spaziergang durch das Hotel mir helfen könnte, müde zu werden. Und was ist deine Ausrede?«

»Ich hatte Lust auf eine heiße Schokolade.«

Er legte den Kopf leicht schief, woraufhin ihm eine Haarsträhne in die Stirn fiel. Es juckte mich in den Fingern, sie zurückzustreichen, aber ich zwang mich, dem Impuls zu widerstehen.

»Da weiß ich etwas Besseres. Bereit für ein kleines Abenteuer?«

Ich wusste, dass ich Nein sagen sollte. »Kommt darauf an. Was hast du denn vor?«, fragte ich, obwohl ich nicht wirklich damit rechnete, dass er mir seinen Plan verraten würde, zumal ich ihm gegenüber zugegeben hatte, wie sehr ich Überraschungen liebte.

»Zieh dir etwas Warmes an. Wir treffen uns in zehn Minuten im Foyer.«

Bevor ich etwas erwidern konnte, war er verschwunden. Anstatt seiner Aufforderung Folge zu leisten, blieb ich stehen und starrte auf ein Aquarellbild, das an der gegenüberliegenden Wand hing und das Matterhorn zeigte. Sollte ich wirklich zu dieser Uhrzeit das Hotel verlassen, noch dazu mit jemandem, den ich erst seit Kurzem kannte, und mich in irgendwelche dubiosen Abenteuer stürzen? Ganz bestimmt nicht. Würde ich es schaffen, der Versuchung zu widerstehen und vernünftig zu sein? Auf gar keinen Fall!

Leise vor mich hin grummelnd, kehrte ich in mein Zimmer zurück, zog Thermounterwäsche, eine schwarze Skihose, gefütterte Boots und meinen wärmsten Strickpullover an, ehe ich mir einen Schal umwarf, in meine Jacke schlüpfte und nach meiner Mütze und den Handschuhen griff.

»Würdest du mir bitte erklären, warum wir mitten in der Nacht durch den Wald laufen?«, verlangte ich, als ich kurz darauf an Finns Seite einem der verschneiten Wege folgte. Eigentlich hatte ich mir fest vorgenommen, sofort zurückzugehen, sollte er sich allzu weit vom Château entfernen, wäre da nicht das verheißungsvolle Prickeln der Vorfreude.

»Abwarten.« Anscheinend war es sein Ziel, mich mit seiner Geheimniskrämerei in den Wahnsinn zu treiben.

»Entweder du sagst mir, wo wir hingehen, oder ich kehre auf der Stelle um.«

Finn hielt inne und musterte mich. Ich blieb ebenfalls stehen und frohlockte innerlich, als mir der Hauch von Unentschlossenheit, der über seine Züge huschte, verriet, dass er einknicken würde.

»Wir machen das Zweitbeste, was man in einer Vollmondnacht tun kann.«

»Uns mit einem Werwolf treffen und ihn mithilfe eines geheimen Beschwörungsrituals von seinem Fluch befreien?«, witzelte ich, womit ich ihn zum Schmunzeln brachte.

»Nicht ganz.«

Wir setzten uns wieder in Bewegung, und ich bemühte mich, das Glücksgefühl zu ignorieren, das ich in Finns Gegenwart empfand. Ich konnte mir noch so sehr einreden, dass es mich störte, dass er meine Gedanken beherrschte, aber Tatsache war, dass ich ihn vermisst hatte. Seine spontane und leicht verrückte Art, sich über die üblichen Konventionen hinwegzusetzen, da für ihn offenbar andere Regeln galten – oder eben überhaupt keine.

Als der See in Sicht kam, ahnte ich, was er vorhatte. An der Hütte angekommen, zauberte er einen Schlüssel hervor, den er vom Brett hinter der Rezeption stibitzt haben musste, fragte mich nach meiner Schuhgröße und drückte mir kurz darauf ein Paar Schlittschuhe in die Hand.

Der Mond tauchte die Landschaft in silbriges Licht, während die hohen Tannen, die den See schützend umgaben, der Szenerie etwas Märchenhaftes verliehen. Ich war froh, dass Florence mich seit meiner Ankunft im Château gelegentlich überredet hatte, sie hierherzubegleiten. Dank ihr konnte ich mich sicher auf dem Eis bewegen, ohne befürchten zu müssen, bei der ersten Unebenheit zu stürzen.

Es hätte mich nicht gewundert, wenn Finn zwei Schläger und einen Puck hervorgeholt oder mich zu einem dreifachen Rittberger herausgefordert hätte, doch er schien zufrieden damit zu sein, entspannt neben mir herzulaufen. Sein Gesichtsausdruck wirkte geradezu friedlich, als würde er den Augenblick in vollen Zügen genießen.

Übermütig breitete ich die Arme aus, legte den Kopf in den Nacken und drehte mich ein paarmal um mich selbst. »Wenn das hier das Zweitbeste ist, was man machen kann, wenn man keinen Schlaf findet, was um alles in der Welt ist dann das Beste?«

»Kann sein, dass ich meine Einschätzung revidieren muss«, gab Finn mit einem Lächeln zu. »Bisher war ich der Meinung, dass Surfen bei Vollmond unübertroffen ist, aber Schlittschuhlaufen mit dir ist mindestens ebenso gut«, der Blick aus seinen tiefbraunen Augen, die bei Nacht beinahe schwarz wirkten, wurde eindringlicher, »wenn nicht sogar besser.«

Da ich unsicher war, was ich von seinem Zugeständnis halten sollte, beschleunigte ich das Tempo, um ihm vorauszufahren und so etwas Abstand zwischen uns zu bringen, doch er hielt spielend mit. Der Funke kindlicher Freude, den bereits das Schlittenfahren am Nachmittag entzündet hatte, entflammte erneut. Unauffällig verlangsamte ich mein Tempo, ließ ihn an mir vorbeifahren und wirbelte dann herum in dem Versuch, ihm zu entkommen. Doch Finn war nicht nur schneller, sondern auch um einiges wendiger als ich. Obwohl ich ahnte, dass ich gegen ihn keine Chance hatte, wollte ich mich nicht kampflos geschlagen geben. Ich musste die Gelegenheit nutzen, mir zu beweisen, dass ich nicht leichtfertig aufgab. Als ich einen Haken schlug und kurz darauf die Kurve zu schnell nahm, drohte ich das Gleichgewicht zu verlieren. Instinktiv ruderte ich wie wild mit den Armen, aber ich wäre wohl hart auf das Eis geknallt, wenn Finn nicht dicht hinter mir gewesen wäre und mich aufgefangen hätte. Ich spürte seine breite Brust an meinem Rücken und klammerte mich an seinen Armen fest, die er um meinen Oberkörper geschlungen hatte. Erst nachdem ich wieder sicher stand, lockerte er seinen Griff und drehte mich zu sich um, ohne meine Hände loszulassen. Es fühlte sich an, als würde mich die Sehnsucht zerreißen, wenn wir uns auch nur einen Millimeter voneinander entfernten.

»Ist das ein Spiel, oder warum läufst du vor mir weg?« Seine Stimme klang tiefer als sonst, rauer, und jagte ein Beben durch meinen Körper.

»Damit ich nichts tue, was wir hinterher beide bereuen könnten.«

»Zum Beispiel?«

Ich senkte den Blick auf seinen Mund und versuchte, dem Verlangen zu widerstehen, ihn zu küssen. Bevor ich darüber nachdenken konnte, ob es eine kluge Entscheidung war, legte ich meine Hände in seinen Nacken, zog ihn zu mir und presste meine Lippen auf seine. Ein leichter Stromstoß durchfuhr mich, woraufhin Finn seine Arme um meine Taille schlang und den Kuss mit einer Leidenschaft erwiderte, die mich beinahe umwarf. Während er dafür sorgte, dass ich nicht die Balance verlor, vertiefte er den Kuss. Mir entwich ein Stöhnen, und ich verfluchte die vielen Kleidungsschichten, die meine Haut von seiner trennten. Ungeduldig warf ich die Handschuhe von mir und vergrub meine Finger in seinen Haaren. Als ich sanft an ihnen zog, entfuhr ihm ein leises Grollen. Er umfasste mit einer Hand meinen Hinterkopf, um mich noch näher an sich zu ziehen. Ein Zittern erfasste mich, das nichts mit der nächtlichen Kälte zu tun hatte. Dieser Mann raubte mir komplett den Verstand.

Nach einer gefühlten Ewigkeit schafften wir es, uns schwer atmend voneinander zu lösen. Meine Lippen prickelten und fühlten sich leicht geschwollen an. Finn lehnte seine Stirn an meine und sah mit einem Lächeln auf mich herab, das meine Knie weich werden ließ.

»Der Zauber der Meerjungfrau«, flüsterte er.

Ich lachte und war dankbar, dass er der Situation damit jegliche Verlegenheit nahm. Es war einfacher, unsere vorübergehende Unzurechnungsfähigkeit der magischen Stimmung zuzuschreiben, die über dem See lag, als sich damit auseinanderzusetzen, warum wir gerade übereinander hergefallen waren, als gäbe es kein Morgen. Dabei war es nur ein Kuss. Ein Kuss, der die Macht hatte, meine Welt aus den Angeln zu heben, und mich trotz meiner festen Vorsätze dazu brachte, mich aufs Eis zu begeben – im wahrsten Sinne des Wortes.

Ich bereute meine impulsive Entscheidung nicht, wie könnte ich auch? Dennoch musste ich aufpassen, dass Finn bei seiner Abreise nicht ein Stück meines Herzens, das ich erst mühsam zusammengesetzt hatte, für immer mitnahm.

10

Die nächtliche Begegnung mit Finn fühlte sich an wie ein Traum, und doch bewiesen mir meine empfindlichen Lippen und das Kribbeln, das jede Zelle meines Körpers erfüllte, dass ich es mir nicht bloß eingebildet hatte.

Um mich abzulenken, führte ich am nächsten Morgen ein Interview mit Roane, die sich trotz ihrer Kamerascheu von sich aus bereit erklärt hatte, Fragen aus der Community zu beantworten. Dabei machte sie ihr Schweizer Dialekt, in den sie aufgrund ihrer Nervosität verfiel, besonders sympathisch. Anschließend filmte ich Leni bei einem High-Intensity-Intervalltraining, bei dem mir vom bloßen Zusehen alle Muskeln wehtaten und das die Teilnehmenden mächtig ins Schwitzen brachte.

Beim Durchqueren des Wellnessbereichs erwischte ich mich dabei, wie ich den Poolboden scannte, und redete mir ein, dass es nichts mit Finn zu tun hatte. Ebenso war es Zufall, dass ich mehrmals durch den Frühstücksraum schlenderte, um das Buffet von jeder erdenklichen Seite zu fotografieren. Auch im Stall hielt ich mich nur auf, um Don Juan eine Karotte zu füttern, und nicht etwa, um zu schauen, ob Zorro in der gemeinsamen Box oder im Außenbereich stand.

»Falls du Finn suchst, der ist mit Hannes unterwegs«, ließ Milan mich wissen, nachdem ich zum dritten Mal aus tiefstem Herzen geseufzt hatte.

»Wie kommst du denn darauf?« Meine Stimme war vor Schreck eine Oktave nach oben gerutscht, sodass ich mehr wie eine aufgeregte Maus klang und weniger wie eine souveräne Erwachsene, die ihr Leben im Griff hatte.

»Nur so eine Ahnung«, erwiderte er und konnte sich ein Grinsen nicht verkneifen. »Normalerweise hängst du hier nicht ewig rum, sondern gehst entweder ausreiten oder machst dich nützlich. Daraus schließe ich, dass du auf jemanden wartest. Und da ich nicht annehme, dass es Hannes ist, der dich zum Seufzen bringt, muss es wohl …«

»Schon gut, Sherlock.« Es wurmte mich, dass ich derart leicht zu durchschauen war. »Du hast recht«, gab ich zu und konnte gerade noch ein erneutes Seufzen unterdrücken. »Ich habe ihn gesucht, weil … er meine Handschuhe hat.« Das war zwar die Wahrheit, schien Milan jedoch nicht zu überzeugen.

»Deine Handschuhe?«

»Ich habe sie verloren, und er hat sie für mich eingesteckt.«

»Und warum hast du sie nicht direkt wieder angezogen?«

Weil Finn auf dem Rückweg zum Hotel meine Hand genommen hat und ich über allen Wolken geschwebt bin und viel zu glücklich war, um mir über so etwas Triviales wie Handschuhe Gedanken zu machen.

»Zu dem Zeitpunkt war mir nicht kalt.«

»Aha.« Zum Glück gab Milan sich mit dieser vagen Erklärung zufrieden. »Sag mal«, begann er zögerlich und stützte sich auf seine Schaufel. »Kennst du das Team vom Housekeeping näher?«

»Die meisten schon. Wieso?«

Er hielt inne und pflückte einen Strohhalm von seinem Pullover. »Ich will Michelle um ein Date bitten«, nuschelte er beinahe unhörbar. »Meinst du, ich habe eine Chance bei ihr?«

Die Frage war nicht so leicht zu beantworten. Milan war mir von Anfang an sympathisch gewesen, schon allein deswegen, weil er sehr sorgsam mit den Pferden umging, seine Arbeit liebte und meist gute Laune hatte. Rein optisch betrachtet würden die beiden ein schönes Paar abgeben. Auch von ihrem Wesen her konnte ich sie mir gut zusammen vorstellen. Milans ruhige und humorvolle Art wäre der perfekte Gegenpol zu Michelles sprunghaftem Gemüt. Sollte es jedoch ihr Ernst gewesen sein, dass sie nach einem Mann suchte, der ihr ein Leben in Reichtum und Luxus bot, dann hatte er eher schlechte Karten.

»Warum fragst du sie nicht einfach?«

»Weil sie weit oberhalb meiner Liga spielt.«

»Wie kommst du denn darauf?«

»Na ja«, er senkte den Blick und schaufelte eine Schippe Pferdeäpfel in die Schubkarre, »sie ist ziemlich hübsch.«

»Du siehst auch nicht schlecht aus.«

Eine zarte Röte stieg ihm in die Wangen. »Hast du vielleicht einen Tipp, wo ich mit ihr hingehen könnte? Oder soll ich es so machen wie Finn und sie an einem romantischen Ort hier im Hotel mit einem Abendessen überraschen? Nur das mit dem Bad im Pool würde ich weglassen. Das fände Michelle, glaube ich, nicht so cool wegen ihrer Frisur und so.«

Die Vorstellung, wie Michelle sorgfältig geschminkt und in einem schicken Kleid im Pool landete, hätte mich beinahe zum Lachen gebracht.

»Meinst du, Florence würde für uns kochen? Ich habe ein bisschen was gespart.«

Milans Umsicht rührte mich. »Das macht sie bestimmt gern, aber ich glaube nicht, dass sie dafür bezahlt werden möchte.«

Ein Strahlen erhellte sein Gesicht. »Dann finde ich einen anderen Weg, um mich bei ihr zu bedanken. Am besten frag ich sie gleich. Kannst du kurz hier weitermachen?« Er drückte mir die Schaufel in die Hand. »Bin sofort wieder da.«

»Aber …«, versuchte ich einzuwenden, doch Milan war schon auf dem halben Weg zum Hotel. Don Juan kam zu mir und legte seinen Kopf auf meiner Schulter ab. »Das hat man nun davon, wenn man andere in Liebesdingen unterstützt.«

Er stieß ein Schnauben aus, das klang, als wüsste er genau, wovon ich sprach. Und vielleicht tat er das sogar, schließlich zogen Zorro und er seit Jahren den Schlitten für unsere Gäste und bekamen dabei sicher so einiges mit.

Nachdem ich mich den restlichen Tag mit der Konzipierung einer Videoserie zu unserem Romantikprogramm beschäftigt hatte, beschloss ich, am Abend trainieren zu gehen. Entgegen meinen sonstigen Gewohnheiten wollte ich mich richtig auspowern. Das unruhige Flirren in meinem Bauch machte mich ganz kirre und hatte mich auf die glorreiche Idee gebracht, dass exzessiver Sport mir helfen könnte.

»Anna, warte«, rief Florence, als ich das Foyer durchquerte. Ich blieb stehen und wandte mich ihr zu. »Hast du meine Nachricht bekommen?«

»Ich habe mein Handy vorhin in eine Schublade verbannt, um konzentriert arbeiten zu können. Was gibt es denn?«

»Julian hat vorgeschlagen, den Weihnachtsmarkt in Zermatt zu besuchen. Er wollte nur noch kurz Finn fragen, ob er mitkommen will. Hast du Lust, dich uns anzuschließen?«

»Julian?«, wiederholte ich, um mich von dem Kribbeln abzulenken, das die bloße Erwähnung von Finns Namen in mir ausgelöst hatte.

»Der Mann hat mein Essen gelobt. Damit hat er sich einen Abend in meiner Gesellschaft verdient. Das Privileg hat nicht jeder. Was ist nun? Bist du dabei?«

Die Aussicht, Finn wiederzusehen, jagte einen heißen Schauer durch meinen Körper. »Klar. Ich zieh mich bloß rasch um.«

Ich schaffte es, mein Zimmer innerhalb kürzester Zeit aussehen zu lassen, als wäre ein Wirbelsturm hindurchgefegt. Obwohl es eigentlich egal war, was ich anhatte, schließlich sah man unter der Jacke lediglich meine Beine. Aber was, wenn wir anschließend noch in eine Bar oder ein Restaurant gingen? Andererseits würde es auffallen, wenn ich mich zu sehr aufbrezelte.

Da Florence mich inzwischen schon dreimal angerufen hatte, vermutlich um zu fragen, wo ich steckte, zog ich mir meine weit geschnittenen Lieblingsjeans über die Thermoleggings und schlüpfte in einen schwarzen Rollkragenpullover. Meine Haare ließ ich offen über meinen Rücken fallen und trug etwas Wimperntusche und Lippenstift auf. Das entsprach zwar nicht den Tipps und Tricks aus Michelles Make-up-Tutorial, das ich Anfang der Woche veröffentlicht hatte, sorgte jedoch dafür, dass ich mich ein wenig selbstbewusster fühlte.

Die anderen warteten schon, als ich das Foyer betrat. Es war unglaublich, welchen emotionalen Aufruhr allein Finns

Anblick in mir auslöste, ganz zu schweigen von seinem umwerfenden Lächeln, das meine Knie in zerfließende Butter verwandelte. Julian rettete mich aus meiner Erstarrung, indem er mich zur Begrüßung umarmte. Als ich Finn gegenüberstand, brachte ich nur ein krächzendes *Hi* heraus. Das gewellte Haar hatte er am Hinterkopf locker zusammengefasst, seine Augen strahlten, und die leichte Röte auf seinen gebräunten Wangen ließ mich annehmen, dass er den Tag im Freien verbracht hatte. Vielleicht würde es mir im Laufe des Abends gelingen, herauszufinden, was Hannes und er ausheckten.

Da Zermatt eine autofreie Zone war, bestellten wir uns kurzerhand ein Taxi. Florence, die die Aussicht auf einen freien Abend in Hochstimmung versetzte, schwärmte während der Fahrt von den kulinarischen Köstlichkeiten, die uns erwarteten und die wir unbedingt probieren mussten. Ich war froh über die Ablenkung, denn so konnte ich zumindest versuchen, den sanften Druck von Finns Oberschenkel an meinem auszublenden, der meinen Puls in die Höhe jagte. Wie mochte es sich erst anfühlen, wenn uns nicht mehrere Kleidungsschichten voneinander trennten? Allein die Vorstellung trieb mir die Hitze in die Wangen, sodass ich schnell an fluffige Waffeln und Glühwein dachte – viel Glühwein, wenn ich den Abend überstehen wollte.

Nachdem das Taxi uns nahe dem Zentrum abgesetzt hatte, folgten wir einer pittoresken Straße, deren Schaufenster festlich geschmückt waren. In der Ferne ragte die charakteristische Silhouette des Matterhorns in den nachtschwarzen Himmel hinauf und rief mir in Erinnerung, wie privilegiert ich war, in einer Region zu leben, in der andere Menschen ihre kostbare Freizeit verbrachten. Finn verlangsamte seinen

Schritt und genoss ebenfalls den Anblick der beeindruckenden Bergkulisse.

Als wir den Kirchplatz von St. Mauritius erreichten, begrüßten uns weihnachtliche Musik, köstliche Gerüche und fröhliches Stimmengewirr. Florence strebte zielstrebig auf einen Polenta-Stand zu und orderte vier unterschiedliche Portionen, wobei sie Finn zuliebe auf Fleisch verzichtete. Wir reichten die kleinen Töpfchen reihum, sodass wir von jedem Gericht probieren konnten. Meine Favoriten waren eindeutig die Käse- und Pilzvarianten, Finn fand das gegrillte Gemüse am besten, während Florence die aromatische und leicht pikante Tomatensoße lobte. Julian behauptete, dass ihm alles gleich gut schmeckte, was Florence mit einem ungläubigen Schnauben kommentierte. Tatsächlich schien ihm das Essen nicht so wichtig zu sein. Er wirkte, als würde er vor allem unsere Gesellschaft genießen, wobei mir auffiel, dass er genau beobachtete, wie Florence sich mit geschlossenen Augen jeden einzelnen Bissen auf der Zunge zergehen ließ und immer wieder verzückte Seufzer ausstieß. Offenbar hatte ihn ihre lebhafte und unberechenbare Art vollkommen in den Bann geschlagen.

Nachdem wir verschiedene Weine aus der Region gekostet und eine Scheibe des Walliser Birnenbrots mit hausgemachter Aprikosenmarmelade probiert hatten, schlug Finn eine Runde Eisstockschießen vor, um wieder ein wenig Platz im Magen zu schaffen. Wir schoben uns durch die Menschenmenge und hatten Glück, dass eine der vier Bahnen gerade frei wurde. Eine engagierte Mitarbeiterin erklärte uns im Schnellverfahren die Regeln und forderte uns auf, zwei Teams zu bilden. Ich tat mich bereitwillig mit Florence zusammen. Auch wenn es bestimmt spaßig gewesen wäre, mit

Finn zu spielen, reizte es mich noch mehr, ihn zu besiegen. Julian platzierte die Daube auf der Eisbahn. Florence griff nach einem Eisstock, holte aus und ließ ihn über die Bahn gleiten. Da sie ihren Schwung überschätzt hatte, sauste er vorbei und prallte gegen die Bande. Finn stellte sich geschickter an und beförderte seinen Stock direkt vor die Daube, wodurch er mir erfolgreich den Weg versperrte. Ich setzte alles auf eine Karte, indem ich auf Finns Eisstock zielte, was ihn bedauerlicherweise zusammen mit der Daube in eine Ecke trieb, woraufhin Florence die Arme über dem Kopf zusammenschlug, weil es nun unmöglich war, das Ziel zu erreichen. Julian drängte meinen Stock mit seinem zur Seite und machte unsere Situation damit aussichtslos. Florence besah sich das Malheur mit gerunzelter Stirn, ehe sie die Runde als verloren deklarierte.

Wir spielten noch mehrere Durchgänge und tauschten dabei von Zeit zu Zeit die Teams. Finn erwies sich als der perfekte Partner. Er feuerte mich an, wenn wir zurücklagen, und jubelte mit mir, sobald wir eine Runde gewannen. Sein unbeschwertes Lachen und seine unerschöpfliche Energie hatten das Potenzial, mich hochgradig süchtig zu machen.

Als wir am Rand der Bahn entlangglitten, um die Eisstöcke zurückzuschieben, rutschte ich aus und landete in Finns Armen.

Mein Herz machte einen erschrockenen Satz, bis es realisierte, dass die Gefahr gebannt war, nur um dann umso schneller gegen meine Rippen zu donnern, als meine Sinne auf seine Nähe reagierten. Der kräftige Griff seiner Hände, die mir Halt gaben, sein vertrauter Duft und die Wärme seines Körpers, die mich einhüllte. Ich sah auf und erlaubte mir für einige kostbare Sekunden, in seinen samtbraunen Augen zu versinken. Der Impuls, mich enger an ihn zu schmiegen, war zu stark, um ihm zu widerstehen. Ich blendete alles um mich herum aus und wünschte mir, wir wären wieder allein auf dem See.

»Hallooo-hoo«, flötete Florence, »Erde an Anna und Finn!«

Ich machte Anstalten, mich in seinen Armen in winzige Partikel aufzulösen, weil mir meine augenscheinliche Vernarrtheit peinlich war, doch sein Schmunzeln fegte meine Zweifel hinweg. Wir mochten uns. Vielmehr fühlten wir uns zueinander hingezogen. So sehr, dass wir versucht waren, uns in aller Öffentlichkeit die Kleider vom Leib zu reißen, obwohl draußen Minusgrade herrschten. Das kam in den besten Kreisen vor, wie ich aus eigener Erfahrung wusste, und hatte nichts, absolut gar nichts zu bedeuten. Hormone, Chemie, monatelange Abstinenz – zumindest in meinem Fall –, und schon entwickelte man sich in einen bedürfnisorientierten Neandertaler zurück.

Nur äußerst widerwillig verließ ich Finns schützende Umarmung und machte mich daran, die Eisstöcke auf Position zu schieben.

Der Glühwein, den wir anschließend zusammen tranken, half auch nicht, meine Nerven zu beruhigen. Ich musste mich wirklich dringend zusammenreißen.

Meine guten Absichten wurden jedoch auf eine harte Probe gestellt, als Finn auf der Rückfahrt im Taxi unauffällig nach meiner Hand griff und unsere Finger miteinander verschränkte. Seine Berührung versetzte mein Herz in Aufregung, sodass es mir schwerfiel, ruhig sitzen zu bleiben. Ich war froh, dass Florence und Julian in ein angeregtes Gespräch über die richtige Zubereitung von *Coq au Vin* vertieft waren und nichts davon mitbekamen. In mir loderte ein Feuer, und ich würde verglühen, wenn ich nicht bald einen Weg fand, die schier unerträgliche Spannung, die zwischen Finn und mir herrschte, zu entladen.

11

Da der Besuch auf dem Weihnachtsmarkt meine Gefühle ordentlich durcheinandergewirbelt hatte, stürzte ich mich in die Arbeit. Am morgigen Nachmittag stand der Drehtermin mit Sergio und Paul, den beiden Tanzliebhabern aus der Wäscherei, an. Nach einem Blick auf die Wetter-App, die strahlenden Sonnenschein vorhersagte, beschloss ich, den Beitrag draußen zu filmen. Als ich Julian auf dem Vorplatz des Châteaus begegnete, erzählte ich ihm von meinem Vorhaben, woraufhin er mir spontan seine Hilfe anbot, die ich dankbar annahm.

Erst am Abend gönnte ich mir eine Pause und suchte Zuflucht im Stall. Nachdem ich Milan beim Füttern geholfen hatte, zog er sich mit der Ankündigung zurück, dass er eine wichtige Mission zu erfüllen hätte. Das Glitzern in seinen Augen verriet mir, dass es um Michelle ging. Ich wünschte ihm viel Glück und beobachtete mit süßer Wehmut, wie er voller Tatendrang dem Hotel zustrebte. Wenigstens er hatte die Chance auf ein Happy End.

»Ich würde so gern herausfinden, ob das zwischen Finn und mir nur ein harmloser Flirt ist oder ob mehr dahintersteckt«, wandte ich mich an Don Juan, der seine Nase tief im Futtereimer vergraben hatte und sich nicht besonders für meine Probleme zu interessieren schien. Zorro hingegen schlug mit dem Schweif und schnaubte, was ich als Zustimmung wertete.

»Allerdings darf ich nicht vergessen, dass er eventuell für *Adventure World* arbeitet. Andererseits würde er sich wohl kaum mit mir einlassen, wenn er aus beruflichen Gründen hier wäre. Oder ist seine vermeintliche Zuneigung nur ein Test, um meine Professionalität auf die Probe zu stellen?«

Don Juan hob seinen Kopf. Da der Eimer leer war, nahm ich ihn an mich. Während die beiden sich dem Heu widmeten, stellte ich fest, dass sich meine Gedanken seit Tagen im Kreis drehten. Unabhängig davon, ob Finn nun der Hoteltester war oder nicht, war das Risiko, erneut verletzt zu werden, einfach zu groß. Es wurde Zeit, dass ich mich endlich damit abfand.

Als ich Roane am darauffolgenden Tag nach Finn fragte, erzählte sie mir, dass sie ihn am frühen Morgen mit Hannes hatte wegfahren sehen. Mir war es noch immer nicht gelungen, in Erfahrung zu bringen, womit die beiden seit Tagen beschäftigt waren, da ich in seiner Gegenwart zu abgelenkt war, um daran zu denken.

Der Vormittag verging wie im Flug. Ich erledigte eine Reihe von Anrufen und absolvierte ein Online-Interview mit einem Reporter der *Times*. Marco war bei einer Benefizgala mit einem Reiseredakteur ins Gespräch gekommen und hatte ihm vom Château erzählt, woraufhin sich dieser mit mir in Verbindung gesetzt und einen Gesprächstermin vereinbart hatte.

Nach einer knappen Mittagspause traf ich mich mit Julian im Foyer. Gemeinsam gingen wir nach draußen und bauten das Equipment für den Dreh auf. Wir waren ein wenig später dran als geplant, sodass ich nur hoffen konnte, dass wir vor Einbruch der Dämmerung fertig wurden. Ich verband mein

Tablet mit dem Lautsprecher und spielte das Lied ab, zu dem Sergio und Paul eine Choreografie einstudiert hatten. Wie auf Kommando tauchten sie wenig später mit Handtüchern auf, die ihre Zugehörigkeit zur Wäscherei verdeutlichen sollten, und warfen sich in Pose. Ich staunte, mit welcher Leichtigkeit es dem temperamentvollen jungen Mann aus Turin gelungen war, den eher verklemmten und ziemlich steifen Paul dazu zu bringen, seine Hüfte zu schwingen. Dabei wirbelten sie mit großem Elan die Handtücher über ihren Köpfen und sangen einen der aktuellen TikTok-Hits aus vollem Halse mit. Die weihnachtlich geschmückte Fassade des Châteaus bot die perfekte Kulisse für das Video. Ich probierte unterschiedliche Einstellungen und erkannte, dass ich mehr als die geplanten drei Durchläufe brauchen würde, bis ich genug Material zusammenhatte, das die beiden aus verschiedenen Perspektiven zeigte. Besorgt sah ich zum Himmel, an dem die Sonne sich allmählich herabsenkte. Wenn wir Glück hatten, war es noch etwa zwei Stunden hell. Julian, der meine Anspannung richtig gedeutet hatte, positionierte sich in einigem Abstand zu mir und zückte seine Handykamera.

Ich klatschte in die Hände und bat Sergio und Paul, sich bereitzuhalten. Immer mehr Gäste und ein Teil des Personals versammelten sich hinter mir, darunter auch das Ehepaar Gruber. Während Frau Gruber das Geschehen gespannt verfolgte, trug ihr Mann eine skeptische Miene zur Schau und beobachtete das tanzende Paar mit vor der Brust verschränkten Armen. Leider hatte ich keine Zeit, mich um die beiden zu kümmern, da Tim, der für das Abspielen des Songs zuständig war, auf mein Zeichen wartete. Ich zählte von drei herunter und aktivierte die Kamera. Sobald die Musik einsetzte, legten unsere Tanzstars erneut los. Ich musste mir ein

Lachen verkneifen, als Sergio von seiner eigenen Choreo abwich und im Stil von Fred Astaire um Paul herumtänzelte, der daraufhin sein blütenweißes Handtuch wie ein übermotivierter Saunameister herumschwang.

Nach dem vierten Durchgang gönnte ich den beiden eine kurze Pause und sichtete das Material. Als ich vom Display aufsah, erblickte ich Florence und Finn, die bei Sergio standen und sich die Schritte zeigen ließen. Irritiert runzelte ich die Stirn und wollte gerade fragen, was das werden sollte, als Milan herbeieilte. Er hatte Michelle und Britta im Schlepptau, die unter der Aufsicht von Heidrun weitere Handtücher verteilten. Auch einige der Gäste schlossen sich an. Ich machte einen Schritt auf die Gruppe zu, um meine Bedenken zu äußern, doch dann erkannte ich die Chance, die sich mir bot. Nachdem ich die Anwesenden darüber aufgeklärt hatte, dass ich das Video in den sozialen Medien und auf YouTube veröffentlichen würde, damit sie wussten, worauf sie sich einließen, gab ich Julian ein Zeichen, weiterzufilmen. Sergio vereinfachte die Choreo, damit alle mitmachen konnten. Es bereitete ihm sichtlich Spaß, die bunt zusammengewürfelte Truppe anzuleiten.

Ich bekam nur am Rande mit, wie Julian zwischenzeitlich im Hotel verschwand und kurz darauf mit zwei Stativen zurückkehrte. Er bat Finn um sein Handy und suchte sich passende Standorte, bevor er zu mir kam, meine Kamera in Position brachte und mich zu den anderen zog. Rosie und Hannes, denen der Auflauf nicht entgangen war, stießen ebenfalls zu uns.

Sergio und Paul stellten sich in die erste Reihe, dicht flankiert von Michelle und Leni, und lieferten eine denkwürdige Show. Sogar Frau Gruber machte mit, woraufhin ihr Mann sich kopfschüttelnd abwandte. Ich nahm mir vor, bei Gelegenheit mit Rosie über die beiden zu reden. Es musste doch etwas geben, was sie einander wieder näherbringen konnte. Wenn jemand eine rettende Idee hatte, dann unsere lang erfahrene Hotelière, die seit über zwanzig Jahren glücklich verheiratet war.

Da die Choreografie ursprünglich für zwei Personen gedacht war, fanden wir uns zu Paaren zusammen. Als ich mich nach einem Partner umsah, tauchte Finn neben mir auf und hielt mir seine Hand hin. Ich ergriff sie und ignorierte das Kribbeln, das seine Berührung auslöste. Es fiel mir schwer, mich auf die Schritte zu konzentrieren, weil alle meine Sinne auf Finn ausgerichtet waren. Mir entging weder das verheißungsvolle Funkeln in seinen Augen noch der dunkle Bartschatten auf seinen Wangen. Ich atmete seinen vertrauten Geruch ein, während er mich an sich zog. In seiner Gegenwart schien sich die Zeit ins Unendliche auszudehnen. In meinen Ohren rauschte es so laut, dass ich Schwierigkeiten hatte, die Musik zu hören. Als unsere Blicke sich trafen, erfasste ein Beben meinen Körper, das die Menschen um uns herum zu einem unscharfen Hintergrund verschwimmen ließ.

»Anna, du bist völlig aus dem Takt«, brachte Sergios Stimme mich wieder ins Hier und Jetzt. »Noch mal von vorn!« Er wartete, bis wir unsere Position eingenommen hatten, dann bat er Tim, das Lied neu zu starten.

Dieses Mal riss ich mich zusammen, doch es stellte eine große Herausforderung für mich dar, der Anziehungskraft zu widerstehen, die Finn auf mich ausübte.

War es wirklich erst zwei Tage her, seit wir uns das letzte Mal gesehen hatten? Es kam mir vor wie eine kleine Ewigkeit. Seine bloße Präsenz stellte merkwürdige Dinge mit mir an und setzte mein Denken vorübergehend außer Kraft. Ich konnte nicht einschätzen, ob es ihm auch nur ansatzweise ähnlich ging. Tatsache war, dass er die Schrittfolge mit einer bewundernswerten Leichtigkeit und Eleganz ausführte und nicht den Anschein erweckte, als würde ihn die Nähe zu mir aus dem Konzept bringen. Es würde mich ungemein beruhigen, wenn ich wenigstens eine kleine Schwäche an ihm entdecken könnte.

Nach weiteren fünf Wiederholungen war Sergio schließlich zufrieden und bedankte sich überschwänglich bei allen Teilnehmenden, wobei er Finn kameradschaftlich auf die Schulter klopfte und mir dabei zuzwinkerte, was immer das bedeuten sollte.

Im Anschluss an den Dreh servierten Inga und Florence allen Mitwirkenden heißen Punsch, während Florian und Max herzhafte Snacks herumreichten und Heidrun die Gäste mit selbst gebackenen Lebkuchen versorgte.

»Das sollten wir öfter machen«, sagte Julian, der leicht außer Atem war.

Florence stimmte ihm zu und bemühte sich, die Haarsträhnen, die sich beim Tanz gelöst hatten, wieder festzustecken. »Nicht nur das Team hatte einen Riesenspaß, sondern auch die Gäste. Wenn es darüber hinaus noch hilft, Werbung für das Château zu machen, haben wir eine klassische Win-win-Situation.«

»Es tut mir leid«, unterbrach uns Rosie, »aber wir werden in der Küche gebraucht, Florence. Am besten bereiten wir als Vorspeise einen deftigen Eintopf zu. Das geht schnell und wird die hungrigen Mägen füllen.« Ich hörte noch, wie Florence Rosie ein Rezept vorschlug, als ich beobachtete, wie Finn, der unsere Handtücher bei Britta abgegeben hatte, Hannes und Milan in den Stall folgte.

»Bin gleich wieder da«, wandte ich mich an Julian und rannte Finn hinterher. Dabei kam ich auf dem vereisten Schnee ins Rutschen und segelte schnurstracks in seine Arme.

»Hoppla!«, rief er, nachdem er mich zum dritten Mal innerhalb weniger Tage vor einem Sturz bewahrt hatte. »Wie es aussieht, ist Eis einfach nicht der geeignete Untergrund für eine Meerjungfrau wie dich.«

»Zum Glück bist du immer rechtzeitig zur Stelle, um mich zu retten.« Sein Lachen hallte warm in meiner Brust nach. »Wo hast du die letzten beiden Tage gesteckt?«

»Hast du mich etwa vermisst?«

»Vielleicht bin ich auch bloß neugierig, was sich hinter dem geheimen Projekt mit Hannes verbirgt?«

Seine Lippen verzogen sich zu einem verschmitzten Grinsen. »Das wirst du noch früh genug erfahren.«

12

Als ich an der Rezeption vorbeilief, drückte mir Roane ein Päckchen in die Hände. Ich öffnete es und betrachtete die vier Weihnachtskugeln, die Julian und ich in der Glasbläserei hergestellt und bemalt hatten.

Roane beugte sich nach vorn, um in den Karton zu schauen, und konnte beim Anblick unserer Werke das Lachen nicht zurückhalten. »Glasblasen ist offenbar eine Kunst, die gelernt sein will.«

Ich schnitt eine Grimasse und hob meine selbst geblasene Kugel hoch. Nicht einmal Francescas kunstvolle Bemalung konnte über die verunglückte Birnenform hinwegtäuschen.

Seufzend ließ ich meine beiden Kugeln bei Roane und machte mich auf den Weg in die Bibliothek, wohin Julian sich nach dem Dreh zurückgezogen hatte. Als ich die Tür öffnete, hörte ich seine Stimme und hielt abrupt inne.

»Ich werde bis nach Weihnachten bleiben. Der Ball an Heiligabend soll der Höhepunkt des Jahres sein, und den möchte ich mir nicht entgehen lassen.«

Obwohl ich wusste, dass es sich nicht gehörte, zu lauschen, rührte ich mich nicht von der Stelle.

»Sie bekommen meinen Bericht wie besprochen. Nein, Ende Dezember ist kein Problem.«

Oh mein Gott! Sprach er etwa gerade mit seinem Vorgesetzten von *Adventure World*? Spätestens jetzt hätte ich mich bemerkbar machen müssen, doch meine Neugier war stärker als meine Vernunft.

»Ich hatte an Sri Lanka oder Bali gedacht. Am besten setzen wir uns noch mal zusammen, sobald ich den Auftrag abgeschlossen habe, und besprechen dann, wie es weitergeht.«

Das leise Knarren der Bodendielen verriet mir, dass Julian auf und ab lief. »Das wünsche ich Ihnen auch. Ich melde mich, wenn ich mein finales Urteil gefällt habe, aber ich bin optimistisch, dass es positiv ausfallen wird.«

Ich hielt mir die Hand vor den Mund, um den Jubelschrei zu unterdrücken, der aus mir herausbrechen wollte. Lautlos schloss ich die Tür wieder und atmete tief durch.

Erst jetzt, als die Anspannung von mir abfiel, spürte ich, wie sehr mich die ganze Sache mit dem Hoteltester belastet hatte. Aber Julian würde uns weiterempfehlen, was bedeutete, dass ich mir weder um die Zukunft des Châteaus noch um meinen Job Sorgen machen musste. Erleichtert lehnte ich mich gegen die Wand und wischte mir die Tränen von den Wangen.

»Geht's dir gut?«, fragte Michelle, die mit einem Servierwagen an mir vorbeilief.

»Ja, danke.« Ich musste auf sie einen ziemlich irren Eindruck machen, wie ich heulend im Flur stand und zu allem Überfluss jetzt auch noch anfing zu lachen. »Ich bin einfach nur froh, dass Julian seinen Aufenthalt bei uns zu genießen scheint.«

»Wieso auch nicht?« Sie schüttelte voller Unverständnis den Kopf und setzte ihren Weg fort, ohne mir weiter Beachtung zu schenken.

»Alles okay?«, erkundigte sich Julian, nachdem ich die Bibliothek betreten hatte und ihm spontan um den Hals gefallen war. Er tätschelte sanft meine Schulter, bevor er auf Abstand ging und mich besorgt ansah.

»Heute ist ein wundervoller Tag!« Mit einem strahlenden Lächeln überreichte ich ihm die Weihnachtskugeln.

»Was für eine schöne Erinnerung! Sie bekommen einen Ehrenplatz, wenn ich wieder zu Hause bin.« Er legte sie vorsichtig in den Karton zurück und wandte sich dann mir zu. »Ich würde dich gern etwas fragen, möchte dich aber nicht in Verlegenheit bringen. Sag mir bitte, wenn du dich zu befangen fühlst, um mir eine ehrliche Antwort zu geben.«

Ich nickte und kreuzte zur Sicherheit zwei Finger hinter dem Rücken.

»Meinst du, Florence würde mich zum Ball begleiten?«

»Soweit ich weiß, hat Rosie sich noch nicht entschieden, ob sie das Menü selbst zubereiten oder wie im vergangenen Jahr einen Cateringservice engagieren wird. Es könnte also sein, dass Florence arbeiten muss.«

»Oh.« Er wirkte aufrichtig geknickt, sodass ich ihn am liebsten erneut umarmt hätte.

»Wenn du willst, kann ich gern für dich nachfragen, wie die aktuelle Planung aussieht.«

»Das würde mir sehr helfen, und ich wäre dir auf ewig dankbar.«

»Hast du schon einmal darüber nachgedacht, eine epische Liebesgeschichte zu schreiben? Vielleicht in einem Fantasyreich?«

Julian stutzte. »Ehrlich gesagt liebäugle ich gerade mit einem Thriller. Ich habe auch schon einen Titel: *Der Gewächshausmörder*. Ein eiskalter Killer, hinter dem sich in Wirklichkeit eine geschundene Seele verbirgt, drapiert die

Leichen seiner Opfer als florale Kunstwerke. Was hältst du davon?«

»Das klingt spannend und zugleich ziemlich gruselig. Da solltest du unbedingt dranbleiben.«

Nachdem Florence in der Küche fertig war, zogen wir uns in mein Zimmer zurück, um gemeinsam zu essen. Während ich eine Flasche Wein entkorkte, arrangierte sie ein halbes Dutzend kleiner Schälchen mit Dips auf meinem Couchtisch und stellte frisch gebackenes Brot dazu. Wir machten es uns auf dem Sofa gemütlich und griffen beherzt zu.

»Der Dreh heute hat mir gezeigt, dass ich wieder öfter tanzen sollte. Nichts gegen Lenis Zumbakurse, aber das ist kein Vergleich zu den sinnlichen Bewegungen zweier Menschen, die sich dem Rhythmus der Musik hingeben.«

Beinahe hätte ich mich an meinem Wein verschluckt. Eigentlich sollte ich sie mittlerweile gut genug kennen, um zu wissen, dass sie kein Blatt vor den Mund nahm.

»In Paris gibt es eine Metrostation, in der Tag und Nacht Tango getanzt wird. Ich bin oft hingegangen, wenn ich die Hektik des Alltags hinter mir lassen wollte.«

»Vermisst du deine Heimat?«

»Du meinst den Smog, das Verkehrschaos und die versnobten Pariser, die dich beschimpfen, solltest du es wagen, sie länger als zehn Minuten auf ihr Essen warten zu lassen?«

Ich begnügte mich mit einem Nicken, da ich gerade in eine knusprige Baguettescheibe gebissen hatte. Die Granatapfel-Feta-Creme schmeckte himmlisch, sodass ich für einen Moment genießerisch die Augen schloss.

»Manchmal, doch dann schaue ich aus dem Fenster und bin wieder glücklich.«

Ich dachte an das stressige Leben, das ich noch bis vor wenigen Monaten geführt hatte. An die Erwartungen, die an mich gestellt wurden und mich an manchen Tagen zu erdrücken drohten. An die Szenen, die sich einige Gäste erlaubt hatten, weil sie ihre Macht und die Schadenfreude genossen, wenn jemand vom Personal dafür geradestehen musste, dass ihre Ansprüche nicht bis ins kleinste Detail erfüllt werden konnten.

Lange Zeit hatte ich geglaubt, das läge an der Branche, bis ich ins *Château Romantique* gekommen war. Natürlich gab es auch bei uns das eine oder andere schwarze Schaf, aber Rosie und Hannes würden niemals tatenlos zusehen, wie jemand seinen Ärger an uns ausließ. Abgesehen davon liebten die meisten unserer Gäste das Hotel und die traumhaft schöne Umgebung und waren viel zu entspannt, um sich über irgendwelche Nichtigkeiten aufzuregen.

»Vielleicht frage ich Finn«, riss Florence' Stimme mich aus meinen Gedanken.

Ich versuchte, mir nicht anmerken zu lassen, dass die Erwähnung seines Namens genügte, um meinen Puls in die Höhe zu treiben. So hatte ich mich das letzte Mal als Teenager gefühlt, als ich in den besten Freund meines Bruders verknallt gewesen war. Jedes Mal, wenn Ben von ihm erzählte, war ich rot angelaufen, sehr zum Vergnügen meiner Geschwister, die mich gnadenlos für meine Verliebtheit gehänselt hatten. »Was genau?«

»Ob er mit mir Tango tanzt. Er hat mir erzählt, dass er einige Monate in Argentinien gelebt hat, und wie ich ihn einschätze, hat er bestimmt an der einen oder anderen Milonga teilgenommen.«

»Oder du fragst Julian«, schlug ich vor, weil mir die bloße Vorstellung von Florence und Finn in einer leidenschaftlichen Pose einen Stich versetzte. »Apropos tanzen«, fuhr ich fort, um mich von dem unangenehmen Gefühl abzulenken, »habt ihr euch eigentlich schon wegen des Menüs an Heiligabend entschieden?«

»Rosie wird den Cateringservice vom letzten Jahr beauftragen. Sie meinte, dass wir uns alle einen freien Abend und etwas Spaß verdient hätten.«

Innerlich triumphierte ich, da die Chancen nun gut standen, dass Florence Julians Einladung zum Ball annehmen würde. Ich erzählte ihr von dem Telefonat, das ich am Nachmittag belauscht hatte. Doch sie reagierte nicht halb so begeistert, wie ich es erwartet hätte.

»Ich habe dir gleich gesagt, dass du dir völlig unnötig Sorgen machst.«

»Nicht jeder hat ein so unerschöpfliches Selbstbewusstsein wie du«, erwiderte ich und griff nach dem Gorgonzola-Dip, den Florence mit Birnenmus und gehackten Walnüssen verfeinert hatte.

»Viel mehr als der Bericht für *Adventure World* würde mich interessieren, was genau zwischen dir und Finn läuft.«

Vor Schreck fiel mir die Brotscheibe aus der Hand, die glücklicherweise auf dem Teller landete. »Wovon sprichst du?«

»Es war nicht zu übersehen, dass zwischen euch eine gewisse Anziehung besteht.«

Ich spürte, wie meine Ohren zu glühen begannen, als ich daran dachte, wie ich auf dem Eis ausgerutscht und in seinen Armen gelandet war. Wie wir uns im Licht des Mondes auf dem See näher gekommen waren und inmitten der Menschenmenge auf dem Weihnachtsmarkt beinahe übereinander hergefallen wären.

»Wir haben uns geküsst.« Ich verbarg mein Gesicht in den Händen, da ich mir sicher war, dass es dank meines Geständnisses die Farbe einer überreifen Tomate angenommen hatte.

Doch Florence ließ mich nicht damit durchkommen. Sie griff nach meinen Handgelenken, zog meine Arme nach unten und starrte mich an. »Wann genau ist das passiert? Und die noch viel wichtigere Frage: Warum erfahre ich erst jetzt davon?«

»Weil es nichts zu bedeuten hatte?« Meine Stimme klang mehr nach einem zaghaften Piepsen. So viel zum Thema Selbstbewusstsein. »Wir waren Schlittschuh laufen …«

»Wann?«

»Neulich Nacht.« Ich hielt inne in der Erwartung, dass sie mir einen Vortrag halten würde, aber das Funkeln in ihren Augen wirkte eher begeistert als tadelnd.

»Erzähl weiter!«

»Da gibt es nicht viel zu erzählen. Ich wäre fast gestürzt, Finn hat mich aufgefangen, und dann … habe ich ihn einfach geküsst.«

»Und?« Als ich nicht antwortete, rutschte sie ein Stück näher. »Wie war es?«

Mir entwich ein sehnsüchtiges Seufzen, woraufhin Florence mich breit angrinste. »Was ist so lustig?«

»Du siehst aus wie das Emoji mit den Herzaugen, nur dass du dazu noch rote Wangen hast.«

»Sehr witzig«, grummelte ich und nahm noch einen Bissen von dem leckeren Brot in der Hoffnung, dass es den Schmetterlingsschwarm in mir beruhigte, den die bloße Erinnerung an den Kuss hervorgelockt hatte.

»Es spricht nichts dagegen, dass du dich ein bisschen amüsierst. Du solltest nur aufpassen, dass du dich nicht in ihn verliebst.« Ich schluckte schwer und stellte den Teller beiseite. »Finn ist ein Zugvogel. Er bleibt nie lange an einem Ort.«

Als ob mir das nicht bewusst wäre. Doch es aus Florence' Mund zu hören, machte es wesentlich realer.

»Zieh los und hab Spaß! Genieß, was das Leben dir zu bieten hat, aber lass dein Herz aus dem Spiel, wenn du nicht willst, dass es in tausend winzige Teile zerspringt. Du darfst nicht vergessen, dass der Tag kommen wird, an dem er seinen Koffer packt und ohne zurückzublicken weiterzieht.«

»Ich bin sowieso nicht an einer Beziehung interessiert.« Sie hob skeptisch die Brauen. »Wenn ich jemals wieder dazu bereit sein sollte, dann würde ich jemanden wie Julian vorziehen. Er scheint ein Mann zu sein, auf den man sich in jeder Lebenslage verlassen kann.«

»Das mag sein. Dafür ist Finn ein Abenteurer, mit dem du jede Menge Spaß haben könntest. Außerdem kann man sich nicht aussuchen, in wen man sich verliebt. Das entscheidet allein dein Herz.«

»Mein Herz ist noch damit beschäftigt, sich von dem Drama mit Maxim zu erholen.«

»Zum Glück sind nicht alle Männer so egoistisch und rücksichtslos wie dein Ex-Freund«, stellte Florence fest, »aber ich gebe dir recht. Es ist eine gute Idee, dich erst einmal zu sortieren, anstatt dich gleich in die nächste Beziehung zu stürzen. Abgesehen davon ist das Leben zu kurz, um sich an einen einzelnen Menschen zu binden. Man würde so viel verpassen.«

»Warst du schon einmal verliebt?«

»Du lieber Himmel, nein!«, rief sie aus und schlug die Hände über dem Kopf zusammen. »Ich mag es gern unkompliziert. Wenn ich morgen aufwache und den Wunsch verspüre, nach Neuseeland auszuwandern, will ich auf niemanden Rücksicht nehmen müssen.«

»Vielleicht würde dein Partner oder deine Partnerin dich ja begleiten?«

»Das kann sein. Aber dann wäre er oder sie nicht mehr frei, und das möchte ich niemandem antun.«

Ich hätte das Thema gern vertieft, doch Florence reichte mir einen Teller mit Panna Cotta und schlug vor, den Abend mit einem Film ausklingen zu lassen.

13

Mit angehaltenem Atem klickte ich auf *Veröffentlichen* und schickte ein Stoßgebet zum Himmel, dass unser Tanz bei unserer Community genauso gut ankam wie bei den Gästen. Obwohl ich wusste, dass es schlauer und vor allem auch nervenschonender wäre, die Views frühestens in einer oder zwei Stunden zu checken, konnte ich den Blick nicht vom Bildschirm abwenden. So bemerkte ich erst mit einiger Verzögerung, dass Finn im Türrahmen lehnte und mich amüsiert beobachtete.

»Kann ich dir weiterhelfen?«, fragte ich und löste meine Hand von der Maus.

»Ich wollte dir zeigen, woran Hannes und ich gearbeitet haben, und dich um deine Meinung bitten. Aber wenn du beschäftigt bist …«

»Nein! Das heißt, kann es noch ein klein wenig warten?« Ich war hin- und hergerissen zwischen Neugier und dem Bedürfnis nach Bestätigung. Sollte das Video gut performen, konnte ich davon ausgehen, dass ich auf dem richtigen Weg war. Andererseits wäre es die pure Folter, den Nachmittag über vor dem Laptop auszuharren und mich verrückt zu machen.

»In drei Stunden ist es dunkel. Und ich denke, wenn du erst mal dort bist, wirst du so schnell nicht wieder wegwollen.« Er sah zu meiner Schwimmtasche, die neben meinem Schreibtisch stand. »Die wirst du brauchen – falls du dich entscheidest mitzukommen.«

Am liebsten hätte ich ihn für seine kryptischen Andeutungen mit Desinteresse gestraft, doch die Vorfreude war zu groß. Kurz entschlossen klappte ich den Laptop zu, legte mein Handy daneben und zog meine Jacke an. »Dann mal los.«

Wir nahmen das Schneemobil, um zu dem mysteriösen Ort zu gelangen, was mein Herz in noch größere Aufregung versetzte. Finns unmittelbare Nähe, die Wärme, die er ausstrahlte, seine weiche, dunkle Stimme dicht an meinem Ohr, als er mir riet, mich gut festzuhalten. Ich hatte mich zuerst auf meine Balance verlassen wollen, doch sobald er in die erste Kurve bog, schlang ich meine Arme um seine Taille und schmiegte mich an ihn. Anstatt mir über Reichweite und Klickzahlen Gedanken zu machen, schloss ich die Augen und genoss den Rausch der Geschwindigkeit.

Erst nachdem Finn angehalten und den Motor ausgeschaltet hatte, richtete ich mich auf und schaute mich gespannt um, konnte jedoch nichts außer Bäumen erkennen. Ich war kurz davor, zu fragen, wo wir waren, als er einen Schal aus seiner Jackentasche hervorzauberte und mir vors Gesicht hielt.

»Darf ich?«

Ich nickte, weil ich endlich wissen wollte, warum um alles in der Welt er mich ins Nirgendwo verschleppt hatte. Der Stoff fühlte sich überraschend weich an und war zu meiner großen Enttäuschung absolut blickdicht. Vorsichtig führte er mich durch den Wald. Da ich nichts sah, war ich mir meiner anderen Sinne umso bewusster. Der Schnee knarzte unter unseren Füßen, und ab und zu knackte ein Zweig. Ich atmete den Geruch von Holz, Harz und Moos ein, darunter mischte sich die herbe Note von Finns Parfüm. Meine Hand lag auf seinem Unterarm, und durch den gefütterten Daunenstoff seiner Jacke konnte ich das Spiel seiner Muskeln spüren.

Nach einer Weile blieben wir stehen. Er trat hinter mich und löste den Knoten an meinem Hinterkopf.

»Bist du bereit?«

»Ja.«

In einer fließenden Bewegung zog er den Schal ab. Ich öffnete die Augen und blinzelte, da das Weiß des Schnees mich blendete. Mein Mund stand offen, und für einen Moment brachte ich vor Staunen kein Wort heraus.

Am Rande einer kleinen Lichtung erhob sich ein Iglu, das groß genug war, um zwei Personen bequem darin Platz zu bieten. Auf einem angrenzenden Podest, das über wenige Stufen zu erreichen war, befand sich ein Whirlpool im skandinavischen Stil. Davor hatten Finn und Hannes eine kreisrunde Feuerstelle angelegt, die an drei Seiten von Baumstämmen eingerahmt wurde.

»Das habt ihr alles in der kurzen Zeit geschafft?«, stieß ich überrascht aus, nachdem ich meine Stimme wiedergefunden hatte.

»Gefällt es dir?«

»Es ist fantastisch!« Überwältigt ging ich näher heran und fuhr mit dem Handschuh über die Eisquader. »Woher wusstet ihr, wie man ein Iglu baut?« Finn wollte zu einer Antwort ansetzen, doch ich kam ihm zuvor. »Lass mich raten, du hast eine Zeit lang in der Arktis gelebt und die Bauweise von einem der indigenen Völker gelernt.«

»Nicht ganz.« Sein Grinsen sorgte dafür, dass mein Magen einen kleinen Hüpfer vollführte. »Hannes und ich haben uns einige YouTube-Tutorials angeschaut.«

Ich umrundete das Bauwerk und bestaunte die symmetrische Kreisform mit dem charakteristischen Kuppeldach. Kein Wunder, dass Finn sofort Feuer und Flamme gewesen war, als Hannes ihm von seiner Idee erzählt hatte. Ein Iglu zu bauen war die perfekte Aufgabe für jemanden, der Herausforderungen so sehr liebte wie er. »Wie habt ihr es hinbekommen, dass die Blöcke so gleichmäßig geworden sind?«

»Mit viereckigen Eimern, in denen wir Wasser zum Gefrieren gebracht haben.«

»Und woher hattet ihr das Wasser?«

Er deutete zur Feuerstelle. »Zum Glück gibt es dieses Jahr jede Menge Schnee, den wir schmelzen konnten.«

Auch wenn es bei Finn wie ein netter Zeitvertreib klang, konnte ich mir vorstellen, wie viel Arbeit tatsächlich dahintersteckte. Gespannt bestieg ich das Podest, schlug die Plane, die den kreisrunden Whirlpool bedeckte, zurück und sah, dass er gefüllt und an einen Generator angeschlossen war. Eine Leiter stand bereit, um den Ein- und Ausstieg zu erleichtern. Es schien, als hätten Hannes und Finn an alles gedacht.

»Darf ich mir das Iglu von innen anschauen?«

»Nur zu.«

Ich kroch durch den tunnelartigen Eingang und setzte mich auf den Boden, der mit Kunstfellen, Decken und Kissen ausgelegt war. Es gab sogar zwei quadratische Fenster und ein kleines Loch in der Kuppelmitte, um die Sauerstoffzufuhr zu gewährleisten. Da es erstaunlich warm war, zog ich den Zipper meiner gefütterten Jacke ein Stück nach unten. Finn, der sich neben mir im Schneidersitz niedergelassen hatte, beobachtete mich genau und ließ sich keine meiner Reaktionen entgehen.

»Ich weiß nicht, was ich sagen soll. Es ist das perfekte Liebesnest.« Mein Lob zauberte ihm ein Lächeln auf die Lippen, das mir eine leichte Gänsehaut bescherte. Auf einmal wurde mir die Intimität der Situation bewusst. Wir waren mitten im Wald in einem Iglu – ganz allein. Diese Erkenntnis freute und verunsicherte mich zugleich.

Finn schien meine Nervosität zu spüren und griff nach meiner Hand. »Soll ich dir erzählen, was Hannes und ich uns überlegt haben?«

Erleichtert, mich damit auf sicheres Terrain zu begeben, nickte ich.

»Dafür müssten wir das Iglu noch mal verlassen.«

Ich genoss die Aussicht auf seinen wohlgeformten Hintern, als wir nacheinander aus dem Eingang krabbelten.

»Stell dir vor, du hast eine romantische Übernachtung für zwei Personen im Iglu gebucht. Die Anreise kann entweder mit dem Pferdeschlitten oder dem Schneemobil erfolgen. Hannes könnte auch eine Loipe spuren oder eine Wanderroute beschildern. Zu Fuß sollte die Lichtung in etwa zwei Stunden erreichbar sein.«

»Wenn Hannes sein Vorhaben in die Tat umsetzt und weitere Pferde aufnimmt, könnten wir auch einen geführten Wanderritt anbieten.«

»Eine gute Idee. Dann bräuchte man nur jemanden, der die Tiere wieder mit zum Château zurücknimmt«, wandte er ein.

»Das lässt sich bestimmt einrichten.« Ich trat einige Schritte zurück, um einen möglichst objektiven Eindruck zu gewinnen. »Lass uns das mal durchspielen: Wir sind gerade angekommen und völlig hingerissen von dem romantischen Ambiente. Ich würde mir zuerst das Iglu anschauen und einen Teil unserer Sachen auspacken.«

»Während du dich einrichtest, könnte ich Feuer machen und das Picknick vorbereiten, das Rosie uns mitgegeben hat.«

»Nehmen wir an, wir sind zu Fuß hergelaufen und ordentlich durchgefroren.«

Finns Mundwinkel zuckten. Ihm schien meine Begeisterung sichtlich zu gefallen. »Dann würde ich vorschlagen, dass wir uns zuerst aufwärmen. Ich habe vorhin direkt den Generator angeschaltet, sodass das Wasser inzwischen warm genug sein sollte.«

Vor lauter Vorfreude hüpfte ich zu dem brusthohen Holzbottich hinüber und steckte vorsichtig eine Hand ins Wasser, von dem bereits Dampf in die kühle Luft emporstieg, was die Szenerie noch romantischer machte. Die Temperatur war genau richtig.

»Wir würden in unsere Badekleidung schlüpfen …« Ich hielt inne und strahlte Finn an. »Deshalb sollte ich meine Schwimmtasche mitnehmen.«

»Ich dachte mir, dass du den Whirlpool ausprobieren möchtest.«

Eilig lief ich zum Schneemobil, um meine Sachen zu holen, und zog mich im Iglu um. Fest ins Handtuch gewickelt, sauste ich zum Hot Tub hinüber, in den Finn bereits eingetaucht war, und kletterte die Leiter hinauf. Er schluckte hart, als ich das Handtuch ablegte und sein Blick über meinen Körper wanderte. In seinen dunkelbraunen Augen lagen nichts als Bewunderung und eine glühende Sehnsucht, die tief in meinem Inneren widerhallte.

Ich stieß ein wohliges Stöhnen aus, als ich in das heiße Wasser glitt, und bemerkte, wie er seinen Kiefer anspannte. Da ich in seiner Gegenwart gern mit dem Feuer spielte, streckte ich die Arme in die Höhe und rekelte mich, woraufhin sich die Mischung aus Bewunderung und Sehnsucht zu einer kaum zähmbaren Begierde steigerte.

Doch statt ihr nachzugeben, erhob er sich aus dem Wasser und trocknete sich flüchtig ab, wobei er mir den Rücken zuwandte. Enttäuscht sah ich dabei zu, wie er sich das Handtuch um die Hüfte schlang und seine Sachen wieder anzog.

»Es tut mir leid, ich wollte dich nicht in Verlegenheit bringen«, murmelte ich, da mir trotz seiner diskreten Bemühungen nicht entgangen war, welche Wirkung meine kleine Showeinlage auf seinen Körper gehabt hatte.

Er beugte sich über den Rand des Bottichs zu mir, so nah, dass sein Atem über meine Haut strich, woraufhin sich die feinen Härchen in meinem Nacken aufrichteten. »Es gibt nichts, womit du mich in Verlegenheit bringen könntest. Doch falls du nicht willst, dass ich hier und jetzt über dich herfalle, ist es besser, wenn ich mich um das Feuer kümmere.«

Ich ignorierte die Schauer, die mich durchfuhren, und lehnte mich zurück. Über mir zogen Wolken in verschiedenen Blau-, Weiß- und Grautönen vorbei und halfen mir, wieder auf den Boden der Tatsachen zurückzufinden. Offenbar hatte mich die Vorstellung, als Paar ein romantisches Date in einem Outdoor-Spa gebucht zu haben, ein wenig zu übermütig werden lassen. Andererseits fand ich die Aussicht, dass Finn seine Zurückhaltung aufgeben könnte, äußerst verlockend.

Erst als die Haut an meinen Fingern schrumpelig war, schaffte ich es, den Ort behaglicher Wärme wieder zu verlassen. Nachdem ich mich wieder umgezogen hatte, wehte vom Lagerfeuer bereits ein verführerischer Duft zu mir herüber.

Finn hatte ein kleines Buffet aufgebaut, auf dem sich Aluminiumschalen mit gegrilltem Gemüse und Schafskäse an Maiskolben und Sojasteaks reihten. In den Händen hielt er zwei Stöcke, auf deren Spitze er je eine Scheibe Brot gespießt hatte, die er nun vorsichtig abnahm und mit Kräuterbutter bestrich, bevor er sie auf einen Teller legte. Mir fiel auf, wie hungrig ich war. Vor lauter Arbeit hatte ich das Mittagessen ausfallen lassen. Finn reichte mir eine Decke, in die ich mich warm einpackte. Langsam kroch die Dämmerung herauf, wodurch der orange Schein des Feuers sich deutlich vom Dunkel des Waldes abhob.

Das Essen schmeckte köstlich. Ich war froh, dass Finn ebenso wenig wie ich das Bedürfnis hatte, sich zu unterhalten, und sich damit begnügte, die besondere Stimmung zu genießen, die über der Lichtung lag. Außer dem leisen Knistern des Feuers hörte ich einzelne Vogelstimmen und das Knacken der Zweige, ausgelöst durch einen der kleineren oder auch größeren Waldbewohner, die auf der Jagd nach ihrem Abendessen waren. Von Hannes wusste ich, dass die Gegend um das Château von Rehen, Hirschen, Dachsen, Füchsen, Gämsen, Steinböcken, Wildschweinen, Murmeltieren, Wieseln und Mäusen sowie von allerlei Krabbeltieren, über die ich lieber nicht so genau nachdenken wollte, besiedelt war.

»Das erinnert mich an die Sommer während meiner Schulzeit«, durchbrach Finn das Schweigen, nachdem wir gegessen hatten und dazu übergegangen waren, Marshmallows zu rösten.

»Warst du oft zelten?«

»Ich habe die meisten Ferien bei einem Freund verbracht. Sein Vater hat aufregende Touren mit uns unternommen, uns gezeigt, wie wir in der Wildnis überleben, wie man Wasser findet, welche Pflanzen man essen kann und wie man jagt.«

»Bist du deswegen Vegetarier geworden?« Ich aß zwar gelegentlich Fleisch, aber selbst ein Tier dafür töten zu müssen, würde ich nicht über mich bringen.

»Auch.« Er hielt sein Marshmallow kurz in die Flammen, ehe er es zu sich zog. Fasziniert betrachtete ich die knusprige Karamellschicht, die sich darum gebildet hatte, und machte es ihm nach.

»Wieso bist du nicht mit deinen Eltern in den Urlaub gefahren?«

»Sie arbeiten viel. Deshalb haben sie mich auch direkt zu Schulbeginn in ein Internat geschickt.«

Ich schaute zu Finn hinüber, konnte jedoch keine Regung in seinem Gesicht erkennen. »Das war sicherlich schlimm für dich.«

»Vorsicht!« Er zog meinen Stock zu sich und blies auf mein Marshmallow, das mehr schwarz als braun war. »Ich fürchte, das war ein bisschen zu lang.«

Ich stand auf, um nach einem neuen Stock zu suchen. Als ich mich wieder zu Finn setzte, war ich überzeugt, dass er die Gelegenheit ergreifen würde, das Thema zu wechseln, aber er überraschte mich.

»Das Internat war das Beste, was mir passieren konnte. Ich hatte eine tolle Zeit. Quentin, mit dem ich mir bis zum Abitur ein Zimmer geteilt habe, ist bis heute ein enger Freund.«

»Hast du Geschwister?«

»Einen jüngeren Bruder.« Er legte den Stock beiseite und rieb seine Hände gegeneinander. »Wir sollten langsam los, ehe die Temperatur zu sehr fällt.«

»Danke, dass du mich hierhergebracht hast. Es ist ein ganz besonderer Ort.«

»Ich hatte das Gefühl, dass es dir gefallen könnte.«

Das feine Lächeln, das auf sein Gesicht trat, löste ein Kribbeln in mir aus, und mit einem Mal wünschte ich mir nichts sehnlicher, als meinem Verlangen nach seiner Nähe nachzugeben. Der Abend war viel zu schön, um ihn jetzt schon zu beenden. Vielleicht hatte Florence recht, dass man das Leben in vollen Zügen genießen sollte, anstatt sich ständig von der Stimme der Vernunft leiten zu lassen. Ich durfte mich nur nicht verlieben. Das konnte ja wohl nicht so schwer sein. Eine unverbindliche Nacht, bevor wir beide wieder unserer Wege gingen – mit einer kostbaren Erinnerung mehr im Gepäck. Und da wir nicht im Hotel, sondern allein mitten im Wald waren, würde auch nie jemand davon erfahren.

Ich lehnte mich zurück und sah ihn an. »Findest du nicht, dass wir testen sollten, ob sich das Iglu zum Übernachten eignet, bevor wir es Rosie und Hannes oder gar den Gästen anbieten?«

Seiner Miene nach zu urteilen überraschte ihn mein Vorschlag, was kein Wunder war. Ich staunte selbst über meine Unerschrockenheit. Doch in Finns Gegenwart fiel es mir erstaunlich leicht, mutig zu sein.

Er fuhr sich mit einer Hand durchs Haar und schaute in die Flammen. »Du weißt, ich liebe Herausforderungen. Aber auf so engem Raum neben dir zu schlafen, ohne dass wir …« Er rang nach Worten, doch ich wusste auch so, worauf er hinauswollte. Seine Ehrlichkeit traf mich mitten ins Herz, sodass ich beschloss, ebenso offen zu sein.

»Wer hat was von schlafen gesagt?«

Er drehte den Kopf und ließ seinen Blick prüfend über mein Gesicht gleiten, als könnte er auf diese Weise herausfinden, ob es mir ernst war. »Willst du das wirklich?«

Ich nickte und spürte, dass mein Herz wie wild gegen meine Rippen trommelte. »Auch Meerjungfrauen brauchen ab und zu jemanden, der sie in die Arme nimmt und sie die Welt für eine Weile vergessen lässt.«

Wortlos stand er auf und reichte mir seine Hand, um mich hochzuziehen. Sein Atem strich warm über meine Wange, als er sich zu mir beugte und seine Lippen nah an mein Ohr brachte. »Dann wird es mir ein Vergnügen sein, deinen Wunsch zu erfüllen.«

14

Während Finn das Feuer mit Schnee löschte, packte ich die Essensreste zusammen, bevor wir hintereinander ins Innere des Iglus krabbelten. Es war erstaunlich, wie gut die Schneemauern die Kälte abhielten, dennoch verhängte Finn den Eingang, um zu verhindern, dass das Iglu über Nacht auskühlte. Ich zog meine Jacke und die Schuhe aus und kuschelte mich unter die Decken. Der Boden war warm und überraschend bequem. Offenbar hatten sie ihn nicht nur gut isoliert, sondern auch mehrfach ausgepolstert. Finn schloss sein Handy an einen Lautsprecher und startete eine Playlist. Sanfte Klavierklänge erfüllten das Iglu, das vom flackernden Licht mehrerer LED-Kerzen, die eine behagliche Stimmung verbreiteten, erhellt wurde.

»Man könnte fast meinen, du hättest das hier geplant«, zog ich ihn auf, woraufhin er den Kopf schüttelte, als könnte er nicht glauben, dass ich ihm derartige Hintergedanken unterstellte.

»Darf ich dich daran erinnern, dass es deine Idee war, hier zu übernachten?« Er legte sich neben mich, stützte seinen Kopf in eine Hand und strich mir mit der anderen sanft eine Haarsträhne hinters Ohr. »Vielleicht hatte ich die leise Hoffnung, dass der Abend so enden könnte.« Die zärtliche Berührung und der samtig warme Klang seiner Stimme brachten mein Inneres zum Schmelzen. »Was nicht heißt, dass du es dir nicht jederzeit anders überlegen kannst. Wenn du lieber wieder zum Hotel zurückmöchtest, brauchst du es bloß …«

Weiter kam er nicht, denn ich schlug die Decken zur Seite, legte mich auf ihn und presste meinen Mund auf seinen. Hitze durchflutete mich, als meine Zunge seine Lippen teilte und auf seine traf. Es fühlte sich an, als hätte das Feuer, das schon seit Tagen in mir schwelte, nur darauf gewartet, endlich ausbrechen zu dürfen. Wir mussten dringend die überflüssigen Kleidungsschichten loswerden. Finn hatte seine Hand in meinen Nacken gelegt, sodass ich Mühe hatte, meinen Pullover auszuziehen. Ich zerrte an den Ärmeln, womit ich ihn zum Lachen brachte.

»Kann es sein, dass da jemand sehr ungeduldig ist?« Auch wenn in seinem Blick die gleiche Lust loderte, die mich an den Rand meiner Selbstbeherrschung trieb, schien er es im Gegensatz zu mir nicht eilig zu haben. Doch dann rollte er sich in einer einzigen fließenden Bewegung über mich. Wieder fanden sich unsere Lippen, während unsere Hände sich einen Weg unter die verschiedenen Schichten bahnten. Ein Stöhnen entwich mir, als es mir gelang, sein eng anliegendes Shirt aus der Hose zu ziehen, und meine Hände seine nackte Haut berührten. Beinahe ehrfürchtig strich ich über die wohldefinierten Bauchmuskeln, spürte den Schauer, der ihn überlief, als mein kleiner Finger seine Brustwarze streifte. Hastig setzte er sich auf, warf die Jacke von sich und zog seinen Pullover und das Longsleeve aus. Scheinbar war ich doch nicht die Einzige, die es nicht abwarten konnte.

Ich kniete mich hin, legte meine Hände auf seine Schultern und gab ihm einen leichten Stoß, sodass er auf dem Rücken landete. Normalerweise riss ich mich nicht darum, die Führung zu übernehmen, aber mit Finn fühlte ich mich sicher und wurde von einem grenzenlosen Selbstbewusstsein erfüllt, wie ich es noch nie gespürt hatte. Es musste an der Art liegen, wie er mich ansah, als wäre ich für ihn das Schönste und Kostbarste, das er jemals in seinen Armen gehalten hatte.

Einen Moment lang betrachtete ich ihn, bewunderte die gebräunte Haut und malte mit dem Zeigefinger die Konturen seiner Tattoos nach, die aus verschiedenen Wörtern und Symbolen bestanden, größtenteils in Sprachen, die ich nicht kannte. Als sich eine feine Gänsehaut auf seinen Armen ausbreitete, setzte ich mich auf ihn, beugte mich nach vorne und knabberte sanft an seinem Ohrläppchen. Von dort küsste ich mich seinen Hals entlang, fuhr mit der Zungenspitze über seine Kehle, was ihm ein heiseres Stöhnen entlockte, und senkte mich weiter hinab, bis ich seine Erektion spürte. Das Verlangen, mich an ihm zu reiben, war übermächtig. Meine Küsse wurden stürmischer, sein Atem beschleunigte sich. Ich biss neckend in seine Brustwarze, hob immer wieder meine Hüfte, um die Reibung für einen winzigen Augenblick aufzuheben, nur um mich kurz darauf erneut gegen ihn zu drängen. Mittlerweile war mir unerträglich heiß. Mit meiner Zunge umspielte ich seinen Bauchnabel, ehe ich der feinen Haarlinie folgte, die im Bund seiner Hose verschwand. Doch als ich eine Hand auf seinen Schritt legte, umschloss Finn meinen Arm und setzte sich auf.

»Gib mir die Chance, ein wenig aufzuholen.«

Während mein vor Lust benebeltes Gehirn damit beschäftigt war, die Bedeutung seiner Worte zu erfassen, befreite er mich von diversen Oberteilen, bis ich nur noch meinen BH trug. Zärtlich streifte er mir die Träger ab und bedeckte meine Schulter mit Küssen. Ich neigte den Kopf zur Seite und stöhnte, als seine Lippen auf die empfindliche Kuhle oberhalb meines Schlüsselbeins trafen. In quälend süßer Folter ließ er seine Zunge am spitzenumsäumten Rand meines BHs entlanggleiten und trieb mich damit an den Rand des Wahnsinns. Als ich glaubte, es keine Sekunde länger aushalten zu können, befreite er mich endlich von dem lästigen Wäschestück und umschloss meinen Nippel mit seinem Mund.

Ich ließ mich auf die weichen Decken fallen und hob mein Becken an, damit er mir die Hose und die Thermoleggings ausziehen konnte. Vor Verlangen zitternd, sah ich zu, wie er meinen Knöchel auf seiner Schulter platzierte und sich an der Innenseite meines Unterschenkels entlangküsste. Je näher er meiner Mitte kam, desto schwerer fiel es mir, ruhig liegen zu bleiben. Doch Finn hatte seine Hand seitlich an meine Hüfte gelegt und gab mir Halt.

Er schaute mir in die Augen, ehe er mit der Zunge unter den Saum meines Höschens glitt und meinen Bauch liebkoste, während seine Finger über den nassen Stoff zwischen meinen Beinen strichen.

»Finn«, keuchte ich. »Bitte …«

Auf die Ellbogen gestützt sah ich zu, wie er den Stoff zur Seite schob und seinen Mund auf mich presste. Halt suchend krallte ich mich in die Decken, als er mit seiner Zunge in mich eindrang. Dabei massierte er mit dem Daumen meinen empfindlichsten Punkt. Mein Körper bäumte sich bebend auf, und mir entwich ein ungehemmtes Stöhnen. Noch nie war ich so froh gewesen, weitab von jeglicher Zivilisation zu sein, denn was Finn mit mir anstellte, brachte mich dazu, alle Hemmungen abzulegen, die ich bisher gehabt hatte. Seine Zunge verwöhnte, neckte und reizte mich, bis sich mein Unterleib vor Lust zusammenzog. Wenn er nicht aufhörte, würde es nicht mehr lange dauern. Ich setzte mich auf, woraufhin er sofort innehielt und mich besorgt ansah.

»Ist alles in Ordnung?«

Ich wartete, bis er mir entgegenkam, legte meine Lippen an seinen Mundwinkel und wisperte: »Lass uns den Höhepunkt zusammen erleben.«

Meine Worte entlockten ihm einen kehligen Laut. Er griff nach seinem Rucksack und förderte ein Kondom zutage. Ich half ihm, die Hose auszuziehen, doch ehe er wieder die Kontrolle übernehmen konnte, senkte ich den Kopf und fuhr mit der Zunge über seine Länge. Er stöhnte, als ich meinen Mund öffnete und ihn mit meinen Lippen umschloss. Ich verwöhnte ihn, bis ich fühlte, wie er sich unter mir anspannte.

»Wenn du mich in dir spüren willst, musst du jetzt aufhören.« Seine Stimme war rau vor Lust.

Kurz war ich versucht, es darauf ankommen zu lassen, aber dann meldete sich das heftige Pochen in meiner Mitte und erinnerte mich daran, wie sehr ich ihn wollte.

Finn streifte sich das Kondom über und sah mich fragend an. Beflügelt von meinem neu entdeckten Selbstbewusstsein, bedeutete ich ihm, sich auf den Rücken zu legen. Meine Mundwinkel hoben sich zu einem verheißungsvollen Lächeln, als ich mich über ihn kniete und mit einer köstlich quälenden Langsamkeit auf ihn herabsenkte.

Obwohl ich es zuvor kaum hatte abwarten können, ließ ich mir nun Zeit, kostete jeden Millimeter aus, genoss jeden Stoß, mit dem er tiefer in mich eindrang. Seine Hände lagen an meiner Hüfte, aber er überließ mir das Tempo, das ich schon bald beschleunigte, weil auch meine Impulskontrolle ihre Grenzen hatte. Es fühlte sich unfassbar gut an, ihn in mir zu spüren. Ich bewegte mich schneller, stützte mich mit den Händen auf seiner Brust ab, während er sich nicht länger zurückhalten konnte und immer heftiger in mich stieß. In mir baute sich eine Feuerwand auf, die höher und höher brannte, bis Finns Stöße sie zum Explodieren brachte. Ich zog mich ein letztes Mal eng um ihn zusammen, bevor ein Zucken ihn durchfuhr und sein erlösendes Stöhnen mir verriet, dass er mir gefolgt war.

Als das erste Tageslicht durch die Fenster drang, rollte ich mich erschöpft, aber glücklich auf den Rücken und konnte nichts gegen das breite Lächeln tun, das sich auf meinem Gesicht ausbreitete.

Das war der absolute Wahnsinn!

»Finde ich auch«, raunte Finn und machte mir bewusst, dass ich die Worte nicht gedacht, sondern laut ausgesprochen hatte. Er streckte einen Arm nach mir aus und zog mich an sich. Ich seufzte zufrieden und stellte erneut fest, wie sicher ich mich bei ihm fühlte. Bisher hatte ich immer geglaubt, dass heißer Sex und Geborgenheit sich ausschlossen. Andererseits hätte ich bis gestern auch behauptet, im Bett eher zurückhaltend zu sein und meine Bedürfnisse nicht klar benennen zu können, geschweige denn mir einfach zu nehmen, was ich brauchte. So konnte man sich irren.

»Auf jeden Fall wissen wir jetzt, dass man gefahrlos im Iglu übernachten kann.« Seine Arme schlossen sich fester um mich, woraufhin ich mich noch enger an ihn schmiegte.

»Wenn man sich genügend bewegt.«

»Ich hatte zwischenzeitlich eher Angst, dass wir die Schneewände zum Schmelzen bringen.«

Sein Geständnis ließ mich schmunzeln. »Dann wäre es ein noch größeres Abenteuer geworden.«

»Sag bloß, die Nacht war dir nicht aufregend genug?«

»Mach dir um mich keine Sorgen, dank dir geht es mir so gut wie lange nicht mehr.«

»Das freut mich zu hören.« Sanft drückte er seine Lippen an meine Schläfe. Ich wunderte mich über die Vertrautheit, mit der wir miteinander umgingen. Wie schön wäre es, jeden Morgen auf diese Weise aufzuwachen, nicht zwangsläufig in einem Iglu – obwohl ich nichts dagegen gehabt hätte, mich noch eine Weile vor der Welt zu verstecken –, aber in Finns Armen. Als Erstes seine Stimme zu hören, mit ihm zu frühstücken, ihm einen schönen Tag zu wünschen, abends zu erfahren, was er erlebt hatte, die Wochenenden zusammen zu verbringen und gemeinsame Reisen zu unternehmen.

Stopp! Ich durfte nicht zu viel in diese Nacht hineininterpretieren. Finn war ein Gast, der in Kürze wieder abreisen würde, und das hier war eine einmalige Sache.

»Wenn wir wieder im Château sind …«, begann ich, unsicher, wie ich meine Bitte formulieren sollte.

»Mhm«, murmelte er und streichelte träge meinen Rücken, was es mir noch schwerer machte, mich verständlich auszudrücken.

»Wäre es für dich okay, wenn wir so tun …«

»Als ob es diese Nacht nie gegeben hätte?« Obwohl er mir die Worte aus dem Mund nahm, wunderte es mich, wie weh es tat, sie zu hören. »Wenn es das ist, was du willst?«

Ich nickte und ignorierte tapfer das Ziehen in meiner Brust.

»Dann hoffe ich, dass du eine gute Schauspielerin bist. Denn so zufrieden, wie du gerade aussiehst …«

Mit einem Ruck fuhr ich hoch und begann, Finn zu kitzeln, was bei ihm bedauerlicherweise keinerlei Wirkung zeigte. »Das ist allein deine Schuld. Hätte ich gewusst, dass es so …« Ich hielt inne und suchte nach einem Ausdruck, der wenigstens annähernd beschrieb, welche Gefühle er in mir ausgelöst hatte.

»Dann hättest du nicht gewartet, bis ich ein Iglu für uns gebaut habe?«

»Ich dachte, es war Hannes' Idee?«

»Das stimmt. Aber wie du richtig erkannt hast, kann ich die beiden nicht guten Gewissens darin übernachten lassen, ohne vorher ausprobiert zu haben, ob es sicher ist.«

»Wie selbstlos von dir.«

»Nicht wahr?«

Ich kuschelte mich wieder an seine Brust, lauschte seinem gleichmäßigen Herzschlag und wunderte mich, wie er so ruhig sein konnte, während mein Puls wie wild raste, weil ich nicht damit klarkam, all diese neuen unbändigen Empfindungen zu verarbeiten.

15

»Ich will kein Spielverderber sein, doch wir sollten langsam los«, hörte ich Finns Stimme an meinem Ohr. Meine Hände wanderten wie von selbst über seinen Körper. Ich knabberte an seinem Hals, sog seinen Geruch ein und kämpfte gegen das überwältigende Bedürfnis an, ihn zu küssen. Da ich nur zu gut wusste, wohin das führen würde, riss ich mich schweren Herzens zusammen. Obwohl ich gern noch ein paar Stunden oder lieber Tage hiergeblieben wäre, mussten wir uns früher oder später im Hotel blicken lassen, wenn wir nicht wollten, dass Rosie und Hannes einen Suchtrupp losschickten.

Schweigend zogen wir uns an, wobei ich um jeden Zentimeter von Finns unglaublichem Körper trauerte, der unter einer Schicht Stoff verschwand. Ich musste einfach dafür sorgen, dass wir uns bald wieder im Pool trafen – und es dann schaffen, die Finger von ihm zu lassen. Wie auch immer ich das hinkriegen sollte.

Die Rückfahrt auf dem Schneemobil dauerte wesentlich länger als die Hinfahrt. Es schien, als hätte Finn es ebenso wenig eilig, in die Realität zurückzukehren, wie ich.

Sobald das Château in Sicht kam, rückte ich ein bisschen von ihm ab. Er hielt vor dem Stall und wartete, bis ich abgestiegen war.

»Vielen Dank für die tolle Überraschung!«, sagte ich und verstaute den Helm in einem der Fächer.

»Ich habe mich gefreut, dass du mitgekommen bist.« Er hatte leise gesprochen, und doch vibrierte jedes seiner Worte in meinem Inneren nach.

»Um nichts in der Welt hätte ich das verpassen wollen.«

Sein Lächeln wärmte mein Herz. Wie gern hätte ich ihn zum Abschied geküsst, aber ich war mir der Blicke von Tim, der an der Tür stand und uns interessiert beobachtete, nur zu bewusst.

»Dann sehen wir uns.« Ich schluckte gegen den Kloß in meinem Hals an. Eine unverbindliche Nacht. Das war genau, was ich gewollt hatte.

»Bis dann, Arielle.«

Obwohl jede Zelle meines Körpers sich dagegen sträubte, drehte ich mich um und zwang mich, davonzugehen. Wäre es wirklich so fatal, wenn ich alle Vorsicht über Bord werfen und Finn bitten würde, mich auf mein Zimmer zu begleiten? Ich war noch dabei, mir einzureden, dass ich meine Gefühle außen vor lassen konnte, als Tim seinen Posten an der Tür verließ und auf mich zukam.

»Wir haben es geschafft!«, rief er mir entgegen. »Dank dir sind wir berühmt!« Er schlang seine Arme um meine Taille und wirbelte mich herum.

»Woah, sachte«, sagte ich, nachdem ich wieder festen Boden unter den Füßen hatte. »Was haben wir geschafft? Und wieso sind wir plötzlich berühmt?«

»Na, wegen des Videos.«

Gerade als ich fragen wollte, was er damit meinte, fiel es mir siedend heiß ein. Das Tanzvideo! Allein die Tatsache, dass ich die PR-Aktion komplett vergessen hatte, bewies, wie sehr ich die Zeit mit Finn genoss.

»Zeig her!«

Tim sah sich hektisch um. »Eigentlich darf ich bei der Arbeit kein Handy benutzen.«

»Dann gib es mir.«

Er zog unauffällig sein Smartphone aus der Tasche seiner Uniform und drückte es mir verstohlen in die Hand. Ich hielt es ihm vors Gesicht, um es zu entsperren, und öffnete erst TikTok, dann YouTube und zuletzt Instagram. Dabei fiel es mir immer schwerer, nicht in lauten Jubel auszubrechen. Über eine Million Menschen hatte unseren Tanz gesehen, fleißig kommentiert und mit ihren Freunden geteilt. Es würde Stunden dauern, alle Fragen zu beantworten, aber das war es wert. Ich freute mich so sehr, dass meine Strategie, das Personal ins Marketing einzubeziehen, aufgegangen war.

»Wissen Sergio und Paul schon, dass sie jetzt Social-Media-Stars sind?«

»Hör bloß auf! Paul hat seit gestern Abend ein TikTok-Profil, und Sergio redet von nichts anderem mehr, als dass er Tausende von neuen Followern hat. Michelle ist schon ganz angefixt und freut sich auf ihr nächstes Tutorial, und selbst Heidrun überlegt, ob sie einen DIY-Kanal startet.«

»Das sind doch gute Neuigkeiten!«

»Wenn du meinst ...« Tim wirkte nicht überzeugt. Ich gab ihm sein Handy zurück und wollte gerade hineingehen, als er mich aufhielt. »Komisch, dass du nichts davon mitbekommen hast.«

»Ja, weißt du ...«, erwiderte ich und flehte das Universum um eine plausible Erklärung an, »ich habe mein Handy im Büro liegen lassen.«

»Aber es war doch beim Abendessen das Gesprächsthema Nummer eins, genau wie heute Morgen beim Frühstück.« Er verengte die Augen. »Wo wart ihr überhaupt?«

»Unterwegs.«

»Ihr müsst früh aufgebrochen sein.«

»Wir haben einen Auftrag für Hannes erledigt«, antwortete ich vage und hoffte, dass er sich damit zufriedengab. Aber ich wurde enttäuscht.

»Hat es etwas mit der Überraschung zu tun, die er für Rosie plant?«

Ich senkte meine Stimme zu einem Flüstern herab. »Wenn du es überall herumposaunst, erfährt Rosie es am Ende von einem von uns. Wir wollen Hannes doch nicht die Tour vermasseln, oder?«

»Bestimmt ist es wieder eine seiner berühmten romantischen Gesten, von denen sich alle erzählen, dass sie die Rezeptur für ewigwährende Liebe sind.«

Ein Lachen brach aus mir heraus. »Wo hast du denn das her?«

»Von Heidrun. Sie behauptet, dass die Welt ein glücklicherer Ort wäre, wenn es mehr Männer wie Hannes gäbe. Ich vermute ja, dass sie heimlich in ihn verliebt ist oder sich zumindest wünscht, jemanden wie ihn zu treffen.«

»Er ist eine Inspiration für uns alle«, entgegnete ich, obwohl ich nicht wirklich daran glaubte, dass es jedem bestimmt war, die große Liebe zu finden – auch wenn die letzte Nacht einige meiner Überzeugungen gehörig ins Wanken gebracht hatte. Die Erinnerung allein reichte, um mich wie eine Hundertwattbirne strahlen zu lassen, sodass ich mich schnell verabschiedete, bevor Tim noch mehr Fragen stellen konnte.

Anstatt mich direkt an die Arbeit zu machen, okkupierte ich eines der Gemeinschaftsbäder, das über eine bequeme Wanne verfügte, und ließ mir heißes Wasser ein. Ich redete mir ein, dass ich auf Nummer sicher gehen und keine Erkältung riskieren wollte, aber Tatsache war, dass ich mich noch nicht in der Lage fühlte, den anderen gegenüberzutreten. Obwohl ich zu gern die Klickzahlen auf der Website des Châteaus gecheckt und Roane gefragt hätte, ob neue Buchungen eingegangen waren, musste ich mich zuerst davon überzeugen, dass Finns bevorstehende Abreise kein Weltuntergang war. Doch das war leichter gesagt als getan.

Als ich ins Wasser eintauchte, spürte ich seine Hände überall auf meinem Körper, seine Lippen, die über meine Haut strichen, seine Zunge, mit der er wundervolle Dinge anstellen konnte. Ich stöhnte und tauchte mit dem Kopf unter, was mich nur noch mehr an Finn denken ließ. Schließlich hatte unsere erste Begegnung im Pool stattgefunden. Im Nachhinein fand ich es lustig, wie wir uns kennengelernt hatten, auch wenn ich mich in der Situation selbst erschrocken hatte. Er war nicht nur ein äußerst humorvoller und lebensfroher Mensch, sondern auch selbstlos und hilfsbereit.

Ich hätte noch Stunden in der Wanne bleiben und von Finn träumen können, aber so langsam sollte ich der Realität ins Auge blicken, die darin bestand, dass wir von nun an höchstens Freunde waren.

»Da bist du ja endlich«, begrüßte mich Roane und winkte mich zu sich hinter die Rezeption. »Sieh dir das an! Dank deines Videos sind wir die nächsten sechs Monate komplett ausgebucht. A*dventure World* kann uns nichts anhaben, auch wenn ich nicht glaube, dass irgendjemand etwas an unserem Service auszusetzen hat. Außer Herr Gruber. Anscheinend ist er immer noch sauer, dass seine Frau bei dem

Tanz mitgemacht hat und nun die ganze Welt Zeuge geworden ist, wie sie sich *danebenbenimmt.*«

»Hat er das etwa so gesagt?«

»Britta meinte, sie hätte von Heidrun gehört, dass Leni mitbekommen hat, wie er ihr in der Sauna eine Szene gemacht hat.«

»Wir sollten uns wirklich etwas überlegen, wie wir die beiden wieder zusammenbringen können. Und ich habe auch schon eine Idee, wen ich fragen kann.«

Da ich dringend einen Kaffee brauchte, oder besser gleich einen doppelten Espresso, lief ich in die Küche und setzte eine möglichst neutrale Miene auf. Doch die Mühe hätte ich mir sparen können, denn Rosie strahlte mich an und ging mit offenen Armen auf mich zu.

»Anna, du bist unsere Heldin! Marco hat schon dreimal angerufen, um uns und vor allem dir zu deinem Erfolg zu gratulieren.« Sie drückte mich fest an sich. »Ich hatte ja keine Ahnung, dass ein einziges Video eine solche Wirkung haben kann. Roane hat mir heute Morgen die Buchungen gezeigt. Unglaublich, was du in so kurzer Zeit erreicht hast.«

»Und das ist erst der Anfang«, flötete Florence und drängte Rosie liebevoll zur Seite, um mich ebenfalls zu umarmen.

Ich spürte die Welle der Erleichterung, die Rosies lobende Worte in mir auslösten. Der Unterschied zu meiner früheren Arbeitsstelle, wo Erfolge erwartet worden waren und man beim Erreichen eines Ziels direkt die nächste Aufgabe übertragen bekommen hatte, hätte nicht deutlicher sein können. Erst jetzt begriff ich, wie groß meine Angst vor einer ungewissen Zukunft gewesen war. Es war mir nicht leichtgefallen, mein bisheriges Leben aufzugeben und gleichzeitig mit dem

Schmerz und der Enttäuschung fertigzuwerden, dass Maxim mich nie wirklich geliebt hatte. Aber das Allerschlimmste war, dass ich es tief in meinem Herzen gewusst, jedoch nicht hatte wahrhaben wollen, weil ich mich so sehr nach Liebe und Anerkennung gesehnt hatte. Doch das gehörte ein für alle Mal der Vergangenheit an. Ich war nun eine Frau, die sich auf spontane One-Night-Stands in Iglus einließ und danach optimistisch nach vorn blickte – ohne Bedauern, ohne Reue und im vollen Bewusstsein, körperliche Nähe und Zuneigung verdient zu haben.

»Was hast du als Nächstes vor?«, fragte Florence und tauchte einen Teelöffel in die Soße, um sie abzuschmecken.

Ich war kurz verwirrt, bis ich begriff, dass sie nicht von Finn, sondern von Social Media sprach. »Was haltet ihr von einem Behind-the-Scenes-Video zum Thema *Wie entsteht ein fünfgängiges Menü?* mit einem Interview von euch beiden? Ihr könntet erzählen, wie ihr zum Kochen gekommen seid, von wem ihr es gelernt habt, was es für euch bedeutet und auf was ihr bei der Zubereitung besonderen Wert legt.«

»Solange du uns nicht im Weg stehst, können wir das gern machen.«

»Wie viele zusätzliche Personen werden sich dann in der Küche aufhalten?«, erkundigte sich Rosie.

»Ich bräuchte jemanden, der mich bei der Beleuchtung unterstützt und gegebenenfalls eine zweite Kamera hält.«

»Frag doch Julian. Er wäre bestimmt gern dabei.« Obwohl Florence sich um einen beifälligen Tonfall bemüht hatte, hörte ich die leichte Aufregung, die die Aussicht, ihre Kochkünste vor Julian zu demonstrieren, in ihr auslöste.

»Ich weiß nicht«, wandte Rosie ein. »Er ist ein Gast und sollte seine Zeit nicht damit verbringen, uns ständig zu helfen.«

Florence zuckte mit den Schultern. »Wenn es ihm aber doch Spaß macht?«

»Fragen kann ich ihn«, schaltete ich mich ein.

»Außerdem hat Finn Hannes auch bei …«, sie stockte und biss sich auf die Lippen, als ich hektisch den Kopf schüttelte, »dieser Sache geholfen.«

Fieberhaft überlegte ich, wie wir die Situation retten konnten. »Du meinst die Weihnachtsbäume, die dringend geschlagen werden müssen«, plapperte ich drauflos. »Schließlich sind es nur noch zweieinhalb Wochen bis Heiligabend, und je eher das Foyer und der Ballsaal in weihnachtlichem Glanz erstrahlen, desto besser.«

Rosie warf uns prüfende Blicke zu. »Schön zu hören, dass Hannes dabei Unterstützung hat. Er möchte nicht einsehen, dass er langsam in ein Alter kommt, in dem man sich bei schweren körperlichen Arbeiten helfen lassen sollte.« Sie senkte ihre Stimme. »Aber verratet ihm bloß nicht, dass ich das gesagt habe, sonst nimmt er das zum Anlass, mir nächtelang zu beweisen, wie fit er ist.« Sie kicherte, was sie um Jahre jünger wirken ließ. Während sie eine Sellerieknolle würfelte, warf sie beiläufig ein: »Ich dachte erst, ihr redet von der Überraschung, die Hannes für mich plant. So geheimnisvoll, wie er tut, scheint es etwas Größeres zu sein.«

»Woher weißt du davon?«, platzte Florence heraus, woraufhin Rosie triumphierend lächelte.

»Bis eben wusste ich gar nichts, es war nur eine Ahnung.«

Florence schwang ungläubig den Kochlöffel herum und verteilte großzügig Soße auf dem Herd und dem Fußboden. Ich beeilte mich, ihn ihr abzunehmen, um den Schaden in Grenzen zu halten.

»Du hast uns hereingelegt!«

»Tut mir leid. Ich bin bloß so neugierig, was er sich dieses Mal ausgedacht hat. Im Sommer haben wir eine romantische Nacht bei den Pferden im Heu verbracht. Und obwohl wir das Haus voller Gäste hatten, hat Hannes allen eingeschärft, uns nicht zu stören. Es war einfach wundervoll.«

Ich zögerte einen Moment, doch dann fasste ich mir ein Herz. »Ich bin mir sicher, dass du es lieben wirst.«

Nachdem ich Rosie um Erlaubnis gebeten hatte, mir Britta für einige Stunden auszuleihen, verschanzte ich mich in meinem Büro, ehe mir einfiel, dass ich vergessen hatte, sie auf das Ehepaar Gruber anzusprechen. Ich beschloss, das möglichst bald nachzuholen. Britta, die direkt nach mir eintraf, brachte eine Kanne Kaffee und einen Teller mit selbst gemachten Dominosteinen mit und setzte sich sichtlich aufgeregt mir gegenüber. Sie hatte mir vor Kurzem anvertraut, dass sie gerne vom Housekeeping zu einer kreativeren Aufgabe wechseln würde, woraufhin ich ihr versprochen hatte, mich für sie einzusetzen, sobald sich eine Möglichkeit bot.

Ich schob ihr das Tablet hin, auf dem ich TikTok geöffnet hatte, und tippte auf unser Video. »Siehst du die vielen Kommentare?«

Sie nickte.

»Die müssen alle beantwortet werden. Und wenn du das erledigt hast, gibt es noch YouTube und Instagram.«

Das Lächeln auf ihrem Gesicht gefror. »Das sind über tausend.«

»Keine Sorge, ich unterstütze dich natürlich. Vielleicht setzen wir uns erst mal auf die Couch und überlegen, wie wir reagieren wollen. Es wird bestimmt auch einige negative Kommentare geben, die wir am besten ignorieren.«

Die nächste Viertelstunde schaute ich Britta über die Schulter und gab ihr hin und wieder einen Tipp. Da sie ihre Aufgabe mit viel Enthusiasmus und Einfallsreichtum erledigte, überließ ich sie sich selbst und machte mich daran, die unzähligen E-Mails zu bearbeiten, die in meiner Abwesenheit eingegangen waren. Anfragen von Reiseveranstaltern, Unternehmen, Bloggerinnen und Influencern sowie von einigen Presseleuten, die ein Feature über das Hotel schreiben oder Rosie und Hannes interviewen wollten.

Anschließend checkte ich die Klicks auf unserer Website, erweiterte die Events um den Besuch einer Glasbläserei und fügte einige neue Bilder hinzu.

Von der Seite, auf der die verschiedenen Räume des Châteaus präsentiert wurden, lächelten mir Livia und Marco entgegen, die damals beim Shooting als Models eingesprungen waren. Ich kannte die Geschichte nur aus Erzählungen, konnte mir aber lebhaft vorstellen, wie schwer es den beiden gefallen sein musste, ein verliebtes Pärchen zu mimen, da sie sich zu diesem Zeitpunkt nicht leiden konnten.

Auch wenn mich die Arbeit gut beschäftigt hielt, schweiften meine Gedanken immer wieder zu Finn ab. Was er wohl gerade machte? Vielleicht lag er im Bett und versuchte, ein bisschen Schlaf nachzuholen. Oder er zog am Grunde des Pools seine Bahnen, spielte mit Herrn Gruber eine Partie Poker oder ritt mit Zorro aus. Obwohl ich den Stall von meinem Büro aus nicht sehen konnte, warf ich einen Blick aus dem Fenster und riss erstaunt die Augen auf. Der Wind hatte deutlich aufgefrischt und wirbelte dicke Schneeflocken umher. Ich konnte nur hoffen, dass sich das Wetter bis zum Abend wieder beruhigte, sonst würden Rosie und Hannes ihre Übernachtung im Iglu verschieben müssen.

Während der nächsten Tage schneite es unaufhörlich weiter. Da sich der Wind zu einem ordentlichen Sturm gemausert hatte und die Zufahrtsstraße nicht passierbar war, blieben die meisten Gäste im Château. Um zu verhindern, dass die Stimmung kippte, verdoppelte Leni spontan ihr Kursangebot, Rosie stellte die Küche am Nachmittag zum Plätzchenbacken zur Verfügung, und Tim, der bei diesem Wetter unmöglich weiter vor dem Eingang stehen konnte, hatte in der Bibliothek Posten bezogen und las mit viel Pathos aus klassischen Romanen wie *Eine Weihnachtsgeschichte*, *Betty und ihre Schwestern* und *Weihnachten bei den Buddenbrooks* vor. Die Lesestunden fanden großen Anklang, sogar das Ehepaar Gruber, das sich ausnahmsweise einmal nicht in die Haare geriet, konnte sich dafür begeistern, wie Heidrun mir erzählte. Ich hatte immer noch keine Gelegenheit gefunden, mit Rosie über die beiden zu sprechen, doch vielleicht verfolgte sie auch schon längst ihre eigenen Pläne. Schließlich gab es fast nichts, was ihrem feinen Gespür für zwischenmenschliche Schwingungen entging.

Obwohl ich Finn schmerzlich vermisste, verkniff ich es mir, mich bei Roane nach ihm zu erkundigen. Stattdessen fragte ich Julian, ob er Lust hatte, mich bei einem weiteren Projekt zu unterstützen. Als er hörte, dass es darum ging, unsere beiden Köchinnen bei der Arbeit zu filmen, war er sofort dabei. Florence, deren Temperament erst richtig aufblühte, wenn sie einen Kochlöffel in der Hand hielt, vibrierte förmlich vor kreativer Energie. Julians ehrfürchtiger Blick, mit dem er sie bei der Zubereitung der einzelnen Gänge beobachtete, ließ mich schmunzeln.

Als ich abends erschöpft, aber zufrieden im Bett lag, überwältigten mich die Erinnerungen an die gemeinsame Zeit mit

Finn. Auch wenn ich mir immer wieder sagte, dass es okay war, dass wir lediglich diese eine Nacht zusammen gehabt hatten, wunderte es mich, mit welcher Intensität ich ihn vermisste. Es schien, als hätte nicht nur mein Körper all die Jahre auf jemanden wie ihn gewartet, sondern als wären auch mein Herz und meine Seele davon überzeugt, dass ich alles versuchen sollte, um ihn festzuhalten. Doch das war unmöglich, denn Finn war, wie Florence richtig erkannt hatte, ein Weltenbummler. Jemand wie er band sich weder an einen Ort noch an eine Person. Vermutlich würde ich nach seiner Abreise bloß eine weitere Erinnerung sein, die er in seiner Schatztruhe verwahren und bei Gelegenheit hervorholen würde, um sich an eine unvergessliche Nacht in einem Iglu zu erinnern.

16

Nachdem der Schneefall endlich nachgelassen hatte, beschloss ich spontan, mir den Vormittag freizunehmen. Immerhin hatte ich das Wochenende durchgearbeitet und mehrere Videos in Folge hochgeladen, um den Algorithmus ordentlich anzukurbeln. Ich machte einen kurzen Abstecher zur Wäschekammer, ehe ich dem geräumten Weg zum Stall folgte, wo ich auf Hannes traf, der munter vor sich hin pfiff.

»Da scheint jemand gute Laune zu haben«, rief ich ihm zu und streckte Minnie die Arme entgegen, die schwanzwedelnd auf mich zulief, um sich kraulen zu lassen.

»Laut Wettervorhersage soll es bis zum Mittag aufklaren, sodass ich Rosie zur Lichtung bringen kann.« Seine Augen funkelten bei der Aussicht auf einen romantischen Abend mit seiner Frau. »Ich habe schon alles geplant. Florence vertritt sie in der Küche, und Milan hat sich bereit erklärt, uns mit dem Schlitten hinzubringen. Die Pferde brauchen dringend Auslauf. Sie haben es zwar den ersten Tag genossen, gemütlich im Stall bleiben zu können, doch seit gestern sind sie spürbar unruhig. Vor allem Zorro. Ich hoffe, dass Finn sich noch mal die Zeit nimmt, mit ihm ins Gelände zu gehen. Die beiden haben wirklich einen Draht zueinander.«

Ich stellte meine Tasche ab, in die ich in weiser Voraussicht frische Decken und Kissenbezüge gepackt hatte, und gab mir Mühe, das Kribbeln zu ignorieren, das allein die

Erwähnung seines Namens in mir auslöste. Das mit der emotionalen Abgrenzung erwies sich als wesentlich schwerer als gedacht. Ich verschwand in der Sattelkammer, um Don Juans Putzkasten zu holen.

»Wo steckt eigentlich Milan?«, fragte ich, während ich in gleichmäßigen Kreisen Don Juans Fell striegelte, der den Kopf senkte und zufrieden schnaubte.

»Ich habe ihm den Vormittag freigegeben. Der arme Junge ist total fertig. Er hat Michelle um ein Date gebeten, und sie war wohl …«

»Oh nein!«, entfuhr es mir. »Bitte sag mir nicht, dass sie ihn abgewiesen hat.«

Hannes seufzte. »Offenbar passt er nicht in ihr Beuteschema.«

Auch wenn ich wusste, dass unsere Beautyqueen sehr direkt sein konnte, hätte ich ihr doch ein bisschen mehr Feingefühl zugetraut.

»Er wird wieder auf die Füße kommen. Milan hat sein Herz am rechten Fleck. Das erkennt man schon daran, wie er mit den Pferden umgeht. Eines Tages wird er ein Mädchen kennenlernen, das ihn genau dafür liebt.«

Wieder kehrten meine Gedanken zu Finn zurück. Er hatte mir von Anfang an das Gefühl gegeben, ich selbst sein zu können, dass er mich so mochte, wie ich war.

»Wie schläft es sich denn im Iglu?«, erkundigte sich Hannes und trieb mit der Frage meinen Puls in die Höhe. Ein verschmitztes Lächeln umspielte seine Mundwinkel, als er meinen erschrockenen Gesichtsausdruck sah.

»Wie kommst du darauf, dass ich dort war?«

»Mir ist aufgefallen, dass das Schneemobil über Nacht weg war. Und da ich weiß, wie neugierig du bist, dachte ich, dass Finn vielleicht die Gelegenheit genutzt hat, um dir zu zeigen, woran wir gearbeitet haben.«

Die flammende Röte, die meine Wangen überzog, machte jegliches Leugnen zwecklos. »Wir haben nicht ... das heißt, wir wollten nur ...« Herrje, es konnte doch nicht so schwer sein, einen grammatikalisch korrekten Satz zu Ende zu formulieren. »Wir wollten sichergehen, dass das Iglu auch warm genug ist, um darin zu übernachten.«

Ich schnappte mir die Bürste und beschränkte mich darauf, Don Juans Rücken und seine Beine zu säubern, ehe ich ihm in Windeseile die Hufe auskratzte und ihn sattelte. Seine Decke und die Bettwäsche hatte ich in zwei speziellen Taschen verstaut, die ich nun am Sattel befestigte. Dann beeilte ich mich, ihm die Trense anzulegen. Ich musste so schnell wie möglich hier weg.

Hannes, der mein hektisches Treiben stumm beobachtet hatte, griff nach einer Schaufel. »Und?« Es war unmöglich, zu sagen, ob er tatsächlich nur an meiner Meinung interessiert war oder ob Finn sich verplappert hatte.

»Wie du siehst, haben wir überlebt.« Ich führte Don Juan nach draußen, zog den Sattelgurt nach und stieg auf. »Allerdings empfiehlt es sich, in Bewegung zu bleiben.«

Hannes' volltönendes Lachen begleitete mich, als ich mich auf den Weg machte. Minnie tobte um uns herum und freute sich über den Ausflug. Ich konnte spüren, dass Don Juan vor Energie geradezu vibrierte und vermutlich am liebsten direkt losgestürmt wäre, aber da wir bis zur Lichtung einiges an Weg vor uns hatten, hielt ich ihn zurück. Im Wald war der Schnee zum Glück weniger hoch, sodass wir besser vorankamen und stellenweise auch traben konnten. Ich genoss die Stille der winterlichen Natur um mich herum und die frische Luft, die mir half, einen klaren Kopf zu bekommen.

Sobald wir die Lichtung erreicht hatten, schlug mein Herz mit einem Mal schneller, denn neben der Feuerstelle parkte ein Schneemobil. Ich ritt dichter heran und rief ein vorsichtiges *Hallo?* in Richtung Iglu. Kurz darauf tauchte ein dunkler Schopf im Eingang auf, was Minnie dazu veranlasste, loszustürmen. Sie zwängte sich durch den Tunnel und sorgte damit für einen ziemlichen Tumult im Inneren der Schneehöhle. Ich pfiff sie zurück, doch sie war völlig aus dem Häuschen vor Freude. Daher blieb mir nur die Hoffnung, dass das Opfer ihrer Zuneigungsbekundungen Hunde mochte und Sinn für Humor hatte.

Nachdem ich abgestiegen war, Don Juans Zügel an einen stabilen Ast gebunden und ihm seine Decke übergelegt hatte, näherte ich mich Minnies ausladendem Hinterteil, das aus dem Iglu-Eingang herausragte. Es gelang mir, nach ihrem Brustgeschirr zu greifen, aber der Versuch, sie vom Fleck zu bewegen, scheiterte. Stattdessen zog sie mich unfreiwillig mit ins Iglu, wo ich mich einem lachenden Finn gegenüber fand, der sich übers Gesicht wischte.

»So freudig bin ich schon lange nicht mehr begrüßt worden.«

Wir sahen uns an, und auf einmal schien die Luft vor Spannung zu vibrieren. Meine Haut begann zu kribbeln, und die Erinnerungen an unsere gemeinsame Nacht, die über mich hereinbrachen, halfen mir nicht, so zu tun, als würde die unerwartete Begegnung mich nicht aus der Bahn werfen.

»Was machst du hier?«, platzte ich heraus, bevor die spürbare Befangenheit zwischen uns noch peinlicher werden konnte.

»Ich wollte nach dem Rechten sehen. Das Iglu war komplett eingeschneit und der Hot Tub zugefroren. Es hat ein paar Stunden gedauert, alles in Ordnung zu bringen.«

»Sehr umsichtig von dir.« Ich hörte selbst, wie steif und förmlich ich klang, aber die ganze Situation war einfach nur seltsam. Wie konnten zwei Menschen, die vor wenigen Tagen noch übereinander hergefallen waren und die intimsten Momente miteinander geteilt hatten, sich auf einmal so verkrampft verhalten?

»Und warum bist du hier?«

Ich warf einen Blick auf das Lager, das Minnie in der Zwischenzeit ausgiebig beschnüffelt hatte. »Ich wollte die Decken und Kissenbezüge austauschen, bevor Rosie und Hannes herkommen.«

Finn schlug sich gegen die Stirn. »Ich wusste, dass ich etwas vergessen habe.«

Gemeinsam schafften wir die Decken nach draußen, schüttelten sie aus und hängten sie zum Lüften über tiefe Äste, die größtenteils vereist waren. Dann tauschten wir die Kissenbezüge, wobei immer wieder ein verstohlenes Grinsen über Finns Gesicht huschte. Auch ich fühlte mich ein bisschen, als hätten wir etwas Verbotenes getan und würden nun zusammen unsere Spuren verwischen.

Es kostete uns einiges an Überredungskunst, Minnie aus dem Iglu zu bewegen, die sich auf der Isoliermatte eingerollt hatte und fest entschlossen war, ein Nickerchen zu machen. Nachdem wir die Decken wieder ausgebreitet, alle Kissen arrangiert, die Kerzen aufgestellt und sogar Rosenblätter verstreut hatten, wandten wir uns dem Ausgang zu. Ich hatte den Tunnel zur Hälfte durchquert, als Finn nach meiner

Hand griff und mich sanft zurückzog. Meine Finger erzitterten unter seiner Berührung.

»Danke für deine Hilfe. Allein hätte ich das niemals so perfekt hingekriegt.«

»Und ich wäre ohne Schaufel vermutlich nicht einmal hineingekommen.« Unglaublich, dass ich bei dem Sturm nicht daran gedacht hatte, dass die Lichtung unter Bergen von Schnee begraben sein würde.

»Wir sind eben ein gutes Team.«

»Das beste.«

Er strich mit dem Daumen über meinen Handrücken, woraufhin meine Lider leicht flatterten und sich mein Bauch vor Sehnsucht zusammenzog. Ohne nachzudenken, beugte ich mich vor, schlang meine Arme um seinen Hals und drückte meine Lippen auf seine. Finn erwiderte meinen Kuss mit einer Leidenschaft, die mich im wahrsten Sinne des Wortes umwarf. Wir fielen auf die Decken, Finn gewann die Oberhand und bewies mir eindrucksvoll, dass er unsere gemeinsame Nacht ebenso wenig vergessen hatte wie ich.

Erst das ungeduldige Wiehern von Don Juan brachte uns wieder in die Realität zurück. Erschrocken betrachtete ich das Chaos, das wir angerichtet hatten, und war selbst überrascht, als ich in lautes Lachen ausbrach.

»Es tut mir leid«, stieß ich hervor und hielt mir die Seite, »aber in deiner Nähe kann ich mich einfach nicht zurückhalten.«

Finn, den mein Heiterkeitsanfall sichtlich amüsierte, beugte sich leicht vor, um mir über die Wange zu streichen. Ich verstummte, da eine einzige Berührung von ihm ausreichte, dass meine Hormone vollkommen verrücktspielten.

»Erklär mir noch mal …«, seine Lippen liebkosten meine

Schläfe und fuhren die Linie meines Kiefers entlang, »warum es besser ist, wenn wir so tun, als wäre nichts zwischen uns.«

Ich legte den Kopf in den Nacken und öffnete meinen Mund, um etwas Schlaues zu sagen, aber alles, was ich zustande brachte, war ein Seufzen, woraufhin Finn von mir abließ und mich betrachtete.

»Weil das zwischen uns bloß ein flüchtiges Abenteuer war.« Mit dem letzten Rest an Willensstärke machte ich mich los, nur um direkt wieder meine Hand an seine Wange zu legen. Es war, als könnten wir es beide nicht ertragen, uns für den Bruchteil einer Sekunde nicht zu berühren. Die kurzen Stoppeln seines Barts kratzten über meine empfindliche Handinnenfläche und jagten mir einen prickelnden Schauer durch den Körper. Am liebsten hätte ich mich erneut auf ihn gestürzt, aber der intensive Blick aus seinen tiefbraunen Augen ließ mich innehalten.

»Man könnte fast meinen, du hast mich vermisst.«

Ich spielte mit dem Gedanken, ihm anzuvertrauen, *wie* sehr er mir gefehlt hatte, doch er kam mir zuvor.

»Mir ist bewusst, dass wir uns auf einen unverbindlichen One-Night-Stand geeinigt haben, aber ich kriege dich einfach nicht aus dem Kopf. Egal, was ich auch versuche, ich bin in Gedanken immer bei dir. Die Sehnsucht, die mich tagsüber davon abhält, etwas Vernünftiges mit mir anzufangen, und die mir nachts den Schlaf raubt, ist übermächtig.« Er schloss die Augen und schmiegte seine Wange noch fester in meine Hand. »Das ist vermutlich die Meerjungfrau in dir. Du hast mich verzaubert, und jetzt komme ich nicht mehr von dir los.«

Mein Herz überschlug sich bei seinen Worten, während meine Fantasie mir Bilder von uns vor dem Traualtar präsentierte. »Das ist bestimmt bloß ein vorübergehender Zustand.«

»Wer weiß. Dennoch hätte ich nicht gedacht, dass es mir so schwerfällt, mich von dir fernzuhalten.«

»Dann tu es nicht«, flüsterte ich, weil ich nicht den Mut hatte, die Worte laut auszusprechen. Was, wenn er es nicht ehrlich meinte? Wenn das nur seine Art war, zu flirten?

»Wäre es denn für dich in Ordnung, wenn jemand von uns erfährt? Ich will dich weder in eine Situation bringen, in der du dich unwohl fühlst, noch möchte ich, dass du Schwierigkeiten bekommst.«

»Hannes weiß schon Bescheid.«

Seine Brauen schossen in die Höhe. »Wie das?«

»Ihm ist aufgefallen, dass wir uns das Schneemobil über Nacht ausgeliehen haben.«

»Jetzt wird mir einiges klar.« Ich sah ihn fragend an. »Er hat in den vergangenen Tagen so seltsame Andeutungen gemacht, wie kostbar die Liebe ist und dass man sie festhalten soll, wenn sie einem begegnet.«

»Dann hattest du nicht den Eindruck, dass er etwas dagegen hat?«

»Ich würde sagen, er hat sich eher für uns gefreut.« Erleichtert atmete ich auf. Ein Lächeln umspielte Finns Lippen, dann bemerkte er das Chaos, das wir veranstaltet hatten, und schüttelte ungläubig den Kopf. »So wie es aussieht, müssen wir mit dem Aufräumen noch mal von vorn beginnen.«

Wir machten uns erneut daran, die Kissen zu sortieren und die Decken zurechtzuziehen. Zum Glück hatte ich genügend Rosenblätter mitgenommen, sodass ich eine weitere Schicht auf das Lager streuen konnte. Anschließend scheuchte ich Finn aus dem Iglu, aus Angst, dass uns erneut die Lust überkommen könnte und somit alle Mühe umsonst gewesen wäre. Ich schoss noch einige Fotos, die ich nach Rücksprache mit Rosie und Hannes auf der Website hochladen wollte. Als ich ins Freie trat, kontrollierte Finn gerade den Hot Tub, stellte den Generator ab und warf einen letzten Blick zur Feuerstelle, wo er trockenes Holz, das er vom Château mitgebracht haben musste, aufgeschichtet hatte.

Ich rief nach Minnie und stieg in den Sattel, während Finn zum Schneemobil ging.

»Reite vor, ich fahre hinter dir her. Mir ist wohler, wenn ich weiß, dass du heil zurückkommst.«

Mir gefiel seine beschützende Art, aber ich war durchaus in der Lage, allein zurückzureiten. »Glaubst du, ich lasse zu, dass du uns mit dem Motorenlärm den ganzen Winterzauber zerstörst?« Ich zwinkerte ihm zu. »Fahr los. Wir treffen uns im Stall.«

»Bist du sicher? Es ist ein weiter Weg.«

»Wir schaffen das.«

»Na gut. Dann sehen wir uns später?«

Ich nickte und sah ihm nach, als er mit röhrendem Motor davonfuhr.

Nachdem wir etwa eine knappe halbe Stunde geritten waren, konnte ich in der Ferne einen Rappen ausmachen. Don Juan wieherte erfreut, als sein Freund auf uns zutrabte.

»Ich dachte, es wäre eine gute Idee, Zorro noch ein wenig zu bewegen, bevor Hannes und Milan ihn nachher vor den Schlitten spannen«, rief Finn mir zu. »Außer du möchtest lieber allein sein, dann kann ich auch einen anderen Weg nehmen.«

»Es ist zwar vollkommen verrückt«, erwiderte ich, als er

bei uns ankam, »aber kaum warst du weg, habe ich dich schon wieder vermisst.«

Sein Lächeln sorgte dafür, dass sich ein warmes Gefühl in meiner Brust ausbreitete. »Ging mir genauso.« Er wendete sein Pferd, sodass wir in gemächlichem Tempo nebeneinander reiten konnten, während Minnie vorauslief.

»Was hältst du davon …«, begannen wir gleichzeitig und mussten lachen.

»Du zuerst«, forderte ich ihn auf.

Er atmete einmal tief durch, ehe er mich ansah. »Ich habe mich gefragt, ob du Lust hast, die Zeit, die ich noch im Château bin, mit mir zusammen zu verbringen.«

Mein Herz pochte freudig gegen meinen Brustkorb, als Finn aussprach, was ich mir insgeheim ebenfalls gewünscht hatte. »Wann reist du ab?«

»Übermorgen.«

»Dann bleiben uns noch zwei Tage.« Ich versuchte, fröhlich zu klingen, auch wenn sich mein Inneres bei der Vorstellung, mich so bald von Finn trennen zu müssen, schmerzhaft zusammenzog.

Er brachte Zorro dicht an Don Juans Seite und streckte seinen Arm aus. Ich nahm die Zügel in eine Hand und verschränkte meine Finger mit seinen. »Heißt das, du bist einverstanden?«

Ich hörte die Begeisterung in seiner Stimme, die so ansteckend war, dass sie jeglichen Anflug von Traurigkeit vertrieb. »Ja, aber lass es uns nicht an die große Glocke hängen. Es reicht, wenn Rosie und Hannes Bescheid wissen.«

Er ließ mich los und ritt im Kreis, um Zorro zu beschäftigen, der ungeduldig nach vorne drängte. »Wirst du es Florence sagen?«

»Vorerst nicht. Aber sollte sie Verdacht schöpfen, wird mir nichts anderes übrig bleiben.«

»Wieso das?«

»Sie würde mir sonst mit Kaffeeentzug drohen und mir ihre köstlichen Eclairs vorenthalten.«

Er lachte. »Ein Albtraum!«

Den restlichen Weg fragte ich Finn nach seinen Reisen aus. Fasziniert lauschte ich den verrückten und teils auch ziemlich skurrilen Abenteuern, die er erlebt hatte. Viel zu schnell erreichten wir das Château und konnten uns nicht mal richtig voneinander verabschieden, weil Milan uns bereits erwartete und freundlicherweise anbot, gemeinsam mit Finn die Pferde zu versorgen, damit ich mich aufwärmen konnte. Ich warf Finn einen sehnsüchtigen Blick zu, bevor ich mich in mein Schicksal fügte und auf das Château zulief.

Im Foyer begegnete ich Rosie, die mit Roane die letzten Details für den Weihnachtsball besprach.

»Anna, gut, dass du kommst. Weißt du schon, wie viele Gäste du zum Ball erwartest?« Als sie meinen überraschten Gesichtsausdruck sah, fuhr sie fort: »Ich dachte, du möchtest an Weihnachten vielleicht deine Familie um dich haben. Und da du hier gebraucht wirst, wollte ich dir anbieten, dass sie über die Feiertage zu uns kommen können. Wir haben extra zwei Suiten frei gehalten.«

Ich überschlug rasch, was es kosten würde, meine Eltern und meine drei Geschwister für mehrere Tage im Château unterzubringen, noch dazu in den noblen Räumen im ersten Stock. Zu meinem Bedauern lag der Betrag weit außerhalb unseres Budgets.

»Das ist sehr lieb, aber sie sind bestimmt längst verplant. Ihr könnt die Zimmer gern anderweitig vergeben.«

Rosie zog die Augenbrauen zusammen. »Bist du sicher, dass du sie nicht wenigstens fragen willst?«

Ich nickte und ging weiter zur Treppe, da ich mit meiner Chefin nicht über die angespannte finanzielle Lage meiner Familie sprechen wollte. Zwar würde ich meine Eltern, Ben, Sophie und Pia vermissen, doch es war nicht das erste Mal, dass wir Weihnachten getrennt verbrachten. Ich würde mich einfach auf meine Arbeit konzentrieren und wahrscheinlich gar nicht merken, wie die Zeit verging. Außerdem war da noch Finn. Es war nach wie vor nur eine flüchtige Affäre ohne emotionale Basis. Wir würden uns ein paar Tage amüsieren, bevor er weiterzog, während ich im Château blieb, mir neue romantische Events ausdachte und dafür sorgte, dass die Welt von diesem wunderbaren Ort erfuhr.

Erleichtert, einen soliden Plan gefasst zu haben, öffnete ich die Tür zu meinem Zimmer.

17

Nachdem ich mich umgezogen hatte, schnappte ich mir meine Kamera und machte mich auf die Suche nach einem lohnenswerten Motiv. In der Bibliothek stieß ich auf Frau Gruber, die am Fenster saß und sich bei meinem Eintreten rasch über die Wangen wischte. Normalerweise dauerte es nicht lange, bis die herrliche Landschaft und die romantischen Events ihre Wirkung zeigten. Bei diesem Ehepaar schienen die Probleme jedoch schwerwiegender zu sein.

»Guten Tag, Frau Gruber, mein Name ist Anna Seidel. Ich bin die PR-Managerin des Hotels. Darf ich mich zu Ihnen setzen?«

Sie schaute auf und wirkte einen Moment unschlüssig, ehe sie auf den Sessel deutete, der ihrem gegenüberstand. Als ich den unberührten Tee auf dem Tisch sah, zückte ich mein Handy und schrieb Inga eine Nachricht, in der ich sie bat, eine frische Kanne in die Bibliothek zu bringen.

»Ich möchte nicht indiskret sein, aber ich habe den Eindruck, dass der Urlaub nicht so läuft, wie Sie es sich gewünscht haben.«

Sie zückte ein Taschentuch und tupfte sich die Nase ab. »Es war die Idee unserer Kinder. Es fällt ihnen schwer, zu akzeptieren, dass wir uns auseinandergelebt haben.«

»Dann denken Sie ernsthaft über eine Trennung nach?«

Erneut richtete sie ihren Blick auf die winterliche Bergkulisse. »Eigentlich hätten wir die Scheidung schon längst in die Wege geleitet, doch unseren Kindern zuliebe haben wir eingewilligt, einen letzten Versuch zu starten. Dieser Urlaub sollte zu einer Annäherung führen, aber wie es aussieht, können wir nichts gemeinsam unternehmen, ohne uns zu streiten.«

»Was haben Sie schon alles ausprobiert?«

»Wir haben an einer Stadtführung durch Zermatt teilgenommen, waren einen Tag Ski fahren – allerdings auf getrennten Pisten, von daher kann man das vermutlich nicht zählen. Während des Sturms haben wir den Wellnessbereich genutzt, doch das war nicht sonderlich romantisch, weil viele der anderen Gäste ebenfalls dort waren. Und wir haben bei einer von Tims Vorlesestunden zugehört. Das hat uns beiden gut gefallen, genügt jedoch kaum als Basis für eine gemeinsame Zukunft.«

»Haben Sie gesehen, dass wir Lyrikabende mit musikalischer Umrahmung anbieten?«

»Ich glaube nicht, dass sich mein Mann für Gedichte begeistern lässt.«

»Was würde ihm denn Spaß machen? Oder anders gefragt, welches Event aus unserem Angebot würden Sie sich aussuchen?«

»Na ja«, eine leichte Röte huschte über ihre Wange, »ich fände die Paarmassage reizvoll, allerdings habe ich Angst, dass es ein weiterer Fehlschlag werden könnte. Es ist lange her, dass wir …«

»Ich verstehe.«

»Wissen Sie, als die Kinder noch klein waren, war ich oft müde und fühlte mich mit allem überfordert. Rolf, mein Mann, hat viel gearbeitet, damit wir den Kredit für das Haus und die Ratenzahlungen für das Auto abbezahlen und uns trotzdem ein Mal im Jahr einen schönen Urlaub leisten konnten. Später, als die Kinder ausgezogen waren, haben wir festgestellt, dass wir uns fremd geworden sind. Wir haben es mit einem gemeinsamen Hobby versucht und waren sogar bei einer Paarberatung, doch nichts hat geholfen. Mittlerweile sind wir nur noch genervt voneinander und wütend darüber, dass wir es nicht hinkriegen. Ich meine, hier scheinen alle so glücklich zu sein. Die Stadlers sind seit über zwanzig Jahren verheiratet und wirken so verliebt, als hätten sie sich erst gestern kennengelernt.«

»Rosie und Hannes sind wohl eher die Ausnahme als die Regel. Aber es stimmt, dass die beiden sehr glücklich sind. Allerdings tun sie auch einiges dafür.«

Frau Gruber wandte sich vom Fenster ab und sah mich das erste Mal direkt an. »Wie meinen Sie das?«

In diesem Moment klopfte es an der Tür. Inga kam herein und servierte uns den Tee. Nachdem sie die Kanne auf ein Stövchen gestellt und uns einen Teller mit Schokoladenplätzchen gereicht hatte, lächelte sie Frau Gruber freundlich an.

»Kann ich sonst noch etwas für Sie tun?«

»Nein, vielen Dank.«

»Inga, wie lange arbeitest du schon für Rosie und Hannes?«, fragte ich.

»Seit fünf Jahren, wenn man die Renovierungsphase nicht mitzählt. Warum?«

»Was, würdest du sagen, ist ihr Geheimrezept in Sachen Liebe?«

Sie klemmte sich das Tablett unter den Arm und nahm sich einen Moment, um über die Frage nachzudenken. »Ich glaube, da kommt Verschiedenes zusammen. Zum einen habe ich den Eindruck, dass sie sehr ehrlich und offen miteinander kommunizieren. Dann die vielen kleinen Aufmerksamkeiten im Alltag, aber auch gewisse Rituale, die sie als Paar über die Jahre gesammelt haben und regelmäßig pflegen. Und natürlich Hannes' legendäre Überraschungen. Er denkt sich ein- oder zweimal im Jahr etwas ganz Besonderes aus, von dem er meint, dass es Rosie gefallen könnte.«

Frau Gruber seufzte tief. »Wenn mein Rolf in puncto Beziehung doch ebenfalls ein wenig engagierter wäre.«

»Wer sagt denn, dass unbedingt der Mann die Initiative ergreifen muss?«

»Sie meinen, ich sollte ...?«

Inga nutzte den Moment, um sich zurückzuziehen, zwinkerte mir aber noch einmal verschwörerisch zu, bevor sie die Bibliothek verließ.

»Gibt es abgesehen von der Paarmassage noch ein anderes Event, das Sie gern ausprobieren würden?«

»Wissen Sie, der Aufenthalt hier sprengt bereits unseren finanziellen Rahmen.«

»Und wenn Geld keine Rolle spielen würde?«

Sie blieb so lange stumm, dass ich schon fürchtete, sie wäre mein Gedankenspiel leid geworden, doch dann leuchteten ihre Augen auf. »Ich würde gern eine Ballonfahrt unternehmen. Es muss herrlich sein, sich in luftige Höhen zu erheben und alle Sorgen hinter sich zu lassen.«

»Denken Sie, dass das Ihrem Mann auch gefallen würde?«

»Oh ja! Er wollte früher immer den Pilotenschein machen, aber leider hat das Geld nie gereicht.«

»Stellen Sie sich vor, Sie sind zusammen im Ballon, worüber würden Sie reden?«

Wieder dachte sie eine Weile nach. »Er fühlt sich in letzter Zeit immer angegriffen, sobald ich etwas sage. Dabei meine ich es gar nicht böse.«

»Vielleicht könnten Sie in gemeinsamen Erinnerungen schwelgen, darüber sprechen, welche Ereignisse Ihnen in Ihrem bisherigen Leben besonders wertvoll sind.«

»Das wäre vermutlich ein guter Ansatz. Nur leider wird es ein Traum bleiben müssen.«

Ich nahm einen Schluck von meinem Tee und stibitzte mir ein Schokoladenplätzchen, ehe ich aufstand und meinen kurzen Lederrock glatt strich. »Vergessen Sie nicht, dass in der Zeit um Weihnachten Wunder geschehen können. Wenn eine Versöhnung möglich ist, dann hier und jetzt.«

Vollkommen in Gedanken versunken, bog ich um die Ecke und prallte mit jemandem zusammen.

»Arielle«, stieß Finn hervor und griff nach meinen Oberarmen, um mich zu stützen, bis ich meine Balance wiedergefunden hatte. Mein Blick wanderte von seinen Schlüsselbeinen nach oben zu seinen vollen Lippen. Er senkte den Kopf, sodass ich stattdessen in seine funkelnden Augen sah. Eine gelockte Strähne hatte sich aus seinem Bun gelöst und umspielte seine markante Kieferpartie.

»So langsam könnte man den Eindruck gewinnen, dass du mich verfolgst.« Ich hatte mich um einen lässigen Ton bemüht, doch der raue Klang meiner Stimme konnte nicht darüber hinwegtäuschen, wie sehr mich seine Nähe durcheinanderbrachte.

»Tut mir leid, dich enttäuschen zu müssen, aber ich bin mit Julian verabredet.«

»Dann sollte ich dich wohl nicht aufhalten.«

Er griff nach seinem Handy. »Fünf Minuten habe ich noch.«

Einem spontanen Impuls folgend, zog ich ihn in das nächstgelegene Wäschezimmer und küsste ihn mit einer Leidenschaft, als wären wir nicht eine knappe Stunde, sondern mehrere Monate getrennt gewesen. Finn drängte mich gegen eines der Regale, das unter unserem Ansturm heftig zu wackeln begann.

»Ich habe einen Entschluss gefasst«, teilte er mir mit, nachdem wir uns nach einer kleinen Ewigkeit, die mir dennoch viel zu kurz vorkam, voneinander gelöst hatten, um wieder zu Atem zu kommen. Obwohl es mich brennend interessierte, was er sich überlegt hatte, war ich zu abgelenkt, um ihm meine volle Aufmerksamkeit zu schenken. Meine Hände wanderten wie von selbst unter seinen Pullover und strichen über seine Haut. Vielleicht sollte ich es auch mal mit dem Tauchen versuchen, wenn man davon so einen Körper bekam.

Finn stieß ein leises Stöhnen aus, als ich sanft in seinen Hals biss. Wieder trafen unsere Lippen aufeinander, und er bewies mir einmal mehr, wie sehr ich es genoss, was er mit seiner Zunge anstellte. Er hatte eine Hand in meinen Nacken gelegt und den anderen Arm um meine Taille geschlungen, sodass ich zwischen ihm und dem Regal gefangen war. Ich liebte diese Mischung aus Dominanz und Fürsorglichkeit.

In meiner Erregung suchte ich nach Halt, bekam aber bloß einen Stapel Handtücher zu fassen, der dank meiner unkontrollierten Bewegungen auf uns herabstürzte, woraufhin wir uns lachend voneinander lösten.

»Kann es sein, dass wir überall, wo wir aufeinandertreffen, Chaos verbreiten?«, fragte Finn, während wir uns beeilten, wieder Ordnung zu schaffen. Heidrun und ihr Team sollten zwar längst mit dieser Etage fertig sein, doch am Ende tauchte sie unverhofft hier auf und erwischte uns dabei, wie wir die frisch gestärkte Wäsche durcheinanderbrachten.

Ich gab Finn einen letzten sehnsüchtigen Kuss, der deutlich länger dauerte, als ich es beabsichtigt hatte, bevor ich die Tür einen Spalt öffnete, den Gang entlangspähte und ihm bedeutete, mir zu folgen. Kaum hatten wir das Wäschezimmer verlassen, kam Britta um die Ecke und warf uns einen überraschten Blick zu. Unauffällig strich ich mir die Haare glatt und sah aus dem Augenwinkel, dass Finns Pullover schief saß und ihm auf einer Seite das Hemd, das er darunter trug, aus der Hose hing.

Memo an mich: Beim nächsten Mal erst Klamotten checken, dann aus der Deckung kommen. Andererseits hätten wir es vielleicht gar nicht mehr aus dem Wäschezimmer geschafft, wenn wir noch länger geblieben wären. So gesehen war das Zusammentreffen mit Britta das kleinere Übel.

»Einen wunderschönen Tag, Herr Berger«, begrüßte sie Finn. »Ich hoffe, Sie genießen Ihren Aufenthalt?«

»Oh ja, der Urlaub hält Überraschungen bereit, mit denen ich nicht im Traum gerechnet hätte.«

Ich konnte an Brittas Gesichtsausdruck erkennen, dass er sein unwiderstehliches Lächeln auf sie abgefeuert haben musste, denn sie schmolz förmlich dahin.

»Anna, könnte ich dich kurz sprechen?«, wandte sie sich an mich, als es ihr endlich gelungen war, sich von seinem Anblick loszureißen.

»Natürlich. Was gibt es denn?«

Finn zwinkerte mir zu und formte mit den Lippen ein *Bis später*. Ich musste ihn dringend nach seiner Handynummer fragen, wenn ich nicht ständig das ganze Hotel nach ihm absuchen oder darauf vertrauen wollte, dass der Zufall uns zusammenführte.

»Du hast mir doch neulich erzählt, dass wir noch einen Teil des Marketingbudgets übrig haben. Wie wäre es, wenn wir ein Gewinnspiel auf einem unserer Social-Media-Kanäle veranstalten? Ein Wochenende im *Château Romantique* inklusive zwei Events. Wir könnten ein kurzes Video drehen, in dem wir zeigen, was das Gewinnerpärchen erwartet. Michelle übernimmt garantiert gern den weiblichen Part, und für die männliche Rolle hatte ich an Milan gedacht.«

»Die Idee ist gut«, stimmte ich zu. »Aber statt Milan fragen wir besser Sergio. Zu ihm hat unsere Community durch das Tanzvideo bereits einen Bezug.« Abgesehen davon hatte Milan bestimmt keine Lust, mit Michelle ein glückliches Paar zu mimen.

»Heißt das, ich darf dabei sein?« Ihre Augen strahlten.

»Von mir aus gern, ich muss das nur vorher mit Rosie abklären.«

»Danke, Anna, du weißt nicht, was mir das bedeutet. Ich werde die beste Assistentin sein, die du dir wünschen kannst.«

Nachdem sie gegangen war, fiel mir auf, dass ich vor lauter Knutscherei nicht dazu gekommen war, Finn danach zu fragen, welche Entscheidung er denn getroffen hatte.

Obwohl Rosie mir meist freie Hand ließ, war sie von der Idee, in den hektischen Tagen vor Weihnachten noch einen Werbefilm zu drehen, nicht begeistert. Alle Zimmer waren belegt, das Restaurant und die Bibliothek als Setting für romantische Dinner bis ins neue Jahr ausgebucht. Auch die

Panoramaterrasse und der Wellnessbereich sollten den Gästen uneingeschränkt zur Verfügung stehen. Außerdem schien Heidrun nicht auf Britta verzichten zu können, und allein würde ich ein Projekt dieser Größenordnung auf die Schnelle nicht organisieren können.

Enttäuscht ging ich in mein Büro und überprüfte noch einmal die Zahlen. Es musste doch etwas geben, wie man das Budget sinnvoll nutzen konnte. Ein Gedanke blitzte auf, den ich im ersten Moment direkt wieder verwerfen wollte, aber dann setzte ich mich mit meinem Tablet aufs Sofa und machte mir Notizen. Damit würde ich meine Kompetenzen vermutlich weit überschreiten, denn es war keine direkte Marketing-Kampagne, würde jedoch im Falle eines Erfolgs zu unserem guten Ruf beitragen und für positive Mund-zu-Mund-Propaganda sorgen, die man niemals unterschätzen sollte. Bevor mein Verstand mein Bauchgefühl, das sich ganz klar für diese Idee aussprach, in seine Schranken weisen konnte, griff ich nach meinem Handy und tätigte einen Anruf.

Als ich am Abend aus dem Fahrstuhl trat und den Flur entlanglief, staunte ich nicht schlecht, da Finn in einer Nische am Ende des Korridors saß. Das Lächeln, das sich bei meinem Anblick auf seinem Gesicht ausbreitete, ließ meine Knie weich werden.

»Was machst du denn hier? Und woher weißt du überhaupt, in welchem Stockwerk ich wohne?«

»Ich habe Florence gefragt.«

»Und sie hat es dir einfach so verraten?«

»Ein bisschen Überredungskunst war schon nötig.«

Ich verengte die Augen und schürzte die Lippen, was keine gute Idee war, denn damit lenkte ich Finns Aufmerksamkeit auf meinen Mund. Schnell öffnete ich die Tür zu meinem Zimmer und zog ihn hinein. Kaum hatte er sie hinter uns geschlossen, drängte er mich dagegen und senkte seine Lippen auf meine. Ein köstliches Ziehen tief in meinem Unterleib verriet mir, wie sehr ich ihn wollte.

»Wie hast du sie rumgekriegt?«, brachte ich zwischen zwei Küssen hervor.

»Wen?«, fragte Finn, der unser vorheriges Gespräch offenbar komplett vergessen hatte.

»Florence.«

Er hielt inne und fuhr mit den Fingerspitzen die Konturen meines Kiefers nach. Der Wechsel von wilder Leidenschaft zu purer Zärtlichkeit machte mich rasend.

»Ich habe sie mit einem streng gehüteten Rezept für das beste Curry der Welt bestochen«, raunte er dicht an meinem Ohr, woraufhin mir ein lustvoller Schauer über den Rücken jagte.

»Kein Wunder, dass sie nachgegeben hat.«

Er zog mir den Blazer aus und machte sich daran, meine Bluse aufzuknöpfen. »Was hältst du davon, wenn wir zu Ende bringen, was wir vorhin begonnen haben?« Seine Lippen strichen über meine nackte Schulter. »Wir können natürlich auch einen Film anschauen.« Mit einer Hand öffnete er den Verschluss meines BHs und ließ ihn achtlos zu Boden fallen. »Oder eine Partie Halma spielen.«

Ich wollte etwas Schlagfertiges erwidern, als er vor mir auf die Knie ging, meinen Rock hochschob und mich von der Strumpfhose und dem Slip befreite. Ihn in dieser Position zu sehen, wie er mit einem lasziven Lächeln zu mir aufblickte, fachte meine Erregung weiter an. Seine Locken streiften meinen Bauch, während er mit den Fingern meinen empfindlichsten Punkt stimulierte. Meine Knie drohten unter mir nachzugeben, sodass Finn aufstand, mich kurzerhand hochhob und zum Bett trug. Ich sank in die weiche Matratze und schloss die Augen, als er die Innenseite meiner Oberschenkel mit Küssen bedeckte.

»Oh mein Gott!«, stöhnte ich, sobald er meine Mitte erreichte und mich mit seiner Zunge verwöhnte. Ich spürte, wie er einen Finger in mich eintauchte, dem kurz darauf ein zweiter folgte und sich in mir bewegte. Es dauerte nicht lange, bis ich die Kontrolle verlor und mit seinem Namen auf den Lippen erbebte.

Ich versuchte, mich aufzusetzen, um mich zu revanchieren, doch Finn legte sich neben mich, zog mich an sich und breitete fürsorglich die Decke über mir aus.

»Du hast zu viel an«, beschwerte ich mich, als ich wieder in der Lage war, einen vollständigen Satz hervorzubringen.

Kurzerhand befreite er sich von seinem Pullover, dem Shirt und der Hose, bevor er erneut seine Arme um mich schlang. »Besser?«

»Viel besser«, flüsterte ich und kuschelte mich enger an ihn, während ich ins Reich der Träume glitt.

18

Der Duft von frisch gebrühtem Kaffee, Toast und gebratenen Eiern stieg mir in die Nase. Ich blinzelte verwirrt, bis ich Finn an der Küchenzeile meines Zimmers stehen sah. Er trug nichts außer seinen Boxerbriefs und hielt einen Pfannenwender in der Hand.

»Guten Morgen«, murmelte ich und strich mir die wirren Haarsträhnen aus dem Gesicht. »Du hättest mich wecken können.«

Er drehte sich mit einem strahlenden Lächeln zu mir um, sodass ich ihn am liebsten zurück ins Bett gezogen hätte. Aber das leere Gefühl in meinem Magen hielt mich davon ab.

»Du hast so friedlich ausgesehen im Schlaf, dass ich es nicht über mich gebracht habe.«

Mit großen Augen beobachtete ich, wie er ein Tablett mit Rührei, Brot, Butter, Joghurt mit frischem Obst und zwei Bechern Kaffee zum Bett herübertrug. Er wartete, bis ich mich aufgesetzt hatte, bevor er es mir reichte. Dann schüttelte er die Kissen auf und schlüpfte zu mir unter die Decke. Ich rutschte auf seine Höhe und baute das Tablett vor mir auf.

Gerade als ich mich auf den Kaffee stürzen wollte, beugte Finn sich zu mir und küsste mich. Im ersten Moment war ich versucht, mich wegzudrehen, weil ich mir noch nicht die Zähne geputzt hatte. Doch da ich merkte, dass ihm das völlig egal war, gab ich meine Zurückhaltung auf und brachte damit das Tablett gehörig zum Schwanken. Erschrocken hielten wir inne.

»Vielleicht sollten wir erst frühstücken«, sagte er grinsend und nahm sich eine Gabel voll Rührei.

Nachdem ich den ärgsten Hunger gestillt hatte, fühlte ich mich bereit, über das zu reden, was mir seit dem Aufwachen auf der Seele brannte. »Es tut mir leid, dass ich gestern eingeschlafen bin.«

Finn zuckte gleichgültig mit den Achseln. »Du warst müde.«

»Aber du bist gar nicht … ich meine, ich habe nicht …«

»Hey«, unterbrach er mein hilfloses Gestammel, »ich bin nicht zu dir gekommen, damit du meine sexuellen Bedürfnisse befriedigst. Ich bin hier, weil du mir etwas bedeutest. Außerdem kann ich nicht genug davon bekommen, wie du die Kontrolle verlierst und dabei meinen Namen schreist.«

Ich wollte ihm sagen, dass er geträumt haben musste, aber die Erinnerung an den gestrigen Abend führte mir vor Augen, dass Finn recht haben könnte. Er brachte mich dazu, mich ihm voll und ganz hinzugeben, ohne dass ich mir darüber Gedanken machte, ob ich mich zu verletzlich zeigte. Obwohl wir uns erst kurz kannten, wusste ich, dass ich ihm vertrauen konnte und er mir niemals absichtlich wehtun würde. Vielleicht war es naiv, doch meine Intuition flüsterte mir zu, dass Finn zu den Guten gehörte.

Wir teilten uns den Joghurt, wobei es ihm Spaß zu machen schien, mich zu füttern, was mich unweigerlich an unser erstes Date erinnerte, bei dem wir dank meiner Impulsivität im Pool gelandet waren. Ehe ich auf dumme Ideen kommen konnte, stellte ich das Tablett zur Seite und rollte mich auf ihn. Genüsslich ließ ich meine Lippen seinen Hals hinabwandern, verteilte Küsse auf seinem Oberkörper und biss zärtlich in seine Brustwarzen, woraufhin er die Hände in meinen Haaren vergrub und vor Verlangen aufstöhnte. Mit der Zungenspitze umkreiste ich seinen Bauchnabel, bevor ich tiefer glitt und mich freute, dass es dieses Mal mein Name war, der von den Wänden widerhallte.

»Was wolltest du mir gestern eigentlich sagen?«, fragte ich, als ich aus dem Taumel eines weiteren Höhepunkts langsam wieder zu mir kam. »Du meintest, du hättest eine Entscheidung getroffen.«

Finn, der mit den Fingern Muster auf meinen Rücken zeichnete, hielt in der Bewegung inne und rückte ein kleines Stück von mir ab, um mich ansehen zu können. »Ich würde gern meinen Urlaub verlängern, damit wir mehr Zeit zusammen haben – vorausgesetzt, du bist einverstanden.«

»Das ist ausnahmsweise eine ganz fantastische Idee!«, rief ich vielleicht eine Spur zu überschwänglich und bedeckte seine Wangen mit Küssen.

»Und ich dachte, ich hätte heute schon einige gute Ideen gehabt«, murmelte er und knabberte an meinem Hals, was mich erschauern ließ.

»Das kann ich schlecht leugnen.« Meine Stimme war kaum mehr als ein Hauchen, und ich fragte mich, wie ich schon wieder vor Lust vergehen konnte. »Es gibt nur ein Problem.«

»Das da wäre?«, raunte er dicht an meinem Ohr und schien dabei vollkommen unbeeindruckt.

»Soweit ich weiß, sind wir komplett ausgebucht. Ich würde dir ja anbieten, bei mir zu wohnen, aber dann wissen direkt alle Bescheid.«

»So laut, wie du gerade geschrien hast, dürfte es sich sowieso längst herumgesprochen haben«, neckte er mich.

»Da es mitten am Tag ist …«

»Eher früher Abend.«

»… gehe ich davon aus, dass die anderen bei der Arbeit sind.«

»Abgesehen von dir.«

»Manchmal muss man eben Prioritäten setzen.«

»Das stimmt. Und da du zurzeit meine Priorität bist, habe ich Julian erzählt, dass ich gern noch etwas länger bleiben würde, woraufhin er mir netterweise angeboten hat, seine Suite bis zu seiner Abreise mit mir zu teilen.«

»Du hast was?« Überrascht fuhr ich hoch.

»Er meinte, es gäbe zwei Schlafzimmer mit jeweils einem eigenen Bad, ein geräumiges Wohnzimmer, einen Salon und einen riesigen Balkon.«

»Das ist wirklich sehr großzügig von ihm«, pflichtete ich ihm bei und fragte mich zugleich, was einen Hoteltester dazu veranlasste, einen anderen Gast in seine Suite einzuladen. Vielleicht war er es leid, ständig allein zu reisen, und freute sich über Gesellschaft.

Ich winkelte meinen Arm an und stützte meinen Kopf in die Hand. »Dann bleibst du bis zum Ball?«

»Mir wurde gesagt, er wäre das Highlight des Jahres.« Finn wickelte spielerisch eine meiner Haarsträhnen um seinen Finger.

»Das habe ich auch gehört.«

Er sah zu mir auf, wobei mein Blick an seinen langen geschwungenen Wimpern hängen blieb, die seine Augen umrahmten. »Würdest du mit mir hingehen?«

»Bedauerlicherweise werde ich arbeiten.«

»Das ist zu schade.« Er stieß ein theatralisches Seufzen aus. »Dann werde ich wohl jemand anderen um ein Date bitten müssen. Vielleicht Roane? Oder Britta?«

»Hey!«, beschwerte ich mich und kniff ihn in den Bauch, was gar nicht so einfach war, da er kein Gramm Fett zu viel an sich hatte.

»Oder«, er zog mich sanft zu sich und küsste mich auf den Mundwinkel, »ich verbringe den Abend mit Julian und hoffe auf die wenigen kostbaren Momente, in denen ich in den Genuss deiner Gegenwart komme.«

»Das klingt vielversprechend«, flüsterte ich und verschloss seine Lippen mit meinen.

Da Finn am nächsten Morgen früh aufbrach, um mit Julian Ski fahren zu gehen, entschied ich mich, eine Runde auszureiten. Es fühlte sich immer noch an wie ein Traum, dass er meinetwegen seinen Urlaub verlängert hatte. Ich stellte mir vor, wie wir am Tag des Balls bis in die frühen Morgenstunden tanzten und während der Feiertage nach einem Weg suchten, um dauerhaft zusammenzubleiben. Obwohl ich mir vorgenommen hatte, mich nicht so schnell auf eine neue Beziehung einzulassen, wollte ich mehr von Finn als ein flüchtiges Abenteuer. Er mochte auf den ersten Blick wie ein Aufreißertyp wirken, aber wenn man ihn näher kennenlernte, merkte man, dass er fürsorglich und aufrichtig war.

Trotz meines Glückstaumels warnte mich eine leise Stimme in mir, dass es gefährlich war, mich solchen Fantasien hinzugeben, da es mehr als unwahrscheinlich war, dass wir beide eine gemeinsame Zukunft hatten. Finn liebte sein Nomadenleben und die damit verbundene Freiheit. Ich hingegen hatte gerade erst den Job gewechselt und konnte nicht aus einer Laune heraus alles hinschmeißen, um mit ihm durch die Welt zu touren. Die Vorstellung, dass wir uns bald wieder trennen mussten, setzte mir mehr zu, als gut für mich war.

Nach dem Ausritt nahm Milan mir Don Juan ab, während ich Sattel und Trense wegräumte und dabei auf Hannes stieß, der damit beschäftigt war, die Futtervorräte aufzufüllen.

»Guten Morgen, Anna. Hattest du einen schönen Ausritt?«

»Don Juan war etwas unruhig. Daher habe ich es langsam angehen lassen und bin nur im Schritt geblieben.«

Er betrachtete mich nachsichtig. »Warst du denn mit deinen Gedanken ganz bei ihm?«

»Wie meinst du das?« Es machte mich nervös, dass ich nicht wusste, worauf er hinauswollte. Hannes verstand so viel mehr von Pferden als ich, und ich wollte mich als zuverlässig und sachkundig erweisen, wenn er schon sein Vertrauen in mich setzte und mich mit Don Juan allein ins Gelände ließ.

»Hast du auf seine Bewegungen und die Umgebung geachtet, oder warst du gedanklich ganz woanders und hast ihn sich selbst überlassen?«

Beschämt sah ich zu Boden. »Eher Letzteres.«

»Das dachte ich mir. Pferde sind die perfekten Spiegel. Alles, was du fühlst, fühlen sie auch. Meine frühere Trainerin hat immer gesagt, wenn du mit dem Kopf nicht bei der Sache bist, mute dich keinem Tier zu. Das nehme ich mir bis heute zu Herzen. Ein Ausritt ist toll, keine Frage. Aber wenn dich etwas nicht loslässt, solltest du lieber schwimmen gehen oder einen langen Spaziergang machen.«

»Du hast recht. Es tut mir leid.«

»Sag das nicht mir, sondern ihm.« Er deutete auf Don Juan, der zusammen mit Zorro in seiner Box stand und genüsslich Heu fraß. »Obwohl ihm eine Entschuldigung in Form eines Apfels oder einer Karotte sicher lieber wäre. Doch zuvor würde mich interessieren, was dich so sehr beschäftigt. Hat es etwas mit deiner Arbeit zu tun?«

Ich schüttelte den Kopf. »Nein, da läuft alles gut.«

Hannes schloss den Deckel der Futterkiste. »Geht es zufällig um Finn?«

Kurz überlegte ich, es zu leugnen, aber dann fiel mir ein, dass Hannes nicht nur ein außerordentlich guter Beobachter war, sondern auch eine hervorragende Menschenkenntnis hatte und mich sofort durchschauen würde. Außerdem hatte ich an meinem letzten Arbeitsplatz auf schmerzliche Weise gelernt, dass Unehrlichkeit früher oder später in einem Desaster endete.

»Wir haben ein bisschen Zeit miteinander verbracht, wie du weißt, und verstehen uns ziemlich gut.«

»Und jetzt bist du durcheinander, weil …?«

»Er bald wieder abreist. Abgesehen davon interpretiere ich vermutlich viel zu viel in die Sache hinein. Wahrscheinlich will er sich lediglich ein wenig amüsieren.«

»Und du nicht?«

»Doch, schon.« Ich zögerte, dann beschloss ich, die Karten auf den Tisch zu legen. »Es könnte sein, dass ich die Zeit mit ihm ein bisschen zu sehr genieße.«

Nachdenklich strich Hannes sich über den Bart. »Was sagt denn dein Herz?«

»Mein Herz?« Ich lachte verlegen, da ich mir nicht vorstellen konnte, dass sich mein Vorgesetzter ernsthaft für das emotionale Chaos interessierte, das in mir tobte. Doch er schien auf eine Antwort zu warten. »Ich versuche, eher auf meinen Verstand zu hören, als mich von meinen Empfindungen leiten zu lassen. Zumindest war das der Plan, als ich hergekommen bin«, fügte ich etwas leiser hinzu.

»Willst du meine Meinung hören?«

Ich nickte.

»Das Leben ist zu kostbar, um ausschließlich auf den Pfaden des Verstandes zu wandeln. Es ist immer ein Risiko, seinen Gefühlen nachzugeben, aber wenigstens weißt du dann, dass du wirklich gelebt hast.«

Hannes' Worte hallten den Rest des Tages in mir nach und ließen mich meinen Vorsatz, mein Leben aus einer rationalen Perspektive zu betrachten, ernsthaft anzweifeln. Am Abend verabredeten Finn und ich uns mit Florence und Julian im Wellnessbereich. Ich zog meine Bahnen im Pool und musste Hannes recht geben. Es war eine gute Methode, das laute Treiben der Welt um mich herum auszublenden und meine Gedanken zu ordnen. Allerdings kam ich nicht viel zum Nachdenken, weil Finn sein Tauchtraining absolvierte und dicht unter mir schwamm. Er schaute mich nicht nur unentwegt an, sondern machte sich einen Spaß daraus, mich spielerisch zu berühren, was mich an die Grenzen meiner Selbstdisziplin brachte.

Während Florence und Julian in Richtung der Saunas verschwanden, machten wir es uns auf einer Liege bequem. Da der Wellnessbereich von der Panoramaterrasse aus einsehbar war, begnügten wir uns damit, Händchen zu halten, was eine ziemliche Herausforderung darstellte. Es fiel mir schwer, der Versuchung zu widerstehen, Finn zu küssen, obwohl ich mich so sehr nach ihm sehnte. Ich sah ihm tief in die Augen, die in der dezenten Beleuchtung des Pools sattbraun schimmerten, und kostete das Gefühl der Vorfreude aus, indem ich mir vorstellte, was wir tun würden, sobald wir in meinem Zimmer waren.

Ein Kichern kündigte die Rückkehr von Florence und Julian an. Ihre Gesichter waren gerötet und die Haare leicht zerzaust. Ich hätte mir vermutlich nichts weiter dabei gedacht, wenn Finn sie nicht mit einem wissenden Grinsen gemustert hätte.

»Die Sauna scheint ordentlich warm gewesen zu sein«, murmelte er eine Spur zu beiläufig.

»Wir wollten es eigentlich langsam angehen lassen«, erklärte Julian, »aber dann hat Florence den Thermostat hochgestellt und großzügig aufgegossen.«

»Ich mag keine halben Sachen. Eine Sechzig-Grad-Sauna – wozu soll das gut sein? Entweder schwitzt man richtig, oder man lässt es bleiben.« Sie fasste ihre feuchten Haare zu einem lockeren Knoten zusammen. »Das gilt übrigens für jede Art von körperlicher Ertüchtigung.« Sie warf Julian einen herausfordernden Blick zu, dessen Wangen daraufhin noch röter wurden.

Ich war gespannt, wie sich die Freundschaft zwischen den beiden weiterentwickeln würde und ob Julian Florence' Charme auf Dauer widerstehen konnte.

Atemlos schmiegte ich mich an Finns Brust, legte ein Bein über seinen Oberschenkel und genoss die Kraft seiner Arme, die mich liebevoll umfangen hielten.

»Wie bist du eigentlich im Château gelandet?«, durchbrach er die Stille und riss mich aus meinem trägen Dämmerzustand.

»Marco, ein guter Freund meines Bruders, hat sich einige meiner Projekte angesehen und mich daraufhin den Stadlers empfohlen.«

»Hast du vorher schon in der Hotelbranche gearbeitet?« Ich spürte, wie meine Muskeln sich anspannten, was auch Finn nicht entging. »Wir müssen nicht darüber sprechen, wenn du nicht willst«, lenkte er ein, doch ich wollte ihm gegenüber offen sein.

»Ich war in der PR-Abteilung eines großen Hotelkonzerns und habe leider zu spät gemerkt, dass man meine Fähigkeiten dort zwar geschätzt, mich aber bewusst kleingehalten hat, weil sie dachten, sie könnten mich dadurch zu noch höheren Leistungen anspornen.«

Zärtlich fuhr er mir durchs Haar, während ich meine Finger über seine Brust wandern ließ. »Ich kenne viele Unternehmen, die einen, sagen wir mal, fragwürdigen Umgang mit ihren Mitarbeitenden pflegen.«

»Das stimmt. Allerdings war ich noch dazu so dumm, mich mit dem Sohn des Chefs und Erben des Imperiums einzulassen.« Finn hielt in der Berührung inne. »Er hat mich glauben lassen, dass ich die Liebe seines Lebens wäre, obwohl er in Wahrheit nur jemanden wollte, der ihm auf Abruf das Bett wärmt.« Ich schluckte und schaffte es nicht, Finn in die Augen zu sehen.

Seine Stimme klang rau, als er zu einer Antwort ansetzte. »Es tut mir leid, dass dir das passiert ist.«

»Halb so schlimm«, wiegelte ich ab. »Schließlich habe ich es noch rechtzeitig gemerkt. Womit ich nicht gerechnet hatte, war, dass mein ehemaliger Chef daraufhin alles darangesetzt hat, meine berufliche Laufbahn zu sabotieren. Er hat seine Macht und seinen Einfluss geltend gemacht, sodass niemand auf meine Bewerbungen reagierte oder mich gar zu einem Vorstellungsgespräch einlud. Zum Glück lassen Rosie und Hannes sich nicht so leicht einschüchtern. Trotzdem fürchte ich jeden Tag, dass die Sache noch nicht ausgestanden ist, und ich kann lediglich hoffen, dass sie ihren Entschluss nie bereuen müssen.«

»Deswegen arbeitest du so hart.«

»Nicht nur deshalb«, murmelte ich. »Mein Job erfüllt mich, was daran liegt, dass ich ebenso wie Florence kein Fan von halben Sachen bin. Richard Hohensee hat mir, nachdem ich gekündigt habe, prophezeit, dass ich keine Zukunft im Hotelgewerbe haben werde, und ich bin fest entschlossen, ihm das Gegenteil zu beweisen.« Obwohl Finn aufmerksam zuhörte, hatte ich den Eindruck, dass er sich unwohl fühlte. Ich wollte ihn darauf ansprechen, doch er kam mir zuvor.

»War es deine erste Anstellung?«

»Ja. Ich habe mich nach dem Studium für ein Trainee-Programm in Düsseldorf beworben und dort Maxim kennengelernt. Es hat mir zu der Zeit sehr geschmeichelt, dass ein so einflussreicher Mann wie er sich für mich interessiert.«

Finn atmete hörbar aus und rückte ein Stück von mir ab.

»Ist alles in Ordnung?«, fragte ich verunsichert und sah zu ihm auf. Seine Miene wirkte verschlossen.

»Es ist besser, wenn wir uns heute Nacht ein wenig Ruhe gönnen.« Er drückte mir einen flüchtigen Kuss auf die Stirn, ehe er die Decke zurückschlug und aufstand. »Wir brauchen beide dringend ein paar Stunden Schlaf, und die werden wir nicht bekommen, wenn ich bei dir bleibe.« Mit einem Lächeln, in dem ein Hauch Wehmut mitschwang, streifte er sich den Bademantel über und durchquerte mein Zimmer. An der Tür drehte er sich noch einmal zu mir um. »Gute Nacht, Anna.«

Bevor ich etwas erwidern konnte, war er verschwunden. Perplex starrte ich zu der Stelle, an der er eben noch gestanden hatte, und versuchte zu begreifen, was gerade geschehen war. Es war nicht nur sein abrupter Abgang, der mich verwunderte, vielmehr irritierte mich, dass er mich zum ersten Mal Anna genannt hatte. Bedeutete das, dass es zwischen uns allmählich ernst wurde, oder wollte er dadurch Distanz schaffen? Hatte es ihn verletzt, dass ich von meinem Ex erzählt hatte, während er mich in seinen Armen hielt? Ich stellte mir vor, wie ich mich an seiner Stelle fühlen würde, wenn er mir von seinen Verflossenen berichtet hätte, solange wir eng umschlungen im Bett lagen, und musste zugeben, dass ich ebenso wenig begeistert gewesen wäre. Aber bedeutete das nicht, dass es mehr für ihn war als eine flüchtige Affäre und er etwas für mich empfand, wenn er so heftig reagierte? Oder war er wirklich nur müde und brauchte ein wenig Zeit für sich? Wahrscheinlich ging meine Fantasie mal wieder mit mir durch, und ich machte mir vollkommen unnötig Gedanken.

19

Finns Plan, die Nacht getrennt zu verbringen, damit wir beide etwas Ruhe fanden, war nicht von Erfolg gekrönt. Ohne ihn hatte ich mich unruhig von einer Seite auf die andere geworfen und mich nach ihm gesehnt. Wie konnte man sich innerhalb so kurzer Zeit so sehr an jemanden gewöhnen, dass man ohne ihn nicht einschlafen konnte? Ich wäre beinahe zu ihm gegangen, aber da er kein eigenes Zimmer mehr hatte, sondern mit Julian zusammenwohnte, hatte ich mich zusammengerissen. Schließlich gab es keine plausible Erklärung, warum ich mitten in der Nacht mit Finn reden wollte.

Daher war mir nichts anderes übrig geblieben, als nach dem Aufstehen Unmengen von Kaffee in mich hineinzuschütten, um halbwegs wach zu wirken. Den Großteil des Tages hatte ich damit verbracht, meine Kolleginnen und Kollegen bei ihrer Arbeit zu filmen, um genug Material für eine Vorher-nachher-Serie zusammenzubekommen: die Bibliothek bei Tag im Vergleich zu abends, wenn sie als Setting für ein romantisches Dinner diente, die Panoramaterrasse mit Gästen, die sich sonnten oder einen Cappuccino tranken, und als Geheimtipp für ein Rendezvous im Whirlpool, die Verwandlung einer Hütte in den Bergen in das perfekte Liebesnest. Danach machte ich noch Aufnahmen vom Saal, in dem momentan nichts darauf schließen ließ, dass dort in Kürze der fulminante Weihnachtsball stattfinden würde. Die Fotos vom letzten Jahr waren beeindruckend, sodass ich es kaum erwarten konnte, mit eigenen Augen zu sehen, wie Rosie und ihr Team den Raum für den großen Abend herrichteten.

Beim Betreten des Foyers streifte mich ein eiskalter Luftzug. Ich knöpfte meinen Blazer zu und blickte zur Eingangstür, die weit offen stand. Finn und Julian waren gerade dabei, einen riesigen Baum hereinzutragen, während Hannes damit beschäftigt war, Zorro zu besänftigen, der es nicht abwarten konnte, in den Stall zurückzukehren.

»Was ist denn los? Warum ist Zorro so aufgeregt?«, fragte ich, nachdem sie mit vereinten Kräften den Baum aufgestellt hatten.

»Finn hatte die grandiose Idee, die Pferde vor den Lastenschlitten zu spannen, anstatt ihn selbst zu ziehen.«

»Ich konnte ja nicht ahnen, dass er sich so aufführt«, rechtfertigte sich Finn und trat an meine Seite, woraufhin mein Puls in die Höhe schoss und meine Haut vor Aufregung zu kribbeln begann. »Die Gäste durch die verschneite Winterlandschaft zu ziehen, stellt für ihn kein Problem dar, aber einen Schlitten mit zwei gefällten Bäumen zurück zum Hotel zu transportieren, ist unter seiner Würde.«

»Dennoch habt ihr es geschafft.«

»Das ist allein Finns Verdienst.« Julian schlug ihm anerkennend auf die Schulter. »Sogar Hannes war überfordert. Allerdings muss man zu seiner Verteidigung sagen, dass er gar nicht erst auf die verrückte Idee gekommen wäre, die Pferde für diese Aktion einzuspannen.«

»Wieso wart ihr überhaupt mit Hannes im Wald?«, fragte ich.

»Milan hatte noch zu tun, und wie du weißt, mag ich körperliche Arbeit an der frischen Luft«, erklärte Finn.

»Und ich hatte Lust auf ein echtes Outdoor-Erlebnis«, fügte Julian hinzu. »Lass uns den zweiten Baum reinbringen, damit die Pferde wieder in den Stall können.«

Finn wollte ihm folgen, aber ich hielt ihn auf. »Sehen wir uns nachher?« Ich hatte locker und unbeschwert klingen wollen, doch die Hoffnung, die in meiner Stimme mitschwang, verriet, wie sehr ich mir wünschte, den Abend mit ihm zu verbringen.

Er zögerte, sodass ich fürchtete, er würde ablehnen. »Wir können einen Film schauen, wenn du magst.«

Mein Nicken war vermutlich eine Spur zu enthusiastisch, aber die Welle der Erleichterung, die mich durchströmte, ließ sich nicht verbergen. »Dann bis später.«

Da Roane uns von der Rezeption aus beobachtete, widerstand ich dem Impuls, ihm einen flüchtigen Kuss auf die Lippen zu drücken. Ich sah Finn nach, als er das Foyer durchschritt, bewunderte seine gerade Haltung, die breiten Schultern und den entschlossenen Gang.

An der Tür drehte er sich noch einmal zu mir um. »Hast du was dagegen, wenn ich Florence und Julian frage, ob sie sich uns anschließen wollen?«

»Nein, natürlich nicht«, erwiderte ich, obwohl ich lieber mit ihm allein gewesen wäre.

Florence hatte vorgeschlagen, dass wir uns im *Hollywoodsalon* trafen, weil er neben einer bequemen Sofalandschaft über eine breite Leinwand und einen Beamer verfügte. Ich fuhr meinen Laptop hoch und öffnete einen Streamingdienst. Es war gar nicht so einfach, sich auf einen Film zu einigen. Florence wollte unbedingt einen Horrorstreifen sehen, während ich Lust auf einen klassischen Weihnachtsfilm hatte. Julian war uns keine große Hilfe, da er für alles offen war. Als Finn kurz darauf zu uns stieß, hoffte ich, ihn auf meine Seite ziehen zu können. Doch er schlug vor, eine Dokumentation über ein Paar anzuschauen, das seine Jobs gekündigt hatte, um die Welt zu bereisen, womit er bei uns allen auf Zustimmung stieß.

Florence hatte eine große Schüssel mit buttrigem Popcorn mitgebracht und setzte sich in die Mitte der breiten Couch. Die Männer ließen sich links und rechts von ihr in die weichen Polster fallen, und ich wählte den Platz neben Finn. Seine Nähe und sein vertrauter Geruch machten es mir schwer, mich auf den Film zu konzentrieren, in dem das junge Paar aus den Niederlanden aus der ermüdenden Alltagsroutine ausbrach und sich in einem umgebauten VW-Bus auf eine Reise ins Ungewisse begab. Es ging alles gut, bis sie in Südamerika von einer Drogenbande angehalten wurden. Der Anführer brachte die junge Frau in seine Gewalt und bedrohte sie mit einem Messer. Die Szenen wirkten beängstigend, sodass ich mein Gesicht an Finns Schulter verbarg. Erst nachdem die Gefahr gebannt war, wagte ich es, meinen Blick wieder auf die Leinwand zu richten.

Als das Paar gegen Ende des Films einen Tauchgang im Pazifik unternahm und dabei Bekanntschaft mit einem Hai machte, hielt ich mir die Hände vor die Augen und murmelte: »Bitte sagt mir, dass es gut ausgeht.«

»Haie werden völlig zu Unrecht als mörderische Bestien angesehen«, ereiferte sich Florence. »Sie greifen Menschen nur an, wenn sie sich bedroht fühlen.«

»Und was ist mit den Surfern, die immer wieder von Haien verletzt werden?«, wandte Julian sich an Finn.

»Es gibt die Theorie, dass sie uns aufgrund der rudernden Armbewegungen mit Robben verwechseln. Oder sie sind einfach nur neugierig und probieren mal einen Happen, bevor sie uns für ungenießbar erklären.«

»Das ist nicht lustig!«, beschwerte ich mich, da mich allein die Vorstellung, Finn könnte von einem Hai angeknabbert werden, grauste. Besänftigend legte er einen Arm um meine Schulter und zog mich an sich. Ich spreizte die Finger, um einen vorsichtigen Blick zu riskieren, schrie jedoch erschrocken auf, als genau in dem Moment eine Großaufnahme des Hais gezeigt wurde. Finns leises Lachen drang an mein Ohr und rief eine wohlige Gänsehaut hervor, die mich daran erinnerte, dass ich sicher auf einem bequemen Sofa saß.

»Ich werde nie wieder ohne dich einen Film anschauen können. Deine Reaktionen sind mindestens ebenso unterhaltsam wie die Handlung.«

Ich boxte ihn in die Seite, entspannte mich aber sofort, als ich seine Lippen auf meinem Scheitel spürte. Verdammt! Mir war bewusst, dass es zwischen uns bloß ein unverbindliches und noch dazu zeitlich befristetes Arrangement war. Dennoch begann mein Herz bei dieser kleinen Geste, aufgeregt zu flattern – nur, dass es dieses Mal rein gar nichts mit dem Geschehen auf der Leinwand zu tun hatte.

»Was ist eigentlich zwischen dir und Finn?«, fragte Florence, als wir zusammen in der Küche saßen und eine heiße Schokolade tranken. Zu meinem Bedauern hatten die Jungs direkt nach dem Film erklärt, dass sie müde waren, und sich von uns verabschiedet.

»Das verrate ich dir nur, wenn du mir sagst, was du mit Julian in der Sauna angestellt hast.«

Sie stieß ein dramatisches Seufzen aus. »Das war eigentlich als nettes kleines Vorspiel gedacht, aber er war nicht an einer Fortsetzung interessiert.«

Überrascht hob ich meinen Blick von dem Zimtherz, mit dem Florence mein Getränk verziert hatte. »Bist du dir sicher? So wie er dich ansieht, würde ich jede Wette eingehen, dass er verrückt nach dir ist.«

»Den Eindruck hatte ich auch, und ich habe mich in der Hinsicht noch nie geirrt.«

»Kann es nicht sein, dass er einfach schüchtern ist?«

»Ich glaube eher, dass er sich bewusst zurückhält, obwohl er mich will. Und genau dieser Widerspruch reizt mich umso mehr.« Sie grinste und nahm sich noch einen Löffel von der Sahne, die sie mit einer Prise Vanillezucker verfeinert hatte.

»Dann bist du ernsthaft an ihm interessiert?« Ich nippte an meinem Kakao und schloss genießerisch die Augen.

»Wie kommst du denn darauf?« Sie klang, als hätte ich vorgeschlagen, sie sollte statt der sorgfältig ausgewählten Zutaten für ihre Eclairs eine Fertigmischung verwenden. »Wie du weißt, bevorzuge ich einmalige Vergnügungen ohne Verpflichtungen.«

»Aber er ist doch bis Weihnachten da. Ihr könntet …«

»Oh nein!«, unterbrach sie mich. »Geschichten, die länger als eine Nacht dauern, werden früher oder später kompliziert. Womit wir wieder bei dir und Finn wären.«

Ich umfasste den Becher, um die Kälte in meinem Inneren zu vertreiben. »Es ist alles in Ordnung«, setzte ich an, nur um mir gleich darauf zu widersprechen. »Oder das war es zumindest, bis ich ihm von meinem Ex erzählt habe.«

Florence, die gerade ihren Becher an die Lippen gesetzt

hatte, hielt inne. »Warum um alles in der Welt hast du das getan?«

»Es hat sich so ergeben. Außerdem hätte ich nicht gedacht, dass es ihn stören würde, wobei ich zugeben muss, dass der Zeitpunkt etwas ungünstig gewählt war.« Auf Florence' erhobene Augenbraue fügte ich hinzu: »Es war ein ziemlich intimer Moment.«

»Du bist mit ihm im Bett und hast nichts Besseres zu tun, als über deinen Verflossenen zu reden? Und da wunderst du dich, dass er keine Lust auf eine Wiederholung hat?«

»Er wollte wissen, wie ich im Château gelandet bin, und ich dachte ...« Ich ließ den Satz in der Luft hängen, weil ich mir nicht mehr sicher war, ob ich überhaupt nachgedacht hatte oder ob meine freizügige Plauderlaune eher dem postorgastischen Höhenflug zuzuschreiben war.

»Entweder hast du sein Ego gekränkt, oder ...«, hoffnungsvoll hob ich den Kopf, »er war nur auf einen unverbindlichen One-Night-Stand aus und geht dir deshalb aus dem Weg.«

»Dann wäre es schon mindestens ein Three-Nights-and-One-Day-Stand inklusive Frühstück.«

»Das ändert die Lage.« Gedankenverloren rührte sie in ihrem Kakao, bis sich die Sahne aufgelöst hatte. »Warum fragst du ihn nicht einfach, was los ist?«

»*Hey, Finn, ich hoffe, du bist nicht sauer, weil ich mit dir über meinen Ex gesprochen habe, kurz nachdem wir miteinander geschlafen haben*, so etwa?«

Florence bemühte sich, das Kichern zurückzuhalten, scheiterte jedoch, wodurch es zu einem unkontrollierten Prusten wurde. »Ein bisschen feinfühliger würde ich schon vorgehen. Sag ihm, dass es dir leidtut und du ihn nicht verletzen wolltest.«

»Dafür, dass du immer behauptest, nichts mit Gefühlen am Hut zu haben, bist du eine ziemlich gute Ratgeberin.«

»Das muss an der Umgebung liegen. All die glücklichen Paare um uns herum. Und die Alleinstehenden sind auch nicht viel besser: Leni, die nonstop von der großen Liebe redet. Sie hat sogar Heidrun damit angesteckt, und die ist eingefleischter Single, seit ihr Mann sie wegen einer Jüngeren verlassen hat. Milan, der immer noch nicht darüber hinweg ist, dass Michelle ihn abgewiesen hat, und den nicht einmal meine Bouillabaisse trösten konnte, und Britta, die behauptet, Karriere machen zu wollen, sich aber eigentlich nach einem Mann und einer Familie sehnt.« Ich musste ziemlich perplex aussehen, denn Florence zuckte mit den Schultern. »Du glaubst gar nicht, was die Leute mir alles erzählen, nur weil sie von meinem Essen begeistert sind.«

»Es liegt nicht bloß daran, wobei dieser Kakao unfassbar lecker ist.«

Ein Lächeln umspielte ihre Lippen. »Ein Rezept meiner Großmutter. Sie hat mir immer heiße Schokolade gekocht, wenn ich mir Ärger eingebrockt hatte, was ziemlich oft vorkam.«

»Warum wundert mich das nicht?« Ich trank den letzten Schluck. Dann stand ich auf und stellte den Becher in die Spülmaschine, um nicht in Versuchung zu geraten, Florence um eine zweite Runde zu bitten. »Aber du hast recht, ich sollte mit Finn reden. Das ist auf jeden Fall besser, als nachts stundenlang wach zu liegen und mich zu fragen, was in ihm vorgeht.«

20

»Anna, warte«, rief Julian mir zu, als ich auf dem Weg zum Stall war. Ich drehte mich um und sah gerade noch, wie Finn sich eilig von ihm verabschiedete und im Hotel verschwand. Obwohl ich mir viel Mühe gab, stellte es sich als nahezu unmöglich heraus, ihn allein zu erwischen. Entweder war er auf dem Sprung, wenn wir zufällig aufeinandertrafen, oder er war in Begleitung von Julian unterwegs. Die beiden verbrachten viel Zeit zusammen und schienen sich gut zu verstehen.

»Hast du heute Abend schon was vor?«

»Nichts, was ich nicht verschieben könnte. Wieso?« Ich verdrängte den Gedanken an die To-do-Liste, die im Büro auf mich wartete.

»Wir wollen uns nach Florence' Schicht auf einen Drink in der *Cœur-à-Cœur-Lounge* treffen. Da sie nach 22 Uhr für die Gäste geschlossen hat, sind wir unter uns. Finn hat eine Weile als Barkeeper gearbeitet und übernimmt die Zubereitung der Getränke. Magst du dazukommen?«

Die Entscheidung fiel mir leicht. Wenn ich Glück hatte, würde der Alkohol mir den nötigen Mut geben, offen mit Finn zu reden, oder zumindest dabei helfen, meine Sorgen für einen Abend in den Hintergrund zu drängen. »Zu einem leckeren Cocktail nach Feierabend sage ich nicht Nein.«

Die *Cœur-à-Cœur-Lounge* war ein intimer Raum im zweiten Stock, der ganz in Cremetönen und dunklem Holz gehalten war. Dick gepolsterte Sessel, die zu romantischen Zweiergruppen arrangiert waren, luden zum Verweilen ein. Die bodentiefe Fensterfront bot einen spektakulären Ausblick auf die umliegenden Berge, deren schneebedeckte Spitzen sich hell vom nachtschwarzen Himmel abhoben.

Finn stand hinter der Theke und hielt zwei Flaschen in jeder Hand, die er wie ein Jongleur in die Höhe warf und zielsicher wieder auffing. Florence, die ihn fasziniert beobachtete, klatschte begeistert. Als ich dazustieß, erhob sich Julian und rückte mir ganz gentlemanlike einen der Barhocker zurück, bevor er sich zu mir setzte.

»Habt ihr Lust auf eine kleine Challenge?«, fragte Florence in die Runde.

Erwartungsvoll hob Finn eine Augenbraue. »Woran hast du gedacht?«

»Jeder von uns mixt einen Drink, und am Ende stimmen wir ab, welcher uns am besten geschmeckt hat.«

Mir war schleierhaft, woher sie nach einem Tag in der Küche noch so viel Energie nahm, doch da die Sache Spaß versprach, stimmte ich zu. Julian war ebenfalls dabei, und Finn ließ sich sowieso keine Herausforderung entgehen.

»Ich fange an.« Sie wartete ungeduldig, bis Finn die Spirituosen zurück an ihren Platz gestellt hatte, ehe sie ihm mit dem Zeigefinger gegen die Brust tippte. »Da du ein Experte auf diesem Gebiet bist, werde ich meine Komposition dir widmen. Schließlich soll man sich immer mit den Besten messen, nicht wahr?«

Während sich Florence mit all ihrer Leidenschaft in den kreativen Prozess stürzte, schlenderte Finn lässig um die Bar herum und setzte sich neben Julian, der ihn in ein Gespräch verwickelte. Sie redeten über Sport und fachsimpelten, wie man am schnellsten in Form kam, wobei Julian die meisten Fragen stellte und Finn ihm geduldig antwortete. Offenbar hatte er auf seinen Reisen jede Menge Zeit, sich seiner Fitness zu widmen, was mich nicht wundern sollte. Die Erinnerung an seine Ausdauer trieb mir die Röte auf die Wangen, sodass ich mich schnell abwandte und meinen Blick stattdessen über die vielen Flaschen wandern ließ, die sich im Regal aneinanderreihten. Vielleicht sollte ich mir lieber einen Plan zurechtlegen. Zu Studienzeiten hatten wir uns meistens mit Sekt oder Wodka begnügt, die wir mit Säften, Softdrinks oder Sirupen gemischt hatten. Dabei war es hauptsächlich darum gegangen, sich möglichst schnell in ausgelassene Stimmung zu trinken. Ich würde einfach ein wenig experimentieren und auf meinen Instinkt vertrauen.

Florence entschied sich für hohe bauchige Gläser, deren Ränder sie mit einer Scheibe frischer Ananas verzierte. Ihre Lippen hoben sich zu einem triumphierenden Lächeln, als sie uns die Drinks reichte. »Voilà, der perfekte Cocktail für einen Abenteurer, dem die Welt nicht groß genug sein kann. Ich nenne ihn«, sie legte die Hand ans Kinn und musterte Finn, »*Wild Heart*.«

»Sieht schon mal sehr interessant aus.« Julian schwenkte sein Glas, woraufhin die verschiedenen Farben, die an einen Sonnenuntergang erinnerten, zu einem satten Orange ineinanderflossen.

Ich nippte an meinem Getränk und war überrascht von der fruchtigen Note, die sich mit genau dem richtigen Maß an Säure und einem Hauch von Schärfe im Abgang vereinte.

»Nicht schlecht«, lobte Julian, nachdem er ebenfalls einen Schluck getrunken hatte. »Was ist da drin?«

Florence schüttelte lächelnd den Kopf. »Du glaubst doch

nicht, dass ich euch alle meine Geheimnisse verrate. Das ist immer noch ein Wettbewerb.«

Finn setzte sein Glas ab und schaute durch die seitliche Fensterfront ins Dunkel der Nacht hinaus. »Ich schmecke Rum, Passionsfrucht, Limette, Honig, eine Prise Chili, etwas Bitteres, wahrscheinlich Campari, und …«, er nahm einen weiteren Schluck, »Ginger Ale?«

»Das stimmt«, gab Florence anerkennend zu. »Jetzt bist du dran.« Sie reichte Julian den Shaker, der sich sofort ans Werk machte. Finn ging zum Kamin hinüber und entzündete die vorbereiteten Scheite, während Florence ihr Smartphone mit der Soundanlage verband. Kurz darauf erfüllten sanfte Jazzklänge den Raum.

»Wenn ihr die freie Wahl hättet und Geld und Zeit keine Rolle spielen, welches Reiseziel würdet ihr euch aussuchen?«, fragte Julian.

»Guadeloupe«, antwortete Florence, ohne groß nachzudenken.

»Wieso willst du ausgerechnet dahin?« Ich konnte die Inselgruppe zwar ungefähr geografisch einordnen, wusste sonst jedoch nicht viel über die Menschen, die dort lebten, und ihre Kultur.

»Guadeloupe ist für seine hervorragende Küche bekannt. Allein dafür lohnt es sich, hinzufliegen. Außerdem haben sie eine beeindruckende vegetative Vielfalt. Du kannst an einem Tag am Strand liegen, mit dem Katamaran hinaussegeln oder mit Meeresschildkröten schwimmen und am nächsten durch den Regenwald wandern, Kajak fahren oder durch die Savanne streifen.«

»Was ist mit dir, Anna? Wo würdest du gerne einmal Urlaub machen?«, wandte sich Julian an mich und gab etwas

Crushed Ice in den Shaker, ehe er unauffällig sein Handy zückte.

»Mich interessieren die nordischen Länder. Allen voran Island.«

»Island ist auf jeden Fall eine Reise wert«, stimmte Finn zu und schenkte mir das erste Mal an diesem Abend ein Lächeln, was ein heftiges Kribbeln in meinem Magen auslöste und mich leicht schwindelig machte – und das lag definitiv nicht am Alkohol.

»Und du, Finn? Wo wärst du jetzt am liebsten?«, fragte Florence und nahm einen Schluck von ihrem Drink, während sie Julian das Handy abnahm, die aufgerufene Seite überflog und es dann kopfschüttelnd in ihrer hinteren Hosentasche verschwinden ließ. »Einen Punkt Abzug für den Versuch, die zehn beliebtesten Cocktailrezepte zu googeln.«

Mein Herz schlug schneller, als ich Finns Blick auf mir spürte. War es albern, mir zu wünschen, er würde sagen, dass er genau da war, wo er sein wollte – nämlich bei mir?

»Auf Maui.«

Der Stich der Enttäuschung, der mich bei seiner Antwort durchfuhr, brachte mich auf den Boden der Tatsachen zurück.

»Und was ist so besonders an Maui?«, hakte Florence nach.

»Die Wellen, die Strände, die Menschen, die Natur, das Essen – einfach alles.«

»Stimmt, du bist ja Taucher. Wie konnte ich das vergessen?«

Finn stützte sein Kinn in die Hand und wirkte irritiert.

»Anna hat mir von eurer ersten Begegnung erzählt, bei der du sie beinahe zu Tode erschreckt hast.«

Julian hielt im Schütteln inne und sah mich überrascht an. »Davon weiß ich ja gar nichts.«

»Zu meiner Verteidigung muss ich sagen, dass ich nie die Absicht hatte, jemanden zu erschrecken.«

»Ach nein?« Eine berechtigte Skepsis schwang in meiner Stimme mit.

»Immerhin war ich zuerst da.«

»Das ist richtig, aber es hätte gewiss bessere Mittel und Wege gegeben, um sich bemerkbar zu machen.«

»Kann mich bitte mal einer aufklären?« Julian hatte den Shaker abgestellt und schaute mich auffordernd an. Ich gab Finn mit einer Handbewegung zu verstehen, dass er die Geschichte erzählen sollte.

»Anna ist nach der Arbeit eine Runde geschwommen und war überrascht, als sie festgestellt hat, dass sie nicht allein im Pool war.«

»Ist es nicht eher so gewesen, dass du unter sie getaucht bist und ihr zugewunken hast?« Florence schien seine Darstellung der Geschehnisse ebenso wenig zu überzeugen wie mich.

Julian prustete los, woraufhin Finn sich ein Grinsen verkneifen musste. »Ich wollte bloß höflich sein.«

»Außerdem war es nach 21 Uhr und der Pool längst für Gäste geschlossen«, warf ich ein, um zu erklären, warum mich sein plötzliches Auftauchen derart aus der Fassung gebracht hatte.

»Er ist eben niemand, der sich an die Regeln hält.«

Ich konnte die Bewunderung in Julians Stimme hören und fragte mich, ob er sich auch insgeheim wünschte, sich mehr zu trauen.

»Und genau das lieben wir so an ihm«, sagte Florence.

»Hier kommt die zweite Runde«, Julian schob uns je ein Longdrinkglas zu, »*Heart on the Rocks* – unserer zukünftigen Sterneköchin gewidmet.« Er schaute ihr tief in die Augen.

»Herz auf Eis? Willst du damit etwas Bestimmtes andeuten?« Sie funkelte ihn herausfordernd an.

»Es soll heißen, dass du eine Meisterin darin bist, deine wahren Gefühle nicht nur vor uns, sondern auch vor dir selbst zu verbergen«, erwiderte Julian, ohne sich von Florence' hitzigem Temperament aus der Ruhe bringen zu lassen, womit er mich in meiner Überzeugung bestätigte, dass sie sich perfekt ergänzten.

Der Blickkontakt, den keiner von beiden als Erster unterbrechen wollte, war von solch einer glühenden Intensität, dass ich es vorzog, mich auf die tiefviolette Flüssigkeit in meinem Glas zu konzentrieren. Ich legte den Thymianzweig beiseite und schwenkte die Eiswürfel, ehe ich einen Schluck probierte. Der hochprozentige Alkohol setzte meinen Hals in Flammen, während sich in meinem Magen eine wohlige Wärme ausbreitete. Die Säure der Beerenfrüchte wurde von einer schweren Süße gelöscht, die ich nicht so recht zuordnen konnte.

»Na, was sagt ihr?« Julian klopfte ungeduldig mit den Fingerspitzen auf den Tresen.

Florence schürzte anerkennend die Lippen, bevor sie sich Finn zuwandte. »Wodka …«

»Mit Vanille …«

»Pürierten Brombeeren …«

»Und einem Spritzer Zitronensaft.«

Finn nahm einen weiteren Schluck und ließ ihn sich auf der Zunge zergehen. »Du hast recht. Ich hätte auf Limette getippt, aber die Säure ist weicher.«

»Honig?«, fragte Florence und runzelte konzentriert die Stirn.

»Ich würde zu Ahornsirup tendieren, dazu eine Prise Zimt.«

Erwartungsvoll schauten sie zu Julian, der zur Bestätigung nickte, ehe er mir den Shaker reichte.

»Viel Glück!«

Ich stand auf, umrundete die Bar und stellte mich vor das deckenhohe Regal. Unentschlossen wählte ich einige Flaschen aus und schnupperte an den verschiedenen Rumsorten. Dann beschloss ich, meinem ursprünglichen Plan zu folgen und meiner Intuition zu vertrauen. Ich würde mein Bestes geben und einen Cocktail für einen angehenden Bestsellerautor kreieren. Es kostete mich drei Versuche, bis ich mit dem Ergebnis einigermaßen zufrieden war. Ich tunkte die Ränder der Gläser in Zucker und hoffte, dass die Verzierung nicht bloß eine optische Bereicherung darstellte, sondern auch die leichte Bitternote kaschierte.

»Einmal *Rock Me Hemingway.*«

»Heißt es nicht eigentlich *Rock Me Amadeus*?«, wandte Julian ein und betrachtete mit kritischem Blick die schlammbraune Flüssigkeit.

»Schon mal was von künstlerischer Freiheit gehört?« Ich reichte ihm sein Glas und wartete, bis er einen Schluck probiert hatte, der prompt einen Hustenreiz auslöste.

Auch Florence verzog das Gesicht, während Finn durch die Reaktion der beiden vorgewarnt war und nur vorsichtig nippte.

»Wow, der ist … intensiv.« Ich sah ihm an, dass er ursprünglich etwas anderes sagen wollte.

Florence, die damit beschäftigt war, Julian auf den Rücken zu klopfen, schob ihr Glas von sich. »Was für ein Glück, dass du dich für die Marketingbranche und nicht für eine Karriere als Barkeeperin entschieden hast.«

Ich nahm ebenfalls einen Schluck und musste eingestehen, dass der Schuss Pastis, den ich am Ende hinzugegeben hatte, vielleicht doch keine so gute Idee gewesen war. Es könnte auch an der Kombination aus Rum und Maraschino-Likör liegen, der sich nicht mit dem Anisgeschmack und der Säure der Zitrusfrüchte vertrug, deren Saft ich beigemischt hatte. Ich griff nach dem Agavendicksaft, aber Florence schüttelte entschieden den Kopf.

»Glaub mir, manche Kreationen sind nicht zu retten, egal, wie viel Mühe man sich gibt.«

Finn trank noch einen Schluck, ehe er die Gläser einsammelte und mich dabei aufmunternd anlächelte. »Du hättest mal meine ersten Drinks probieren sollen.« Das dunkle Braun seiner Augen, das im Schein des Feuers warm erstrahlte, verstärkte das Kribbeln und tröstete mich über den missglückten Versuch hinweg.

Es war ein Vergnügen, ihm zuzusehen, wie er, ohne nachzudenken, verschiedene Spirituosen und Säfte zusammenmixte. Das Crushed Ice klapperte im Shaker, den er mit beiden Händen umfasste und im Rhythmus der Musik bewegte, während er sich mit Florence über die Schönheit der Unterwasserwelt unterhielt.

»Warst du schon mal schnorcheln?«, wandte sie sich an mich.

»Bisher noch nicht.«

»Dann solltest du, bevor du nach Island fliegst, ans Mittelmeer fahren. Als Kind war ich häufiger mit meinen Großeltern auf Korsika. Laut meiner Mamina war ich kaum aus dem Wasser herauszukriegen.«

»Es ist wirklich eine einmalige Erfahrung«, bestätigte Julian, sodass ich langsam zu der Überzeugung kam, etwas verpasst zu haben.

Ehe ich mir weiter darüber Gedanken machen konnte, wo ich meinen nächsten Urlaub verbringen wollte, stellte Finn ein hohes Glas vor mich und goss mit gekonntem Schwung eine tiefblaue Flüssigkeit über einen Minzzweig und zwei Zitronenscheiben.

»Von Hemingway inspiriert, nenne ich den Drink *Die junge Frau und das Meer.*« Er zwinkerte mir zu und fügte etwas leiser hinzu: »Auf dich, Arielle.«

Ich konnte nichts gegen das glückselige Grinsen tun, das sich auf meinem Gesicht ausbreitete. Als wir alle unsere Drinks in den Händen hielten, probierte ich, wobei Finn mich nicht aus den Augen ließ. Die kühle Flüssigkeit rann meine Kehle hinab und versetzte mich in einen Zustand von schwereloser Leichtigkeit. Der Alkohol war kaum zu schmecken, dafür brachte die frische Zitrusnote das Innere meines Mundes zum Prickeln. Das war mit Abstand der leckerste Drink, den ich je gekostet hatte.

Finns Lippen umspielte ein feines Lächeln, als mir ein zufriedenes Seufzen entwich. Die anderen Cocktails mochten gut gewesen sein, von meinem einmal abgesehen, doch in ihm hatten wir eindeutig unseren Meister gefunden.

»Das ist der Wahnsinn!« Offenbar war Florence genauso begeistert wie ich. »Was ist da alles drin?«

»Blue Curaçao und Rum«, riet Julian, woraufhin sie den Kopf schüttelte.

»Ich tippe eher auf Gin, dazu frisch gepresster Zitronensaft und …« Sie machte kleine Schmatzgeräusche, ehe sie Finn perplex anschaute. »Kokoswasser?«

Er nickte.

»Genial! Wieso ist mir das nicht eingefallen?«

Während sie gemeinsam mit Julian versuchte, die genaue Zusammensetzung aus Finn herauszubekommen, trank ich genüsslich weiter, nur um wenig später festzustellen, dass mein Glas bis auf das Crushed Ice bereits leer war.

»Ich gebe es ungern zu«, Florence sah aus, als würde sie sich innerlich winden, »aber der erste Platz gebührt dir. Da wir keinen Preis vereinbart haben, schlage ich vor, dass du dir etwas wünschen darfst.«

Sein Blick schoss zu mir. Die lodernde Sehnsucht, die darin brannte, verwandelte mein Blut in glühendes Feuer. Er ging um die Bar herum und blieb vor mir stehen. »Würdest du mit mir tanzen?«

»Es wäre mir ein Vergnügen.« Ich hopste vom Hocker, und mit einem Mal waren alle Sorgen, die ich mir in den letzten zwei Tagen gemacht hatte, vergessen.

Finn nahm meine Hand, führte mich in die Mitte des Raums und zog mich eng an sich. Ich schmiegte meinen Kopf an seine Schulter und legte meine Hände um seinen Nacken. Dabei streiften meine Fingerspitzen sein Haar, das er am Hinterkopf zusammengebunden hatte. Wie gern hätte ich das Band gelöst und meine Finger darin vergraben. Stattdessen drückte ich meine Nase gegen seine weiche Haut und sog den vertrauten Geruch ein. Es kam mir vor, als würde ich nach einem langen und anstrengenden Tag nach Hause kommen. Doch kaum hatte ich den Gedanken zu Ende gedacht, lockerte Finn seinen Griff ein wenig, und ich hob meinen Kopf, um zu ihm aufzusehen. Seine Lippen waren nur Zentimeter von meinen entfernt. Er fuhr sich mit der Zungenspitze über seine Unterlippe, und ich erkannte an seiner Reaktion auf den Schauer, der meinen Körper durchfuhr, dass es keine bewusste Geste gewesen war, sondern dass er sich ebenso wie ich hatte hinreißen lassen. Warum ging er mir aus dem Weg, wo es doch offensichtlich war, dass wir uns zueinander hingezogen fühlten?

Als das Lied zu Ende war, löste er sich von mir und warf einen kurzen Blick zu Florence und Julian, die sich in eine der Sitzecken zurückgezogen hatten und in eine Diskussion über Hemingway vertieft waren.

»Ich sollte noch ein paar Anrufe erledigen«, murmelte er und wich einen Schritt zurück.

Ich legte meine Hand auf seinen Arm, zwang ihn, mich anzusehen, und erschrak vor der Mischung aus Verzweiflung und Schmerz, die sich in seinen Augen spiegelte. Regungslos ließ ich zu, dass er sich befreite und zur Tür ging. Als sie hinter ihm ins Schloss fiel, blickte Florence auf.

»Was ist denn mit Finn los?«

Ich fixierte noch immer die Tür, durch die er soeben verschwunden war. »Wenn ich das wüsste …«

»Dann finde es heraus!«

Es dauerte eine Weile, bis ihre Worte zu mir durchgedrungen waren. Doch dann nahm ich die Beine in die Hand und rannte ihm nach. Im letzten Moment gelang es mir, mich durch die Türen des Aufzugs zu quetschen. Finn, der mit geschlossenen Augen und gequälter Miene an der Fahrstuhlwand lehnte, schaute mich überrascht an. Ich wollte ihn fragen, warum er vor mir davonlief, brachte jedoch kein Wort heraus. Stattdessen überwand ich die Distanz, die uns voneinander trennte. Im selben Moment trat Finn einen Schritt auf mich zu. Unsere Körper prallten ungestüm gegeneinander, während unsere Lippen sich fanden. Unser Stöhnen vermischte sich, als unsere Zungen aufeinandertrafen und sich umspielten.

Als der Aufzug im ersten Stock hielt und die Türen sich öffneten, machte Finn keine Anstalten, auszusteigen. Ich tastete nach dem Knopf für die vierte Etage. Wir fuhren weiter, doch ich bekam nur mit, wie er den Kuss vertiefte und mich damit um den Verstand brachte.

Im vierten Stock angekommen, zog ich Finn den Gang entlang zu meinem Zimmer. Als ich in meiner Tasche nach dem Schlüssel suchte, umfasste er mein Gesicht mit seinen Händen und lehnte seine Stirn gegen meine.

»Es tut mir leid, aber ich kann nicht.«

Wir standen so dicht beieinander, dass ich seine Erregung deutlich spüren konnte. »Da habe ich einen anderen Eindruck.« Ich konnte der Versuchung nicht widerstehen, mich eng gegen ihn zu lehnen. Als er nicht reagierte, hielt ich inne und sah zu ihm auf.

»Was ist los, Finn? Ich dachte, wir genießen die restliche Zeit, die wir zusammen haben.«

Er legte seine Lippen auf meine, doch dieses Mal war es ein langsamer, zaghafter Kuss. »Das war der Plan.«

»Ist es, weil ich dir von meinem Ex erzählt habe? Falls ich dich damit verletzt oder eine Grenze überschritten haben sollte …«

Für den Bruchteil einer Sekunde huschte ein Schatten über seine Züge, aber der Moment war so kurz, dass ich nicht mit Sicherheit sagen konnte, ob ich es mir nicht nur eingebildet hatte. »Ich will dich, Anna. Ich will dich so sehr.«

»Dann verstehe ich nicht, was das Problem ist.« Ich machte mich von ihm los, woraufhin er sofort nach meiner Hand griff und unsere Finger miteinander verschränkte.

»Warum ziehst du dich zurück?«, hauchte ich und verfluchte das Zittern in meiner Stimme, das zu viel über die Intensität meiner Gefühle verriet.

»Mit jedem gemeinsamen Tag wird es am Ende schwerer sein, sich voneinander zu verabschieden.«

Mein Brustkorb krampfte sich bei seinen Worten zusammen. »Heißt das, dass wir uns nicht mehr sehen werden?«

»Denkst du nicht auch, dass es besser so ist?«

Obwohl ich ahnte, dass er recht haben könnte, wollte ich es nicht wahrhaben und nicht einsehen, dass wir es nur schlimmer machten, wenn wir uns weiterhin trafen. »Bedeutet das, dass wir nicht zusammen auf den Ball gehen?«

Er schluckte hart. »Doch, natürlich – als Freunde.«

Freunde? War das sein Ernst? Wie stellte er sich das vor, wenn wir es kaum schafften, die Finger voneinander zu lassen?

»Ich bin mir sicher, wenn wir uns zusammenreißen und normal miteinander umgehen …«

Weiter hörte ich nicht zu, denn der Sturm aus unkontrollierten Gedanken und Emotionen, der über mich hereinbrach, riss meine Aufmerksamkeit mit sich fort. Wie sollte es mir gelingen, ihn bloß als Freund zu betrachten? Wie sollte ich es überleben, wenn er mich nie mehr berührte? Er mochte recht haben, aber wenn das bedeutete, dass ich nicht mehr in seinen Armen einschlafen, nicht mehr an seine Brust gekuschelt aufwachen und nicht mehr seine Hand halten würde, war ich mit dieser vermeintlich besseren Option nicht einverstanden. Allein die Vorstellung, auf seine Nähe, seine herausfordernde Art, seine Fürsorglichkeit und seinen Humor verzichten zu müssen, war unerträglich. Wenn ich nicht auf der Stelle zusammenbrechen oder, schlimmer, mich ihm an den Hals werfen und anflehen wollte, zusammen mit mir nach einer Lösung zu suchen, musste ich hier weg.

Mit zitternden Fingern steckte ich den Schlüssel ins Schloss und öffnete die Tür. Wahrscheinlich wäre es schlau gewesen, in mein Zimmer zu gehen, ohne mich noch einmal umzudrehen, aber ich schaffte es nicht. Finn war wie ein Magnet, zu dem ich mich so stark hingezogen fühlte, dass es mir schwerfiel, vernünftige Entscheidungen zu treffen.

Ich sah die unverhüllte Qual in seinem Blick und konnte einfach nicht verstehen, warum wir uns das antaten. Gerade als ich mich abwenden wollte, weil ich wusste, dass ich keine Sekunde länger in seiner Nähe sein konnte, ohne meinen Gefühlen nachzugeben, riss er mich an sich und presste seine Lippen auf meine. Der Kuss war hart, voll unterdrückter Sehnsucht und bitterer Verzweiflung. Er schmeckte nach Endgültigkeit und Abschied. Seine Hände, die er um meinen Hinterkopf gelegt hatte, glitten an meinem Nacken hinab. Ich wollte mich an ihm festklammern, als er sich von mir löste, doch mein Stolz und meine Selbstachtung hielten mich davon ab. Ein letztes Mal strich er über meine Wange, woraufhin sich mein Brustkorb krampfhaft zusammenzog.

»Es tut mir leid«, raunte er. Dann wandte er sich ab und ließ mich, ohne sich noch einmal zu mir umzudrehen, zurück.

21

Der morgendliche Spaziergang mit Don Juan und Minnie hatte mir geholfen, die unausgesprochenen Gefühle, die in mir tobten, für eine Weile zu verdrängen. Als ich den Stall betrat, bot Milan an, mir Don Juan abzunehmen. Da ich es nicht eilig hatte, an den Schreibtisch zu kommen, lehnte ich dankend ab. Während ich die Hufe auskratzte, schnappte er sich einen Besen und kehrte fröhlich vor sich hin pfeifend die Stallgasse.

»Du scheinst richtig gute Laune zu haben«, bemerkte ich. Wie zu erwarten, hatte es sich in Windeseile im Team herumgesprochen, dass Michelle Milans Einladung ausgeschlagen hatte. Ich war darauf vorbereitet gewesen, ihn zu trösten, doch offenbar hatte er die Sache inzwischen überwunden.

»Es bringt niemandem was, wenn ich deprimiert in der Ecke hänge, nur weil Michelle mehr auf Geld als auf innere Werte steht.« Er wischte sich mit dem Handrücken über die Stirn und rückte anschließend seine Mütze wieder gerade.

»Du hast nicht zufällig mit Hannes über die Sache gesprochen?«

»Nein«, er grinste, »aber ich habe mit Rosie Plätzchen gebacken. Sie hat zwischen Vanillekipferln, Spitzbuben und Nusstalern immer mal wieder einen Spruch rausgehauen, der mich zum Nachdenken gebracht hat. Stell dir vor, ich würde Michelle bis in alle Ewigkeit nachtrauern, dann kriege ich am Ende gar nicht mit, wenn die Frau meiner Träume direkt vor mir steht.«

Da ich dem nichts hinzuzufügen hatte, steckte ich Don Juan noch einen Apfel zu, ehe ich ihn in seine Box brachte und danach in mein Büro ging.

Den Vormittag verbrachte ich am Laptop, beantwortete E-Mails, erstellte einen Plan für die Posts der kommenden Wochen und versuchte, mich nicht von meinen kreisenden Gedanken ablenken zu lassen. Doch Milan hatte etwas in mir angestoßen. Was, wenn der Mann meiner Träume direkt vor mir stand und ich es nicht mitbekam? War ich bereit für eine feste Beziehung?

Früher schien meine Zukunft klar vor mir zu liegen: Nachdem ich mir eine Karriere aufgebaut und den passenden Mann gefunden hatte, würden wir eine Familie gründen. Da ich mit drei Geschwistern aufgewachsen war und abgesehen von der ständigen Geldknappheit eine Bilderbuchkindheit gehabt hatte, konnte ich mir nicht vorstellen, allein zu leben. Aber genau darauf lief es hinaus, wenn ich weiterhin zuließ, dass meine Vergangenheit meine Gegenwart und damit auch meine Zukunft beeinflusste. Sollte ich nicht lieber ergründen, wie es um meine Gefühle stand, und sie Finn gegenüber offen kommunizieren? Wie oft lernte man jemanden kennen, zu dem man sich von Anfang an hingezogen fühlte, der einen zum Lachen brachte und besser verstand als man sich selbst? Von der körperlichen Anziehungskraft, die zwischen uns herrschte, ganz abgesehen. Waren wir es uns nicht schuldig, herauszufinden, was wir uns bedeuteten, bevor wir uns von einem Abreisedatum jegliche Chance auf ein gemeinsames Glück nehmen ließen?

Beschwingt von der Idee, die Mauern, die ich um mein Herz errichtet hatte, niederzureißen und mich ins Leben zu stürzen, beschloss ich, mir eine hieb- und stichfeste Strategie zurechtzulegen. Doch zuerst würde ich dafür sorgen, dass ein anderes Paar sein Glück wiederfand.

Im Foyer traf ich auf das Ehepaar Gruber, das sich wie besprochen an der Rezeption eingefunden hatte und sich in eisiges Schweigen gehüllt gegenüberstand.

»Ich freue mich sehr, dass Sie es einrichten konnten«, begrüßte ich unsere Sorgengäste.

Frau Gruber wollte etwas erwidern, aber ihr Mann kam ihr zuvor. »Könnte uns endlich jemand sagen, was los ist? Uns ohne Erklärung hierherzuzitieren. Eine bodenlose Frechheit ist das!«

Da ich die legendären Wutanfälle von Herrn Gruber aus lebhaften Erzählungen meiner Kolleginnen und Kollegen kannte, hielt ich es für ratsam, direkt einzuschreiten, ehe er sich noch mehr in Rage reden konnte. »Sie erinnern sich sicher an den Filmdreh?«

»Dieses alberne Gehopse kann man schwerlich vergessen.« Er wandte sich an seine Frau. »Ich kann immer noch nicht glauben, dass du da mitgemacht hast, Marianne. Wenn das meine Kollegen oder unsere Nachbarn sehen, wie du dich vor aller Welt zum Gespött …«

»Wir haben unter den teilnehmenden Gästen ein romantisches Event ausgelost, und Sie, liebe Frau Gruber, haben gewonnen.«

Das nahm dem zänkischen Ehemann für einen Moment den Wind aus den Segeln, bevor sich seine Miene erneut verfinsterte. »Sollte es sich dabei um eins dieser kitschigen Erlebnisse für glückliche Paare handeln, verzichten wir.«

»Wie wäre es, wenn du mich das entscheiden lässt?«, meldete sich Frau Gruber zu Wort und hob entschlossen ihr

Kinn. »Immerhin habe ich den Preis gewonnen und nicht du.«

An seinem perplexen Gesichtsausdruck konnte ich ablesen, dass es nicht oft vorkam, dass sie sich gegen ihren dominanten Mann zur Wehr setzte.

Ich lächelte ihr ermutigend zu. »Wir spendieren Ihnen eine Ballonfahrt für zwei Personen. Tim wird sie zum Flugplatz in Visp bringen und anschließend wieder abholen. Wenn Sie bereit sind, kann es sofort losgehen. Anja, die Ballonpilotin, freut sich darauf, Sie zu einer Tour über die Schweizer Alpen mitzunehmen.«

»Das …«, begann Herr Gruber und geriet ins Stocken, da ihm offenbar keine Widerworte einfielen.

»Ist ein ganz wunderbarer Gewinn. Vielen Dank.« Tränen schimmerten in Frau Grubers Augen, als sie meine Hand ergriff und sie voller Dankbarkeit drückte. Ihr Mann schien sich an seine Manieren zu erinnern und reichte ihr seinen Arm.

»Hältst du das wirklich für eine gute Idee?«, fragte Roane, die hinter der Rezeption stand und den beiden mit sorgenvoller Miene nachsah. »Und weiß Anja, worauf sie sich einlässt?«

»Ich habe sie vorgewarnt. Sie meinte, dass sie immer Kopfhörer für den Notfall dabeihat, und solange sich die beiden nicht gegenseitig aus dem Korb schubsen, könnte sie mit Streithähnen umgehen. Abgesehen davon hat die Erhabenheit der Berge schon so manche Fehde im Keim erstickt. Denk nur an Livia und Marco. Nicht mal die beiden haben es auf Dauer geschafft, wütend aufeinander zu sein.«

»Du meinst also, dass noch Hoffnung besteht?«

»Behauptet Rosie nicht immer, dass das Château ein Ort ist, an dem Wunder geschehen?«

Nach der Arbeit wollte ich gerade meine Tasche nehmen, um schwimmen zu gehen, als mein Handy klingelte und mir das sommersprossige Gesicht meiner kleinen Schwester Pia auf dem Display entgegenlachte.

»Pia, wie schön, dass du anrufst. Geht es dir gut?«

»Hast du es schon gehört?«, entgegnete sie, ohne sich mit einer Begrüßung aufzuhalten.

»Was gehört? Wovon redest du?«

»Sitzt du? Falls nicht, wäre es vielleicht besser …«

»Würdest du mir bitte sagen, worum es geht«, forderte ich alarmiert. »Ist was mit Mama oder Papa? Ist Sophie in eine autonome Kommune gezogen? Oder hat Ben endlich seinen Plattenvertrag bekommen?«

Ihr Schweigen trieb meinen Puls in die Höhe.

»Es geht um Maxim.« Sie legte eine Pause ein, vermutlich ausnahmsweise nicht, um die Dramatik zu steigern, sondern damit ich mich auf das vorbereiten konnte, was auch immer sie mir gleich mitteilen würde. »Er hat sich verlobt.«

Ich schnappte nach Luft und sackte auf meinem Bürostuhl zusammen. »Weißt du, mit wem?« war die erste Frage, die mir in den Sinn kam, obwohl ich mir nicht einmal sicher war, ob ich es wirklich wissen wollte.

»Irgendeine Gloria. Ich habe mir den Nachnamen nicht gemerkt.«

»Schwantner? Die Tochter der Aurora-Hotelkette?«

»Ja, genau. Sag bloß, du kennst sie?«

»Maxim ist ein paarmal mit ihr ausgegangen. Angeblich reine Publicity.«

Pia schnaubte so laut, dass ich das Handy vom Ohr nahm und den Anruf auf Lautsprecher stellte. »Ich wusste ja, dass er ein Mistkerl ist, doch das setzt dem Ganzen die Krone auf. Meinst du, da lief schon was, als ihr noch zusammen wart?«

Meine Gedanken rasten, und es fiel mir schwer, einen von ihnen zu fassen zu kriegen.

»Aber eigentlich ist das auch egal. Du bist den Typ zum Glück losgeworden. Mir war nur wichtig, dass du es von mir erfährst und nicht durch irgendwelchen Gossip oder aus den sozialen Medien.«

Ich brauchte eine Weile, um die Information sacken zu lassen, während Pia ihr Bestes gab, um mich abzulenken.

Am Ende des Gesprächs kam sie noch mal auf Maxim zu sprechen. »Tut es sehr weh, dass er dich so schnell durch eine andere ersetzt hat?«

Ich dachte an Finn und merkte, dass sich meine Lippen von ganz allein zu einem Lächeln hoben. Wenn ich ehrlich in mich hineinspürte, dann war da nichts außer einem überwältigenden Gefühl der Erleichterung, dass dieser Lebensabschnitt ein für alle Mal hinter mir lag. »Nein, ich bin froh, dass ich mich von ihm getrennt und einen Neubeginn im *Château Romantique* gewagt habe. Hier werde ich respektiert und meine Arbeit wertgeschätzt.«

»Kein Wunder, wenn deine Videos viral gehen und du damit die ganze Hotelbranche aufmischst.«

»Du übertreibst.«

»Ich kann es kaum erwarten, dich zu sehen. Vielleicht komme ich einfach ein paar Tage … ich meine, ich könnte früher nach Hause fahren und dich im Anschluss besuchen. Silvester in den Bergen ist bestimmt sehr … idyllisch.«

Ich verkniff mir ein Lachen, als ich versuchte, mir Pia, die hippe Partymaus, in einem Abendkleid und mit einem Glas Champagner unter den illustren Gästen vorzustellen.

»Kommst du klar?«

Es rührte mich, dass sie sich solche Sorgen um mich machte. Um sie zu beruhigen, erzählte ich von dem Iglu, das Hannes für seine Frau gebaut hatte. Von Florence, die sich zu Julian hingezogen fühlte, aber nicht über ihren Schatten springen konnte, von Sergio und Paul, unseren TikTok-Stars, und von Milan, der keine Lust hatte, einem Mädchen hinterherzutrauern, das sich nicht für ihn interessierte. Nur Finn erwähnte ich nicht, weil ich befürchtete, dass Pia sofort merken würde, dass er mehr für mich war als ein vorübergehender Gast.

Nach dem Schwimmen, das mir geholfen hatte, den Kopf freizubekommen, machte ich es mir auf meiner Couch gemütlich. Kurz war ich versucht, mein Handy zur Hand zu nehmen und mich mit eigenen Augen von Maxims angeblichem Glück zu überzeugen. Doch da ich ahnte, dass es mir nicht guttun würde, mir Fotos und Videobeiträge zu seiner Verlobung anzuschauen, griff ich stattdessen nach einem Buch.

Auch am nächsten Morgen vermied ich es, die Social-Media-Kanäle des Châteaus zu checken, weil ich keine Lust hatte, mich dem Wirbel um die High-Society-Verlobung zu stellen.

Am Vormittag suchte Rosie mich in meinem Büro auf und hielt mir mit einem erwartungsvollen Lächeln ihr Handy hin. Verwirrt nahm ich es ihr ab und schaute sie fragend an, woraufhin sie eine Videodatei abspielte. Darauf war das Schmücken des Baums sowie das Herrichten des Ballsaals für die große Gala an Heiligabend im Zeitraffer zu sehen. Nachdem das Video zu Ende war, ging Rosie zur Übersicht zurück und zeigte mir weitere Sequenzen aus verschiedenen Perspektiven, die alle ein eigenes Thema hatten: das Reinigen des Parkettbodens, das Säubern des Kronleuchters, das Aufhängen der weihnachtlichen Lichterketten bis zum Eindecken eines Tisches für ein mehrgängiges Menü.

»Das ist unglaublich! Ich weiß gar nicht, was ich sagen soll.«

»Es war Brittas Idee. Sie meinte, dass du das Material gut gebrauchen könntest.«

»Das stimmt, aber ihr hättet mir auch einfach Bescheid geben können.«

Rosie trat einen Schritt zurück. »Ich glaube, es war ihr wichtig, dir zu zeigen, dass sie eigenverantwortlich handeln kann. Sie hat das Equipment ganz allein aufgebaut und uns gesagt, was wir tun sollen.« Sie kicherte leise in sich hinein. »Heidrun war zwar zuerst nicht begeistert, Anweisungen von ihr entgegenzunehmen, doch nach einer Weile hat sie zugegeben, dass Britta weiß, was sie tut.«

»Sie ist sehr ehrgeizig«, tastete ich mich vor, da ich nicht wusste, inwieweit sie Rosie über ihren Wunsch, kreativere Aufgaben zu übernehmen, informiert hatte.

»Auf lange Sicht wird sie im Housekeeping nicht glücklich werden. Falls du also mal wieder Unterstützung brauchen solltest, wende dich gerne an Britta.«

Ich verkniff mir ein Grinsen und nickte. »Kann ich sonst noch etwas für dich tun?«, erkundigte ich mich, als Rosie keine Anstalten machte, mein Büro zu verlassen.

»Darf ich mich kurz setzen?«

»Natürlich.« Mit klopfendem Herzen beobachtete ich, wie sie auf dem Stuhl gegenüber von meinem Schreibtisch Platz nahm.

»Es geht um die Hohensees«, begann sie, woraufhin sich mein Magen zusammenschnürte. Würde sie mir jetzt eröffnen, dass sie es sich anders überlegt hatte und mich nicht weiter beschäftigen konnte? Hatte Richard Hohensee Kontakt zu ihr aufgenommen und ihr auf irgendeine Art und Weise gedroht? Genügte es ihm nicht, uns einen Hoteltester auf den Hals zu hetzen – falls ich mit meiner Vermutung richtiglag und er tatsächlich hinter der Beurteilung durch *Adventure World* steckte? Musste er nun zu härteren Maßnahmen greifen?

»Ich habe gehört, dass Maxim sich verlobt hat.«

Mit dieser Wendung hatte ich nicht gerechnet.

»Deiner Reaktion entnehme ich, dass du es bereits weißt. Da du mir erzählt hast, dass ihr eine Weile zusammen wart, wollte ich fragen, wie es dir damit geht und ob ich irgendetwas für dich tun kann.«

Ich war überzeugt, dass sie den Gebirgsbrocken herabpoltern hörte, der mir vom Herzen fiel. Ein Zittern überkam mich, so erleichtert war ich, dass Rosie und Hannes mich nicht fortschickten. Ich wollte etwas sagen, brach jedoch stattdessen in Tränen aus. Rosie, die die ganze Situation offensichtlich missdeutete, sprang auf, umrundete den Tisch und schlang ihre Arme um mich. Ich genoss ihre tröstliche Geste und ließ meinen Gefühlen freien Lauf. Es dauerte eine Weile, bis ich mich wieder beruhigt hatte. Rosie gab mir ein Taschentuch, in das ich mich geräuschvoll schnäuzte, bevor ich mir über die Wangen wischte und zu ihr aufsah.

»Dann muss ich mir keinen neuen Job suchen?«, wollte ich wissen, weil ich aus ihrem Mund hören musste, dass Richard Hohensees Arm nicht bis ins Château reichte.

Nun war es Rosie, die mich verwirrt anblickte. »Wieso

solltest du …« Sie hielt inne. »Liebes, hast du etwa gedacht, ich würde dir kündigen? Wie kommst du denn auf so eine verrückte Idee?«

Vage deutete ich auf den Stuhl, auf dem sie eben noch gesessen hatte, und murmelte etwas von Hohensees Macht und Einfluss, bis sie mir mit einer Geste das Wort abschnitt. Sie nahm meine Hände in ihre und schaute mich fest an.

»Anna, du gehörst doch längst zu unserer Familie. Und wenn sich jemand mit dir anlegen will, muss er zuerst an Hannes und mir vorbei.«

Ihre Worte trieben mir erneut die Tränen in die Augen, woraufhin ich aufstand und mich ihr in die Arme warf. Manchmal fiel es mir immer noch schwer, zu glauben, dass ich Menschen gefunden hatte, die mich um meiner selbst willen liebten und mit meiner Arbeit zufrieden waren.

Als meine Tränen endgültig versiegt waren, forderte Rosie mich auf, mich auf das Sofa zu setzen und mir ein paar Minuten Ruhe zu gönnen, während sie in der Küche verschwand, um uns einen Tee zu kochen. Kurz darauf kehrte sie mit einem Tablett zurück, stellte einen dampfenden Becher mit aromatischem Kräutertee und einen Teller mit selbst gebackenen Mandelsplittern vor mir ab.

Ich steckte mir ein Plätzchen in den Mund und legte meine Hände um den heißen Becher.

»Auch auf die Gefahr hin, indiskret zu sein, würde ich dennoch gern wissen, ob es dich belastet, dass dein Ex-Freund sich für eine andere Frau entschieden hat.«

Obwohl ich bereits am Vortag darüber nachgedacht hatte, nahm ich mir die Zeit, in mich hineinzuspüren, aber da war nichts: kein Bedauern, keine Reue und keine verletzten Gefühle.

»Maxim mag ein Frauenmagnet sein, doch der einzige Mensch, für den er sich ernsthaft interessiert, ist er selbst.«

»Dann bereust du es nicht, ihn verlassen zu haben?«

Ich schüttelte nachdrücklich den Kopf. »Nein, ich bin sehr froh, dass ich den Mut hatte, mich von ihm und seinen manipulativen Eltern zu befreien, und die Sache so gut für mich ausgegangen ist. Immerhin hat mich Richards Frontalangriff zu euch geführt. Hätte er mir nicht so viele Steine in den Weg gelegt, hätte ich mich nicht bei meinem Bruder Ben ausgeheult, und er hätte nicht Marco um Hilfe gebeten.«

»Manchmal erweisen sich die düsteren Täler in unserem Leben als der Weg zum Licht. Es freut mich auf jeden Fall sehr, dass du dich bei uns wohlfühlst.«

Wir tranken in einvernehmlichem Schweigen unseren Tee, bis Rosie auf den Weihnachtsball zu sprechen kam. Ihre geradezu kindliche Begeisterung war ansteckend. Wir überlegten, wie ich den Abend in Bild und Ton festhalten konnte, ohne den Ablauf der Veranstaltung zu stören. Ich bedauerte nach wie vor, dass ich nicht mit meiner Familie feiern würde, da es die finanziellen Möglichkeiten meiner Eltern überstieg. Doch dann wurde mir bewusst, wie sehr mir die Menschen im Château ans Herz gewachsen waren und dass mich die Aussicht, Weihnachten mit Rosie, Hannes, Florence, Julian, Roane, Britta, Leni, Milan und Tim zu verbringen, mit Freude erfüllte. Und natürlich mit Finn, der mir versprochen hatte, mich auf den Ball zu begleiten. Wer weiß, wohin es führte, wenn wir einen Abend zusammen über das Parkett schwebten und uns dabei tief in die Augen sahen. Wir mochten vielleicht keine Zukunft haben, aber das sollte uns nicht davon abhalten, alles mitzunehmen, was uns die Gegenwart zu bieten hatte.

Ich war auf dem Weg in die Wäscherei, um mit Sergio und Paul einen Termin für den nächsten Videodreh auszumachen, als mir Finn entgegenkam. Sein Schritt wurde zögerlich, und ich befürchtete schon, er würde auf dem Absatz kehrtmachen, um mir nicht begegnen zu müssen. Was auch immer er für ein Problem hatte, ich war fest entschlossen, es ein für alle Mal zu klären.

»Hey.« Seine Stimme klang rau, und ein angenehmer Geruch nach Pferd umgab ihn. Wahrscheinlich kam er direkt aus dem Stall. Ob er mit Zorro ausgeritten war?

Ich räusperte mich und schob schnell ein *Hi* hinterher, als mir bewusst wurde, dass ich regungslos dastand und ihn anstarrte. Er zog seine Unterlippe zwischen die Zähne und kaute darauf herum. Sofort überfielen mich Bilder unserer gemeinsamen Nächte, und ein heißer Schauer jagte durch meinen Körper. Was taten wir hier bloß? Wieso hielten wir einen mehr als großzügigen Sicherheitsabstand, als würden wir so stark voneinander angezogen, dass wir verloren wären, sollten wir uns auch nur einen Schritt näher kommen?

»Ich habe die Neuigkeit von den Hohensees gehört. Hat es dich sehr mitgenommen?«

Beinahe hätte ich hysterisch aufgelacht. Erst Pia, dann Rosie, und jetzt auch noch Finn? Glaubten sie alle, ich wäre so zerbrechlich?

»Ich komme zurecht«, erwiderte ich schroffer als beabsichtigt, woraufhin sich die Besorgnis in seinem Blick intensivierte. Toll! Jetzt hatte ich die sowieso schon verfahrene Situation zwischen uns noch verkompliziert. »Tut mir leid«, murmelte ich. »Es ist lieb, dass du fragst, aber ich bin darüber hinweg. Maxim kann tun und lassen, was er will. Mein

Leben ist hier, und ich bin dankbar, mit so vielen wunderbaren Menschen arbeiten zu dürfen.«

Die Falten auf seiner Stirn glätteten sich. Ein kleines Lächeln trat auf sein Gesicht, und sofort begann es, in meinem Bauch zu kribbeln. Ohne darüber nachzudenken, griff ich nach seiner Hand und war erleichtert, als er sie nicht zurückzog.

»Was ist der wahre Grund, warum du plötzlich nur noch mit mir befreundet sein willst?«

»Es ist einfacher so, glaub mir.« Seine Stimme klang fest und ernst, als versuchte er, nicht nur mich, sondern auch sich selbst davon zu überzeugen, dass das der einzige Grund für seine Entscheidung war.

»Für dich vielleicht.«

»Ich möchte doch nur vermeiden, dass am Ende jemand leidet.« Ungeduld schwang in seiner Stimme mit, und ich erkannte an seinem unsteten Blick, dass er sich weit wegwünschte, nur um mir nicht Rede und Antwort stehen zu müssen.

»Mir wäre es lieber, du würdest aufhören, auf mich Rücksicht zu nehmen, denn du irrst dich.« Ich ließ seine Hand los und wich einen Schritt zurück. Eine Welle irrationaler Wut kochte in mir hoch. »Du denkst, dass ich weinend in meinem Büro sitzen und nichts mehr auf die Reihe kriegen werde, weil ich dich zu sehr vermisse.« Obwohl mir bewusst war, dass meine Anschuldigungen haltlos waren, steigerte ich mich immer mehr hinein. »Und deswegen hast du im Alleingang beschlossen, dass es für uns beide besser ist, wenn wir uns nur noch in Gesellschaft unserer Freunde sehen. Weil du glaubst, mich beschützen zu müssen?« Ich klang atemlos, als hätte ich einen Marathon absolviert. Und genauso fühlte es sich an. Ich konnte rennen, so viel ich wollte, auf Finn zu, von ihm weg, und kam doch keinen Schritt voran. Er hatte diese unüberwindbare Mauer um sich herum errichtet, die mich ausgrenzte und dafür sorgte, dass ich mich ihm gegenüber vollkommen machtlos fühlte.

»Hast du schon einmal darüber nachgedacht, dass ich derjenige sein könnte, der nicht klarkommt, wenn wir uns weiterhin sehen, der es nicht schaffen wird, abzureisen, wenn wir noch mehr Zeit miteinander verbringen?«

Wir standen uns gegenüber und sahen uns an. Jede einzelne Faser in meinem Körper sehnte sich danach, ihn in die Arme zu nehmen und meine Lippen auf seine zu legen, um ihm zu zeigen, dass er bei mir sicher war und ich ihm nicht wehtun würde. Doch das kurze Aufflackern von Angst und Verletzlichkeit, das er mir offenbart hatte, hielt mich zurück.

»Du bedeutest mir viel, Anna, aber ich kann und werde nicht mein komplettes Leben für dich ändern.«

22

Du bedeutest mir viel, Anna, aber ich kann und werde nicht mein komplettes Leben für dich ändern.

Sosehr ich mich auch bemüht hatte, Finns Worte nicht an mich heranzulassen, waren sie doch die ganze Nacht durch meinen Kopf gegeistert, hatten mein Herz zum Schmelzen gebracht, nur um mich gleich darauf wutentbrannt durch mein Zimmer wandern zu lassen.

Hatte ich etwa von ihm verlangt, sein Leben für mich zu ändern? Hatte ich ihn zu irgendetwas gedrängt, was er nicht wollte? Hatte ich versucht, ihm Versprechungen zu entlocken, oder ihn in seiner Entscheidungsfindung eingeschränkt?

Und wenn es stimmte, was er angedeutet hatte, dass er befürchtete, sich in mich zu verlieben, und mir deshalb aus dem Weg ging, konnte ich seine Reaktion noch weniger verstehen. War ich ihm so wenig wert, dass er nicht einmal in Erwägung zog, über eine gemeinsame Zukunft nachzudenken? Oder war er nicht zum ersten Mal in einer solchen Situation und versuchte deshalb, den Abschiedsschmerz von vornherein zu vermeiden?

Ich konnte es drehen und wenden, wie ich wollte, ich kam zu keinem eindeutigen Ergebnis. Also gab es für mich bloß zwei Möglichkeiten: Ich konnte die wundervolle Zeit mit Finn als kostbare Erinnerung in meinem Herzen bewahren, oder ich ging auf Konfrontationskurs und versuchte, aus ihm herauszukriegen, was wirklich mit ihm los war.

Doch bevor ich eine Entscheidung traf, sollte ich mir vielleicht zuerst einmal darüber klar werden, was ich wollte. War ich bereit, wieder zu vertrauen? Konnte ich es riskieren, Finn mein Herz zu Füßen zu legen und dabei erneut verletzt zu werden?

Seufzend schlug ich die Decke zurück und quälte mich aus dem Bett. Warum musste es auch so kompliziert sein? Wir hätten doch einfach so weitermachen können wie bisher, und alle wären glücklich gewesen – zumindest für den Moment.

Und was wirst du tun, wenn Finn abgereist ist?, nervte mich meine innere Stimme.

Dann konzentriere ich mich auf meine Arbeit und genieße meine Freizeit. Ich könnte wieder häufiger ausgehen. Schließlich war ich frei und ungebunden – wie Florence.

Auch wenn ich das Gedankenkarussell fürs Erste gestoppt hatte, spürte ich die leisen Zweifel, die mir verrieten, dass meine Argumentation mich nicht überzeugte.

Nach einer kalten Dusche, die mich zwar belebt, aber vor allem zum Schlottern gebracht hatte, lief ich nach unten, um mir als Erstes einen großen Becher Kaffee zu holen. Da in der Küche Hochbetrieb herrschte, begnügte ich mich mit dem bereitstehenden Filterkaffee und setzte mich in den Aufenthaltsraum. Was Finn wohl gerade machte? Oh nein, ich würde nicht meinen Tag damit verbringen, über *Mr. Ich-will-und-werde-mein-Leben-nicht-für-dich-ändern* nachzugrübeln. Es reichte, dass ich mir die Nacht wegen ihm um die Ohren geschlagen hatte und nun kaum die Augen aufhalten konnte.

Ich nahm mein Handy zur Hand und öffnete die erste Social-Media-App, um zu sehen, wie das Video angekommen war, das ich gestern veröffentlicht hatte. Anschließend scrollte ich eine Weile durch den Feed, ignorierte die Flut an Beiträgen, die sich um Maxims und Glorias Verlobung drehten, speicherte angesagte Sounds und notierte mir Ideen für weitere Videos, die ich in der Weihnachtszeit posten könnte.

Vollkommen in meine Arbeit versunken, zuckte ich zusammen, als die Tür aufging und Michelle dicht gefolgt von Britta hereinkam. Sie waren so in ihr Gespräch vertieft, dass sie mir nur kurz zunickten, bevor sie sich an einen Tisch am Fenster setzten und ein Tablet vor sich aufstellten. Als ich die Worte *Hohensee* und *Verlobung* aufschnappte, unterdrückte ich ein Stöhnen. Es sollte mich nicht überraschen, dass Michelle, die davon träumte, eines Tages zur High Society zu gehören, sich den Klatsch und Tratsch über einen der reichsten Erben Europas reinzog.

Ich schüttelte den Kopf und wollte gerade zur nächsten App wechseln, als die aufgeregte Stimme einer Reporterin erklang, die sich darüber ausließ, wie schade es wäre, dass wieder einer der begehrtesten Junggesellen der oberen Zehntausend vom Markt war. Wenn sie wüsste, dass der einzige Mensch, für den Maxim sich wirklich interessierte, er selbst war, würde sich ihr Bedauern mit Sicherheit in Grenzen halten. Ich schob mir meine In-Ear-Kopfhörer in die Ohren, um in Ruhe weiterzuarbeiten. Eine Weile funktionierte das auch ganz gut, bis Michelle laut aufschrie und mich damit aus meiner Konzentration riss. Resigniert trank ich meinen Kaffee aus und stand auf, um in mein Büro zu gehen, als Britta mich mit weit aufgerissenen Augen zu sich winkte. Michelle hatte sich näher zum Bildschirm gebeugt, als könnte sie nicht glauben, was sie vor sich sah. Mit einem unguten

Gefühl im Bauch ging ich zu ihnen herüber und warf einen Blick auf das Display, auf dem ein Video lief.

Es wurden Bilder der Familie Hohensee eingeblendet, die aus verschiedenen Jahrzehnten stammten. Ich erkannte Maxim sofort. Schon als Kind und Jugendlicher hatte er dieses unbeschwerte Lächeln gezeigt, das auf viele Menschen so anziehend wirkte. Offenbar gestaltete sich das Leben leichter, wenn man derart privilegiert aufwuchs und Papi jedes Hindernis für einen aus dem Weg räumte.

Ich wollte mich abwenden, als der Junge, der auf einigen der älteren Bilder neben ihm zu sehen war, meine Aufmerksamkeit auf sich zog. Seine Gesichtszüge kamen mir vertraut vor, auch wenn sie nichts mit der arroganten Überlegenheit, die die Hohensees ausstrahlten, gemeinsam hatten. Ich versuchte, mir die vielen Menschen, die ich in meiner Zeit in Düsseldorf kennengelernt hatte, in Erinnerung zu rufen, als es mir wie Schuppen von den Augen fiel. Die Haare waren kürzer, die Züge weicher, der Körper schmächtiger, aber wenn man genauer hinsah, war es unleugbar Finn, dessen jüngere Version uns mit ausdrucksloser Miene entgegenblickte. Zwar war er genauso elegant gekleidet wie Maxim, dennoch wirkte er auf jedem Foto wie ein Fremdkörper, ein Eindringling, der sich gegen den Willen der Familie ins Bild geschlichen hatte.

Mir entwich ein Keuchen. Ich stützte mich auf die Lehne von Brittas Stuhl und konzentrierte mich auf die Stimme der Kommentatorin: *»… können die Single-Ladys unter uns wieder Hoffnung schöpfen. Wie wir in Erfahrung bringen konnten, ist Maximilian nicht der einzige Sohn der Hohensees. Finneas, sein ein Jahr älterer Bruder, wurde einige Tage nach seiner Geburt von Klara und Richard Hohensee adoptiert.«*

»Hast du das gewusst?«, wandte sich Britta an mich, wurde jedoch sofort von Michelle zum Schweigen gebracht.

»Im Gegensatz zu Maximilian scheint Finneas öffentliche Auftritte zu meiden. Wie sonst sollen wir es uns erklären, dass bis vor Kurzem niemand von seiner Existenz gewusst hat? Oder gibt es einen anderen Grund, warum seine Familie ihn vor der Welt versteckt? Schon jetzt ranken sich zahlreiche Gerüchte um den heißen und geheimnisumwitterten Hotelerben. Wenn ihr mehr erfahren wollt, bleibt dran!«

»Wer hätte das gedacht?«, rief Michelle und sprang auf. »Ein millionenschwerer Erbe, von dem niemand etwas weiß und der sich ausgerechnet bei uns im Château aufhält, als die Bombe hochgeht. Wetten, dass in kurzer Zeit Horden von Journalisten hier einfallen werden?«

»Nicht, wenn wir es für uns behalten – auch wenn es jede Menge Publicity bedeuten würde.« Britta sah über ihre Schulter zu mir, doch ich schüttelte den Kopf.

»Finn ist unser Gast und hat ein Recht auf seine Privatsphäre.« Ich konnte nicht glauben, was ich gerade mit eigenen Augen gesehen hatte. Finn gehörte zu den Hohensees? Dann war Berger gar nicht sein richtiger Name? Wollte er nicht mit seiner Familie in Verbindung gebracht werden? Oder war er am Ende wegen mir hier? Meine Gedanken überschlugen sich, und es gelang mir nicht, das Chaos zu sortieren, das in meinem Kopf herrschte.

»Nach dem, was ich gehört habe, ist er für dich mehr als nur ein Gast«, bemerkte Michelle mit spitzer Zunge und betrachtete mich mit einer Mischung aus Missfallen und Neid. »Ich hätte niemals gedacht, dass sich hinter der Fassade eines einfachen Backpackers ein solcher Fang verbirgt.«

Am liebsten hätte ich ihr gehörig die Meinung gesagt,

doch dazu fehlte mir die Kraft. Konnte es stimmen? War Finn tatsächlich von den Hohensees adoptiert worden? Aber warum hatte ich dann nie etwas von ihm gehört? Ich war drei Jahre mit Maxim zusammen gewesen. Hätte er einen Bruder nicht erwähnt? Und hätte Finn nicht etwas gesagt, als ich ihm von meiner unglücklichen Beziehung mit Maxim erzählt hatte?

Ich rief mir unser Gespräch in Erinnerung, und plötzlich verstand ich, warum er es so eilig gehabt hatte, mein Zimmer zu verlassen, nachdem ich meinen Ex-Freund erwähnt hatte. Warum er mir aus dem Weg ging. Warum er mir seitdem nicht mehr in die Augen sehen konnte. Warum er keine Zeit mehr mit mir verbringen wollte.

Meine Beine gaben unter mir nach. Ich wäre umgekippt, hätte Michelle mich nicht im letzten Moment gepackt und auf einen Stuhl gesetzt. Britta nahm meine Hand und beugte sich zu mir. Ich sah, wie sich ihre Lippen bewegten, aber ihre Worte drangen nicht zu mir durch. Michelle hielt mir ein Glas Wasser vor die Nase. Mit zitternden Fingern griff ich danach und schaffte es, ein paar Schlucke zu trinken. Als ich Anstalten machte, aufzustehen, drückte Britta mich sanft auf den Stuhl zurück.

»Bleib lieber noch ein bisschen sitzen. Du bist kreidebleich.«

»Nur ein kleiner Schwindel, nichts weiter«, wiegelte ich ab und erhob mich. Ich brauchte Zeit für mich, um die Neuigkeit zu verarbeiten. Mir wurde übel bei dem Gedanken, wie gutgläubig ich Finn meine Gefühle anvertraut hatte.

Im Foyer standen Roane und Tim beisammen, die Köpfe über ein Handy gebeugt. Das Video schien in Lichtgeschwindigkeit die Runde zu machen. Wenn es so weiterging, wüssten bis zum Mittag alle über Finns Herkunft Bescheid. Ob er wohl abreisen würde, um der Presse zu entgehen? Denn auch wenn das Personal dichthielt, war es fragwürdig, ob die anderen Gäste ebenfalls so diskret sein würden. Andererseits konnte es mir herzlich egal sein. Finn hatte mich nicht nur im Unklaren über seine Familienverhältnisse gelassen, er hatte auch noch die Dreistigkeit besessen, mich anzulügen.

Hast du schon einmal darüber nachgedacht, dass ich derjenige sein könnte, der nicht klarkommt, wenn wir uns weiterhin sehen, der es nicht schaffen wird, abzureisen, wenn wir noch mehr Zeit miteinander verbringen?

Mein Magen verkrampfte sich, wenn ich daran dachte, wie sehr mich seine Worte berührt hatten, wie leicht ich es ihm gemacht hatte, mich um den Finger zu wickeln. Offenbar verfügte er über die gleiche manipulative Art wie sein Bruder. Und ich hatte trotz meiner guten Vorsätze nichts, absolut gar nichts aus der Geschichte mit Maxim gelernt, sondern fiel direkt auf den nächsten Aufreißer herein, der, man bemerke die Ironie, auch noch aus derselben Familie stammte. Vielleicht hatte Richard ihn sogar hergeschickt, um sich bei mir einzuschmeicheln und mir dann einen Dolch in den Rücken zu rammen. Zuzutrauen wäre es ihm. Sollte Finn dafür sorgen, dass ich mich in ihn verliebte, damit er mir erneut das Herz brechen konnte? Oder war es sein Ziel, mich bei Rosie und Hannes in Verruf zu bringen? War es seine Aufgabe, den Hoteltester zu überwachen? Hatte er deswegen sein Zimmer aufgegeben und war bei Julian eingezogen?

Meine Gedanken wurden immer abstruser, aber was die Hohensees anging, hatte ich am eigenen Leib erfahren, dass keine Theorie zu abwegig war.

Obwohl die kleine Anna in mir sich nichts sehnlicher wünschte, als sich in ihrem Bett zu verkriechen und in Ruhe zu weinen, straffte ich die Schultern und beschloss, dass ich allein wegen Maxim genug Tränen vergossen hatte. Ich würde nicht zulassen, dass ein weiterer Hohensee mich endgültig zerstörte.

Welchen Plan auch immer er verfolgte, ich war gewarnt und würde nicht tatenlos dabei zusehen, dass er mich für seine Zwecke benutzte oder Rosie und Hannes schadete. Wenn es um die Menschen ging, die mir etwas bedeuteten, würde ich alles tun, um sie zu beschützen. Finn mochte in Sachen Intrigen und Manipulationen von den Besten gelernt haben, doch er musste schon raffinierter vorgehen, als sich inkognito im Château einzuschleusen, wenn er eine ernsthafte Gefahr darstellen wollte. Und falls es ihm nur um mich ging, dann würde er einsehen müssen, dass ich nicht so leicht zu brechen war, wie er vielleicht annahm.

Maxim war ein lausiger Liebhaber und ein noch schlechterer Freund gewesen, aber dank ihm hatte ich gelernt, stark zu sein und mich nicht von meinen Gefühlen überwältigen zu lassen. Wenn ich *seinen* Verrat überstanden hatte, konnte auch Finn mir oder vielmehr meinem Herzen nichts anhaben.

23

Als Florence am Abend in mein Büro kam, um mich zu einer Runde Bodycombat zu überreden, sah ich an ihrer mitfühlenden Miene, dass sich die Neuigkeiten bis zu ihr herumgesprochen hatten. Ich wollte erst ablehnen, aber sie bestand darauf, dass ich die Wut, die angeblich in mir schwelte, rauslassen müsste. Und da ich befürchtete, dass ich mich trotz meiner guten Vorsätze in ein heulendes Elend verwandeln würde, sobald ich allein in meinem Zimmer war, gab ich nach.

Im Trainingsraum warteten nicht nur Leni, Britta und Roane, sondern auch Julian, Sergio, Tim und Milan, die mich besorgt musterten. Scheinbar hatte Britta allen von meinem Zusammenbruch am Vormittag erzählt. Angespanntes Schweigen erfüllte die Luft, sodass ich mich genötigt fühlte, ihnen zu versichern, dass es mir gut ging. Als Leni mit dem Warm-up begann, hatte niemand mehr Atem übrig für eine Unterhaltung. Sie scheuchte uns unerbittlich herum, zwang uns zu Burpees, Squats, Crunches, Lunges und anderen fiesen Übungen, bei denen mir jeder einzelne Muskel im Körper wehtat. Danach sollten wir uns in einer Reihe aufstellen, damit sie uns verschiedene Schlagkombinationen zeigen konnte, die wir nacheinander ausführten. Es tat verdammt gut, ein wenig von dem Druck und der bodenlosen Enttäuschung loszuwerden, die seit dem Morgen auf meiner Brust lasteten. In meiner Vorstellung sah ich Maxims blasierten

Gesichtsausdruck, hörte Finns verlogene Worte und konnte nicht begreifen, warum ich schon wieder auf jemanden hereingefallen war, dem ganz offenbar nichts an mir lag.

Ich spürte die heißen Tränen, die mir über die Wangen liefen, aber ich ließ mich davon nicht aufhalten. Irgendwann trat Julian in mein Blickfeld und dirigierte mich zu einem Boxsack, der in einer Ecke des Raums von der Decke hing. Ich zog die Handschuhe an, die er mir reichte, und wartete, bis er sich hinter dem Sack positioniert hatte. Nachdem er mir mit einem Nicken zu verstehen gegeben hatte, dass er bereit war, holte ich aus und schlug zu.

Obwohl ich gedacht hätte, dass ich den Großteil meiner Energie allein durch mein aufgesetztes Lächeln schon im Laufe des Tages verbraten hatte, staunte ich, wie viel Wut und Zorn immer noch in mir steckten. Ich blendete alles um mich herum aus und boxte auf den Sack ein. Dabei stieß ich laute, rohe Schreie aus, die irgendwo tief aus meinem Inneren kamen. Da der Schmerz in mir immer weiter anschwoll, hob ich mein angewinkeltes Bein an und trat zu. Ich hatte zwar höchstens an einer Handvoll Kickboxtrainingseinheiten teilgenommen und erinnerte mich lediglich vage an die richtige Technik, doch das war mir egal. Ich boxte und kickte, als ginge es um mein Leben. Am Rande bekam ich mit, dass Milan anbot, Julian abzulösen, aber er lehnte dankend ab. Obwohl meine Muskeln heftig zitterten, machte ich gnadenlos weiter. Erst als ich völlig erschöpft auf der Matte zusammensackte, sah ich ein, dass ich für heute genug hatte. Julian hielt mir seine Hand hin, um mir aufzuhelfen.

Florence und Roane, die das Schauspiel stumm beobachtet hatten, begleiteten mich in den Umkleideraum. Die anderen waren anscheinend schon früher gegangen.

Ich stand lange unter der Dusche und ließ das heiße Wasser auf meine überanstrengten Muskeln prasseln. Nachdem wir uns umgezogen hatten, nahm uns Florence mit in die Küche, wo sie einen kleinen Snack zubereitete. Julian dirigierte mich zur Eckbank und kümmerte sich um Teller, Gläser und Besteck, während Roane eine Karaffe mit Wasser füllte und eine Flasche Wein aus dem Keller holte.

Als alle am Tisch saßen, nahm ich mir eine Scheibe Brot, die mit Brie und Preiselbeeren belegt war, konnte mich aber nicht dazu durchringen, etwas zu essen. Auch wenn meine Wut der Erschöpfung gewichen war, spürte ich nun eine innere Zerrissenheit, die mir jeglichen Appetit raubte. Finn war mehr als ein lockeres Abenteuer für mich gewesen. Warum sonst sollte sein Verrat so verflucht wehtun?

Roane nahm sich ebenfalls eine Scheibe Baguette und reichte die Platte an Julian weiter, ehe sie sich mir zuwandte. »Magst du uns erzählen, was passiert ist?«

»Geht es darum, dass Finn angeblich der Adoptivsohn dieses Hotelmagnaten ist?«, erkundigte sich Julian und biss beherzt in sein Truthahnsandwich.

»Habt ihr darüber gesprochen?«, stellte ich eine Gegenfrage in der Hoffnung, dass Finn sich ihm anvertraut hatte.

»Bisher hat sich noch keine Gelegenheit ergeben. Er ist heute Morgen früh los und war bis vorhin nicht wieder zurück.«

Da nach wie vor alle Blicke auf mir ruhten, beschloss ich, meine Freunde in meine unrühmliche Vergangenheit einzuweihen.

»Bevor ich ins Château gekommen bin, habe ich drei Jahre für die Hohensees gearbeitet und war in der Zeit mit Maxim zusammen.«

»Damit wäre Finn der Adoptivbruder deines Ex-Freundes«, fasste Julian die Tatsachen treffend zusammen.

Roane legte mitfühlend eine Hand auf meinen Arm. »Hat Finn davon gewusst?«

»Was glaubt ihr, warum ich so wütend bin? Er hätte mir sagen müssen, wer er in Wirklichkeit ist. Spätestens nachdem ich ihm von Maxim erzählt habe.«

»Also stimmen die Gerüchte, dass zwischen euch etwas läuft?«, wagte Roane sich weiter vor.

Ich stieß ein tiefes Seufzen aus. »Offenbar bin ich dumm genug, gleich zwei Mal auf denselben Typ Mann hereinzufallen.«

»Du meinst, reich und verlogen?«, erwiderte Florence.

»Zumindest hast du im Gegensatz zu mir nicht erst bei eurer Hochzeit gemerkt, dass ihr nicht zusammenpasst.«

Unsere Blicke richteten sich auf Julian.

»Willst du damit sagen, du hast deine Verlobte vor dem Altar stehen lassen?«, fragte ich und schluckte.

»Ganz so dramatisch war es nicht. Wir haben kurz vor der Trauung erkannt, dass wir mehr in die Vorstellung einer glücklichen Beziehung verliebt waren als ineinander.«

»Dann hätte der Aufenthalt im Château euer Honeymoon werden sollen?«, schlussfolgerte Roane.

»Vier Wochen in einem exklusiven Romantikhotel in den Schweizer Alpen inklusive des *Forever-in-Love-Pakets* und einem fulminanten Weihnachtsball als krönendem Abschluss – ich dachte, das wäre der perfekte Einstieg in eine glückliche Ehe.« Er leerte sein Glas in einem Zug, woraufhin Florence ihm nachschenkte.

»Warum habt ihr die Reise nicht einfach storniert?« Ich konnte nicht nachvollziehen, wieso jemand, der sich gerade getrennt hatte, ausgerechnet in ein Hotel fuhr, das auf romantische Zweisamkeit ausgelegt war.

»Nach dem Desaster mit der geplatzten Trauung habe ich dringend eine Auszeit gebraucht, um mir zu überlegen, wie es weitergehen soll. Und da der Urlaub schon gebucht und bezahlt war, dachte ich, dass ein abgelegenes Château nicht der schlechteste Ort dafür wäre.«

Ich versuchte, die neuen Informationen zu verarbeiten, als Roane plötzlich nach Luft schnappte.

»Wenn das stimmt, was du uns eben erzählt hast, dann kannst du unmöglich der Hoteltester sein«, stellte sie fest.

Nun war es Julian, der uns verständnislos ansah, während Roane, Florence und ich alarmierte Blicke wechselten.

»Aber ich habe doch gehört, wie du am Telefon zu jemandem gesagt hast, dass du den Bericht bis Ende Dezember abgibst und danach nach Sri Lanka oder Bali reisen wirst«, platzte es aus mir heraus.

Er brauchte einen Moment, um sich an das besagte Gespräch zu erinnern. »Bei dem Telefonat ging es um das Projekt, das ich als Letztes betreut habe, und um die Möglichkeit, ein Sabbatical zu beantragen, das ich eventuell in Südostasien verbringen möchte. Ihr dachtet, ich wäre ein Hoteltester?«

»Wenn Julian es nicht ist«, überging Florence seine Frage, »wer ist es dann?«

»Wahrscheinlich hat Richard Hohensee es sich anders überlegt«, unterbrach ich sie. »Wenn er es darauf abgesehen hat, mich fertigzumachen, schickt er vermutlich nicht seinen Sohn *und* einen Hoteltester. Vielleicht war es ihm lieber, keine Außenstehenden in seine Racheaktion einzubeziehen.«

»Dann denkst du, dass Finn dir schaden will?« Roane wirkte nicht überzeugt. »Auf mich hat er immer einen sehr netten und loyalen Eindruck gemacht.«

»Wenn er nur halb so durchtrieben ist wie sein Vater, sollte er die Fähigkeit, andere Menschen zu täuschen, perfekt beherrschen.«

»Aber wenn er wusste, dass du mit Maxim zusammen warst, hätte er sich bestimmt nicht auf einen Flirt mit dir eingelassen.«

»Vielleicht hat er es erst durch mich erfahren«, überlegte ich laut, auch wenn ich es für unwahrscheinlich hielt. Wieso hätte Richard auf seinen Vorteil verzichten und Finn im Unklaren lassen sollen?

»Wie kann das sein, wenn du mit seinem Bruder zusammen warst?«, wollte Julian wissen.

»Finn ist, soweit ich weiß, in der Zeit nicht zu Hause gewesen – zumindest habe ich nichts davon mitbekommen. Und selbst wenn, hätte er nicht zwangsläufig von mir gewusst, da Maxim unsere Beziehung geheim gehalten hat.«

»Er hat dich vor seiner Familie versteckt?« Die Empörung schwang deutlich in Roanes Stimme mit.

»Maxim hat immer wieder beteuert, dass sein Vater Beziehungen mit Angestellten nicht gutheißt und wir deshalb warten müssten, bis ich meine Fähigkeiten unter Beweis gestellt hätte. Ich habe drei Jahre lang wie eine Verrückte gearbeitet, um mich als würdig zu erweisen. Bei meiner Kündigung habe ich erfahren, dass er die ganze Zeit über uns im Bilde war und nichts dagegen hatte, dass ich seinem Sohn das Bett wärme, solange ich nicht vergesse, wo mein Platz ist.« Eine einsame Träne rollte meine Wange hinab, woraufhin Julian mir ein Taschentuch reichte. »Ich habe ihm geglaubt, als er mir unsere gemeinsame Zukunft in den schönsten Farben ausgemalt und mir versprochen hat, bald mit seinen Eltern über uns zu reden. Wie konnte ich nur so naiv sein?«

»Du warst verliebt und hast dich geirrt – genau wie ich«, tröstete mich Julian.

Florence schwenkte ihren Wein im Glas, bevor sie einen Schluck trank. »Wir alle machen Fehler. Wichtig ist, dass wir aus unseren Erfahrungen lernen. Es gibt so viele Abenteuer, die auf uns warten, und es wäre doch schade, wenn wir sie uns entgehen lassen würden, weil uns auf halber Strecke der Mut verlässt.« Sie zwinkerte Julian zu, womit sie ihm ein kleines Lächeln entlockte. »Nimm dein Sabbatical, und finde heraus, wer du sein willst, ehe du über eine lebenslange Bindung nachdenkst.« Dann wandte sie sich mir zu. »Dir würde ich raten, einen endgültigen Schlussstrich unter diese Unglück bringende Familie zu ziehen. Und beim nächsten Mal hörst du auf mich und passt besser auf, wem du dein Herz schenkst.«

Obwohl ich ahnte, dass sie recht hatte, fragte ich mich, wie ich je wieder jemandem vertrauen sollte, wenn ich jedes Mal aufs Neue verletzt wurde.

24

Das Klingeln meines Handys riss mich unsanft aus dem Schlaf. Ohne auf das Display zu sehen, nahm ich den Anruf an.

»Hallo?«

»Hey, Schwesterherz, schwing deinen Hintern aus dem Bett, und hol mich ab. Ich bin hier in … Wo sind wir noch mal?« Ich hörte Stimmen im Hintergrund. »In Visp. Gegenüber vom Bahnhof gibt es ein Café. Kannst du nicht übersehen. Bis gleich.«

Verwirrt starrte ich auf mein Smartphone und fragte mich, ob ich noch träumte.

Ich verzichtete auf die Dusche, zog mir nur schnell etwas an und ging hinunter zur Rezeption, um Tim, der heute Morgen Dienst hatte, zu fragen, ob ich mir den Tiguan ausleihen konnte, doch leider war mir Florence zuvorgekommen.

»Ich kann dich fahren«, ertönte eine vertraute Stimme hinter mir, die sofort wieder die Wut in mir hochkochen ließ. Ich atmete einmal tief durch, ehe ich mich zu Finn umdrehte. Er trug einen Bademantel und hatte sein Handtuch lässig über die Schulter gelegt. Ich hasste es, wie unfassbar gut er aussah, das offene wellige Haar, das noch feucht war vom Schwimmen, und der trügerisch treue Blick aus seinen braunen Augen, die mich an einen Golden Retriever erinnerten. »Ich geh nur kurz auf mein Zimmer …«

»Spar dir die Mühe. Ich brauche deine Hilfe nicht, *Finneas.*«

Seine Mundwinkel sanken herab, als sich die Erkenntnis, dass ich ihn durchschaut hatte, auf seinem Gesicht ausbreitete.

»Anna, bitte, lass mich erklären …«

»Nein, du hattest deine Chance, ehrlich zu mir zu sein. Jetzt ist es zu spät.« Damit ließ ich ihn stehen und lief in den Stall, um Milan zu fragen, ob er mir sein Auto lieh.

Erst nach der Hälfte der Strecke hatte ich mich einigermaßen beruhigt. Mir wurde immer noch übel bei dem Gedanken, wie viele meiner innigsten Wünsche und Sehnsüchte ich Finn anvertraut hatte, ohne zu ahnen, wer ihn geschickt hatte.

Nachdem ich Stalden, ein malerisches Dorf, das für seine zahlreichen Brücken bekannt war, hinter mir gelassen hatte, beschäftigte mich die Frage, was meine Schwester zu ihrem spontanen Besuch veranlasst haben mochte. Ich konnte bloß hoffen, dass sie sich nicht wieder durch eine ihrer verrückten Ideen in Schwierigkeiten gebracht hatte.

Kaum hatte ich das Café betreten, als ein lauter Jubelschrei das fröhliche Stimmengewirr durchbrach. Nur Sekunden später flog mir ein Wirbelwind in rotem Pullover, löchrigen Jeans und zerzausten Locken um den Hals. Ich atmete den vertrauten Geruch nach Vanilleshampoo ein und drückte Pia fest an mich.

»Ist das schön, dich zu sehen!« Mir wurde erst jetzt bewusst, wie sehr ich meine Familie in den vergangenen Wochen vermisst hatte.

Sie trat einen Schritt zurück und betrachtete mich. »Ist alles in Ordnung? Du wirkst etwas … geknickt.«

Ich bemühte mich um eine unbeschwerte Miene. »Mir geht es gut, ich bin lediglich ein bisschen müde.« Obwohl ich ihr ansah, dass sie mir kein Wort glaubte, bohrte sie nicht weiter nach.

»Wenn du willst, können wir gleich los.«

»Musst du nicht erst bezahlen?«

»Das übernimmt David für mich.« Sie holte ihre Jacke und ihren Rucksack und verabschiedete sich dabei von einem jungen Mann, der ihr sehnsüchtig nachsah. Pia war schon als kleines Mädchen eine Herzensbrecherin gewesen, und daran hatte sich bis heute nichts geändert.

»Ich kann nicht glauben, dass du freiwillig in der Provinz lebst«, stieß sie aus, als wir durch die verschneite Landschaft fuhren. »Vermisst du den pulsierenden Vibe der Großstadt nicht?«

»Anstatt mich morgens in eine überfüllte U-Bahn zu quetschen, reite ich durch den Wald und genieße die herrliche Bergluft. Und wenn ich Lust habe, shoppen oder ins Kino zu gehen, fahre ich mit den Mädels nach Brig.« Sie wirkte nicht überzeugt. »Außerdem weißt du selbst, wie wenig Zeit ich in meinem alten Job hatte. Obwohl wir keine fünfzig Kilometer voneinander entfernt gewohnt haben, haben wir uns höchstens ein Mal im Monat gesehen. Eine ziemlich traurige Bilanz, findest du nicht?«

»Das stimmt. Aber jetzt erzähl mal! Was ist los bei dir?«

Zögernd gestand ich ihr die ganze Sache mit Finn, allerdings ohne unsere Übernachtung im Iglu zu erwähnen. Denn auch wenn er mich hintergangen hatte, mochte ich die Erinnerung nicht teilen.

Als ich fertig war, blieb Pia eine Weile sprachlos, was bei ihr so gut wie nie vorkam.

»Du fliehst vor den Hohensees in ein verschlafenes Nest in der Schweiz, nur um auf einen weiteren Spross dieser Sippe zu treffen? Wie viel Pech kann man bitte haben?«

»Ich glaube nicht, dass es sich um einen Zufall handelt.«

»Hast du nicht gerade gesagt, dass Finn seit Jahren keinen Kontakt zu seiner Familie hat?«

Ich zuckte mit den Schultern. »Zumindest haben sie ihn nie erwähnt, aber das muss nichts bedeuten. Vielleicht telefonieren sie regelmäßig oder halten per Mail Kontakt. Und falls es tatsächlich zu einem Bruch kam, könnte es sein, dass er seinem Vater noch einen Gefallen schuldet oder dass Richard etwas gegen ihn in der Hand hat und er deshalb gezwungen war, sich seinem Willen zu beugen. Diese Familie tickt anders als wir.«

»So viel habe ich begriffen.« Aus dem Augenwinkel sah ich, dass sie auf ihrer Unterlippe herumkaute, ein eindeutiges Zeichen, dass sie angestrengt nachdachte. »Nehmen wir also an, Finn fährt auf Wunsch seines Vaters ins Château – um was zu tun? Dich auszuspionieren? Ich meine, wie genau wollte er dir schaden? Er muss einen Plan haben, wenn er dich um deinen Job bringen will.«

Diese Fragen hatten mich die halbe Nacht über beschäftigt. Bisher war Finn mir gegenüber stets aufmerksam und höflich gewesen. »Wahrscheinlich wollte er sich mein Vertrauen sichern, bevor er aus dem Hinterhalt zuschlägt. Glaub mir, ich habe genug Intrigen und Manipulationen mitbekommen, um zu wissen, wie die Hohensees vorgehen. Erst tun sie so, als wären sie deine besten Freunde, und dann, wenn du eine eigene Meinung entwickelst oder nicht nach ihrer Pfeife tanzt, lassen sie dich eiskalt fallen. Vielleicht hätte er irgendeinen Skandal inszeniert, sodass Rosie und

Hannes nichts anderes übrig geblieben wäre, als mich zu entlassen. Oder er hätte sich eine Lügengeschichte ausgedacht und an die Presse verkauft, um dem Hotel zu schaden.« Ich schloss meine Hände fester ums Lenkrad, als die Straße sich in engen Kurven aufwärtswand. »Vermutlich wäre es das Beste, wenn ich kündige. Ich könnte es mir nie verzeihen, sollten Rosie und Hannes meinetwegen ihre Existenzgrundlage verlieren.«

»An deiner Stelle würde ich erst einmal abwarten. Außerdem hast du jetzt mich, und gemeinsam können wir …«, setzte sie an, hielt dann jedoch inne, als ich um die letzte Kurve bog und das Château in Sicht kam. »Ist es das etwa?«, flüsterte sie und starrte mit weit aufgerissenen Augen auf das weihnachtlich herausgeputzte Hotel.

Ich fuhr langsamer und dachte an den Moment zurück, in dem ich das Château zum ersten Mal gesehen hatte: die spitzgiebeligen Fenster mit den breiten Simsen, die schmiedeeisernen Balkone, die Türme und Gauben, die an ein Märchenschloss erinnerten, und die hohen Tannen, die das Haus zu beiden Seiten beschützend umgaben. Kein Vergleich zu den beeindruckenden, aber ansonsten ziemlich nüchternen Glasfassaden der Hohensee-Hotels.

Pia war bereits aus dem Auto gesprungen, noch bevor ich den Motor ausgestellt hatte, und drehte sich mit ausgebreiteten Armen im Kreis. Die Eingangstür öffnete sich, und Frau Gruber trat hinaus, dicht gefolgt von Minnie, die über den Platz auf uns zurannte, um uns zu begrüßen. Pia, die Hunde über alles liebte, ging in die Hocke und landete prustend im Schnee, als Minnie sie umwarf und ihr vor Freude das Gesicht ableckte. Es dauerte eine Weile, bis es mir gelang, das Knäuel aus Mensch und Hund wieder zu entwirren, denn

Pia hatte ihre Hände in Minnies Fell vergraben und sich laut lachend mit ihr im Schnee gewälzt.

»Das ist Minnie«, stellte ich die Hundedame vor und strich ihr dabei zärtlich über den Kopf. »Warte kurz, ich gebe nur schnell Milan seinen Autoschlüssel zurück.«

»Ich komme mit.« Pia zog die Nase kraus, als wir den Stall betraten und uns der typische Geruch nach Pferden und Leder einhüllte, den ich so liebte. Wir fanden Milan in der Scheune, wo er die frisch eingetroffene Heulieferung aufeinanderstapelte. Trotz der Kälte hatte er die Ärmel seines Hemds bis zu den Ellenbogen hochgekrempelt, sodass das Spiel seiner Muskeln deutlich zu sehen war.

»Hey, Milan, danke noch mal für dein Auto. Das ist meine Schwester Pia.« Ich wandte mich um, doch Pia war wie erstarrt im Durchgang zwischen Stall und Scheune stehen geblieben. Auch Milan hatte mitten in der Bewegung innegehalten. Erst als ich mich lautstark räusperte, kamen sie wieder zu sich. »Pia, das ist Milan. Er ist für unsere Pferde zuständig und unterstützt Hannes bei den Schlittenfahrten.«

Ohne den Blick abzuwenden, ging Pia einen Schritt auf ihn zu. Ein hauchzartes *Hallo* entwich ihren Lippen, das er mit einem kaum hörbaren *Hi* erwiderte. Da die beiden keine Anstalten machten, sich weiter zu unterhalten, sondern sich lediglich verzückt ansahen, drückte ich Milan grinsend den Schlüssel in die Hand, bevor ich mich bei Pia unterhakte und sie mit zum Hotel zog.

Zuerst stellte ich ihr Rosie und Florence vor, die sie beide herzlich begrüßten, und zeigte ihr anschließend das Hotel. Wir trafen Hannes in der Bibliothek, der sich ebenfalls freute, meine Schwester kennenzulernen. Den Wellnessbereich bewunderten wir von der Panoramaterrasse aus, wo Pia direkt beschloss, sich am Abend in den Whirlpool zu legen und in die Sterne zu schauen.

In meinem Zimmer angekommen, warf sie sich voll bekleidet auf mein Bett und strahlte mich an. »Vergiss, was ich vorhin gesagt habe. Wenn ich du wäre, würde ich das Château ebenfalls gegen keine Großstadt der Welt eintauschen. Wer braucht schon Clubs und Klamottenläden, wenn man dafür Berge und diesen genialen Pool haben kann?«

»Es gibt auch einen See, falls du Lust hast, Schlittschuh zu laufen.« Die bloße Erwähnung des Sees rief die Erinnerung an den nächtlichen Ausflug mit Finn in mir wach. An unseren ersten Kuss im Mondschein, der so perfekt gewesen war. Trotz seiner Unehrlichkeit fiel es mir nicht leicht, meine Gefühle für ihn zu unterbinden. Die Zeit mit ihm war unvergesslich, wenn man von dem hässlichen Ende einmal absah.

»Weißt du zufällig, ob Milan auf Frauen steht und ob er vergeben ist?«, fragte Pia und brachte mich damit wieder ins Hier und Jetzt.

»Ja und nein. Aber pass bitte auf, dass du ihm nicht zu sehr den Kopf verdrehst.«

»Du weißt, dass ich immer ehrlich bin und vorher klare Absprachen treffe.«

»Dennoch wäre es mir lieber, wenn du dich ein wenig zurückhältst.«

Sie stützte sich auf die Ellbogen und funkelte mich herausfordernd an. »So wie du?«

»Auch wieder wahr«, gab ich widerwillig zu und ließ mich in den gemütlichen Ohrensessel sinken. »Verrätst du mir jetzt endlich, wie ich zu der Ehre deines Besuchs komme?«

»Ich hatte Lust auf einen Ortswechsel. Also habe ich meinen Job und mein WG-Zimmer gekündigt, meine Sachen bei

Freunden zwischengelagert, mich in einen Zug gesetzt, und hier bin ich.«

»Ich dachte, du arbeitest gern im Café?«

»Tue ich auch, aber das ist noch lange kein Grund, ewig dortzubleiben.«

Es hätte mich nicht überraschen sollen, da Pia schon immer sehr spontan war.

»Wissen Mama und Papa Bescheid?«

»Noch ein Grund, warum ich lieber zu dir gefahren bin. Ich muss erst mal selbst herausfinden, was ich will, bevor ich mich von unseren Eltern bequatschen lasse. Als ich das letzte Mal auf Jobsuche war, hat Mama mir geraten, neu konstruierte Achterbahnen Probe zu fahren, während Papa meinte, dass ich eine Firma gründen sollte, die die Fenster von Bürotürmen mithilfe von Drohnen reinigt.«

Nur mit Mühe konnte ich ein Lachen unterdrücken. »Wenn du Geld zur Überbrückung brauchst …«

Pia schüttelte den Kopf, ehe sie ihr selbstsicheres Grinsen aufsetzte. »Du kennst mich. Ich lande immer auf den Füßen. Irgendetwas wird sich schon ergeben.«

Ich wünschte, ich könnte mir eine Scheibe von ihrem grenzenlosen Optimismus und ihrem uneingeschränkten Vertrauen ins Leben abschneiden. »Wenn es dich nicht stört, dass wir uns ein Zimmer teilen, kannst du bleiben, solange du willst.«

Sie legte sich auf den Bauch und stützte den Kopf in die Hände. »Machst du Witze? Das erinnert mich an früher. Weißt du noch, wie wir uns abends immer in Sophies Bett geschlichen haben, damit sie uns Gruselgeschichten vorliest?«

»Na klar! Du hast jedes Mal so laut geschrien, dass wir Angst hatten, Mama und Papa würden uns erwischen.« Die

Erinnerung an die kleine Pia, die sich zitternd an mich geklammert hatte, brachte mich zum Schmunzeln.

»Ich glaube, sie wussten genau, dass wir uns die Nächte um die Ohren schlagen.«

»Sie waren bestimmt der Meinung, dass es unser Problem wäre, wenn wir am nächsten Morgen kaum die Augen aufhalten konnten.«

»Und trotzdem haben wir nichts daraus gelernt.«

Ich seufzte. »So schade, dass wir dieses Jahr über Weihnachten nicht zu Hause sein werden.«

»Dafür feiern wir exklusiv in einem noblen Luxushotel. Hast du nicht gesagt, dass ihr einen Ball veranstaltet?«

»Ja, an Heiligabend.«

Pia strahlte. »Wenn du mich fragst, wird es das großartigste Weihnachten aller Zeiten.«

Ich dachte wieder an Finn und konnte nur hoffen, dass sie recht behielt.

25

Auf dem Weg in mein Büro begegnete ich Julian, der gerade einen Autoschlüssel von Roane entgegennahm.

»Guten Morgen«, begrüßte er mich gut gelaunt und unterzog mich einer genauen Musterung. Sein Blick blieb an meinen Augenringen hängen, die dieses Mal davon kamen, dass ich mit Pia die halbe Nacht im Whirlpool gelegen und gequatscht hatte. Ich war so froh über ihren spontanen Besuch, der mich davon abhielt, permanent über Finn und seine niederen Absichten nachzugrübeln.

»Hast du etwas Schönes geplant?«, erkundigte ich mich.

»Ich wollte eine der Langlaufloipen ausprobieren. Wenn ich im Januar auf Reisen gehe, sollte ich körperlich fit sein.«

»Dann steht es also fest?«

»Die Chefetage berät zwar noch, aber mein direkter Vorgesetzter meinte, ich könnte schon mal meine Koffer packen.«

Überschwänglich zog ich ihn in eine Umarmung. »Das sind fantastische Nachrichten!«

Ein Schatten huschte über sein Gesicht, als er sich von mir löste. »Ich freue mich auf die Auszeit, dennoch wird mir der Abschied schwerfallen.« Er spähte zum Restaurant hinüber.

»Du magst sie, oder?«

»Florence ist eine Naturgewalt, selbstsicher, unerschrocken und sehr auf ihre Unabhängigkeit bedacht.«

»Vielleicht fühlst du dich deshalb zu ihr hingezogen, weil sie all das verkörpert, was du dir für dein eigenes Leben wünschst.«

Julian ließ sich Zeit, um über meine Worte nachzudenken. »Damit könntest du recht haben. Was soll ich deiner Meinung nach tun?«

»Ich finde, du hast die richtige Entscheidung getroffen. Zieh los, entdeck die Welt, schreib dein Buch, und erfüll dir deine Träume. Ich bin mir sicher, dass du auf dem Weg wundervolle Menschen kennenlernen wirst. Und wer weiß, am Ende triffst du unterwegs diejenige, mit der du den Rest deines Lebens verbringen willst.«

Er senkte seine Stimme zu einem Flüstern herab. »Und wenn ich sie schon gefunden habe?«

»Dann vertrau dem Universum, dass es euch eines Tages wieder zusammenführen wird.«

Ein Lächeln huschte über seine Züge. »Danke, Anna. Du bist eine wahre Freundin.«

Im Weitergehen schaute ich in den Frühstücksraum und blieb abrupt stehen, als ich einen großgewachsenen Mann mit schulterlangen Locken sah, der sich mit einer rothaarigen Frau unterhielt. Fassungslos beobachtete ich, wie Michelle Finn eine Hand auf den Oberarm legte, ihn mit einem verführerischen Augenaufschlag bedachte und mit einem sinnlichen Schmollmund einzuwickeln versuchte. Und was tat er? Anstatt sich gegen ihre Aufdringlichkeit zu wehren, schien er es vielmehr zu genießen. Ich ignorierte das heftige Ziehen in meiner Brust und wandte mich ab.

Auch wenn Finn und ich nicht zusammen gewesen waren, tat es dennoch weh, wie leicht es ihm fiel, direkt mit der Nächsten zu flirten. Und dann noch ausgerechnet mit

Michelle, die ihn erst beachtet hatte, als bekannt wurde, dass er aus einer wohlhabenden Familie stammte.

Ich atmete tief durch und straffte die Schultern. Sollten sie doch alle machen, was sie wollten. Ich würde mich auf meine Arbeit konzentrieren und dafür sorgen, dass Pia und ich ein schönes Weihnachtsfest erlebten.

Die Türen des Aufzugs öffneten sich und heraus trat Frau Gruber, die über beide Ohren strahlte. »Meine Liebe, wie schön, dass ich Sie treffe. Ich wollte mich bei Ihnen bedanken.«

»Dann war die Ballonfahrt ein Erfolg?«, fragte ich, obwohl ihre glückliche Miene die Antwort vorwegnahm.

»Es hat so gutgetan, alles hinter uns zu lassen. Im Angesicht der Berge konnten wir ehrlich darüber sprechen, was in den letzten Jahren schiefgelaufen ist und was wir uns für die Zukunft wünschen.«

Zu gern würde ich wissen, wie es zu diesem Wandel gekommen war, hakte aber nicht nach, da ich es ihr überlassen wollte, wie viel sie mir anvertraute.

»Stellen Sie sich vor, mein Mann hat all die Jahre über das Gefühl gehabt, versagt zu haben, weil er mir nicht den Wohlstand ermöglichen konnte, von dem er dachte, dass ich ihn erwarte. Dabei habe ich mir die ganze Zeit bloß gewünscht, dass wir zusammen sind. Ich brauche weder Luxusurlaube noch das neuste und größte Automodell, nur damit die Nachbarn denken, wir hätten es zu etwas gebracht. Er hat in jeden Satz, jeden Blick und jede Geste einen Vorwurf hineininterpretiert, weil er sich eingeredet hat, ich würde ihn für seine Schwäche verachten.«

»Und wie geht es jetzt weiter?«

Sie trat einen Schritt näher und beugte sich vertraulich zu mir. »Wir werden uns vorerst nicht scheiden lassen, sondern unserer Ehe eine zweite Chance geben. Und das verdanken wir Ihnen. Sie hatten recht: Es lohnt sich immer, für die Liebe zu kämpfen.« Sie lächelte mich glücklich an, was sie um Jahre jünger wirken ließ, ehe sie auf ihren Mann zustrebte, der auf dem Vorplatz auf sie wartete.

Da ich dringend frische Luft brauchte, überredete ich Pia, am Nachmittag mit mir zum Bogenschießen zu gehen. Obwohl ich mir Mühe gab, mich nicht ablenken zu lassen, liefen die Bilder wie ein Film vor meinem inneren Auge ab: Finn, der aufrecht neben mir stand und den Bogen spannte, sein Brustkorb, der sich beim Einatmen hob, der konzentrierte Ausdruck in seinem Gesicht und das stolze Lächeln, das seine Lippen umspielte, wenn der Pfeil sein Ziel getroffen hatte. Die Erinnerung war so lebendig, dass ich meinte, seinen Duft wahrnehmen zu können. Pia, die zum Glück nichts von meiner Zerstreutheit mitbekam, verlor recht schnell die Lust, als ihr Pfeil die Zielscheibe abermals verfehlte und sich stattdessen in den Stamm einer jungen Fichte bohrte. Frustriert stieß sie die Luft aus, ließ den Bogen in den platt getretenen Schnee fallen und stützte die Fäuste in die Hüfte, was sie schon als kleines Mädchen immer getan hatte, wenn etwas nicht nach ihrem Willen ging.

»Jetzt weiß ich wieder, warum ich damals nach dem Probemonat aufgehört habe.«

Lachend machte ich mich daran, die Pfeile einzusammeln, und war froh, dass ich darauf bestanden hatte, Minnie im Hotel zu lassen. Die Hündin war meiner Schwester seit ihrer Ankunft nicht mehr von der Seite gewichen, doch bei Pias miserabler Trefferquote hätten wir sie einer unkalkulierbaren Gefahr ausgesetzt.

Wir schulterten unsere Bögen und machten uns auf den Rückweg. Dieses Mal wählte ich die etwas längere Route, die am See vorbeiführte, auf dem Paare in farbenfrohen Jacken ihre Bahnen zogen. Vereinzelte Schneeflocken trudelten durch die Luft und sorgten für die perfekte Winteratmosphäre.

Pia stieß ein tiefes Seufzen aus. »Es ist wirklich wunderschön.«

»Finde ich auch.« Ich ließ meinen Blick über die hochgewachsenen Nadelbäume, die das Ufer des Sees säumten, zum Château wandern, das sich an den Fuß der mächtigen Berge schmiegte. Aus den Fenstern strömte sattgoldenes Licht, das die Gäste schon aus der Ferne willkommen hieß.

»Vielleicht bleibe ich einfach hier.«

Obwohl Pia sehr sprunghaft war, konnte ich mir nur schwer vorstellen, dass sie ohne die Zerstreuungen einer Großstadt auf Dauer glücklich werden würde, außer es gab noch einen anderen Grund. »Das hat nicht zufällig etwas mit einem gewissen Stallburschen zu tun?«

»Wie kommst du darauf?« Der beiläufige Tonfall und die plötzliche Röte, die in ihre Wangen schoss, verrieten mir, dass ich mit meiner Vermutung richtiglag.

»Du scheinst den Vormittag im Stall verbracht zu haben.«

»Woher willst du das wissen?« Sie blieb stehen und verengte misstrauisch die Augen. »Hast du mir etwa nachspioniert?«

»Das war gar nicht nötig. Deine Klamotten haben dich verraten.« Ihr verwirrter Gesichtsausdruck reizte mich, sie noch länger zappeln zu lassen, doch da ich die gute Stimmung zwischen uns nicht riskieren wollte, löste ich das Rätsel schnell auf. »Sie riechen nach Pferd.«

»Ach so.« Beschwichtigt stapfte sie weiter. »Ich würde niemals meine Zukunft von einem Mann abhängig machen, aber ...«, ein verzücktes Lächeln trat auf ihre Züge, »falls ich Gründe zum Bleiben suchen würde, wäre er ein starkes Argument.«

Im Gegensatz zu mir hatte Pia offensichtlich keine Angst davor, verletzt zu werden, sondern vertraute darauf, dass sie sich wieder fangen würde, sollte sie von der rosaroten Wolke stürzen. Dafür bewunderte ich sie.

»Was ich dich noch fragen wollte«, sie blieb erneut stehen und griff nach meinem Handgelenk, »du hast nicht zufällig ein Kleid für mich? Für den Ball?«

Ich dachte an die vielen ein Mal getragenen Cocktailkleider in meinem Schrank, die ich für die schicken Veranstaltungen im Hause Hohensee gekauft hatte, bei denen meine Anwesenheit verlangt worden war. Es hatte mich gequält, Maxim nur aus der Ferne zu sehen und miterleben zu müssen, wie er sich in Begleitung anderer Frauen in der Öffentlichkeit zeigte. Heute fragte ich mich, warum ich das ganze Theater überhaupt mitgespielt hatte. Ich bedauerte, dass ich mir nicht mehr wert gewesen war, als im Schatten des Mannes, den ich zu lieben glaubte, darauf zu warten, wieder von ihm beachtet zu werden.

»Da lässt sich auf jeden Fall etwas für dich finden.«

Erleichtert atmete Pia auf. »Ich bin gespannt, was Milan sagt, wenn er mich in einem deiner schicken Kleider sieht.«

»Dann kommt er auch zum Ball?« Ich versuchte, mir Milan im Anzug vorzustellen, was mir schwerfiel, da ich ihn nur in seinen Stallklamotten kannte.

Die Röte auf Pias Wangen intensivierte sich. »Er hat mich gefragt, ob ich mit ihm hingehe«, gestand sie und linste vorsichtig zu mir. »Es sei denn, du hast etwas dagegen. Ich will auf keinen Fall, dass du dich an Weihnachten allein fühlst, jetzt, wo du mit Finn zerstritten bist.«

Entschlossen verdrängte ich den Gedanken, dass er mit Michelle den Ball besuchen könnte. »Du musst dir keine Sorgen um mich machen. Es geht mir gut. Und ich freue mich, dass du eine Verabredung hast. Genau so soll es sein.«

»Aber was ist mit dir?«

»Ich werde sowieso die meiste Zeit arbeiten. Und falls ich Lust bekomme zu tanzen, wird sich bestimmt jemand finden, und wenn nicht, tanze ich eben allein. Der Ball soll der Höhepunkt des Jahres sein, und den werde ich mir von niemandem kaputtmachen lassen.«

Am Eingang zum Hotel stand Finn, der von einer Schar Presseleute bedrängt wurde. Für einen Moment war ich versucht, ihn seinem Schicksal zu überlassen, ehe ich mich darauf besann, dass es zu meinen Aufgaben als PR-Managerin gehörte, unsere Gäste vor unerwünschtem Kontakt mit den Medien zu schützen. Ich bat Pia, in den Stall zu laufen und Milan zu holen. Gemeinsam eilten wir Finn zu Hilfe. Als wir näher kamen, hörten wir die aufdringlichen Fragen der Reporterinnen und Reporter.

»Herr Berger, warum haben Sie den Namen Ihrer leiblichen Mutter angenommen? Wie ist das Verhältnis zu Ihren Adoptiveltern? Warum arbeiten Sie nicht für das Familienunternehmen? Besteht eine Rivalität zwischen Ihnen und Maxim Hohensee?«

Vergeblich versuchte ich ein paarmal, mir Gehör zu verschaffen. Erst als Milan einen durchdringenden Pfiff ausstieß, verstummte die Meute. Ich schenkte ihm einen dankbaren

Blick, auch wenn mir etwas mulmig zumute wurde, da sich die Aufmerksamkeit der Menge nun auf mich richtete.

»Guten Tag, meine Damen und Herren, mein Name ist Anna Seidel. Ich bin die PR-Managerin des *Château Romantique*. Sollten Sie Fragen zu unserem Haus oder dem bevorstehenden Weihnachtsball haben, können wir gern einen Termin vereinbaren.« Ein hagerer Mann um die dreißig mit Spitzbart und leicht abstehenden Ohren machte Anstalten, mich zu unterbrechen, aber ich ließ ihn nicht zu Wort kommen. »Andernfalls möchte ich Sie höflich bitten, unsere Gäste nicht zu belästigen.«

Aus dem Augenwinkel sah ich, wie Pia und Milan Finn mithilfe von Tim und Roane unauffällig ins Foyer eskortierten.

Es dauerte eine ganze Weile, bis es mir gelungen war, die Vertreterinnen und Vertreter der Presse abzuwimmeln. Eine besonders aufdringliche Dame wollte mir ins Foyer folgen, doch Tim, der sich breitbeinig vor dem Eingang aufgebaut hatte, verwehrte ihr den Zutritt.

»Geht es dir gut?«, erkundigte ich mich, als ich in der Küche auf Finn traf, der von Rosie mit einem Becher Tee versorgt wurde und überraschend gelassen wirkte, als wäre er nicht gerade Ziel einer sensationslüsternen Pressemeute geworden.

»Hab schon Schlimmeres erlebt.«

Rosie ließ ihre Wut über den Vorfall an einem unschuldigen Brotteig aus. »Ich werde heute Abend das Team zusammentrommeln und allen einschärfen, dass die Privatsphäre der Gäste unter keinen Umständen verletzt werden darf. Auch wenn ich der Meinung bin, dass sie sich dessen bewusst sind, gehe ich lieber auf Nummer sicher.«

»Vermutlich ist es keine schlechte Idee, auch wenn ich eher glaube, dass wir den Presseauflauf der Indiskretion eines Gastes zu verdanken haben«, mischte Florence sich ein, woraufhin Rosie ein tiefes Seufzen ausstieß.

»Ich habe noch nie verstanden, was am Privatleben anderer Leute so interessant sein soll. Ist das eigene Leben denn nicht aufregend genug?«

Manchmal war es sogar aufregender, als mir lieb war. Ich machte mich auf den Weg in mein Büro, hielt jedoch inne, als ich hörte, dass Finn mir folgte.

»Danke für deine Hilfe. Ich wäre zwar auch allein klargekommen, aber es war trotzdem ein gutes Gefühl, dich an meiner Seite zu haben.«

»Als PR-Managerin bin ich für derartige Vorkommnisse verantwortlich.« Ich hörte selbst, wie zugeknöpft ich klang. »Außerdem wollte ich nicht, dass du dich bedrängt fühlst.«

»Hast du ein paar Minuten Zeit? Ich würde gern mit dir reden.«

Ein lodernder Schmerz fraß sich wie eine heiße Flamme durch meine Brust. Es kostete mich all mein schauspielerisches Talent, meine professionelle Miene zu wahren und mir nichts anmerken zu lassen. »Falls du eine konkrete Anfrage hast, die deinen Aufenthalt im Château betrifft, stehe ich dir selbstverständlich zur Verfügung. Ansonsten wüsste ich nicht, was wir beide noch zu besprechen hätten.«

»Bitte, Anna.« Sein flehender Blick ließ mich beinahe weich werden. Um der Versuchung zu widerstehen, konzentrierte ich mich auf die Wut, die ich am Morgen empfunden hatte. Ich hatte nicht vergessen, wie er mit Michelle geflirtet und nicht den geringsten Anschein erweckt hatte, als würde er mich vermissen. Wenn er sich so schnell tröstete, konnte sein Bedürfnis, die Situation zwischen uns zu klären, nicht besonders groß sein.

»Hast du nichts Besseres zu tun?«, fuhr ich ihn an und verfluchte mein hitziges Temperament.

»Im Moment nicht, nein.« Meine Kratzbürstigkeit entlockte ihm ein Schmunzeln, was mich nur noch mehr gegen ihn aufbrachte.

»Ich schon. Denn ich verschwende meine Zeit nicht an jemanden, der mich hintergeht und sich bei der erstbesten Gelegenheit anderweitig amüsiert.« Ich wollte mich an ihm vorbeidrücken, aber er griff nach meiner Hand, ließ sie jedoch sofort wieder los, als ich ihn böse anfunkelte.

»Würdest du mir bitte erklären, wovon du redest?«

»Von dir und Michelle. Musstest du vor meinen Augen derart offensiv mit einer anderen flirten? Braucht das dein Ego? Oder hat dir das mit uns wirklich gar nichts bedeutet?« Meine Stimme brach. Zu meinem Entsetzen spürte ich, dass mir heiße Tränen über die Wangen liefen. Unwirsch wischte ich sie weg.

Finn steckte die Hände in die Hosentaschen, als versuchte er, sich auf diese Weise davon abzuhalten, mich erneut zu berühren. »Du bist eifersüchtig.«

»Ganz bestimmt nicht«, leugnete ich das Offensichtliche, um wenigstens einen Rest meiner Würde zu wahren.

»Doch, das bist du.«

»Bilde dir bloß nicht ein, dass du mir etwas bedeutest. Denn das tust du nicht. Du bist nur ein …« Ich war froh, dass er mir ins Wort fiel und mich davon abhielt, ihm weitere Gemeinheiten an den Kopf zu werfen, die ich hinterher mit Sicherheit bereuen würde.

»Michelle hat mich gefragt, ob ich sie auf den Ball begleiten möchte. Ich habe ihre Einladung ausgeschlagen«, er hielt inne, als müsste er erst den nötigen Mut fassen, um den Satz zu beenden, »weil es für mich nur eine Frau gibt, mit der ich zusammen sein will.«

Sein Geständnis besänftigte den rasenden Schmerz in mir und ließ mich wieder freier atmen.

»Seit unserer ersten Begegnung kann ich nicht aufhören, an dich zu denken. Ich werde nie vergessen, wie du mich im Pool zur Schnecke gemacht hast, bloß weil ich mir einen kleinen Scherz erlaubt habe.« Die Erinnerung zauberte ihm ein Lächeln aufs Gesicht. »Ich habe mich in dich verliebt, Anna, und es tut mir unendlich leid, dass ich nicht von Anfang an ehrlich zu dir war.«

Kurz war ich versucht, mir in den Arm zu kneifen, um sicherzugehen, dass ich nicht träumte. Hatte Finn mir gerade wirklich seine Liebe gestanden? Oder spielte mir meine Fantasie einen fiesen Streich? Ich spürte, wie leise Hoffnung die lodernde Hitze in meiner Brust erstickte, doch so leicht würde ich es ihm nicht machen.

»Du hast mich bewusst hintergangen und bist extra in die Schweiz geflogen, um deinen Vater bei seinen miesen Racheplänen zu unterstützen.«

»Was? Nein!« Er sah ehrlich bestürzt aus. »Ich wollte dich nur beschützen.«

»Niemand hat dich darum gebeten.« Die Schärfe in meiner Stimme ließ ihn zusammenzucken.

»Ich weiß. Würdest du dir trotzdem meine Version der Geschichte anhören?«

Ich sah zu ihm auf, versank im warmen Braunton seiner Augen und versuchte, das Chaos in mir zu ordnen und nebenbei zu erspüren, was mir meine Intuition riet. Konnte ich ihm vertrauen? Oder würde er mir bloß noch mehr Lügen auftischen? Andererseits war ich nun gewarnt und würde es höchstwahrscheinlich merken, wenn er mich manipulieren wollte. Doch unabhängig davon, wie sehr er mich verletzt hatte, wusste ich, dass ich es nicht über mich bringen würde, ihn nie wiederzusehen, ohne ihm zumindest die Chance zu geben, sich zu erklären.

»Also gut«, murmelte ich.

»Komm.«

Er griff nach meiner Hand, aber ich zog sie weg und folgte ihm wortlos. Wir nahmen den Aufzug in die erste Etage. Doch anstatt die Flitterwochensuite anzusteuern, die er sich mit Julian teilte, öffnete er die Tür zu einem Salon. Nachdem er sich vergewissert hatte, dass sich niemand darin aufhielt, ließ er mir den Vortritt. Ich setzte mich in einen dunkelblauen Ohrensessel gegenüber dem Kamin, hinter dessen Glasscheibe ein munteres Feuer brannte und eine wohlige Wärme verbreitete, die so gar nicht zu der angespannten Stimmung passte, die zwischen uns herrschte. Finn nahm auf dem Sofa mir gegenüber Platz und schien nach dem richtigen Einstieg zu suchen. Da es eine längere Unterhaltung zu werden schien, zog ich meine Beine an und verschränkte schützend die Arme vor der Brust.

»Möchtest du etwas trinken?«, fragte er und durchbrach damit die unbehagliche Stille.

»Sag einfach, was du zu sagen hast.«

Er atmete tief durch, ehe er mich ansah. »Es war ein Fehler, mich zurückzuziehen, statt mit dir zu reden. Ich dachte, dass es so für uns beide leichter wäre.« Aufgewühlt fuhr er sich mit einer Hand durchs Haar, woraufhin sich einige Strähnen aus dem locker zusammengebundenen Bun lösten. »Wenn ich gewusst hätte, dass du in einer Beziehung mit meinem Adoptivbruder warst, hätte ich mich von Anfang an von dir ferngehalten, egal, wie schwer es mir gefallen wäre.«

»Dann hast du es erst erfahren, als ich dir davon erzählt habe? Bist du deshalb Hals über Kopf aus meinem Zimmer geflohen?«

»Es hat mich überrascht, dass du …« Er geriet ins Stocken.

»Sprich es ruhig aus. Du hättest nicht gedacht, dass ich so dumm bin, auf ihn hereinzufallen. Dass ich ihn nicht schneller durchschaue, anstatt mich jahrelang von ihm benutzen zu lassen. Dass ich so naiv war, zu glauben, er könnte sich ernsthaft mit mir einlassen wollen.« Ich spürte Tränen der Demütigung und Scham hinter meinen Lidern brennen und blinzelte sie hektisch weg.

»Ich weiß aus eigener Erfahrung, dass Maxim sehr überzeugend sein kann, wenn er etwas haben will. Aber du hast recht. Im ersten Moment mag es ein Schock für mich gewesen sein, dass ihr eine gemeinsame Vergangenheit habt. Was mich jedoch mehr bestürzt hat, war, dass meine Familie dir so viel Leid zugefügt hat.«

Ich wollte ihm so gern glauben, dass das der einzige Grund gewesen war, aus dem er sich von mir abgewandt hatte. »Du hast gesagt, du wolltest mich beschützen. Vor wem? Vor dir? Oder vor deinem Vater? Hat er dich auf mich angesetzt?«

Irritiert zog er die Brauen zusammen. »Wie um alles in der Welt kommst du darauf …«

»Tu doch nicht so, als würdest du nicht in der ganzen Sache mit drinhängen.« Empört stand ich auf. »Oder willst du mir weismachen, dass du zufällig hier im Château aufgekreuzt bist?«

»Nein, das nicht, aber …«

»Was war dein Plan? Wolltest du nur meinen Ruf schädigen oder direkt dafür sorgen, dass Rosie und Hannes mich feuern?« Das Entsetzen in seiner Miene ließ mich innerlich triumphieren. Offenbar hatte er nicht damit gerechnet, dass ich ihn mühelos durchschaute. »Was auch immer du vorhast, es wird dir nicht gelingen. Ich werde nicht zulassen, dass du oder deine Familie mein Leben zerstören oder diesem Hotel schaden.«

Finn stand so abrupt auf, dass ich einen Schritt zurückwich. »Du denkst, dass mein Vater mich geschickt hat?«

Obwohl die Fassungslosigkeit in seiner Stimme überzeugend klang, nickte ich. Scheinbar war er ein noch besserer Schauspieler, als ich gedacht hatte.

»Es stimmt, dass mein Vater es auf dich und das Château abgesehen hat. Genau deshalb bin ich hergekommen, aber nicht um ihm in die Hände zu spielen, sondern um etwas dagegen zu unternehmen.«

Mir entwich ein Schnauben. »Und das soll ich dir glauben? Wieso solltest du dich wegen eines Hotels, mit dem dich nichts verbindet, gegen deine Familie stellen?«

»Weil ich am eigenen Leib erfahren habe, wie grausam mein Vater sein kann.« Er presste die Kiefer so fest aufeinander, dass seine Muskeln deutlich hervortraten.

Ich erinnerte mich daran, dass er mir erzählt hatte, dass seine Eltern ihn früh aufs Internat geschickt hatten und er die meisten Ferien bei einem Freund verbracht hatte. War er zu Hause nicht erwünscht gewesen?

»Warum haben sie dich adoptiert, wenn sie kein Interesse daran hatten, sich um dich zu kümmern?« Ich befürchtete, mit dieser Frage zu weit gegangen zu sein, aber Finn antwortete mir bereitwillig.

»Klara dachte, sie könnte nicht schwanger werden. Daher haben sie sich für eine Adoption entschieden, weil Richard unbedingt einen Erben für sein Imperium wollte. Kurz nachdem sie mich bei sich aufgenommen hatten, hat es entgegen allen ärztlichen Prognosen doch geklappt. Und sobald Maxim geboren war, hatten sie keine Verwendung mehr für mich.« Sein nüchterner Tonfall konnte nicht darüber hinwegtäuschen, wie sehr er unter der Ablehnung seiner Adoptiveltern gelitten hatte.

Erschüttert ließ ich mich in den Sessel fallen. »Und wie ist euer Verhältnis jetzt?«, fragte ich, als Finn sich ebenfalls wieder gesetzt hatte. Obwohl die Tatsache für sich sprach, dass ihn niemand von seiner Familie in den drei Jahren, in denen ich im *Hotel Hohensee* angestellt gewesen war, je erwähnt hatte, wollte ich die ganze Wahrheit hören.

»Ich habe direkt nach dem Abitur den Kontakt zu ihnen abgebrochen und bin auf Reisen gegangen. Es ist für beide Parteien besser, wenn wir so wenig wie möglich miteinander zu tun haben.«

»Hast du deshalb deinen Namen geändert? Um dich noch mehr von ihnen abzugrenzen?«

»Als ich meinen Pass beantragt habe und meinen Namen angeben sollte, verspürte ich plötzlich den Wunsch, mehr über meine leiblichen Eltern zu erfahren. Ich habe mich nach ihnen erkundigt. Zu meinem Vater gab es keine Angaben, aber ich habe herausgefunden, dass meine Mutter Simone Berger heißt. Sie war bei meiner Geburt noch minderjährig und hat mich wohl deshalb zur Adoption freigegeben. Irgendwie fühlte ich mich mit ihr mehr verbunden als mit den Hohensees.«

Ich schluckte. »Hast du je versucht, mit ihr Kontakt aufzunehmen?«

»Bisher noch nicht. Es fällt mir leichter, mir einen überforderten Teenager vorzustellen, der nur das Beste für sein Baby wollte, als zu ihr zu gehen und die Wahrheit herauszufinden. Sie könnte inzwischen eine Familie haben und mich nicht sehen wollen. Oder sie bereut, mich weggegeben zu haben, und fragt mich nach meiner Kindheit. Obwohl ich es gewiss schlechter hätte treffen können, möchte ich sie nicht anlügen.«

»Immerhin hast du ihren Namen angenommen. Als Fineas Hohensee hättest du es bestimmt leichter gehabt – zumindest in der Hotelbranche.«

»Das mag sein, aber lieber würde ich mein Leben lang Aushilfsjobs annehmen, als mir durch sie einen Vorteil zu verschaffen.«

»Haben Klara und Richard sich seitdem bei dir gemeldet?«

Sein beinahe unmerkliches Kopfschütteln brach mir das Herz. Ich hätte ihn am liebsten umarmt, um ihm zu zeigen, dass ich für ihn da war. Dass er es wert war, gehalten und beschützt zu werden. Doch die tiefe Kluft, die seine Unaufrichtigkeit zwischen uns geschaffen hatte, ließ sich nicht so einfach überwinden.

26

»Dann war das zwischen uns nicht nur gespielt?« Ein unkontrolliertes Zittern ergriff meinen Körper, als mir bewusst wurde, wie viel von seinen nächsten Worten abhing.

Finn lehnte sich nach vorn und umschloss meine Hände. Seine Berührung war kräftig und sanft zugleich. »Ich mag dir nicht die ganze Wahrheit gesagt haben, aber ich habe dich nie belogen, schon gar nicht, was meine Gefühle für dich angeht.«

In seinen Augen, die sich mit einer Intensität in meine brannten, die mein Innerstes trotz allem, was vorgefallen war, zum Beben brachte, erkannte ich nichts als pure Aufrichtigkeit.

»Ich glaube dir«, beantwortete ich die Frage, die unausgesprochen zwischen uns hing.

»Also sind wir wieder …«

Die Hoffnung, die in seiner Stimme mitschwang, machte es mir schwer, den Satz für ihn zu beenden. »Freunde.« Das Grübchen auf seiner Wange, das sich hervorgewagt hatte, verschwand, als hätte es geahnt, dass es sich zu früh gefreut hatte. »Was ich noch nicht verstehe«, setzte ich an und entzog ihm meine Hände, um mich im Sessel zurückzulehnen, »wie konntest du wissen, dass dein Vater mir schaden will, wenn ihr keinen Kontakt mehr habt?«

Finn fuhr sich erneut durchs Haar, wie er es oft beim Nachdenken tat. Dieses Mal löste sich das Band und fiel zu

Boden. Er hob es auf und streifte es sich gedankenverloren über sein Handgelenk.

»Es gibt eine letzte Sache, die ich dir noch nicht erzählt habe.«

Ich spürte, wie sich mein Brustkorb schützend zusammenzog, als würde sich mein Körper für den nächsten Schlag wappnen. »Spuck's aus!«, forderte ich ihn auf und versuchte, mir einzureden, dass mich nichts mehr umhauen konnte.

»Du weißt, dass ich viel unterwegs bin und früher Gelegenheitsjobs angenommen habe, um meine Reisen zu finanzieren.«

»Du hast als Surf- und Tauchlehrer gearbeitet, in landwirtschaftlichen Betrieben ausgeholfen und warst eine Zeit lang Barkeeper.«

Er nickte und wollte wieder nach meiner Hand greifen, aber ich ließ es nicht zu. Ich konnte nicht hier sitzen und so tun, als wäre alles in Ordnung, solange Finn immer noch Geheimnisse vor mir hatte.

»Vor fünf Jahren habe ich bei einer Safari in Südafrika einen erfolgreichen Unternehmer kennengelernt. Wir kamen ins Gespräch, und ich berichtete ihm, wie ich Wilderness Guide geworden war. Er fand meinen Lebenslauf spannend und bot mir einen Job an. Zuerst habe ich gezögert, doch die Vorteile sprachen für sich. Die Aufgabe, die ich erfüllen sollte, ließ sich mit meiner bisherigen Lebensweise kombinieren und bot mir noch dazu ein sicheres Einkommen. Es fiel mir schwer, meine Unabhängigkeit aufzugeben. Letztendlich war ausschlaggebend, dass ich in meiner neuen Position Menschen wie meinen Adoptiveltern auf die Finger schauen konnte.« Er machte eine Pause, um sich die richtigen Worte zurechtzulegen, was mir die Gelegenheit gab, die einzelnen Puzzleteile in meinem Kopf zu einem Bild zusammenzufügen. »Seitdem arbeite ich …«

»Für *Adventure World*.« Ich konnte mich gerade noch davon abhalten, mir mit der flachen Hand gegen die Stirn zu schlagen. »Du bist der Hoteltester!« Falls ihn meine Erkenntnis überraschte, ließ er sich nichts anmerken. Obwohl ich instinktiv spürte, dass ich richtiglag, hoffte ich zugleich, mich zu irren. Denn sonst würde Finns sorgfältig gesponnene Geschichte wie ein Kartenhaus in sich zusammenfallen. »Also bist du doch im Auftrag deines Vaters hier. Hat er etwas gegen deinen Chef in der Hand, oder wie kommt es, dass er sich seinem Willen beugt?«

»Das Gegenteil ist der Fall. Stefan, mein Vorgesetzter, hat mich sofort informiert, als mein Vater sich mit der Bitte an ihn gewandt hat, das neu eröffnete *Château Romantique* in der Nähe von Zermatt einer genauen Prüfung zu unterziehen. Dabei hat er durchklingen lassen, dass er einen scharfen Kritiker bevorzugen würde.«

Auch wenn ich mir den Ablauf in etwa so vorgestellt hatte, war es doch erschütternd, dass Finn meine Vermutung bestätigte. »Aber warum hat dein Chef dann dich geschickt? Und wieso hat dein Vater sich ausgerechnet an ihn gewandt? Weiß er nicht, dass du für *Adventure World* arbeitest?«

»Da Richard über alles, was in der Hotelbranche abläuft, im Bilde ist, denke ich, dass es eine bewusste Entscheidung war. Wahrscheinlich ist er davon ausgegangen, dass sein Name Furcht einflößend genug ist, damit alle anstandslos tun, was er verlangt – inklusive mir.«

Diese Einschätzung stimmte mit den Erfahrungen überein, die ich während der Zusammenarbeit mit Finns Vater gesammelt hatte.

»Stefan, der meinen familiären Hintergrund kennt, hat mich zurate gezogen, woraufhin ich ihn gebeten habe, den Auftrag übernehmen zu dürfen. Ich habe geahnt, dass mein Vater seine Position ausnutzt, um jemandem das Leben schwer zu machen, und wollte mich ihm entgegenstellen.«

»Daher bist du hergekommen, um dir selbst einen Eindruck zu verschaffen. Ohne dich vorher zu informieren, ob es eine Verbindung zwischen dem Hotelkonzern deiner Eltern und dem Team vom Château gibt?«

»Es war mir wichtig, möglichst objektiv zu sein. Erst als ich angefangen habe, Gefühle für dich zu entwickeln, habe ich mir deinen Lebenslauf auf LinkedIn angeschaut und gesehen, dass du die letzten drei Jahre für meinen Vater gearbeitet hast. Daraus habe ich geschlossen, dass es ihm nicht um das Hotel, sondern um dich gehen muss.«

Eine Frage, die mir jedoch noch immer keine Ruhe ließ und dafür sorgte, dass sich mein Magen fest zusammenballte, drängte sich mit aller Macht an die Oberfläche. »Wann wolltest du mir sagen, dass du kein Berater bist, sondern zu *Adventure World* gehörst?«

Ich musste nicht extra erwähnen, wie wichtig es für mich gewesen wäre, über Finns Absichten Bescheid zu wissen. Er kannte sich in der Branche gut genug aus, um einschätzen zu können, dass sein Urteil die Macht hatte, über meine Zukunft zu entscheiden, die während der Probezeit an einem seidenen Faden hing.

»Ich übe durchaus eine beratende Tätigkeit aus, denn ich empfehle nicht nur Hotels, sondern biete darüber hinaus den Unternehmen, die ich teste, Vorschläge zur Optimierung an.«

»Ist es dein übliches Vorgehen, dass du dich mit einem Mitglied des Teams anfreundest, um an Informationen zu kommen?«

Es war ihm anzusehen, dass er seine nächsten Worte sehr genau abwog. »Ja, aber das tue ich nicht aus Berechnung, sondern um einen authentischen Eindruck zu bekommen, damit ich möglichst fair urteilen kann.«

»Hast du deshalb mit Hannes das Iglu gebaut?«

»Ich habe ihm geholfen, weil ich ihn als Mensch wertschätze und mich sein tief empfundener Wunsch, seine Frau glücklich zu machen, berührt hat.«

»Und was ist mit mir?« Ich schluckte, da sich mein Hals mit einem Mal ganz trocken anfühlte. »War ich auch nur eine günstige Gelegenheit, mehr über das Château in Erfahrung zu bringen?«

»Zu Beginn vielleicht, aber dann habe ich dich näher kennengelernt und Gefühle für dich entwickelt.«

»Gerätst du nicht in einen Interessenskonflikt, wenn du dich auf ein romantisches Abenteuer mit einer Angestellten eines Hotels einlässt, das du bewerten sollst?«

»Ich habe den Auftrag nach unserer ersten gemeinsamen Nacht abgegeben.«

Erschrocken schnappte ich nach Luft. Es mochte mir nicht gefallen, dass Finn mich über seine wahren Absichten im Unklaren gelassen hatte, aber zumindest wusste ich, wie sehr ihm Rosie und Hannes am Herzen lagen. »Heißt das, dass noch jemand kommen wird, um das Hotel zu beurteilen?«

»Ein Kollege wird für mich einspringen.« Er wollte mit der Hand über mein Knie streichen, überlegte es sich jedoch im letzten Moment anders. »Du musst dir keine Sorgen machen. Ich bin sicher, dass er ebenso begeistert sein wird wie ich.«

Von innerer Unruhe erfüllt, stand ich auf und ging zum Fenster in der Hoffnung, dass der Anblick der verschneiten Bergkulisse meine angespannten Nerven beruhigte. Falls Finn die Wahrheit sagte, drohte dem Château keine unmittelbare Gefahr. Dennoch fiel es mir schwer, sein Verhalten nachzuvollziehen. Ich war davon ausgegangen, dass unsere Verbindung auf Vertrauen basierte, und musste feststellen, wie sehr ich mich geirrt hatte. Dass der Mann, in den ich mich verliebt und von dem ich geglaubt hatte, ihn zu kennen, nur ein Trugbild gewesen war.

»Rede mit mir«, durchbrach er die unheilvolle Stille, die sich zwischen uns ausgebreitet hatte. »Kannst du mir verzeihen und uns noch eine Chance geben? Jetzt, wo du weißt, dass ich dir nie etwas Böses wollte?«

Ich nahm mir Zeit, darüber nachzudenken, ehe ich mich zu ihm umwandte. »Es geht nicht bloß darum, dass du mir Dinge verschwiegen hast. Viel schwerer wiegt für mich, dass du über meinen Kopf hinweg entschieden hast, was das Beste für mich ist, anstatt mit mir zusammen nach einer Lösung zu suchen.« Er wollte etwas erwidern, aber ich ließ ihn nicht zu Wort kommen. In mir waren so viel Unverständnis und Wut, die ich so lange unterdrückt hatte, dass sie nun mit aller Macht hervorbrach. »Ich kann nachvollziehen, dass du erst einmal Abstand gebraucht hast, nachdem ich dir erzählt habe, dass ich mit Maxim zusammen war. Doch hast du auch nur eine Sekunde darüber nachgedacht, wie ich mich gefühlt habe, als ich von einer Klatschreporterin erfahren musste, dass du von den Menschen großgezogen worden bist, die alles daransetzen, meine Zukunft zu zerstören? Dass ich mich ausgerechnet dir anvertraut habe, ohne zu wissen, welche Fäden im Hintergrund gezogen werden? Es tut weh, dass du nicht den Mut hattest, das Gespräch mit mir zu suchen, sondern geglaubt hast, alles allein mit dir ausmachen zu müssen.« Ich durchquerte den Raum und schloss meine Finger um die Türklinke, als wäre sie mein rettender Anker. »Ich mag keine eigenen Erfahrungswerte in Bezug auf glückliche Beziehungen haben, aber selbst mir ist klar, dass Kommunikation ein wichtiger Schlüssel ist, wenn man die Hürden überwinden will, die das Leben einem in den Weg stellt. Und solange du dazu nicht in der Lage bist, gibt es keine Zukunft für uns.«

Der Schmerz in seinen Augen traf mich tief. Ich wusste, dass es die richtige Entscheidung war, doch das machte es nicht leichter. Ohne ein weiteres Wort öffnete ich die Tür und trat hinaus. Alles, was mir blieb, war die Hoffnung, dass es irgendwann nicht mehr so wehtun würde.

27

Das Telefon klingelte in einer Tour, sodass ich kaum Zeit fand, die Aufgaben auf meiner To-do-Liste zu erledigen. Zuerst freute ich mich, dass meine Werbekampagnen die gewünschte Resonanz zeigten, doch allzu schnell stellte sich heraus, dass ein Großteil der Anrufenden sich nicht für den Ball, sondern nur für Finneas Hohensee interessierte. Ich wimmelte einen nach dem anderen ab und schaltete schließlich den Anrufbeantworter ein, da ich es leid war, immer wieder die gleichen Sprüche aufzusagen und dabei auch noch freundlich zu bleiben.

Um das Ausmaß der medialen Aufmerksamkeit besser einschätzen zu können, gab ich Finns Namen in die Suchmaschine ein und erschrak, als ich die Flut an Artikeln und Videobeiträgen sah. Am meisten schockierten mich die zahlreichen Bilder, die in den vergangenen Tagen entstanden sein mussten. Sie zeigten ihn auf Zorro, beim Skifahren und wie er zusammen mit Minnie den Hang hinter dem Hotel hinabrannte. Auf einem Foto, das von der Panoramaterrasse aus aufgenommen worden war, hatte ihn sogar jemand mit nassem Haar in eng anliegenden Badeshorts abgelichtet.

Um meine Verärgerung in kreative Bahnen zu lenken, beschloss ich, eine Cinderella-Story für Social Media zu filmen. Ich würde Pia und Milan bitten, sich in Schale zu werfen, und einige Szenen vor dem Schloss und im weihnachtlich geschmückten Ballsaal mit ihnen drehen.

Als ich zum Stall kam, wurde ich beinahe von einer jungen Frau über den Haufen gerannt, die eine teure Spiegelreflexkamera um den Hals trug. Hinter ihr kam ein vor Wut schnaubender Hannes aus der Tür, der ihr nachrief, sich nie wieder im Château blicken zu lassen. Ich vermochte mir nicht einmal vorzustellen, was sie angestellt haben musste, um den routinierten Hotelier, den so schnell nichts aus der Ruhe brachte, derart in Rage zu versetzen.

»Aufdringliches Journalistenpack! Nirgends ist man mehr vor ihnen sicher«, brummte er, ehe er wieder im Stall verschwand.

Meine Schwester, die neben Don Juan in der Box stand und ihm den Hals kraulte, war sofort bereit, mir zu helfen. Milan hingegen reagierte weniger begeistert, aber unter unseren flehenden Bitten gab er schließlich nach. Mit Heidruns Hilfe fanden wir die perfekten Outfits. Mein Herz schmolz dahin, als meine kleine Schwester in Milans Armen, der in seinen tannengrünen Strumpfhosen und dem Rüschenhemd mit weiten Flatterärmeln an einen waschechten Märchenprinzen erinnerte, über das Parkett schwebte. Sie sah wunderschön aus in dem silbernen Ballkleid, und das Strahlen in ihren Augen verriet, wie glücklich sie war.

Britta jubelte laut, als wir das Video am nächsten Abend zusammen hochluden und die Klickzahlen kurz darauf durch die Decke gingen. Es kostete mich große Mühe, meine Lippen zu einem Lächeln zu zwingen. Warum verspürte ich statt Freude nur diese bedrückende innere Leere, die mir seit Tagen jegliche Energie raubte? Obwohl Finn und ich bloß eine kurze Zeit zusammen verbracht hatten, vermisste ich ihn mit einer Intensität, die sich wie ein Korsett um meinen Brustkorb schnürte und mir das Atmen erschwerte.

Pia gab ihr Bestes, um mich aufzumuntern, doch ihre verträumte Miene und die sehnsüchtigen Blicke auf ihr Handy verrieten mir, dass sie viel lieber Zeit mit Milan verbringen würde, statt ihre Schwester über ihren Liebeskummer hinwegzutrösten.

Trotz meiner Bemühungen, mir nichts anmerken zu lassen, nahm Rosie mich schließlich zur Seite und wollte wissen, was mir auf dem Herzen lag. Ich öffnete den Mund, um ihr zu versichern, dass alles in Ordnung wäre, doch stattdessen brach der Damm und meine Gefühle purzelten ungefiltert aus mir heraus. Sie lotste mich zu der gemütlichen Eckbank in der Küche und kochte einen ihrer heiß geliebten Kräutertees, auf deren beruhigende Wirkung sie schwor.

»Dafür, dass du behauptest, dass Finn für dich nur ein bedeutungsloser Flirt war, scheint dir die Sache ziemlich nahezugehen«, bemerkte sie und rührte dabei in ihrem Becher, obwohl sie gar keinen Zucker genommen hatte.

»Ich hätte mich gar nicht erst auf ihn einlassen sollen.«

»Dann wären dir viele schöne Momente entgangen. Oder irre ich mich?«

Hitze schoss in meine Wangen, sodass ich schnell meine Haare vor mein Gesicht fallen ließ, doch an ihrem Schmunzeln sah ich, dass ich sie nicht täuschen konnte. »Wie soll ich eine Beziehung mit jemandem führen, der nicht mit mir redet und alles mit sich selbst ausmacht?« Ich schob mein Haar zurück hinters Ohr, entschlossen, das alberne Versteckspiel zu beenden, und schaute gespannt zu Rosie.

»Du kennst die Hohensees besser als ich, aber allein durch das, was ich von dir über sie weiß, kann ich Finns Reaktion nachvollziehen.« Das war nicht die Antwort, die ich hatte hören wollen. »Hast du versucht, dich in seine Lage zu versetzen?«

»An seiner Stelle hätte ich mit mir geredet.«

Rosie legte den Löffel beiseite und schüttelte den Kopf. »Ich meine, ob du dir schon einmal überlegt hast, wie es ist, als adoptiertes Kind in dieser Familie aufzuwachsen.«

»Sie haben ihn früh aufs Internat geschickt.«

»Findest du, dass das die Sache besser macht?«

Ich seufzte, da mir allmählich bewusst wurde, dass ich keine Ahnung hatte, was wirklich in Finn vorging.

»Nach dem, was du mir gerade erzählt hast, ist er im Schatten seines Bruders aufgewachsen und hat nie erfahren, was es bedeutet, bedingungslos und um seiner selbst willen geliebt zu werden. Von wem hätte er lernen sollen, sich in schwierigen Situationen anderen anzuvertrauen? Selbst wenn er im Internat Freunde gefunden hat, ersetzt das nicht die Liebe der Eltern, deren Aufgabe es ist, einem Kind in frühen Jahren ein Gefühl von Sicherheit zu vermitteln.« Sie legte ihre Hand auf meine. »Ich will sein Verhalten nicht entschuldigen, aber ich verstehe, warum er geglaubt hat, die Situation allein klären zu müssen.«

Am Abend hatte ich wie so oft Schwierigkeiten, einzuschlafen. Zu viele Gedanken schwirrten in meinem Kopf herum. Dazu kam, dass Pia offenbar bei Milan übernachtete, und obwohl ich mich für sie freute, vermisste ich es, sie in meiner Nähe zu haben. Es war nach vier, als ich endlich in einen unruhigen Schlaf fiel, aus dem ich kurz darauf unsanft geweckt wurde. Pia stand an meinem Bett und rüttelte an meiner Schulter. Unwillig schlug ich die Augen auf.

»Steh auf, Schlafmütze! Du musst dir unbedingt etwas ansehen!«, rief sie und hielt mir meine Strickjacke entgegen.

»Hat das nicht noch etwas Zeit?«

»Wir haben die ganze Nacht daran gebastelt.«

»Wir?«, murmelte ich und widerstand dem Drang, mich tiefer unter die Decke zu kuscheln.

»Es war Finns Idee.«

Mir entwich ein Stöhnen. Es war eindeutig zu früh, mich mit meinen komplizierten Gefühlen, die ich für Finn empfand, zu befassen.

Pia setzte sich zu mir aufs Bett. »Ich kann verstehen, dass du sauer auf ihn bist, aber er hat sich richtig viel Mühe gegeben.«

»Und warum muss es mitten in der Nacht sein?«, grummelte ich und versuchte, die aufkeimende Neugier zu unterdrücken.

»Weil um sieben die ersten Gäste kommen und es nur geht, solange niemand da ist.«

»Kannst du mir nicht einfach sagen, was er vorhat?«

»Und dir die ganze Überraschung verderben? Ganz bestimmt nicht. Vertrau mir, Schwesterherz. Es wird dir gefallen, da bin ich mir ganz sicher.«

Pia sprang auf, als ich die Bettdecke zurückschlug, und drückte mir die Strickjacke in die Hand. Sie wollte mich schon in Richtung Tür schieben, aber ich brauchte zuerst einen Moment im Bad.

Ich verzichtete darauf, mir eine andere Hose anzuziehen. Zu dieser Uhrzeit waren hoffentlich noch keine Gäste auf den Gängen unterwegs, und falls doch, mussten sie eben den Anblick meiner himmelblauen Flanellpyjamahose ertragen, auf der tanzende Schneemänner abgebildet waren.

Mit gemischten Gefühlen tapste ich hinter Pia her zum Aufzug und stellte fest, dass wir in den Wellnessbereich fuhren. Ich folgte ihr zum Indoorpool, wo nicht nur Finn, sondern auch Julian, Florence, Milan und Tim in Badekleidung am Rand standen.

»Da bin ich. Was gibt's?«, fragte ich in die Runde und spürte, wie mich gegen meinen Willen ein Gefühl der Vorfreude durchlief. Die letzten beiden Male, als Finn mich überrascht hatte, waren zu unvergesslichen Momenten für mich geworden.

»Du bist dran«, forderte Julian Finn auf und stieß ihm, da er keine Anstalten machte, etwas zu sagen, seinen Ellbogen in die Seite.

Mein Herz galoppierte los, als mein Blick auf seinen nackten Oberkörper fiel, der sich im Rhythmus seiner Atemzüge hob und senkte. Einzelne Wassertropfen bahnten sich einen Weg über seine Bauchmuskeln abwärts, ehe sie im Saum seiner Badehose verschwanden.

»Ich dachte mir«, setzte er mit rauer Stimme an, »da du während deiner Probezeit nicht ans Meer fahren kannst, muss das Meer eben zu dir kommen.«

Verwirrt trat ich einige Schritte näher und schaute von Finn zum Pool. Hatte er eine Wellenfunktion installiert und mich deswegen vor Morgengrauen aus dem Bett holen lassen? Ich spielte mit dem Gedanken, in mein Zimmer zurückzugehen, als Pia mir meinen Bikini reichte und mich zu den Umkleiden begleitete. Widerstrebend zog ich mich um und stand kurz darauf am Rand des Beckens.

»Könnte mir bitte endlich jemand verraten, was hier vorgeht?«, forderte ich, erreichte damit jedoch nur, dass die anderen zurückwichen, als wollten sie Finn die Bühne überlassen.

»Wie wäre es, wenn ich es dir zeige? Aber dazu musst du mir vertrauen.«

Wieso musste er ausgerechnet das Einzige von mir verlangen, das ich ihm nicht geben konnte? Ich wollte ablehnen, doch ein Blick in seine dunkel schimmernden Augen, die Ruhe und Sicherheit ausstrahlten, ließ mich zögern. Ich konnte nicht leugnen, dass ich gespannt war, was er und die anderen sich ausgedacht hatten, und sah ein, dass ich es nicht über mich bringen würde, sie zu enttäuschen.

»Also schön. Was soll ich tun?«

Ich ignorierte das erleichterte Lächeln, das über seine Züge huschte, und konzentrierte mich stattdessen auf seine Anweisungen. Wir glitten langsam ins Wasser, holten tief Luft und ließen uns auf den Boden sinken. Ich musterte die türkisfarbenen Kacheln, konnte jedoch nichts Ungewöhnliches entdecken.

Als sich das Wasser beruhigt hatte, tauchte wie von Zauberhand ein Korallenriff vor uns auf. Fische in unterschiedlichen Größen und bunten Farben schwammen zwischen den wogenden Pflanzen umher und wirkten täuschend echt. Am liebsten wäre ich näher geschwommen, fürchtete aber, dass die kleinste Bewegung die Illusion zerstören könnte. Ich verharrte so lange regungslos, wie meine Lunge es erlaubte, bevor ich mich vom Boden abstieß. Finn durchbrach zeitgleich mit mir die Wasseroberfläche und sah mich erwartungsvoll an, während ich gierig nach Luft schnappte.

»Das ist unglaublich! Wie hast du das hingekriegt?«

»Ich hatte ein wenig Hilfe.« Er deutete auf unsere Freunde, die sich sichtlich über meine Begeisterung freuten.

»Es braucht nur einen Projektor und ein paar technische Skills, und schon kann man sich die faszinierende Unterwasserwelt des Südpazifiks in den hoteleigenen Pool holen«, erklärte Tim. Ich wusste von seiner Vorliebe für elektronische Spielereien und konnte mir denken, dass er bei der Umsetzung von Finns ambitionierter Idee eine zentrale Rolle gespielt hatte.

»Ich muss mir das noch mal anschauen.« Ohne auf Finns Zustimmung zu warten, ließ ich mich abermals auf den Grund des Pools sinken. Dieses Mal dauerte es länger, bis das Riff Gestalt annahm, da ich in meiner Ungeduld das Wasser zu sehr in Aufruhr gebracht hatte. Ich bewunderte die Vielfalt der Korallen und zuckte zusammen, als ein Rochen auf mich zuschwamm. Zwischendurch musste ich immer wieder auftauchen, während Finn sich entspannt im Lotussitz auf dem Boden des Beckens niedergelassen hatte. Ich sah Tintenfische, Quallen und Muränen, aber mein Highlight war der Auftritt einer grünen Meeresschildkröte. Obwohl es mit jedem Mal anstrengender wurde, die Luft anzuhalten, überredete Finn mich zu einem finalen Tauchgang, bei dem uns eine Delfinschule erwartete. Ich war schon immer zutiefst beeindruckt von diesen freundlichen und hochintelligenten Meeressäugern gewesen und reizte die Begegnung bis zum letzten Quäntchen Luft aus, das ich aus meiner Lunge pressen konnte, bevor ich keuchend auftauchte.

»Ich weiß nicht, was ich sagen soll«, stieß ich hervor, nachdem ich wieder zu Atem gekommen war.

»Es gibt einiges im Leben, was man mit eigenen Augen gesehen haben muss, und ein Korallenriff gehört definitiv dazu«, sagte Florence, woraufhin Julian und Pia zustimmend nickten.

Ich spürte einen Kloß im Hals und schluckte vergebens dagegen an. »Danke – euch allen. Es wird Zeit, dass ich meine Bucketlist um einen Punkt erweitere: schnorcheln in …« Fragend sah ich zu Finn, da ich davon ausging, dass er die Videos gedreht hatte.

»Es gibt viele tolle Orte, auch fernab der touristischen Hotspots. Ich könnte dir ein paar davon verraten oder …«, er hob seine Hand und strich mir eine Haarsträhne aus dem Gesicht, »sie dir zeigen. Wenn du das willst.«

Es fiel mir schwer, das Prickeln zu ignorieren, das die Berührung seiner Fingerspitzen in mir auslöste. Aus dem Augenwinkel sah ich, dass die anderen die Gelegenheit nutzten, um sich zurückzuziehen. Ich wartete, bis wir allein waren, und versuchte, die verwirrenden Empfindungen, die in mir tobten, in Worte zu fassen.

»Ich weiß wirklich zu schätzen, was du für mich tust, und es mag sein, dass die großen romantischen Gesten bei Rosie und Hannes funktionieren, doch ich brauche mehr als eine schillernde Illusion – auch wenn sie noch so beeindruckend ist.«

»Dann sag mir, wie ich dein Vertrauen zurückgewinnen kann.« Die Entschlossenheit in seiner Stimme bewies mir, dass er es ernst meinte und so schnell nicht aufgeben würde.

»Indem du mir versprichst, dass du dich beim nächsten Mal, wenn es schwierig wird, an mich wendest, auch wenn du das Gefühl hast, allein zurechtkommen zu müssen.« Ich sah, wie sich sein Kiefer anspannte, während er nach einer Antwort suchte. Ein schmerzhafter Stich durchfuhr meine Brust, als er langsam den Kopf schüttelte.

»Ich bin seit jeher ein Einzelkämpfer. Es widerstrebt mir, andere mit meinen Sorgen zu belasten.«

»Würdest du auch von mir erwarten, dass ich meine Probleme selbst löse?«

»Natürlich nicht.« Er legte mir ein Handtuch um die Schultern. Erst jetzt bemerkte ich, dass mein Körper von einer Gänsehaut überzogen war. »Du weißt, dass ich einen ausgeprägten Beschützerinstinkt habe.«

»Das ist eine der Eigenschaften, die ich an dir liebe.« Seine Augen blitzten hoffnungsvoll auf. »Doch ich wünsche mir eine gleichberechtigte Partnerschaft. Wenn du mich nicht als ebenbürtig betrachtest, sondern in mir lediglich jemanden siehst, den du beschützen musst, werden wir auf Dauer nicht glücklich werden.«

»Ich verstehe, was du meinst«, erwiderte er, nachdem wir uns eine Weile schweigend gegenübergestanden und dem leisen Schwappen des Wassers gelauscht hatten. »Aber das wäre eine zu große Herausforderung – sogar für mich.«

Mein Innerstes krampfte sich bei seinen Worten zusammen. Am liebsten hätte ich ihn gepackt und ihn angeschrien, dass er nur seinen dummen Stolz überwinden musste. Doch ich ahnte, dass mehr dahintersteckte. Er schien wirklich überzeugt zu sein, dass er der Einzige war, auf den er sich verlassen konnte.

Ein Zittern erfasste mich, als eine Woge des Mitgefühls mich überrollte. Finn mochte sich von seinen Adoptiveltern abgewandt haben, aber solange es ihm nicht gelang, mit seiner Vergangenheit Frieden zu schließen, würde er nie wirklich frei sein.

28

Zwei Tage vor dem Ball reisten Livia und Marco an. Mit dabei waren auch Marcos Schwester Nane, ihre Partnerin Cleo und Maja, ihre Adoptivtochter. Ich war gerade mit Pia auf dem Weg in die Küche, als Roane ihre Ankunft verkündete. Wir drehten sofort um, da ich darauf brannte, Marco persönlich kennenzulernen, dem ich so viel zu verdanken hatte.

Auch Rosie und Hannes kamen dazu, um ihre Freunde und langjährigen Stammgäste willkommen zu heißen. Ich staunte, als Maja Pia und mir zur Begrüßung die Hand gab. Von Rosie wusste ich, dass sie noch vor einem Jahr aufgrund eines Traumas nicht gesprochen hatte, und freute mich, wie aufgeweckt die Kleine nun von der Fahrt ins *Märchenland* erzählte, wie sie das Wallis nannte. Kurz schweiften meine Gedanken zu Finn, und ich fragte mich, ob es ihm leichter fiele, anderen zu vertrauen, wenn er statt bei den Hohensees in einem ebenso liebevollen Umfeld aufgewachsen wäre wie Maja.

Zwischen Livia und Marco stand ein weißbraun gescheckter Hund, der aufgeregt mit dem Schwanz wedelte und Pia und mich neugierig beschnupperte. Ich wollte mich gerade erkundigen, wie der süße Vierbeiner hieß, als Minnie herbeigerannt kam und Livia stürmisch begrüßte. Rosie schimpfte, während Livia ihr lachend versicherte, dass sie sich sehr freute, die Hündin wiederzusehen. Maja fragte, ob sie

Minnie streicheln dürfe. Da Rosie zustimmte, nahm Cleo sie an die Hand und ging auf die Berner Sennenhündin zu. Doch in diesem Moment erblickte Minnie ihren Artgenossen.

»Minnie, das ist Pepper«, erklärte Livia mit hörbarem Stolz. »Sie ist etwa ein Jahr alt und hat nur Flausen im Kopf. Genau wie du ist sie ein absolutes Energiebündel und liebt es, mit anderen Hunden herumzutoben. Ich bin sicher, dass ihr euch gut verstehen werdet.«

Minnie, die sich nicht für Livias Ausführungen interessierte, sprang freudig auf Pepper zu, woraufhin diese sich vorsichtig näherte. Minnies Größe schien sie sichtlich zu beeindrucken. Die beiden Hündinnen nahmen sich ausgiebig Zeit, um sich zu beschnüffeln, bevor Minnie Pepper zum Spielen aufforderte.

»Oh nein! Das kommt nicht infrage«, rief Rosie aus und sah zu dem liebevoll geschmückten Weihnachtsbaum, dessen Kugeln Minnies wedelnder Schwanz schon bedrohlich zum Wackeln gebracht hatte. »Tim, bringst du die beiden bitte zu Milan? Er soll eine Runde mit ihnen spazieren gehen, bis Livia und Marco sich eingerichtet haben.«

»Ich komme mit«, verkündete Pia und ließ sich von Marco die Leine geben. Tim hielt ihnen die Tür auf. Die Hunde schossen hinaus, wobei Pepper Pia hinter sich herzog.

»Meint ihr, sie kommt zurecht?«, fragte Livia.

»Meine Schwester liebt Hunde über alles. Und Milan ist größere Vierbeiner gewohnt. Er arbeitet im Stall und hilft Hannes mit den Pferden.«

»Mein Bruder und seine Freundin sind etwas überfürsorglich, was den neusten Familienzuwachs angeht«, erklärte Nane und boxte Marco liebevoll gegen den Arm, ehe sie sich an Rosie und Hannes wandte. »Es ist so schön, wieder hier zu sein. Maja freut sich seit Wochen auf den Ball, zu dem sie ihr neues Prinzessinnenkleid anziehen darf.«

»Wie ich gesehen habe, seid ihr bis in den Herbst hinein gut ausgelastet«, bemerkte Marco.

»Das ist Annas Verdienst. Sie leistet hervorragende Arbeit. Wir sind sehr froh, dass du sie uns empfohlen hast.«

Wärme stieg mir in die Wangen, als sich alle Augen auf mich richteten.

»Ich habe die Presseartikel gelesen und mir deine Videos angeschaut. Sie sind originell, informativ und unterhaltsam. Aber das Entscheidende ist, dass du es schaffst, den Geist des Châteaus perfekt widerzuspiegeln.«

»Gibt es hier Gespenster?«, flüsterte Maja erschrocken und klammerte sich an Nanes Bein fest.

»Nein, Spätzchen. Dein Onkel meint mit *Geist* die gemütliche Stimmung.«

»Dass man sich direkt wie zu Hause fühlt«, ergänzte Cleo, woraufhin Maja sich wieder beruhigte.

»Was haltet ihr davon, wenn ihr erst mal eure Zimmer bezieht?«, schlug Rosie vor und erntete zustimmendes Nicken. »Wir sehen uns dann später beim Abendessen.«

Tim, der inzwischen wieder zurück war, lud das Gepäck auf den Wagen, während Marco seine Nichte an die Hand nahm. Hannes ließ sich von Roane die Schlüssel reichen und geleitete die fröhliche Schar zum Aufzug.

Am nächsten Morgen traf ich im Foyer auf Marco, der im Begriff war, mit Minnie und Pepper zu einem Spaziergang aufzubrechen. Er lächelte, als er mich sah, und fragte, ob ich Lust hatte, ihn zu begleiten. Da am Vormittag keine festen Termine anstanden, willigte ich ein.

Sobald wir den Wald erreicht hatten, ließ Marco Pepper von der Leine, die zu Minnie rannte und sie mit lautem Bellen zum Spielen aufforderte. Eine Weile schauten wir den herumtollenden Hunden zu, bis Marco den Blick zu den verschneiten Tannen hob und tief durchatmete.

»Dieser Ort hat etwas Magisches. Jedes Mal, wenn ich hier bin, überkommt mich eine innere Ruhe, die mir hilft, mich auf das Wesentliche zu konzentrieren und alles Unwichtige auszublenden.«

»Ich weiß genau, was du meinst«, erwiderte ich und schob eine vorwitzige Haarsträhne zurück unter meine Mütze. »Obwohl ich erst seit wenigen Wochen im Wallis lebe, ist das Château bereits zu einem Zuhause für mich geworden.«

»Das ging mir ähnlich, als ich letztes Jahr einige Monate hier verbracht habe«, erklärte er, während wir weitergingen. »Es liegt jedoch nicht nur an der herrlichen Natur und der klaren Bergluft, sondern vor allem an Rosies und Hannes' herzlicher Art. Es freut mich, dass ihr gut miteinander auskommt und sie mit deiner Arbeit zufrieden sind.«

»Ich bin dir so dankbar, dass du mich ihnen empfohlen hast. Ohne dich wäre ich wahrscheinlich noch immer verzweifelt auf Jobsuche.«

»Gern geschehen. Was ich dich gestern schon fragen wollte: Ist der Hoteltester eigentlich bei euch aufgetaucht?«

Ich hätte damit rechnen müssen, dass er das Thema zur Sprache brachte. »Oh ja, und er hat für einigen Wirbel gesorgt.«

»Dann habt ihr herausgefunden, wer es ist?«

»Wir hatten eine Weile den Falschen im Verdacht, bevor sich schließlich alles aufgeklärt hat.«

»Wie schätzt du ihn ein?«

»Er scheint sich im Château sehr wohlzufühlen.«

»Also ist alles gut. Oder nicht?«, hakte Marco nach, dem die Anspannung in meiner Stimme nicht entgangen war.

»Theoretisch schon. Das Problem ist nur, dass er den Auftrag wegen …«, ich suchte nach einer passenden Umschreibung, »persönlicher Befangenheit abgegeben hat.«

Marco hob erstaunt die Brauen. »Wie das?«

»Er ist sehr charmant und hat mich überredet, ihn zum Bogenschießen zu begleiten …«

»Und dabei seid ihr euch nähergekommen. Das kommt mir irgendwie bekannt vor – auch wenn bei uns alles mit einer Ballonfahrt angefangen hat.« Sein unbeschwertes Lachen hallte durch den Wald und hätte mir einen Teil meiner Nervosität nehmen sollen, doch stattdessen schnürte sich mein Magen immer mehr zu. Als er meine gequälte Miene sah, wurde er schlagartig wieder ernst. »Aber das ist noch nicht alles, oder?« Als ich nicht antwortete, fuhr er fort: »Ich habe mitbekommen, dass Finneas, der verschollene Adoptivsohn der Hohensees, im Château aufgetaucht ist. Das wird wohl kaum Zufall gewesen sein.«

»Finn ist derjenige, der für *Adventure World* arbeitet. Sein Vorgesetzter hat ihn informiert, dass sein Vater das Château ins Visier genommen hat, woraufhin Finn darum bat, den Auftrag übernehmen zu dürfen. Er wollte dafür sorgen, dass niemand ungerechtfertigt zu Schaden kommt.«

Marco sah mich ungläubig an. »Richard Hohensees eigener Sohn stellt sich gegen ihn?«

»Sie haben kein besonders enges Verhältnis.« Ich hielt meine Antwort bewusst vage, da es mir nicht zustand, Einzelheiten über Finns Privatleben auszuplaudern.

»Meinst du, die Sache ist damit ausgestanden?«

»Ich denke schon. Ein Kollege wird für Finn einspringen, und er meinte, dass wir keinen Grund haben, uns Sorgen zu machen.«

»Dann bleibt nur zu hoffen, dass er recht behält.« Als der See in Sicht kam, blieb Marco stehen und ließ den Anblick auf sich wirken. »Wie ich sehe, gibt es den Einstieg zum Eisbaden noch.«

»Hannes erneuert ihn jeden Morgen für die besonders Hartgesottenen unter den Gästen.«

»Hast du es schon einmal ausprobiert?«

»Eisbaden? Nein.« Ich erschauderte bei der bloßen Vorstellung, mit dem eisigen Wasser in Berührung zu kommen.

»Ich kann es wärmstens empfehlen. Und wenn du mir nicht glaubst, frag Livia. Wobei … Vielleicht wartest du besser bis morgen. Mir kommt nämlich gerade eine Idee.«

Ich hätte zu gern gewusst, was Marco vorhatte, doch ich hielt mich zurück. Auch wenn ich ihm meine Zuneigung zu einem der Gäste gebeichtet hatte, hieß das im Umkehrschluss nicht, dass er mich ebenfalls in seine Pläne einweihte, die, wenn ich seinen Gesichtsausdruck richtig deutete, mit Livia zu tun hatten. Schwer vorstellbar, dass die beiden, die auf mich wie der Inbegriff eines glücklichen Paares wirkten, sich vor einem Jahr nicht ausstehen konnten.

»Mir ist aufgefallen, dass ihr das Angebot erweitert habt: Bogenschießen, Glasmalerei und eine Übernachtung im Iglu?«

»Das Iglu haben Hannes und Finn gebaut. Es war eine Überraschung für Rosie. Nach Weihnachten werden wir es für die Gäste freigeben.«

»Der alte Romantiker. Ich kann mir vorstellen, dass Rosie begeistert war. Und anscheinend nicht nur sie …«

Ich bemühte mich, mir das selige Grinsen vom Gesicht zu wischen, das die Erinnerung an unsere Nacht im Iglu heraufbeschworen hatte.

»Dein Finn muss sympathisch sein, wenn Hannes ihn gern um sich hat. Durch seine jahrelange Erfahrung als Hotelier verfügt er über eine ausgezeichnete Menschenkenntnis.«

Ich wollte ihm sagen, dass Finn eben leider nicht *mein* Finn war, doch er sprach bereits weiter.

»Am besten mache ich mir selbst ein Bild von ihm. Ist er noch im Château?«

Auch wenn ich mir nicht sicher war, ob Finn nach unserem letzten Gespräch bis Weihnachten bleiben würde, nickte ich.

»Geht ihr zusammen zum Ball?«

»Wohl eher nicht.« Auf seinen fragenden Blick fügte ich hinzu: »Es ist kompliziert.«

Zu meiner Überraschung strahlte Marco, als hätte ich ihm eben offenbart, dass die Weihnachtsfeierlichkeiten in diesem Jahr nicht bloß drei Tage, sondern eine ganze Woche dauern würden. »Wird es dadurch nicht erst spannend?«

»Wenn man von den grundlegenden Differenzen absehen würde, bliebe immer noch die – natürlich rein hypothetische – Frage, wie eine PR-Managerin und ein Hoteltester, der permanent in der Welt herumjettet, zusammen sein können.« Die Worte waren aus mir herausgesprudelt, bevor ich darüber nachdenken konnte. Und mit einem Mal wurde mir klar, dass mich nicht nur Finns Weigerung, Probleme gemeinsam zu bewältigen, beschäftigte, sondern auch, dass ich darüber hinaus keine gemeinsame Zukunft für uns sah.

»Gehen wir davon aus, dass eine Testphase je nach Größe des Hauses ein bis zwei Wochen dauert, nach denen Finn vermutlich einige Tage freihat. Wenn er mehrere Aufträge hintereinander ausführt, hätte er mehr freie Zeit am Stück, die er mit dir verbringen könnte.«

»Und wie soll das gehen, wenn er sich in Asien oder Südamerika befindet?« Es tat gut, meine Bedenken in Worte zu fassen, zumal ich in Marco den idealen Gesprächspartner gefunden hatte. Es war sein Job, Lösungen zu finden, und sicherlich waren die Projekte, mit denen er sich sonst befasste, weitaus anspruchsvoller als mein persönliches Drama.

»Er könnte sich auf Europa konzentrieren.«

»Aber da kann er nicht surfen«, hielt ich dagegen. Ich wollte nicht, dass Finn meinetwegen auf eine seiner größten Leidenschaften verzichtete.

»Es gibt hervorragende Surfspots sowohl im Mittelmeer als auch an der Atlantikküste.«

»Südfrankreich oder Portugal sind nicht mit Maui zu vergleichen.«

Er ließ sich von meinen Einwänden nicht beirren. »Dann verbringt ihr eben euren Urlaub auf Hawaii. Oder du überredest Rosie und Hannes, dass sie dich nach Ablauf deiner Probezeit für einige Wochen *remote* arbeiten lassen. So könntest du Finn begleiten und dir nebenbei ein zweites Standbein als Fotografin aufbauen.«

»Wie kommst du denn auf die Idee?«

»Man sieht deinen Fotos an, dass sie mehr als ein bloßes Hobby für dich sind.«

Ich spürte den kleinen Funken Hoffnung, der in meiner Brust aufglomm, als Marco mir eine Möglichkeit aufzeigte, wie ich mir neben der Beziehung zu Finn auch noch meinen innigsten Traum erfüllen konnte. »Bei dir klingt das alles so einfach.«

Er blieb stehen und legte mir eine Hand auf die Schulter. »Es ist so einfach. Ihr müsst es nur beide wollen.«

Am Nachmittag überredete mich Florence, sie in den Fitnessraum zu begleiten. Ich nickte Leni zu, die damit beschäftigt war, einem jungen Paar die Funktionen der einzelnen Geräte zu erklären. Als ich auf den Crosstrainer steigen wollte, sah ich Finn und Marco lediglich mit einem Handtuch bekleidet aus dem Saunabereich kommen. Offenbar hatte Marco sein Vorhaben direkt umgesetzt und Finn auf den Zahn gefühlt. Auf mich wirkten die beiden, als würden sie sich schon seit Jahren kennen, so wie sie miteinander lachten und sich zum Abschied gegenseitig auf die Schultern klopften.

»Entschuldige mich kurz.« Ich überließ Florence sich selbst und lief auf Finn zu, während Marco in Richtung der Duschen verschwand.

»Du bist noch da«, sagte ich, als ich ihm mit klopfendem Herzen gegenüberstand.

»Natürlich. Wo sollte ich sonst sein?« Er klang ehrlich erstaunt.

»Ich war mir nicht sicher …«

»Ob ich bleibe, weil wir nur Freunde sind?«

Ich nickte und schaffte es nicht, ihm in die Augen zu schauen.

»Hast du wirklich gedacht, ich könnte abreisen, ohne mich von dir zu verabschieden? Solange der Hauch einer Chance besteht, dass wir einen Weg finden, um zusammen zu sein, werde ich bleiben – außer du bittest mich, zu gehen.«

Ein Schauder überlief meinen Körper, als ich meinen Kopf hob und die wilde Entschlossenheit in seinen Augen sah, unter der eine rohe Verletzlichkeit glomm. Mit einem Seufzen legte ich meine Hände auf seine Brust und lehnte mich an ihn, atmete den vertrauten Geruch seiner Haut ein. Er zog mich in seine Arme und hielt mich fest, als wollte er mich nie wieder loslassen.

Für eine kleine Ewigkeit, die mir dennoch viel zu kurz vorkam, standen wir dicht beieinander und schlossen die Welt um uns herum aus. Jede einzelne Zelle meines Körpers vibrierte vor Entzücken darüber, endlich wieder in Finns Nähe zu sein, seinem Herzschlag zu lauschen und die Kraft und Sicherheit im mich einzusaugen, die er ausstrahlte.

Lenis leises Räuspern durchbrach die Illusion von Intimität und machte uns bewusst, dass wir nicht allein waren. Nur widerwillig lösten wir uns voneinander.

»Dann sehen wir uns auf dem Ball?« Seine Stimme klang rau und weckte ein glühendes Kribbeln in mir.

»Ja.« Ich wollte noch so viel mehr sagen, brachte jedoch kein weiteres Wort über die Lippen, da ich zu aufgewühlt war von den verwirrenden Gefühlen, die durch mich hindurchjagten. Die körperliche Anziehung zwischen uns war nicht zu leugnen. Aber reichte sie aus, um unsere beiden Leben komplett auf den Kopf zu stellen und hinzunehmen, dass Finn es aufgrund seiner Vergangenheit nicht über sich brachte, mir zu vertrauen?

29

Am Tag des Balls lag eine erwartungsvolle Spannung in der Luft. Das Team war damit beschäftigt, letzte Vorbereitungen zu treffen, und auch ich hatte eine endlose Liste mit Aufgaben, die vor dem Beginn der abendlichen Veranstaltung erledigt sein mussten. Ich nutzte den Vormittag, um die Atmosphäre im Ballsaal einzufangen, schnitt das gesammelte Material zu kurzen Sequenzen, die ich mit weihnachtlicher Musik unterlegte und anschließend so timte, dass sie im zweistündigen Takt auf diversen Plattformen hochgeladen wurden.

Als um die Mittagszeit weitere Gäste aus aller Welt anreisten, darunter auch einige bekannte Namen aus der Film- und Musikbranche sowie der Modeszene, kribbelte es in meinem Magen vor Nervosität, sodass ich beschloss, mich für einen kurzen Powernap in mein Zimmer zurückzuziehen. Im Foyer traf ich auf die Grubers, die gerade auscheckten. Besorgt blieb ich bei ihnen stehen.

»Sie reisen schon ab?«

»Ach, meine Liebe, wie schön, dass wir Sie noch sehen. Wir möchten Ihnen von Herzen für alles danken, was Sie für uns getan haben.« Frau Gruber blickte zu ihrem Mann, der an ihre Seite getreten war und liebevoll einen Arm um ihre Taille gelegt hatte. »Ohne Sie hätten wir nicht mehr zusammengefunden.«

»Ich freue mich sehr, dass ich helfen konnte. Wollten Sie nicht zum Ball bleiben?«

»Doch«, bestätigte Herr Gruber, »aber heute Morgen ist uns bewusst geworden, dass wir Weihnachten mit unseren Kindern verbringen möchten. Sie haben uns den Anstoß zu diesem Urlaub gegeben, daher sollen sie auch die Ersten sein, die erfahren, dass wir unserer Liebe eine zweite Chance geben wollen.«

»Eine wundervolle Idee.« Ich unterdrückte ein gerührtes Seufzen. »Auch wenn es natürlich sehr schade ist, dass Sie den Ball nicht miterleben werden.«

»Wir haben bereits unseren nächsten Urlaub im Château gebucht, zusammen mit den Kindern und ihren Partnern. Uns werden noch viele Bälle erwarten, doch heute ist es Zeit, nach Hause zu fahren.«

»Ich gehe schon mal zum Auto, Liebling.« Herr Gruber nahm meine Hand und deutete einen formvollendeten Handkuss an. »Es war mir eine Freude, Sie kennenzulernen.« Mit schwingendem Gang lief er zur Tür, reichte Tim das Gepäck und ging ihm voraus nach draußen. Er hatte keine Ähnlichkeit mehr mit dem griesgrämigen Herrn, der vor vier Wochen hier angereist war.

»Unsere Kinder hatten recht: Das Château ist wirklich ein Ort, an dem Wunder geschehen.« Ein Strahlen erhellte Frau Grubers Gesicht und ließ sie um Jahre jünger wirken. »Was ist mit Ihnen, Anna? Sie sehen etwas mitgenommen aus, wenn ich mir die Bemerkung erlauben darf.«

Ich zwang meine Lippen zu einem unbeschwerten Lächeln. »Mir geht es gut.«

Meine Antwort schien sie nicht zu überzeugen. Sie trat einen Schritt näher. »Hat es etwas mit dem gut aussehenden jungen Mann zu tun, mit dem ich Sie gelegentlich gesehen habe?«

Ich wollte schon den Kopf schütteln, aber da Frau Gruber mich mitfühlend anblickte, entschied ich mich für die Wahrheit. »Wir haben leider unterschiedliche Auffassungen, wie man eine Beziehung führt.«

Sie zog mich ein Stück zur Seite, damit wir uns ungestört unterhalten konnten. Ich schaute nach draußen zu Herrn Gruber, der sich sicherlich fragte, wo seine Frau blieb, doch er war in ein angeregtes Gespräch mit Tim vertieft.

»Daran kann man doch bestimmt arbeiten. Wenn mein Mann und ich nicht gelernt hätten, aufeinander zuzugehen, wären wir nicht über das erste Jahr hinausgekommen.« Ihre Worte stimmten mich nachdenklich. »Geht es denn um grundsätzliche Differenzen oder eher darum, wie man den gemeinsamen Alltag gestaltet?«

»Es ist hauptsächlich eine Frage des Vertrauens.«

Sie legte ihre Hand auf meinen Arm. »Man sagt nicht umsonst, dass man sich Vertrauen *verdienen* muss. Solange er Sie aufrichtig liebt und Sie ihn, gibt es kein Hindernis, das sich nicht überwinden lässt.« Sie lächelte mich ermutigend an. »Wir sehen uns nächstes Jahr wieder, und ich hoffe sehr, dass Sie dann ebenso glücklich sein werden, wie ich es dank Ihnen bin.«

Auf dem Weg zu meinem Zimmer begegnete mir Michelle, die mich mit einem mitleidigen Blick bedachte. Ich wollte wortlos an ihr vorbeigehen, doch ihre vor Hohn triefende Stimme hielt mich auf.

»Kaum zu glauben, wie schnell Finn sich an seinen neuen Status als Celebrity gewöhnt hat.«

Auch wenn mir meine Intuition riet, nicht auf ihre Bemerkung einzugehen, schaffte ich es nicht, meinen Mund zu halten. »Wie meinst du das?«

»Britta hat gesehen, wie er vorhin zusammen mit einer Frau in Julians Suite verschwunden ist und direkt danach das Bitte-nicht-stören-Schild rausgehängt hat. Manche scheinen es bitter nötig zu haben.«

Ich atmete tief durch und zählte bis zehn. »Unsere Gäste können tun und lassen, was sie wollen. Ihr Privatleben geht uns nichts an.«

»Dabei warst du die Erste, die sich ihm an den Hals geworfen hat.«

Mir lag auf der Zunge, dass er *mich* im Gegensatz zu ihr nicht abgewiesen hatte, aber ich schluckte die Worte herunter, da ich Michelle gegenüber weder Eingeständnisse machen noch sie verletzen wollte. Wir waren Kolleginnen und würden lange nach Finns Abreise miteinander auskommen müssen. Daher setzte ich ein unverbindliches Lächeln auf und flüchtete in mein Zimmer.

Erschöpft ließ ich mich aufs Bett fallen und schloss die Augen. Ich konzentrierte mich auf meinen Atem, um die Gedanken in Schach zu halten, und war gerade am Wegdämmern, als Pia hereinkam.

»Hier bist du. Ich habe dich schon überall gesucht. Du musst sofort mitkommen.«

»Mir ist klar, dass du es nur gut meinst«, entgegnete ich und setzte mich auf, »aber wenn Finn mit mir reden will, soll er mir das selbst sagen und nicht ständig jemanden vorschicken.«

Sie rollte mit den Augen. »Es geht nicht um Finn. Rosie braucht deine Hilfe und hat mich gebeten, dich zu holen.«

»Okay«, murmelte ich und stand auf. »Hoffentlich nichts Schlimmes?« Auf Katastrophen so kurz vor dem Ball konnte ich wirklich verzichten.

»Irgendwelche Presseleute, um die du dich kümmern sollst.«

Nach einem flüchtigen Kontrollblick in den Spiegel, bei dem ich mir über die offenen Haare strich und meinen Pullover gerade zog, nahmen wir die Treppe nach unten.

Im Foyer tummelten sich Scharen anreisender Gäste. Milan hatte sich eine Pagenuniform angezogen, um Tim mit dem Gepäck zu helfen. Ich bahnte mir vorsichtig einen Weg durch die Menschen, bevor ich abrupt stehen blieb.

An der Rezeption lehnte mein Bruder und grinste mich an. Neben ihm standen meine Eltern und unterhielten sich mit Rosie. Als ich meinen Blick weiter durch den Raum schweifen ließ, entdeckte ich auch Sophie, die interessiert ein Ölgemälde studierte, das über dem Kamin hing. Ben breitete die Arme aus, was mich aus meiner Erstarrung riss. Ich eilte ihm entgegen, wich Gästen und Bergen von Koffern aus und ließ mich von meinem Bruder in eine feste Umarmung ziehen.

»Was macht ihr denn hier?«, fragte ich vollkommen überwältigt, nachdem ich mich von Ben gelöst hatte, um meinen Eltern um den Hals zu fallen.

»Mit dir Weihnachten feiern, was sonst?«, antwortete meine Mutter und drückte mir einen Kuss auf die Wange.

»Ich dachte, wir sind ausgebucht«, wandte ich mich an Roane, die lächelnd den Schlüssel einer Suite in die Höhe hielt.

»Für deine Familie haben wir immer Platz.«

»Frau Stadler …«, setzte mein Vater an, wurde aber sofort von meiner Chefin unterbrochen.

»Bitte nennen Sie mich Rosie.«

»Rosie war so lieb, uns einzuladen. Sie meinte, dass du dein erstes Weihnachten im Ausland bestimmt gern im Kreis deiner Familie feiern würdest.«

Ungläubig sah ich von meinen Eltern zu Rosie, dann zu Pia. »Hast du davon gewusst?«

»Wir hatten die Überraschung schon abgeschrieben, als sie uns getextet hat, dass sie vor uns anreist, weil wir überzeugt waren, dass sie es nicht schafft, dichtzuhalten«, bemerkte Ben.

Pia boxte ihm empört gegen den Oberarm. »Ich habe total aufgepasst. Und es gab nur ein einziges Mal, bei dem ich mich fast verplappert hätte. Zum Glück war Anna so mit Finn beschäftigt, dass sie nichts mitbekommen hat.«

»Wer ist Finn?«, fragte Sophie, die hinter mir aufgetaucht war und nun ihre Arme um mich schlang. »Schön, dich zu sehen, Schwesterchen.«

»Ich würde sagen, die Überraschung ist uns gelungen«, stellte meine Mutter fest und wirkte dabei sichtlich zufrieden.

»Unglaublich, dass ihr wirklich hier seid.«

»Das Beste weißt du noch gar nicht«, spannte Sophie mich auf die Folter, was mich schon als Kind genervt hatte.

»Ben und seine Band spielen heute Abend auf dem Ball«, ließ Pia die Bombe platzen.

»Rate, wem ich das zu verdanken habe!« Mein Bruder grinste bis über beide Ohren.

»Da fällt mir nur einer ein.«

»Wird Zeit, dass wir diesen Marco endlich kennenlernen«, mischte sich mein Vater ein. »Nun hat er schon zwei von unseren Kindern geholfen. Wenn er jetzt noch dafür sorgt, dass Pia eine Perspektive in ihrem Leben findet und Sophie einen Weg, mit ihrer Kunst Geld zu verdienen …«

»Papa!«, empörten sich meine Schwestern, woraufhin unser Vater ergeben die Hände hob.

»Wenn schon ein Experte anwesend ist, sollte man die Chance nicht ungenutzt verstreichen lassen.« Er wandte sich meiner Mutter zu. »Ich könnte mit ihm über meine neue Start-up-Idee sprechen. Was meinst du, Schatz?«

Sie nickte begeistert, während wir Kinder belustigt die Augen verdrehten. Das Letzte, was unsere Familie brauchte, war ein weiteres Unternehmen, das mein Vater voller Enthusiasmus gründete – nur um wenige Monate später Konkurs anzumelden. Wobei ... wenn Marco das Projekt betreute, könnte es dieses Mal vielleicht klappen.

»Da Livia und Marco ebenfalls bei uns zu Gast sind, kann ich Sie gerne miteinander bekannt machen – sofern sie jemals wieder aus ihrer Suite herauskommen. Sie haben sich nämlich gestern verlobt«, verkündete Rosie und strahlte dabei, als ginge es um ihre eigene Hochzeit, während ich mich fragte, ob Marcos spontaner Einfall am See etwas damit zu tun hatte.

Überglücklich, dass ich Weihnachten wider Erwarten nun doch mit meiner Familie verbringen durfte, kehrte ich beschwingt in mein Zimmer zurück, um mich für den Ball zurechtzumachen. Dieses Mal lief ich auf dem Weg nicht Michelle in die Arme, sondern Finn, der zusammen mit einer dunkelhaarigen Frau in hellgrauem Mantel den Fahrstuhl verließ. Ob das die Dame war, mit der Britta ihn gesehen hatte? Sie war bestimmt fünfzehn Jahre älter als Finn. Ich konnte mir beim besten Willen nicht vorstellen, dass es sich bei ihr um ein Hohensee-Groupie handelte und er die Situation ausgenutzt hatte. Das ergab einfach keinen Sinn. Neugierig blieb ich stehen und beobachtete, wie er sie zu ihrem Auto brachte und sie sich mit einer langen Umarmung von ihm verabschiedete.

Sobald ihr Wagen außer Sicht war, trat ich zu Finn hinaus, der ihr mit glänzenden Augen nachsah.

»Alles in Ordnung?«, fragte ich und legte meine Hand auf seinen Arm, als ein Beben durch seinen Körper ging.

»Das war … meine Mutter.« Seine Stimme klang erstickt.

»Wie?«, brachte ich mühsam hervor, weil mich die Nachricht schlichtweg umhaute.

»Jemand von der Presse hat nachgeforscht, wer meine leiblichen Eltern sind, und ihr von mir erzählt. Durch die vielen Fotos und Artikel war es kein Problem, herauszufinden, wo ich mich aufhalte. Sie hat sich direkt auf den Weg gemacht, um mich zu suchen.«

Tränen strömten über seine Wangen. Ich schlang die Arme um ihn und hielt ihn fest, um ihm zu zeigen, dass ich für ihn da war.

»Sie war selbst noch ein Kind, als sie mich bekommen hat«, fuhr er fort, nachdem er sich wieder gefangen hatte. »Der Typ, der sie auf einer Party dazu gedrängt hat, mit ihm zu schlafen, wollte anschließend nichts mehr von ihr wissen. Ihre Eltern haben ihr jegliche Unterstützung verwehrt und ihr zur Adoption geraten, was sie kurz nach der Geburt bereut hat. Sie hat versucht herauszufinden, was aus mir geworden ist, aber die Behörden geben diesbezüglich keine Auskünfte.«

»Der Presse gegenüber anscheinend schon.«

»Da war vermutlich ein höherer Geldbetrag im Spiel.«

»Wie war euer Zusammentreffen?«

Finn strich sich eine Haarsträhne aus dem Gesicht, die sich an seine nasse Wange geheftet hatte. »Im ersten Moment dachte ich, jemand erlaubt sich einen üblen Scherz mit mir. Doch dann ist mir aufgefallen, dass ich ihre Augen habe. Ich bin so froh, dass sie den ersten Schritt gewagt hat. Wer weiß, ob ich je den Mut gehabt hätte, auf sie zuzugehen und eine erneute Ablehnung zu riskieren.«

Ich griff nach seiner Hand und drückte sie fest.

»Sie hat mir tausend Fragen gestellt und möchte gern an meinem Leben teilhaben.«

Erleichterung durchströmte mich. Ich konnte nur ahnen, wie viel es ihm bedeutete, die Möglichkeit zu haben, eine Verbindung zu ihr aufzubauen. »Willst du das auch?«

»Ich werde Zeit brauchen, mich daran zu gewöhnen, dass ich eine Mutter habe, die sich wirklich für mich interessiert. Aber ich möchte sie gern näher kennenlernen.«

»Oh Finn, das freut mich so sehr für dich. Dann hat dieser ganze Presserummel am Ende doch noch zu etwas Gutem geführt.«

Er versuchte sich an einem zaghaften Lächeln, das mich direkt ins Herz traf. »Wir wollen es langsam angehen.« Sein Brustkorb hob sich, als er einen tiefen Atemzug nahm. »Ich kann noch immer nicht glauben, dass sie hergekommen ist. Sie hatte furchtbare Angst, dass ich ihr Vorwürfe mache und sie wieder wegschicke.«

»Was du nicht getan hast.«

»Nein, das hätte ich niemals über mich gebracht.« Er beugte sich näher zu mir, sodass ich seinen Atem auf meiner Haut spüren konnte, und sah mich eindringlich an. »Ich war lange genug allein. Es wird Zeit, dass ich lerne, meinem Urteil zu vertrauen, und mich den Menschen öffne, denen etwas an mir liegt.«

30

Als ich am frühen Abend im Ballsaal Position bezog, um die Ankunft der Gäste zu filmen, hallten Finns Worte in mir nach. Es hatte mich tief berührt, dass er seine Schutzmauern gesenkt hatte und aus seiner Deckung gekommen war. Obwohl ich versuchte, mir keine allzu großen Hoffnungen zu machen, konnte ich das warme Flirren in meiner Brust nicht ignorieren. Vielleicht war doch noch nicht alles verloren.

Eine Stunde später bereute ich es, mich gegen meine bequemen Ballerinas entschieden zu haben. Aber die silbernen High Heels passten einfach perfekt zu meinem mitternachtsblauen Neckholderkleid, dessen seidiger Stoff sich eng um meinen Körper schmiegte und mir durch den hohen Schlitz genügend Spielraum ließ, um ungehindert meiner Arbeit nachzugehen.

Gespannt beobachtete ich, wie meine Familie mit großen Augen den Saal betrat. Ich sah, wie meine Mutter jedes liebevolle Detail wahrnahm. Ihr Blick schweifte von den funkelnden Kronleuchtern, deren Kristallprismen unter Heidruns Aufsicht einzeln auf Hochglanz poliert worden waren, über den mit roten und goldenen Kugeln geschmückten Weihnachtsbaum hin zu den üppigen Rosenbouquets auf den festlich gedeckten Tischen. Mein Vater rückte ihr höflich den Stuhl heran, während Sophie und Pia sich die Plätze sicherten, von denen sie freie Sicht zur Bühne hatten. Ich wusste, dass sie sich genauso für Ben freuten wie ich und es kaum abwarten konnten, dass er zusammen mit seiner Band das Streichquartett ablöste, das seit dem Nachmittag für weihnachtliche Stimmung sorgte.

Entgegen meinen Erwartungen saß Florence nicht an der langen Tafel, die für die Mitarbeitenden des Châteaus und ihre Begleitung vorgesehen war, sondern mit Julian an einem romantischen Zweiertisch, der für das Ehepaar Gruber reserviert gewesen war. Julian hielt ihre Hand, doch anstatt genervt die Augen zu verdrehen, schenkte sie ihm ihr verführerischstes Lächeln. Offenbar sorgte das Fest der Liebe dafür, dass das Eis um ihr Herz schmolz.

Als Finn den Ballsaal betrat, kam es mir vor, als würde sich die Welt mit einem Mal langsamer drehen, während mein Puls vor Aufregung zu rasen begann. Er sah umwerfend aus in dem schwarzen Smoking, den seine breiten Schultern und die muskulösen Arme perfekt ausfüllten. Das dunkle Haar hatte er zu einem lockeren Bun zusammengebunden. Der Kontrast aus eleganter Kleidung, der lässigen Frisur und dem sexy Dreitagebart, dessen Berührung jedes Mal heiße Schauder in mir auslöste, ließ meine Knie weich werden. Ich merkte erst, dass ich ihn anstarrte, als Britta, die darauf bestanden hatte, mir zu assistieren, mich anstupste.

»Du solltest dringend an deiner Mimik arbeiten, wenn du die Gerüchteküche nicht weiter anheizen willst. Zu deiner Verteidigung sei gesagt, dass er heute Abend besonders heiß aussieht.« Ich schluckte, da mein Hals plötzlich ganz trocken war. »Es freut mich jedenfalls, dass ihr wieder zueinandergefunden habt.«

Vor Schreck zuckte ich leicht zusammen. »Wie kommst du denn darauf?«

Sie runzelte irritiert die Stirn. »Paul hat mir erzählt, dass Sergio meinte, Leni hätte ihm anvertraut, dass Tim gesehen hat …«

»Ich glaube, ich will es gar nicht so genau wissen«, unterbrach ich sie und spürte, wie mir eine Schweißperle den Rücken hinabrann.

»Meiner Meinung nach passt du viel besser zu Finn als Michelle. Sie war sowieso nur hinter seinem Geld her. Denn als er ihr gesagt hat, dass sein Vater ihn vom Erbe ausgeschlossen hat, war sie plötzlich nicht mehr an ihm interessiert.«

Es hätte mich nicht wundern sollen, wie rege meine Kolleginnen und Kollegen an meinem Liebesleben Anteil nahmen. Wann würde ich endlich kapieren, dass es in einem Hotel keinerlei Privatsphäre gab?

Ich richtete meine Aufmerksamkeit wieder auf Finn, der von Pia zum Tisch meiner Familie geführt und von meinen Eltern mit einer herzlichen Umarmung begrüßt wurde. Entschlossen, herauszufinden, was vor sich ging, bahnte ich mir einen Weg durch die Gäste, die plaudernd zusammenstanden oder mit Champagnerflöten durch den Saal schlenderten.

Als Finn mich bemerkte, hielt er mitten im Satz inne. Seine Augen wanderten bewundernd über jeden Zentimeter meines Körpers und entfachten ein Feuer in mir, das mich auf meinen Absätzen leicht schwanken ließ. Er griff nach meinem Arm, um mich für einen kostbaren Moment an sich zu ziehen. Dabei streiften seine Lippen meine Wange, woraufhin eine Welle glühenden Verlangens mich erfasste.

»Du siehst heute Abend besonders zauberhaft aus, Arielle.«

Der vertraute Kosename brachte mein Herz für einen Schlag aus dem Takt, und ich konnte nichts gegen das glückliche Grinsen tun, das sich auf meinem Gesicht ausbreitete.

»Du siehst selbst nicht schlecht aus.« Was so ziemlich die Untertreibung des Jahrhunderts war. Ich spürte seine Aufmerksamkeit auf mir brennen, als gäbe es nur uns beide im Saal.

»Finn, du sitzt neben Anna«, ordnete Pia an und zerstörte damit die Illusion von trauter Zweisamkeit.

»Ich glaube nicht, dass Finn …«

»Weihnachten mit der Frau verbringen will, die er liebt? Oh, ich glaube schon.« Fassungslos starrte ich Pia an, und auch meine Eltern und Sophie haute die kühne Behauptung um. Ich wollte mich gerade bei Finn für meine Schwester entschuldigen, als sie ungerührt fortfuhr: »Ich persönlich finde ja, dass ihr perfekt zusammenpasst, auch wenn ihr es euch gern unnötig schwer macht.«

Finn schien sich im Gegensatz zu mir keineswegs unwohl zu fühlen, sondern war eher amüsiert, während ich meine vorwitzige kleine Schwester am liebsten zur Seite genommen und ihr ein paar Takte zum Thema *Zurückhaltung* gegeigt hätte.

»Wenn das so ist«, durchbrach meine Mutter das unbehagliche Schweigen, »würden wir uns sehr freuen, wenn Sie uns Gesellschaft leisten. Dann können wir die Gelegenheit gleich nutzen, um uns besser kennenzulernen. Anna hat Sie nämlich bisher vor uns geheim gehalten. Ich möchte alles über Sie wissen, wo Sie aufgewachsen sind, was Sie beruflich machen, welche Leidenschaften Sie haben und was Ihr größter Traum ist.«

Ein Seufzen entfuhr meinen Lippen. Ich überlegte, sie zu bitten, Finn nicht so auf die Pelle zu rücken, aber er schien meine Hilfe nicht zu benötigen. Er setzte sich zu meiner Familie an den Tisch, machte meiner Mutter ein Kompliment zu ihrem Kleid und fragte sie nach ihren Plänen für die Feiertage, womit er sie erfolgreich von sich ablenkte.

Ich schenkte ihm noch ein Lächeln und konzentrierte mich wieder auf meine Arbeit. Als die letzten Gäste ihre Plätze eingenommen hatten, verstummte die Musik. Rosie trat auf die Bühne, um den Abend zu eröffnen. Im Hintergrund stand Hannes und blickte seine Frau voller Liebe an, die mit ihrer gewohnt herzlichen Art allen dankte, die ihr im vergangenen Jahr und besonders bei den Vorbereitungen zum Ball zur Seite gestanden hatten. Sie vergaß auch nicht, Livia und Marco zu erwähnen, ohne die es das *Château Romantique* nicht geben würde. Dabei verkündete sie, dass die beiden sich am Vortag verlobt hatten, woraufhin Applaus den Saal erfüllte und Marco Livia an sich zog, um sie innig zu küssen. Erst als Nane ihn in die Seite stieß und auf Maja deutete, die den Liebesbeweis mit großen Augen beobachtet hatte, schafften die beiden es, sich voneinander zu lösen.

Rosie lobte Florence' herausragende Kochkünste in den Himmel und betonte, wie glücklich es sie machte, sich gemeinsam mit ihr um das leibliche Wohl der Gäste zu kümmern.

Als mein Name fiel, spürte ich, wie mir die Röte in die Wangen stieg. Rosie berichtete von den verschiedenen Kampagnen, die ich initiiert hatte, und bedankte sich bei denjenigen, die mich unterstützt hatten – allen voran Britta. Obwohl ich mich im Zentrum der Aufmerksamkeit nicht sonderlich wohlfühlte, tat es gut, zu wissen, dass Rosie und

Hannes mich wertschätzten und mit meiner Arbeit zufrieden waren.

Nachdem sie ihre Rede beendet und allen einen unvergesslichen Abend gewünscht hatte, betrat Hannes die Bühne und nahm ihr das Mikrofon ab. An ihrer überraschten Miene konnte ich ablesen, dass es nicht abgesprochen war. Ich hob erneut meine Kamera, um weiter zu filmen.

»Auch von mir einen wunderschönen guten Abend. Wir freuen uns sehr, dass Sie an diesem besonderen Tag den Weg zu uns gefunden haben.« Er räusperte sich, und kurz fürchtete ich, dass ihn die Situation überforderte. »Wer mich kennt, weiß, dass ich kein Mann großer Worte bin. Aber es gibt Momente im Leben, in denen es wichtig ist, dass man über sich hinauswächst und dem Ruf seines Herzens folgt.« Er wandte sich zu Rosie und griff nach ihrer Hand. »Es ist kein Geheimnis, dass wir es nicht immer leicht hatten. Besonders die Zeit, in der wir fürchteten, unser geliebtes Hotel zu verlieren, war hart für uns.«

Einige der Anwesenden, die zu den Stammgästen gehörten, nickten verständnisvoll.

»Und gerade deshalb bin ich so unendlich dankbar, dich, liebste Rosie, an meiner Seite zu haben. Du bist der Grund, warum ich mich jeden Morgen voller Elan ans Werk mache. Ich möchte dich für den Rest meines Lebens in meinen Armen halten, denn du bist die Einzige, der für immer und ewig mein Herz gehören wird. Und da man Gefühle am besten mit Musik ausdrücken kann, werde ich nun ein Lied für dich singen, das besser beschreibt, was ich für dich empfinde, als ich es je mit Worten sagen könnte.«

Da meine Hände vor Rührung zitterten, stellte ich die Kamera auf ein Stativ und richtete sie zur Bühne aus, die nun

Ben und seine Band einnahmen. Hannes nickte ihnen zu, und wenig später erklang das Vorspiel zu *I Do It For You* von Bryan Adams. Ich hatte Hannes noch nie singen gehört und staunte, wie feinfühlig er den Song auf seine ganz eigene Art interpretierte. Rosie stand vor der Bühne, ihre Augen schimmerten feucht. Auch mir fiel es schwer, die Tränen zurückzuhalten, so sehr berührte mich Hannes' Gesang. Es bewegte mich jedes Mal, wenn Menschen den Mut hatten, offen zu ihren Gefühlen zu stehen.

Mein Herz machte einen freudigen Sprung, als Finn neben mir auftauchte, meine Hand nahm und seine Finger mit meinen verschränkte.

»Möchtest du tanzen?« Überrascht sah ich ihn an. Alle Aufmerksamkeit war auf Rosie und Hannes gerichtet. Es war *ihr* Moment. Doch dann begriff ich, was sich hinter seiner Frage verbarg. Er wollte wissen, ob ich bereit war, mich vor allen Anwesenden zu ihm zu bekennen, weil ich ihn liebte und an uns beide glaubte.

Die tiefgreifende Bedeutung der Situation hätte mich verunsichern sollen. Aber die Wärme in seiner Stimme und das Leuchten in seinen Augen ließen mich erkennen, dass er mit meiner Entscheidung umgehen konnte, egal, wie sie ausfiel. Dass es ihn glücklich machen würde, wenn ich hier und jetzt zu ihm stand, er mir aber auch die Zeit geben würde, sollte ich noch nicht so weit sein.

Ich schaute zu Rosie und Hannes, die ganz in ihrer eigenen Welt versunken waren und deren Liebe für alle im Saal spürbar war. Zu Livia, die ihren Kopf an Marcos Schulter geschmiegt hatte und mit einem seligen Lächeln zu ihm aufsah. Zu meinem Vater, der einen Arm um meine Mutter gelegt hatte und ihr etwas ins Ohr flüsterte, das sie leise auflachen ließ. Sie alle hatten den Mut gehabt, zu ihren Gefühlen zu stehen, und waren das Risiko eingegangen, sich zu irren, verletzt und verlassen zu werden. Mein Blick glitt zu Ben, der auf der Bühne stand und mit einer Leidenschaft Gitarre spielte, als würde sein Leben davon abhängen. Zu Sophie, die für ihre Kunst brannte und nach Rom gezogen war, weil sie die Werke der italienischen Meister bewunderte. Zu Pia, die sich zu Milan geschlichen hatte, auf seinem Schoß saß und den Kopf im Takt der Musik bewegte.

Und mit einem Mal wusste ich, dass auch ich stark genug war – nicht nur für mich allein, sondern für uns beide. Die Liebe und der Rückhalt meiner Familie würden mir helfen, Finn aufzufangen, wenn er an uns zweifelte oder sein Vertrauen nicht ausreichte, um sich an mich zu wenden, sollte er Hilfe benötigen. Er war bereit, sich auf die Abenteuerreise mit mir einzulassen, und das war alles, was ich brauchte.

»Liebend gern.«

Finn führte mich auf die Tanzfläche, legte seine Arme um meine Taille und seufzte glücklich, während ich meine Finger in seinem Nacken verschränkte. Ich spürte mein Herz, das aufgeregt gegen meine Rippen schlug. Als wir uns ansahen, beruhigte sich mein Puls, denn die Mischung aus überwältigender Liebe und unerschütterlicher Zuversicht, die sich in seinen Augen spiegelte, machte mir bewusst, dass ich endlich angekommen war.

Am liebsten hätte ich die Nacht durchgetanzt, doch ich hatte Verpflichtungen, die ich erfüllen musste. Finn und Britta wichen nicht von meiner Seite, und ich war dankbar für ihre Unterstützung. Wir filmten die Band, die tanzenden Gäste, machten Fotos von den liebevoll angerichteten Speisen und gaben unser Bestes, um möglichst unauffällig die stimmungsvolle Atmosphäre einzufangen.

Nachdem das Dessert abgetragen war und sich die Tanzfläche zunehmend füllte, kam Rosie zu uns und erklärte, dass wir genug geleistet hätten und den restlichen Abend genießen sollten, woraufhin Britta erleichtert aufatmete und zu Leni und Inga eilte. Florence, die sich in der Zwischenzeit mit Julian zu meiner Familie gesellt hatte, bat Florian, uns etwas zu essen zu holen. Als wir uns gesetzt hatten, fiel mir auf, dass Pia und Milan auf wundersame Weise verschwunden waren.

Während ich mir die köstliche Vorspeise schmecken ließ, staunte ich, wie entspannt Finn mit meiner Familie umging. Sogar Sophie, die ungefiltert aussprach, was sie dachte, und genau wissen wollte, welche Absichten er in Bezug auf mich verfolgte, konnte er für sich gewinnen, da sie das Interesse für fremde Länder und Kulturen teilten. Es war verblüffend zu sehen, wie perfekt er sich in meine chaotische und in mancher Hinsicht unkonventionelle Familie einfügte.

Auch Ben, der in den Pausen zwischen den einzelnen Sets zu uns kam, hatte direkt einen Draht zu Finn. Kurz bevor er zurück auf die Bühne ging, legte er mir eine Hand auf die Schulter und flüsterte mir zu, dass er meinen Freund mochte und nichts dagegen hätte, wenn ich ihn behalten würde. Obwohl ich erwachsen war und tun und lassen konnte, was ich wollte, bedeutete mir sein Zuspruch die Welt. Ben hatte Maxim von Anfang an nicht leiden können, was ich als weiteres Zeichen ansah, dass Finn zwar von den Hohensees aufgezogen worden war, charakterlich jedoch nichts mit dieser manipulativen Sippe gemein hatte.

Julian erzählte Sophie und meinen Eltern von seinen Plänen, ein Sabbatical einzulegen, um die Welt zu bereisen und nebenbei sein erstes Buch zu schreiben. Dabei schaute er immer wieder zu Florence, als wartete er darauf, dass sie ihn bat zu bleiben, doch ich wusste, dass sie niemals versuchen würde, ihn aus egoistischen Motiven von seinem Vorhaben abzubringen. Gemeinsam mit Finn hatte er eine grobe Route ausgearbeitet, die er meiner Mutter nun stolz präsentierte.

Mein Vater nutzte die Gelegenheit, um Marco von seiner neusten Start-up-Idee zu erzählen. Ich hatte überlegt, ihn aufzuhalten, war dann aber zu dem Schluss gekommen, dass Marco als erfahrener Geschäftsmann bestimmt die passenden Worte finden würde, falls er an Weihnachten nicht mit Arbeit behelligt werden wollte. Wie sich jedoch herausstellte, war meine Sorge unbegründet, denn er freute sich sichtlich, als mein Vater an ihn herantrat und ihm sein Anliegen vortrug. Während Livia die kleine Maja ins Bett brachte und Nane Cleo auf die Tanzfläche zog, steckten die beiden Männer die Köpfe zusammen und brüteten wer weiß was aus. Die Projekte meines Vaters waren zwar stets originell, aber keineswegs von der visionären Genialität, wie er sie einschätzte. Doch ich war überzeugt, dass Marco ihn in die richtige Richtung lenken würde.

Bevor ich mir weiter Gedanken über die berufliche Zukunft meiner Eltern machen konnte, forderte Finn mich erneut zum Tanzen auf. Als die Band zu einem schnellen Lied wechselte, wirbelte er mich herum, nur um mich gleich darauf so eng an sich zu ziehen, dass ich das Gefühl hatte, mein vor Adrenalin pulsierender Körper würde mit seinem verschmelzen. Obwohl wir noch nicht darüber gesprochen hatten, wie es für uns weitergehen würde, war ich optimistisch. Wir würden eine Lösung finden. Und für den Fall, dass wir Hilfe brauchten, konnten wir uns immer an Marco wenden, der uns sicherlich Wege und Möglichkeiten aufzeigen würde, an die wir selbst in unseren kühnsten Träumen nicht gedacht hatten.

31

Mitternacht war lange vorbei, als der Saal sich allmählich leerte. Ben zwinkerte mir zu, ehe die Band ein langsames Lied anstimmte. Ich spürte Finns Atem, der sanft über meine Haut strich, und genoss die Kraft seiner Arme, die mich hielten und mir Sicherheit gaben. Sobald der letzte Akkord verklungen war, brachte er seinen Mund nah an mein Ohr.

»Was hältst du davon, wenn wir hier verschwinden?«

Ich hob meinen Kopf von seiner Schulter, um ihn ansehen zu können. Das sexy Lächeln, das auf seinen Lippen lag, löste ein heißes Kribbeln in mir aus. Ich hatte so sehr gehofft, dass er sich nicht wieder vor meinem Zimmer von mir trennen würde, um die Nacht in seinem eigenen Bett zu verbringen. Aber ich wusste auch, dass wir einiges zu klären hatten. Doch das konnte warten.

Wir verabschiedeten uns von meinen Eltern, Sophie, Livia und Marco sowie von Florence und Julian, die wieder an ihren Zweiertisch zurückgekehrt waren und miteinander lachten. Ben und seine Jungs kündigten den letzten Song an, bevor sie die Bühne einem DJ übergeben würden. Die Band war zwischen den einzelnen Sets immer wieder angesprochen worden und hatte fleißig Visitenkarten verteilt, sodass der Auftritt auch für sie ein voller Erfolg gewesen war.

Nachdem wir Rosie und Hannes eine gute Nacht gewünscht hatten, wollte ich Finn auf mein Zimmer entführen, aber er drückte den Knopf für den ersten Stock. Hatte ich ihn vorhin missverstanden? Oder hatte er vor, mich in Julians Suite mitzunehmen? Die Vorstellung, ihm am nächsten Morgen in die Arme zu laufen in dem Wissen, dass er vermutlich mehr mitbekommen hatte als gewünscht, gefiel mir gar nicht. Mein Zimmer mochte kleiner und unordentlicher sein, doch dafür hatten wir wenigstens ein bisschen Privatsphäre. Ich wollte Finn fragen, was er vorhatte, als er meine Lippen mit seinen verschloss.

»Zieh dir was Warmes an. Wir treffen uns gleich im Foyer.« Mit diesen Worten verließ er den Fahrstuhl.

Gespannt fuhr ich weiter in die vierte Etage und eilte zu meinem Zimmer, wo ich mich von den High Heels befreite und aus dem engen Kleid schlüpfte. Ein Stöhnen entwich mir, als meine schmerzenden Füße sich in den weichen Teppichboden eingruben, und ich beeilte mich, diverse Schichten Thermokleidung über meine Spitzenunterwäsche zu ziehen, um für alles gewappnet zu sein, was Finn sich ausgedacht haben mochte.

Zehn Minuten später stand ich warm eingepackt an der Rezeption. Als die Fahrstuhltüren sich öffneten und Finn die Lobby durchquerte, kam ich mir vor wie die Protagonistin in einem Liebesfilm: der gut aussehende Held, der mit einem verführerischen Lächeln und ungebändigten Locken auf mich zuschritt, mich in eine stürmische Umarmung zog und so leidenschaftlich küsste, dass meine Knie weich wurden und wir es gerade noch schafften, zu einem der Sofas zu wanken, wo wir dann …

»Bist du bereit?«, fragte er und riss mich damit aus meiner Fantasie.

»Wo auch immer du hinwillst, ich bin dabei.«

Sein Lächeln vertiefte sich, als er meine Hand nahm und mich nach draußen führte. Die Luft war eisig, aber trocken. Feine Schneeflocken segelten gemächlich zu Boden und machten die winterlich-weihnachtliche Szenerie perfekt.

Finn marschierte zielstrebig auf den Stall zu, doch ich blieb stehen und wandte mich um, um den Anblick des festlich beleuchteten Châteaus zu bewundern. Milan und Tim hatten an allen Balkonen Lichterketten angebracht. Auch die Tannen links und rechts vom Eingang erstrahlten in warmem Glanz und brachten den Schnee zum Glitzern. Das weiß getünchte Gebäude mit seinen Türmchen, Giebeln und Erkern war nun mein Zuhause, in dem ich mich sicher und geborgen fühlte. Hätte ich gewusst, dass Maxims Lügen und die fiesen Manipulationen seines Vaters letztendlich dafür sorgen würden, dass ich hier landete, hätte ich mich bei ihnen bedankt, anstatt mich in meiner Verzweiflung zu verkriechen, um meine Wunden zu lecken. Was mich zu Maxim hingezogen hatte, war nicht annähernd so stark wie die Gefühle, die ich für Finn empfand. Wärme breitete sich in meiner Brust aus, als mir bewusst wurde, dass wir erst ganz am Anfang standen und all das Wunderbare, das wir zusammen erleben würden, noch vor uns lag.

Ich ging zu ihm, schlang meine Hände um seinen Nacken und küsste ihn. Es war meine Art, ihm zu zeigen, was er und dieser besondere Abend mir bedeuteten. Als der Kuss außer Kontrolle zu geraten drohte, löste er sich von mir.

»Gib mir zehn Minuten. Dann können wir genau da weitermachen, wo wir aufgehört haben.«

Wir liefen am Stall vorbei, aus dem ein vertrautes Lachen ertönte. Offenbar hatten Pia und Milan es sich bei den Pferden gemütlich gemacht. Auch wenn Milan unverschämt gut ausgesehen hatte in seinem schicken Anzug, fühlte er sich draußen bei den Tieren wohler. Pia schien sich nicht daran zu stören, sondern mochte ihn genau so, wie er war.

Ich schwang mich hinter Finn auf das Schneemobil und vergrub mein Gesicht während der Fahrt in seiner warmen Daunenjacke. Ich hatte zwar eine vage Ahnung, wo er hinwollte, hielt meine Augen jedoch geschlossen und freute mich auf die Überraschung. Erst nachdem er den Motor ausgeschaltet hatte und abgestiegen war, öffnete ich die Augen. Als ich die Lichtung erkannte, jubilierte ich innerlich. Ich hatte gehofft, dass wir hierher zurückkommen würden, wo alles begonnen hat.

»Warte bitte kurz, bevor du dich umdrehst.«

Das immer leiser werdende Geräusch von knirschendem Schnee verriet mir, dass er sich von mir entfernte. Mein Herz schlug vor Aufregung hart gegen meine Rippen. Erst auf seine Aufforderung hin wandte ich mich ihm zu.

»Oh« war alles, was ich hervorbrachte, als ich das Iglu betrachtete, dessen Eingang Finn mit einer Lichterkette verziert hatte. Eine kleine Tanne neben dem Whirlpool war mit roten Kugeln und einfachen Strohsternen geschmückt.

»Frohe Weihnachten«, raunte er, nachdem er wieder bei mir war und erneut meine Hand genommen hatte. »Gefällt's dir?«

Ich musste den Kloß, der sich in meinem Hals gebildet hatte, herunterschlucken, ehe ich antworten konnte. »Es ist zauberhaft.«

Das glückliche Funkeln in seinen Augen trieb meine Vorfreude auf eine Nacht in seinen Armen ins Unermessliche. Wie hatte ich nur je an seinen Absichten zweifeln können, wo er doch alles tat, um mir zu zeigen, wie viel ich ihm bedeutete?

»Ich dachte mir, dass wir die Zeit zu zweit genießen sollten, bevor Rosie und Hannes das Iglu an ihre Gäste vermieten.« Er beugte sich zu mir und küsste die empfindliche Stelle unterhalb meines Ohrs. »Außerdem musst du dich hier nicht zurückhalten. Im Wald erschrecken deine Schreie höchstens die Tiere.«

Ich knuffte ihn in die Seite. Dann lief ich zum Iglu, da ich es nicht mehr erwarten konnte, die vielen Kleidungsschichten loszuwerden. Obwohl ich wusste, dass wir einiges zu klären hatten, sehnte ich mich nach seiner Nähe, als könnte ich mich so vergewissern, dass wir stark genug waren, um alle Hürden zu überwinden. In Windeseile zogen wir uns aus und schlüpften unter die Decken. Mir entwich ein Stöhnen, als unsere Lippen aufeinandertrafen und sich die aufgestaute Sehnsucht in einem leidenschaftlichen Kuss entlud, der eine Hitzewelle durch meinen Körper jagte. Ich presste mein Becken gegen seines, spürte seine Erektion. Finn drehte uns, sodass ich unter ihm lag, und ließ seinen Blick bewundernd über meine Brüste wandern. Seine Finger strichen meinen Oberschenkel entlang, glitten zwischen meine Beine und drangen in mich ein, während er meinen Nippel mit seinem Mund umschloss und zärtlich daran saugte. Sein Rhythmus, der sich von quälend langsam zu wild und ekstatisch steigerte, ließ mich jegliche Kontrolle verlieren. Das Feuer in mir schlug immer höhere Flammen, bis ich mich ihm entgegenwölbte und in tausend glühende Funken zerbarst.

Ich rang nach Atem und genoss die bebenden Schauer, die wie Blitze durch mich hindurchzuckten. Finn legte sich neben mich und wollte mich an sich ziehen, aber mein Verlangen nach ihm war noch lange nicht gestillt. Seine Muskeln spannten sich an, als ich die feine Haarlinie unterhalb seines Bauchnabels nachfuhr.

»Lass uns erst reden, solange ich noch einen klaren Gedanken fassen kann«, brachte er mit rauer Stimme hervor und umfasste sanft mein Handgelenk.

Ich verschränkte meine Finger mit seinen und rückte ein wenig von ihm ab, um ihn ansehen zu können. Doch anstatt zu reden, verschloss er meine Lippen mit einem weiteren Kuss, der seinen Worten jegliche Glaubwürdigkeit nahm. Nur mit Mühe gelang es ihm nach einer kleinen Ewigkeit, sich von mir zu lösen. Der liebevolle Blick, mit dem er mich betrachtete, verwandelte die glühende Hitze, die in mir tobte, in eine wohlige Wärme.

»Ich habe mit Marco gesprochen. Er hatte einige schlaue Vorschläge, wie wir unser Leben in Zukunft gestalten könnten.«

»Ach ja?«, neckte ich ihn und konnte nicht verhindern, dass mein Mund sich zu einem amüsierten Grinsen verzog. »Hat er dir geraten, dich auf Hotels in Mittel- und Südeuropa zu konzentrieren, damit du an deinen freien Tagen schneller bei mir sein kannst?« Sein überraschter Ausdruck brachte mich zum Lachen.

»Offenbar bin ich nicht der Einzige, der sich an den Experten in Sachen Lösungsfindung gewandt hat. Könntest du dir denn vorstellen, einen Teil deiner Arbeit *remote* zu erledigen und mich ab und an zu begleiten?« Seine Hand fuhr durch mein Haar, während er mit den Lippen über meine Schläfe strich. »Es gibt so viele wundervolle Orte, die ich dir zeigen möchte – natürlich nur, wenn du es willst. Ich könnte auch Hannes fragen, ob er einen Job für mich hat. Letztendlich ist es mir egal, wo wir leben, solange ich bei dir bin.«

Eine Welle von Liebe und Dankbarkeit überrollte mich. Ich legte meine Hand an seine Wange und spürte, wie sein Bart meine Haut kitzelte. »Das wäre ein großes Zugeständnis von deiner Seite, aber ich möchte nicht, dass du das Reisen für mich aufgibst, nur um in einigen Monaten festzustellen, dass du unglücklich bist, wenn du dich zu lange an einem Ort aufhältst.«

Er stützte sich auf seinen Unterarm und begann, mein Gesicht mit Küssen zu bedecken. »Ich war bloß deshalb all die Jahre unterwegs, weil ich kein Zuhause hatte. Jetzt bist du mein Zuhause.«

Seine Worte trieben mir Tränen in die Augen. Ich schlang meine Arme um ihn und ließ zu, dass er sie mir sanft von den Wangen küsste. »Du glaubst nicht, wie viel mir das bedeutet. Obwohl ich in einer sehr liebevollen Familie aufgewachsen bin, bist du der Mensch, der mich wirklich sieht. Du weißt, was ich brauche, bevor es mir selbst bewusst wird. Du gibst mir das Gefühl, dass ich alles wagen kann, egal, wie verrückt und leichtsinnig es vielleicht ist, weil du da bist und mich auffängst, wenn ich falle. Ich will ein Leben mit dir, hier im Château oder irgendwo sonst auf der Welt – Hauptsache, wir sind zusammen.«

Meine Lippen fanden seine. Wir küssten uns langsam und innig, als wollten wir so unsere Worte besiegeln. Als die Leidenschaft uns erneut überwältigte, griff Finn nach dem Kondom, das er bereitgelegt hatte, riss die Folie auf und rollte es sich über. Sein Blick brannte sich in meinen, als er sich auf mich legte und mühelos in mich glitt. Ich schlang meine Beine um seine Mitte, um ihn noch enger an mich zu ziehen. Er ließ sich Zeit, kostete jeden einzelnen Stoß genüsslich aus. Wir fanden einen gemeinsamen Rhythmus, der meine Erregung in ungeahnte Höhen trieb. Ich spannte mein Innerstes um ihn an, womit ich ihm ein Stöhnen entlockte. Sein Daumen massierte meinen empfindlichsten Punkt und fachte das Feuer erneut an, in dem wir kurz darauf zusammen verglühten.

Atemlos wartete ich, bis Finn das Kondom abgestreift und verknotet hatte, bevor er mich an sich zog, damit ich den Kopf auf seine Brust betten konnte.

»Gott, ich habe dich so sehr vermisst.« Er strich mir übers Haar, während er mit der anderen Hand meinen Rücken liebkoste. »Ich habe uns vermisst.«

Statt einer Antwort stieß ich ein zufriedenes Seufzen aus und kuschelte mich enger an ihn. Am Rande bekam ich noch mit, wie er die Decken um uns wickelte, damit wir nicht froren, und mir einen sanften Kuss auf die Stirn gab, ehe mir die Lider schwer wurden und ich in einen tiefen Schlaf glitt.

Nach einem prickelnden Bad im Whirlpool kehrten wir am späten Vormittag ins Château zurück. Vor dem Hotel trafen wir auf meine Eltern, die zu einem Ausflug aufbrechen wollten. Meine Mutter reagierte auf meine rosigen Wangen und die zerzausten Haare, die unter meiner Mütze hervorlugten, mit einem wissenden Lächeln. Ben lief zwischen dem Foyer und einem bereitstehenden Transporter hin und her und half seinen Bandkollegen, das Equipment einzuladen. Ich wollte gerade zu ihm gehen, als ich Pia und Milan aus dem Stall kommen sah. Sie führten Don Juan und Zorro mit sich. Pia, die immer einen gehörigen Respekt vor Pferden gehabt hatte, wirkte, als hätte sie ihr Leben lang nichts anderes getan. Milan lief direkt neben ihr, bereit, jederzeit einzugreifen, falls sie nicht zurechtkommen sollte. Ich schaute ihnen nach, bis sie in den verschneiten Waldweg einbogen und zwischen den Bäumen verschwanden.

»Wer hätte gedacht, dass gleich zwei meiner Schwestern ihr Glück in der Schweiz finden«, begrüßte mich mein Bruder, während er seinen Freunden nachwinkte, die sich auf den Heimweg machten, um das restliche Weihnachtsfest mit ihren Familien zu verbringen.

»Milan scheint einen guten Einfluss auf sie zu haben.«

Er nickte zustimmend. »Ich habe sie noch nie so glücklich gesehen.«

»Umso bitterer wird es für die beiden werden, wenn sie Anfang Januar weiterzieht.«

»Dann hast du es noch nicht gehört? Rosie hat ihr einen Job im Housekeeping angeboten, und Pia hat zugesagt.«

Überrascht riss ich die Augen auf. »Ich wusste gar nicht, dass wir eine freie Stelle haben.«

»Wenn ich es richtig verstanden habe, gibt es eine interne Umbesetzung. Jemand aus dem Housekeeping wechselt ins Marketing, was bedeutet, dass du eine Assistentin bekommst.«

Ein Kribbeln breitete sich in meiner Magengegend aus, da mich die Neuigkeit vollkommen überwältigte.

»Ich weiß auch nichts Genaueres, nur, dass Rosie, Hannes und Marco heute Vormittag die Köpfe zusammengesteckt haben und Pia anschließend einen Job hatte.«

»Rosie hat recht, im Château geschehen wirklich Wunder – besonders an Weihnachten«, murmelte ich, woraufhin Ben, der durch und durch rational veranlagt war, die Augen verdrehte. »Ihr wart übrigens fantastisch gestern.«

»Es war ein großartiger Abend. Wir haben jede Menge Kontakte geknüpft, aber das Beste ist, dass wir dank Marco im Sommer bei einem Benefizkonzert auftreten werden, das auf der Waldbühne in Berlin veranstaltet und nicht nur live gestreamt, sondern auch im Fernsehen übertragen wird. Kannst du dir das vorstellen?«

»Oh, Ben, das ist wunderbar«, rief ich und fiel ihm vor Freude um den Hals. Dabei sah ich, wie Finn aus der Scheune kam, wo er das Schneemobil geparkt hatte. Zarte Sonnenstrahlen tanzten über seine gebräunte Haut und brachten seine Augen noch mehr zum Leuchten. Ich konnte nichts dagegen tun, dass ich wie ein überglückliches Honigkuchenpferd grinste, bis er bei mir war und meinem Bruder ebenfalls zu dem gelungenen Abend gratulierte.

In diesem Moment betrat Julian den Vorplatz und lief zum hoteleigenen SUV, wo Hannes ihn bereits erwartete. Tim lud das Gepäck ein, während Julian zu uns kam, um sich zu verabschieden.

»Es geht los.« Er bemühte sich um eine fröhliche Miene, konnte seine Anspannung jedoch nicht verbergen.

»Bist du aufgeregt?«, fragte ich, weil mir auffiel, dass er ein wenig blass um die Nase war.

»Und wie! Ich war bestimmt schon zehnmal kurz davor, alles zu stornieren und meinem Chef zu sagen, dass ich wieder zurückkomme.«

Finn klopfte ihm beruhigend auf die Schulter. »Das ist ganz normal. Sobald du unterwegs bist und dich den ersten Herausforderungen stellen musst, wirst du gar keine Zeit mehr haben, nervös zu sein.«

»Das beruhigt mich ungemein.« Julians Sarkasmus hätte mich beinahe zum Lachen gebracht. Doch da ich mir vorstellen konnte, dass es ihm schwerfiel, aus seinem bisherigen Leben auszubrechen, riss ich mich zusammen.

»Du hast meine Nummer«, erinnerte ihn Finn. »Melde dich, falls du Hilfe brauchst. Und wenn du nicht mehr weiterweißt – was nicht passieren wird –, komme ich und pauke dich raus. Es gibt also keinerlei Grund, sich Sorgen zu machen.«

»Und wenn ich in Schwierigkeiten gerate und keinen Handyempfang habe?«

»Deswegen haben wir die Route so ausgearbeitet, dass du erst einmal in zivilisierten Gegenden unterwegs bist, bevor du dich ins Abenteuer stürzt. Außerdem kannst du deine Tour zwischendurch immer wieder anpassen. Vergiss nicht, dass du niemandem etwas beweisen musst. Es ist deine Reise. Du allein entscheidest, wohin du fährst und wie lange du bleibst.«

»Danke, Finn, für alles. Und dir auch, Anna. Ohne dich wäre ich nicht so schnell dahintergekommen, dass ich erst herausfinden muss, wer ich bin, ehe ich mich auf eine ernsthafte Beziehung einlasse.«

»Du wirst eine unvergessliche Zeit haben«, versicherte ich ihm und zog ihn in eine Umarmung. »In einem Jahr treffen wir uns wieder, und du erzählst uns haarklein, wo du überall warst und was du alles erlebt hast.«

Julian nickte und trat einen Schritt zurück. Dann drehte er sich um in Richtung Foyer, wo Florence an der Rezeption stand und sich mit Roane unterhielt. Dabei gab sie sich große Mühe, so zu tun, als würde sie nicht mitbekommen, was draußen vor sich ging, auch wenn ich schwören könnte, dass sie ganz genau wusste, dass Julian kurz davorstand, abzureisen.

»Habt ihr euch voneinander verabschiedet?«

In seinem Lächeln schwang eine Sehnsucht mit, die mir sehr vertraut vorkam. »Wir haben die letzte Nacht zusammen verbracht. Das war ihre Art, mir Lebewohl zu sagen.«

»Sie wird dich vermissen, auch wenn sie es nicht so zeigen kann.«

»Wir werden sehen. Ein Jahr ist lang.«

»Du glaubst gar nicht, wie schnell die Zeit vergeht, wenn man nicht in seiner üblichen Routine festhängt«, warf Finn ein. Er nahm meine Hand, als Julian zum SUV hinüberlief und nach einem letzten Blick zu Florence mit entschlossener Miene einstieg. Kurz darauf fuhr Hannes davon.

Ich stellte mich auf die Zehenspitzen, um Finn einen Kuss auf die Lippen zu drücken. »Treffen wir uns gleich bei mir? Ich möchte erst nach Florence sehen, bevor wir uns etwas zu essen holen. Da fällt mir ein, vielleicht sollten wir mal Handynummern tauschen.«

Er legte seinen Kopf schräg und betrachtete mich belustigt. »Du willst meine Nummer?«

»Das könnte die Kommunikation zwischen uns erleichtern. Meinst du nicht?«, ging ich auf seinen neckenden Tonfall ein.

»Sobald ich zu meinem nächsten Auftrag aufbreche, gebe ich sie dir, aber bis es so weit ist, kannst du darauf vertrauen, dass wir uns immer finden werden.« Er musste mir meine Skepsis ansehen, denn er fügte hinzu: »Es ist der Ruf der Meerjungfrau, der mich zu dir führt – wo auch immer du sein magst.«

Mein glückliches Lachen hallte über den Platz, als ich mich umdrehte und mit federnden Schritten auf das Château zulief.

Epilog

Ein Jahr später

Ein zartes Orange vertrieb die nächtliche Dunkelheit, als Finn mich mit sanften Küssen weckte. Ich rekelte mich und spürte, wie der Sand unter unserem improvisierten Schlaflager nachgab. Da es noch viel zu früh war, um aufzustehen, rutschte ich näher zu ihm und wollte mich wieder an ihn schmiegen, doch er setzte sich auf und deutete zum Horizont, wo die Sonne sich aus dem Ozean erhob. Verschlafen krabbelte ich zwischen seine Beine und lehnte mich mit einem glücklichen Seufzen gegen seine Brust, während er seine Arme um mich schlang. Atemlos beobachteten wir das faszinierende Farbenspiel, das sich am Himmel abzeichnete. Das gleichmäßige Rauschen der Wellen war die perfekte Klangkulisse.

»Du hattest recht«, sagte ich, als die Sonnenstrahlen das Meer in goldenes Licht tauchten.

»Womit genau?«

»Dass dieser Strand einer der schönsten auf der ganzen Welt ist.«

»Dann bereust du es nicht, die Adventszeit mit mir auf Maui verbracht zu haben?«

Ich hörte die unterdrückte Anspannung, die in seiner Stimme mitschwang, und drehte den Kopf, um meine Lippen auf seine zu legen. Es sollte bloß ein kurzer Kuss werden, der jedoch innerhalb von Sekunden außer Kontrolle geriet. Erst als eine Gruppe Surferinnen plaudernd an uns vorbeilief, lösten wir uns voneinander.

»Nicht solange wir pünktlich zum Ball zurück im Château sind.«

Finn hielt mich ein wenig auf Abstand, damit er mir in die Augen sehen konnte. »Das habe ich dir versprochen, und du weißt, wie wichtig es mir ist, mein Wort zu halten.«

Dem konnte ich nur zustimmen. In der Anfangszeit unserer Beziehung war er ständig kreuz und quer durch Europa geflogen, um möglichst oft bei mir zu sein. Doch seit Britta einen Teil meiner Aufgaben übernommen hatte, sodass ich von überall auf der Welt arbeiten konnte, kam es bloß noch selten vor, dass wir wochenlang getrennt waren. Es war zwar ein bisschen surreal, bei über dreißig Grad in einem Café am Strand zu sitzen und Videos von Schneewanderungen, winterlichen Wäldern und romantischen Abendessen vor dem Kamin zu schneiden und mit Weihnachtsmusik zu unterlegen, aber wenn ich dafür miterleben durfte, wie Finn auf seinem Surfbrett den Wellen nachjagte und den restlichen Tag pure Lebensfreude verströmte, war es das allemal wert. Es faszinierte mich, ihn bei seiner Arbeit zu beobachten, mit wie viel Feingefühl er mit den Menschen in Kontakt trat, wobei er keinen Unterschied zwischen Hotelleitung, fest angestellten Mitarbeitenden oder Aushilfen machte. Auch die anderen Gäste behandelte er mit Respekt und der gebotenen Rücksichtnahme, wenn er sich beiläufig nach ihrer Meinung zum Service, dem Essen oder dem Ausflugsangebot erkundigte. Finn war sich bewusst, dass sein Urteil über Existenzen entschied, und gab sein Bestes, um einen möglichst objektiven Eindruck zu gewinnen.

»Was sagst du? Kann eine Nacht am Strand mit der winterlichen Romantik eines Iglus mithalten?«, wollte er wissen und drückte einen Kuss auf die empfindliche Stelle oberhalb meines Schlüsselbeins.

»Es war traumhaft schön, in deinen Armen mit dem Rauschen des Meeres im Hintergrund einzuschlafen, doch ich hätte auch nichts dagegen, mich bei Schnee und Kälte zusammen mit dir unter die Decken zu kuscheln.« Ich strich über seine Unterarme und genoss die Geborgenheit. »Wie schade, dass das Iglu an den Weihnachtstagen belegt ist.«

»Woher weißt du das?«

»Britta hat mir gestern bei unserem Videocall stolz berichtet, dass das Eventpaket *Winterträume im Château*, das eine Übernachtung im Iglu beinhaltet, bis Ende Februar ausgebucht ist.«

»Das ist wirklich sehr schade.«

Die Beiläufigkeit seiner Bemerkung ließ mich aufhorchen. »Hast du etwa …?«, fragte ich und drehte mich zu ihm um.

Sein selbstzufriedenes Grinsen war Antwort genug. Ich stieß ein freudiges Quietschen aus, schubste ihn in den Sand und beugte mich über ihn, um ihn zu küssen.

»Wann hast du …?« Offenbar war mir die Fähigkeit, in ganzen Sätzen zu sprechen, abhandengekommen.

»Direkt nach Weihnachten.«

»Du hast das Iglu vor einem Jahr für uns gebucht?« Ich stützte mich auf meinen Ellbogen. »Aber da konntest du doch noch gar nicht wissen, ob unsere Beziehung so lange hält.«

Finn griff nach meiner Hand. »Ich bin eben ein risikofreudiger Optimist, der alles tut, um dich glücklich zu machen.«

»Und das kriegst du erstaunlich gut hin«, neckte ich ihn

und kuschelte mich an ihn. »Ich liebe unser Leben, die Reisen ebenso wie die Zeit im Château, und bin sehr froh, dass wir beide nicht nur einen Beruf ausüben, der uns erfüllt, sondern auch die besten Freunde haben, die man sich nur wünschen kann.«

»Dann stört es dich nicht, dass wir kein konventionelles Paar mit einer gemeinsamen Wohnung oder einem Haus sind?«

»Nein. Wobei ... Habe ich dir erzählt, dass Hannes mir neulich angeboten hat, den hinteren Teil der Scheune für uns auszubauen? Falls wir eines Tages Kinder haben wollen.« Ich beobachtete Finns Reaktion genau, suchte sein Gesicht nach Anzeichen von Schock oder Panik ab, doch seine Miene blieb vollkommen entspannt. Mir war bewusst, wie wichtig ihm seine Freiheit war, und ich wollte ihn auf keinen Fall drängen.

Seine Lippen strichen verführerisch über meine Wange. »Wenn du es mit der Familiengründung eilig hast, können wir gleich loslegen.«

Ich kicherte, als er mir zärtlich ins Ohrläppchen biss, wehrte mich jedoch, als er Anstalten machte, mir das Crop Top auszuziehen. »Lass uns noch ein, zwei Jahre die Welt entdecken, bevor wir uns um Nachwuchs bemühen. Ich kann es zwar kaum abwarten, dich als Vater zu erleben, aber zuvor möchte ich gern meine Leidenschaft für die Fotografie ausleben und sehen, wohin mich das führt.«

Immer wenn Finn mich mitnahm, um mir einen der entlegensten Orte unseres atemberaubend schönen Planeten zu zeigen, hatte ich meine Kamera dabei. Es war Pias Idee gewesen, ein professionelles Instagram-Profil zu erstellen, auf dem ich meine Bilder teilte. Auf diese Weise und durch Finns weltweite Kontakte war ich an die ersten Aufträge für Reisemagazine und verschiedene Veranstalter gekommen. Ich war ausgeflippt vor Freude, als ich eine Ausgabe des *National Geographic* in den Händen hielt, deren Cover eines meiner Fotos zierte. Wäre Finn nicht sowieso schon der Liebling meiner Eltern gewesen, hätten sie ihn spätestens dafür ins Herz geschlossen, dass er mich stets ermutigte, meinen Träumen zu folgen.

Finn war nachdenklich geworden, und ich ahnte, was ihn beschäftigte. »Ich habe es ernst gemeint. Du wirst ein wundervoller Vater werden.«

»Woher soll ich wissen, wie das geht? Es ist ja nicht so, als hätte ich ein gutes Vorbild gehabt.« Die Erinnerung an seine Adoptiveltern ließ ihn trotz der warmen Temperatur frösteln.

»Manchmal genügt es, zu wissen, wie man nicht sein will. Außerdem bist du nicht allein. Rosie und Hannes stehen dir bestimmt gern zur Seite, genau wie deine Mutter. Du hast in den letzten Monaten ein so tolles Verhältnis zu ihr aufgebaut. Obwohl sie die ersten dreißig Jahre deines Lebens verpasst hat, versucht sie alles, um es wiedergutzumachen.«

Er nickte, doch ich sah ihm an, dass er nicht überzeugt war. Auch wenn es die meiste Zeit den Anschein erweckte, dass er die Vergangenheit endgültig hinter sich gelassen hatte, wusste ich, dass die Narben, die er in seiner Kindheit davongetragen hatte, noch lange nicht verheilt waren.

»Nane, Marcos Schwester, hat mir erzählt, dass sie und Cleo sich ab dem Tag, an dem Maja zu ihnen gekommen ist, ein Leben ohne sie nicht mehr vorstellen konnten. Ich weiß, dass sie alles für die Kleine tun würden, und bin mir sicher, dass es uns genauso gehen wird, wenn wir uns entscheiden, Eltern zu werden.«

Finn schloss die Augen und wischte sich eine Träne weg, die sich aus seinem Augenwinkel gestohlen hatte. »Was würde ich bloß ohne dich machen?«

»Ziellos durch die Welt reisen und unzähligen Frauen das Herz brechen?«

Sein Lachen war Balsam für mich. Es bedeutete mir alles, dass er mir vertraute und ich die dunklen Wolken, die sich in stillen Momenten über ihm sammelten, vertreiben konnte.

»Hast du Lust, surfen zu gehen? Die Wellen sind verhältnismäßig ruhig – geradezu perfekt für einen ersten Tag auf dem Brett.«

Ich hob meinen Kopf und musterte die beeindruckenden Wassermassen, die mit ungezähmter Wildheit an den Strand rollten. »Geh ruhig allein. Ich werde ein wenig Schlaf nachholen, während du dich im Meer austobst.«

Seine Lippen strichen warm und weich über meine Wange. »Und wenn ich dir verspreche, dass ich immer an deiner Seite bleibe und dir nichts passieren wird, weil ich auf dich aufpasse?«

Ich wollte ihn daran erinnern, dass nicht einmal er die Unwägbarkeiten des Ozeans kontrollieren konnte, als ich die Liebe sah, die er ausstrahlte, und begriff, dass er nicht nur vom Surfen sprach. Mein Hals wurde eng, da es mir immer noch schwerfiel zu glauben, dass dieser Mann mit einem Herzen so groß wie alle Weltmeere zusammen es zu seiner obersten Priorität erklärt hatte, mich glücklich zu machen. Ich presste meinen Mund auf seinen und ließ all meine Gefühle in den Kuss fließen.

Meine Lippen prickelten, als wir uns voneinander lösten, um wieder zu Atem zu kommen. Mit strahlenden Augen blickte ich ihn an. »Du hast mich überredet. Ich werde mit dir surfen, aber nur wenn wir anschließend in dieses süße kleine Café fahren, in dem es die leckeren Waffeln gibt.«

Er stand auf und zog mich dabei mit hoch. »Einverstanden.«

Zufrieden legte ich meine Hände auf seine Brust und spürte seinen gleichmäßigen Herzschlag. »Und dann fliegen wir nach Hause.«

Danksagung

Man sollte meinen, dass es mir mit jedem Buch leichter fällt, die richtigen Worte zu finden, aber das Gegenteil ist der Fall, da mir immer bewusster wird, wie viel ich all jenen zu verdanken habe, die in der Zeit zwischen dem ersten Funken einer neuen Idee und dem Moment, in dem ich meine Geschichte in die Welt entlasse, für mich da sind.

Ein riesengroßes Dankeschön an das kompetente, kreative und stets hilfsbereite Team von HarperCollins. Danke, dass ihr an mich glaubt und es mir ermöglicht, meinen Traum zu leben.

Ein besonders inniges Dankeschön an dich, liebe Sarah, für dein sachkundiges und stets feinfühliges Feedback. Dank dir erkenne ich, was meine Figuren noch brauchen, um sich einen Platz in den Herzen meiner Leser*innen zu sichern.

Ein herzliches Dankeschön an meinen wundervollen Agenten Klaus, der immer ein offenes Ohr hat und mir bei allen Fragen mit Rat und Tat zur Seite steht. Danke, dass wir diesen Weg gemeinsam gehen.

Beim Plotten haben mich Anette, Laura, Lena und Ulrike unterstützt. Es hilft mir so sehr, euch meine Ideen zu erzählen und gemeinsam mit euch zu überlegen, was die Figuren alles erleben, bevor sie ihr wohlverdientes Happy End bekommen.

Auch bei diesem Buch konnte ich auf die großartige Hilfe meines Expert*innenteams zurückgreifen:

Vielen Dank an Katja, Laura und Maria, die mir Einblicke in betriebswirtschaftliche Abläufe ermöglicht und dafür gesorgt haben, dass sich meine Charaktere in beruflichen Belangen authentisch ausdrücken, Judith, die mich in Modefragen beraten hat, Reinhard, der sein Sportwissen mit mir geteilt hat, Carolin und Gernot, die immer eine Antwort auf meine ausgefalleneren Fragen hatten, und Timm, der mir während morgendlicher Gassirunden seine Einschätzung aus männlicher Sicht verraten hat.

Mein besonderer Dank gilt Pia (www.piahoffglas.com), die geprüft hat, ob ich die Abläufe in der Glasbläserei korrekt geschildert habe.

Sollten sich dennoch Fehler eingeschlichen haben, liegt das allein in meiner Verantwortung.

Ich bin so dankbar für meine wundervollen Testleserinnen: Christin, Clara, Claudia, Kathi, Lena, Luise, Miriam, Selina, Tanja, Tine und Ulrike. Vielen Dank, dass ihr meine Geschichte mit kritischem Blick durchleuchtet und mir eure ehrliche Meinung mitgeteilt habt.

Ein herzliches Dankeschön an meine Lieblingsbuchhändlerinnen Christina, Martha, Isa und Wibke für die schönen Lesungen mit Musik, Punsch und Lebkuchen.

Ebenso an alle Buchhändler*innen, die meine Bücher einkaufen, weiterempfehlen und mir dabei helfen, dass viele Menschen auf meine Geschichten aufmerksam werden. Vielen Dank für eure tolle Arbeit und euer Herzblut.

Ganz viel Liebe an meine Familie und Freund*innen, danke, dass ihr Verständnis habt, wenn ich wochenlang in der Versenkung verschwinde, weil eine Deadline näher rückt, und immer noch da seid, wenn ich die Abgabe erfolgreich hinter mich gebracht habe. Danke, dass ihr euch mit mir freut und auch die kleinen Schritte mit mir feiert.

Celebrate every tiny victory!

Als krönenden Abschluss möchte ich mich bei dir bedanken, liebe Leserin, lieber Leser, denn ohne dich könnte ich nicht tun, was ich am meisten liebe. Ich hoffe, du hast die Zeit im Château ebenso genossen wie ich. Danke, dass du mich auf meinem Weg unterstützt. Ich freue mich über jeden Beitrag, jedes Foto und jede Rezension, die dabei helfen, dass meine Geschichten möglichst viele Lesende erreichen. Das bedeutet mir unendlich viel.

Frohe Weihnachten und alles Liebe
deine Vivien ♥